Leendert van Wezel

Nynke

Uitgeverij Mozaïek, Zoetermeer

Ontwerp omslag en binnenwerk Geert de Koning
Foto omslag © Ricardo Demurez / Trevillion Images

ISBN 978 90 239 9414 5
NUR 342

www.uitgeverijmozaiek.nl

Al de grote waterstromen
Zijn Heer, over mij gegaan
En mij over 't hoofd gekomen,
Maar Gij hebt mij bijgestaan.

Psalm 42 naar Petrus Datheen

Proloog

Hij lag languit en ademde behoedzaam de zwoele avondlucht in. De wind als zacht gefluister door de dennennaalden. De grond koel onder hem. Het licht gedempt, met de kleur van vers bloed. Het bos om hem heen doodstil, als wachtte het gespannen op wat komen ging. Heel voorzichtig kwam hij omhoog op zijn ellebogen en schoof iets vooruit. Waar hij lag was het volkomen duister, het licht had niet de kracht meer om door de zwarte dennentakken heen te dringen. Voor hem lag de open plek in het bloedrode licht. De machtige boom spreidde zijn takken er breed over uit.

Daar kwam ze. Hij had het goed ingeschat. Met langzame stappen maakte ze zich los vanuit het dichte bos. Ze hield haar blik vlak voor zich op de grond gericht. Hij zag hoe ze een cirkel begon te lopen, om de grote boom heen. Stap voor stap liep ze evenwijdig aan de dikke stam, op ruime afstand eromheen. Ze zong. Haar stem leek zich te vermengen met de fluisterende dennennaalden en de bladeren van de machtige boom zongen mee. De takken wiegden zacht alsof de boom zich koesterde in haar stem en haar aanwezigheid. Er was iets tussen haar en de boom, een verwantschap die hij niet onder woorden kon brengen, maar wel voelde. Hij durfde bijna niet te ademen toen ze de cirkel nog groter begon te maken, en vlak langs de bosrand zijn kant op kwam.

Ze was adembenemend mooi, zoals ze daar liep. Ze had haar rokken iets opgetrokken en leek het gras te

7

strelen met haar blote voeten. Haar lange haar vlamde in het rode licht. Een lok woei voor haar gezicht, maar ze liep gewoon door, tot vlak bij hem. Hij zag nu pas dat ze een bosje kruiden in haar hand had. Haar gezang was onverstaanbaar, al riep het ook iets bekends bij hem op. Terwijl ze hem passeerde woei de wind tot onder de dennenbomen, en hij knipperde met zijn ogen toen fijn stof in zijn gezicht werd geblazen.

Hij zag haar nu op de rug. Ze bukte zich, plukte iets uit het gras en hield het omhoog, tegen de avondhemel. Haar gezang werd harder, meer van achter uit haar keel. Ze liep naar de dikke boom en legde de kruiden op de grond. Toen plaatste ze haar handen op de stam, de vingers uitgespreid. De wind woei nu met kracht door de takken en even hoorde hij door het zware geruis van de bladeren haar gezang niet meer. Ze legde haar wang op de stam en stopte met zingen. De wind nam af en toen was er alleen nog het gefluister in de dennennaalden. De stilte nam weer bezit van het bos.

Hij staarde naar haar, zoals ze daar stond, tegen de dikke stam, haar ogen gesloten. Hij moest naar haar blijven kijken. De tijd leek stil te staan. Hij keek slechts, dacht niets, dronk het beeld in maar kon niet verzadigd worden.

Ze opende haar ogen en duwde zich van de stam af. Met één beweging raapte ze de kruiden op en rekte zich uit naar de hemel. Ze riep iets, hij verstond het niet maar voelde een kilheid in zijn botten kruipen. Wat was de betekenis van dit alles? Wat had ze gedaan? Het licht werd nu snel minder en nog roder. Voordat hij besefte wat er gebeurde had ze de open plek verlaten en viel de duisternis als een juten zak over hem heen. Hij kroop onder de dennentakken vandaan, sprong overeind, bang om hier nog langer te blijven, en rende over de open plek naar het pad dat verderop begon. Aan het begin van het pad zag hij in het duister iets wits op de grond liggen. Hij bukte en voelde direct dat het een teentje knoflook was. Er lag nog wat. Hij rook eraan: verbena, stopte alles in zijn zak en zocht de weg door het bos. Hoewel het niet ver was en hij dit pad al honderden keren gelopen had, moest hij zich inspannen om de juiste richting te vinden. Er was iets verwarrends in het bos, iets wat zijn gedachten uit elkaar ploos zoals hij touwwerk uit elkaar pulkte. Toen hij omkeek zag hij hoe een witte, kille mist uit het bos opkwam, net zichtbaar in de diepe schemer. Hij gilde en begon te rennen, zijn armen voor zich uitgestrekt om onverhoedse takken af te kunnen weren, maar de mist steeg nu ook uit de grond op.

Oneindig opgelucht bereikte hij het huis bij de bosrand. Hij zag haar nergens meer en durfde niet direct naar binnen te gaan. Hij liep de stal in, legde zijn hand op een warm paardenlijf en voelde zich langzaam weer tot rust komen. Daarna ging hij naar binnen. Een warm, gelig licht kwam hem tegemoet. Ze roerde in een grote pan, en de geur van gebraden vlees prikkelde in zijn neusgaten. Ze keek op en knikte naar hem. Hij glimlachte naar haar. In de glimmend gepoetste koperen plaat aan de wand zag hij zijn eigen gezicht. Hij had dezelfde gelijkmatige trekken als zij. Zijn lange haar rossig tot op zijn schouders. Hij bekeek zijn spiegelbeeld aandachtig en zag de sporen van angst nog in zijn ogen. Hij wendde zich af en schraapte zijn keel. Hij wilde vragen of ze nog soep had, iets vriendelijks tegen haar zeggen, de spanning breken die in de lucht hing. Maar hij zei niets, zuchtte, en ging aan tafel zitten.

Zwijgend zette ze een kom soep voor hem neer.

Ze legde haar hand heel even op zijn schouder, en hij was ervan overtuigd dat ze precies wist wat er in hem omging. Hij onderdrukte de neiging om op te springen en weg te vluchten, en slurpte wat soep naar binnen.

I

1540

Hij opende zijn ogen, maar dat maakte geen verschil. Het was nog aardedonker in de bedstee. Toch hoorde hij dat zijn zussen al wakker waren. Hun stemmen klonken schel en opgewekt boven het geluid van rammelende houten vaten en klinkende metalen spanen. Hij bleef nog even liggen, wurmde zich dieper in de behaaglijke warmte van de strozak en trok de deken hoog op. Zijn hand voelde de hardheid van het kleine houten paard dat hij gekregen had van Nynke en Neele. In het donker gleden zijn vingers over het harde hout, dat even donker was als de nacht om hem heen. Hij zag het paardje in gedachten levendig voor zich. De gebogen, vurige kop met de prachtig uitgesneden manen. Het gespierde lijf en de stevige benen. Het was het snelste paard ter wereld, sneller nog dan dat van de boodschapper die vaak in volle galop langskwam op weg naar Goedereede of Ouddorp. Later zou hij precies zo'n paard kopen, met glimmend zwarte manen, en hij zou erop rijden zoals nog nooit iemand gereden had. Dan zou zijn lange mantel achter hem aan wapperen en de mensen zouden naar hem kijken zoals hij zelf naar de boodschapper keek.

Hij zou harder gaan dan alle anderen. Daardoor zou hij belangrijk zijn. Hij vroeg zich af hoe je heer of baljuw kon worden. Hij zou het straks aan Nynke vragen, want Neele zou het toch niet weten. Hij draaide zich om en voelde zich wegzweven, tot hij een groot, gespierd paardenlijf onder zich voelde, de wind om zijn oren gierde en het geluid van de hoefslagen de bedstee vulde.

'Lenert!'

Een grijzige straal licht viel de bedstee binnen. Daarin stond zwart het silhouet van Nynke afgetekend. Haar lange blonde haar vormde een lichtere rand om haar zwarte gezicht. 'Kom je eruit, kerel? We gaan zo naar de stad. Het is marktdag. En dit keer mag jij ook mee. Je bent groot genoeg om te helpen, we gaan nu met zijn allen. En dan kunnen we ook stof halen in de weverij. Dat is weer nodig.'

'Mag mijn paard mee naar de markt?' vroeg hij.

Nynke hield haar hoofd een beetje scheef en dacht na. 'Dat zou ik niet doen,' zei ze beslist. 'Jij moet je handen vrij hebben om ook iets te dragen en voor je het weet ben je hem kwijt. Zoek maar een plekje waar hij zo lang op je kan wachten.'

Hij sloeg het warme dek van zich af en liet zijn benen over de rand van de bedstee bungelen. Met een sprongetje stond hij op de vloer. Daarna ging hij voorzichtig de ladder af. Halverwege keek hij om. Vanaf het punt waar hij stond kon hij het hele huis overzien. Waar zou hij het paard neerzetten? In de wand zaten twee bedstedes, maar in een daarvan sliep niemand meer. Die was vroeger van vader en moeder, had Nynke verteld. Midden in de ruimte stond de tafel met de stoelen. Tegen de andere wand de kast met de kommen en borden en lepels en messen. Daarnaast een teil met water en een paar emmers, en natuurlijk de kast met het meest kostbare: het eten. Heerlijke kaas, roggebrood, de kan met melk. Tussen de twee kasten de haard, die nu donker en koud was.

Hij keek uit naar een geschikte plek. De ene deur links gaf toegang tot de stal. Je hoorde de koeien altijd snuiven, kuchen, stampen en schuren als je in de bedstee lag. Fijn geluid was dat, want de koeien waren vrienden, hun sterke lijven gaven hem een veilig gevoel. Als je de deur aan de andere kant van de kamer uitging kwam je buiten. Straks zouden ze dus naar buiten gaan, naar de stad. Jammer dat zijn paard niet mee mocht. Eindelijk zou hij de toren van dichtbij zien. Hoe zou het binnen die hoge muren zijn? En hoe zou de weverij eruitzien? Hij voelde aan de stof van zijn broek en vroeg zich af hoe mensen zoiets konden maken.

Zijn oog viel op de houten ladder die naar de andere zolder leidde. Daar sliepen Nynke en Neele. Hij besloot dat dat een veilige plek was en dat het paardje daar zou wachten tot hij terugkwam. Hij daalde snel de ladder af, liep naar de andere ladder en klom snel omhoog.

'Wat ga je doen?' vroeg Neele, die net vanuit de stal binnenkwam.

'Een plek voor zijn paardje vinden,' zei Nynke. 'Ik heb gezegd dat hij dat beter thuis kan laten.'

Neele knikte. 'Niet in mijn bedstee, hoor,' zei ze bezorgd. 'Ik hou niet van paarden in bed.'

'Nou, het hangt ervan af hoe ze eruitzien,' zei Nynke. De beide zussen schoten in de lach. 'Een lekkere hengst is zo verkeerd nog niet, daar heb je gelijk in,' giechelde Neele.

Hij klom snel naar boven en vroeg zich af hoe dat

kon, een paard in bed. Dat zou toch niet in de bedstee passen? Op de tast liep hij over de zolder. Hij zette het paardje op het boordje naast de bedstee.

Toen hij weer beneden kwam gooide Neele zijn kleren naar hem toe. 'Trek deze eerst maar aan, dan gaan we daarna eten.'

De kleren waren koud, hij rilde toen hij aan tafel ging zitten. Nynke trok hem op schoot en sloeg haar armen om hem heen. 'Koud hè, broertje? Je wordt straks wel warm van het lopen en ik weet zeker dat je het leuk vindt op de markt. We gaan nu bidden.'

Snel deed hij zijn ogen dicht en vouwde zijn handen. Hij was met zijn gedachten niet bij Nynkes gebed, maar toen ze amen zei deed hij snel zijn ogen open.

'We hebben de haard niet aangemaakt, want we gaan toch de hele dag weg,' zei Nynke. 'Ik heb dus geen warme pap voor je, jongen.'

Ze schoof een dikke plak roggebrood met kaas naar hem toe en een nap melk. Hij haalde zijn schouders op en beet gretig in het donkere brood met de witgele kaas. De melk was heerlijk. 'Mag ik nog wat?' vroeg hij tegelijk met een grote hap brood. Nynke lachte. 'Jij drinkt in je eentje een hele koe leeg,' zei ze. 'Hier, je moet er nog van groeien.'

Toen ze gegeten hadden viel het licht al scherper door de grauwe ruitjes naar binnen. Nynke en Neele haalden samen de kar uit de stal en reden hem tot bij de deur. 'Kom eens helpen, Lenert,' riep Neele. 'Leg jij alle kleine kazen maar vooraan in de kar. Wij doen de rest wel.'

Hij kreeg het algauw warm. Na het warme donker van de bedstee was het heerlijk om buiten in het daglicht te zijn. Een frisse wind woei door zijn haar, de bomen van het bos achter het huis ruisten en hoog in de lucht zeilden een paar witte wolken mee. Hij liep om het huisje heen en keek bij de koeien naar binnen. Toen ging hij nog even naar het kaashok, het kleine schuurtje waarin zijn zussen de kazen maakten. Hij hield van de gelige geur die daar hing. Zijn zussen moesten altijd lachen als hij zei dat het geel rook, maar toch was het zo. Het rook er echt geel. Net zoals het in de koeienstal bruin rook en vanmorgen buiten lichtblauw. Het had hem heel wat moeite gekost om ze uit te leggen dat het geen grap was, dat hij echt in kleuren rook. Hij vroeg zich af wat de geur van de stad zou zijn. Hij staarde naar het vierkante silhouet aan de horizon. Hij bedacht dat het daar wel grijs zou ruiken. Of misschien ook een beetje… rood? Nee, liever niet rood. Het zou weleens een beetje grijs of grijsblauw kunnen zijn. Hij kon bijna niet wachten. Hij rende terug naar Nynke en vroeg opnieuw wanneer ze zouden vertrekken.

Ze knikte en vroeg hem klompen aan te doen die lekker liepen, omdat het een heel eind was.

Hij keek naar zijn voeten en dacht even na, koos een paar geschikte klompen uit en vroeg of hij op de kar mocht gaan zitten. Nynke verbood het hem op strenge toon, hij was oud genoeg om te lopen, in de stad kon hij uitrusten.

Niet veel later gingen ze op pad. Nynke en Neele pakten ieder een trekbalk van de kar en trokken hem vooruit. Hij duwde aan de achterkant, maar na een tijdje ging hij naast zijn zussen lopen. Ze gingen niet zo hard, hij kon ze makkelijk bijhouden. Ze waren niet de enigen die op weg gingen naar de stad. Voor hen

15

zag hij een volgeladen kar met een paard ervoor, achter hen nog twee. Een ervan was van de buurman die verderop woonde.

De stad kwam steeds dichterbij. Ze liepen over een smal karrenspoor. Links en rechts groeiden bosjes en struiken. Af en toe kwamen ze langs een huis of een hofstee. Daaromheen waren vaak geen bosjes meer, maar een mooie akker of een wei voor de koeien.

Ginds tussen de bomen aan de horizon galoppeerde het paard, snuivend en briesend met wapperende manen. Hij moest denken aan wat zijn zussen daarnet hadden gezegd. Hij zag hun gebogen ruggen en hoorde hun regelmatige gehijg. Slapen met een paard in bed, het drong nu pas tot hem door hoe raar dat eigenlijk was. Hij vroeg ernaar: een paard was toch veel te groot om in een bed te passen?

Nynke en Neele schaterden het uit. Ze lieten de kar even los en bleven krom van het lachen staan. 'Met een paard in bed slapen... of dat lekker is?' hikte Neele.

'Dat slaapt heerlijk,' zei Nynke.

'Slaapt?' zei Neele.

'Nou ja, niet echt. Lekker warm, kereltje.'

Hij zei dat hij nooit een paard bij zich in bed zou willen hebben en probeerde te begrijpen waarom zijn zussen zo moesten lachen.

Nynke schudde haar hoofd: daar had hij helemaal gelijk in, dat was ook echt niks voor hem. Ze zei het met een ernstig gezicht, maar met lachlichtjes in haar ogen. 'En nu vooruit weer, want zo komen we niet in de stad,' zei ze op strenge toon.

De stad! Wat een hoge muren, veel hoger dan hun eigen huis, en de toren leek de blauwe lucht te raken. Hij liep onder de stenen poort door. De muur was heel dik, en het was donker en koud onder de poort. Er liepen meer mensen de stad binnen.

Ze kwamen eerst op een klein plein, daarna stuurden zijn zussen de kar door een smalle steeg. Die steeg kwam uit op een weg langs een rij grote huizen, met aan de andere kant de haven. Daar lagen een paar boten, maar hij had geen tijd om die goed te bekijken. Er was zo veel tegelijk te zien. Ze liepen nu niet meer op een zanderig karrenspoor, maar op een harde, vlakke en stenen weg waarop zijn klompen een hard geluid maakten. De huizen die vlak langs de haven stonden waren zo hoog als hij nog nooit gezien had. De weg werd breder, het water liep eronderdoor, en ze kwamen op een soort stenen open plek midden in de stad. Hier stonden de huizen om hen heen, en er waren zo veel mensen en geluiden en paarden en geuren. Vooral geuren, zie je wel dat het grijs rook. Maar hij rook ook donkerblauw en een beetje rood en paarsblauw. Er was zelfs zwart, dat maakte hem bang, maar ook daarover kon hij nu niet verder nadenken. Want de hoge toren keek op hen neer als een voorname reus, een koning midden tussen zijn volgelingen. Hij kon zijn ogen er niet van losmaken, hield met één hand de kar vast en liet zich meevoeren. Het was alsof hij daar hing, heel hoog boven de stad, aan die puntige uitsteeksels op de hoeken van de toren; alsof hij steeds hoger klom, omhoog langs de gemetselde bogen tot aan de bovenste rand; alsof hij echt helemaal boven op de toren stapte en zijn hoofd bijna de hemel raakte. Maar zijn gedachten stokten en zijn hoofd werd even helemaal leeg. Want daar eindeloos hoog boven op de toren stond werkelijk iemand, die als vanuit de hemel naar beneden keek. Hij wilde vragen wie dat was, maar zijn zussen zetten juist de kar neer en hij moest helpen. Hij trok zijn ogen met grote moeite los van die man daar op de toren. Zijn zussen waren hier zeker heel bekend, want bijna iedereen groette hen of sprak hen aan. Een man kwam naar hen toe en deed heel vriendelijk. Zijn zussen lachten veel. Toen zag de man hem tegen de kar staan, gaf hem een klopje op zijn hoofd en zei dat hij groot geworden was omdat hij al zo goed kon helpen.

Hij keek de man aan, maar zei niks. Nynke zei: 'Maak mijn broertje niet aan het schrikken, Jacob. Hij is voor het eerst in de stad. Lenert is zijn naam, dat was je toch niet vergeten? Help liever even de melkemmers van de kar tillen. Dat is voor jou makkelijker dan voor ons.'

De man deed wat hem gevraagd werd en zette de emmers op de plek die Nynke aanwees. Hij zag hoe sterk de man was, want hij wist hoe zwaar die emmers waren. Maar terwijl de man met een emmer langsliep, walmde er zo'n puur blauwe geur in zijn neus dat hij snel achteruit schoof.

Neele bedankte de man en zei dat hij wel zo sterk als een paard moest zijn. Op die woorden schoot Nynke in de lach. Neele keek haar even verbaasd aan maar begon toen ook te lachen. De man vond dat blijkbaar niet plezierig, want hij vroeg een beetje kortaf waarom ze zo vrolijk waren.

Nynke schudde haar hoofd en zei dat ze het die ochtend over paarden hadden met hun broertje. De man kwam naar hem toe, zakte door zijn knieën en vroeg wat zijn zussen bedoelden met die paardenpraat.

Hij keek de man opnieuw aan. De doordringende blauwe geur hing zwaar tussen hen in. De man zag er toch wel vriendelijk uit en met zijn grote mantel en mooie hoed leek hij heel belangrijk. Hij wist nu hoe sterk de man was, maar die blauwe geur was onaangenaam. Zou dit soms de heer van de stad zijn? Of nee, dat was vast die man op de toren. Maar deze man zag er wel erg belangrijk uit, zo iemand moest hij wel antwoord geven.

'Ze slapen met een paard,' zei hij zacht en met tegenzin. Hij keek snel naar Nynke en vroeg zich af of hij dit wel mocht zeggen. Zou ze nu boos op hem zijn?

Nynke en Neele gierden het weer uit. De man stond snel op, liep een beetje rood aan en had opeens haast om weg te komen. Hij mompelde iets onduidelijks, probeerde nog een lachend gezicht te trekken, maar dat mislukte en hij keek zelfs een beetje bang. Hij draaide zich om. 'Nou, goede handel gewenst.'

'Dankjewel, Jacob,' zeiden Nynke en Neele tegelijk. Ze grinnikten nog even na. Toen gaf Nynke hem de opdracht de kleine kaasjes netjes op een doek te leggen en erbij te gaan zitten. Als iemand een kaasje wilde kopen, moest hij Nynke of Neele roepen.

Het werd steeds drukker op de markt. Er kwamen twee schepen de haven in. Ze pasten precies tussen de twee torens door die aan het begin van de haven stonden en gleden langzaam verder tot ze de kant raakten. Mannen met dikke touwen bonden de schepen aan palen vast. Maar hij keek alweer tussen de torens door naar de zee, die helemaal doorliep tot aan de lucht. Hij vroeg zich af of je ook over zee bij de hemel kon komen. En dat deed hem weer denken aan de man op de toren. Maar de toren was hoog en leeg, en de man was verdwenen.

Er kwamen mensen bij de koopwaar kijken en snel

riep hij Nynke. Nog voor de zon op zijn hoogste punt stond was er veel verkocht of geruild. In de kar lagen twee kippenbouten en vier grote roggebroden. Ook had Nynke twee grote kazen geruild voor een zak suiker. Steeds kwamen er mannen en vrouwen een praatje maken met zijn zussen, hij zat stil en keek en luisterde. Toen zag hij een vrouw die wel vaker bij hen thuis kwam, Eeuwit heette ze. Hij sprong op en rende haar tegemoet. Ze begroette hem hartelijk, zei dat hij gegroeid was, omdat hij groot genoeg was om mee naar de markt te gaan.

Hij luisterde naar de gesprekken, die af en toe onderbroken werden door de verkoop van een kaas of wat melk. Omdat Nynke, Neele en Eeuwit nu toch bij de kazen stonden ging hij wat achteruit zitten, met zijn rug tegen de kar. Nu leek hij alles pas echt goed te zien. De geur van de stad was minder grijs dan hij had gedacht, het was meer tussen paars en zelfs zwart in, maar ook een beetje bruin en dat gaf hem een onrustig gevoel. Hij lette op de mensen die over de markt liepen. Mannen met lange mantels en mooie hoeden, en ook mannen met eenvoudige ruwe kleren en een pet. Voor sommigen ging iedereen aan de kant, dat waren de belangrijke heren, zoals die ene man met die zwarte baard daar. Die groette niemand, maar alle andere mensen maakten voor hem wel een buiging of een diepe knik met hun hoofd en gaven hem een vriendelijke glimlach. De man liep in een rechte lijn over de markt naar een groot en hoog gebouw, ging de treden op, maar voordat hij de grote voordeur bereikte werd deze al van binnenuit geopend en snel weer achter hem gesloten. Dat moest wel een belangrijke man in de stad zijn. Hij trok aan Nynkes rok, wees naar het hoge huis en vroeg wie daar woonde. Ze volgde met haar blik de richting van zijn vinger, knikte en zei dat dat het stadhuis was waar de baljuw en de schepenen hun werk deden. Hij kreeg een aai door zijn haar. Baljuw of schepen, dat wilde hij ook worden. Als hij groot was, wilde hij ook zo over de markt kunnen lopen. Iedereen zou hem direct zien als hij eraan kwam en voor hem aan de kant gaan. Dan zou hij met zijn snelle paard dwars tussen de mensen door galopperen en iedereen zou opzij springen. Hij zou met zijn paard met een grote sprong tot voor de deur springen, die zou openzwaaien en hij zou met één sprong binnen zijn. Daar zou dan gebraden vlees voor hem klaarstaan, net zo lekker als pas toen een van de koeien was doodgegaan en ze zo veel vlees konden eten als ze wilden. Hij had 's avonds in de bedstee buikpijn gehad.

Nynke gaf hem een por. Ze ging alles in de kar doen en dan nog even naar Eeuwits huis voordat ze naar de weverij zouden gaan.

'Ik word later de baljuw van de stad,' zei hij terwijl hij opstond en de kaasjes in de kar begon te leggen. Nynke zei niets, maar hij zag dat ze met een glimlach op haar gezicht naar hem stond te kijken. Hij ging snel verder met de kaasjes. Toen ze alles in de kar hadden geladen, pakten zijn zussen de trekbalken van de kar en reden tussen de handelaren door naar de andere kant van de markt. Hij zag verderop een handelaar met houten snijwerkjes. Beeltenissen van heiligen, maar ook paarden, vogels en andere dieren. Wat wilde hij zoiets graag hebben. Hij bleef dicht achter de kar lopen. De man van de kraam zei iets tegen zijn zussen en toen hij zag hoe de man naar voren liep om met hen te kunnen praten, griste hij het dichtstbijzijnde beeldje van de tafel. Hij stopte het direct weg tussen zijn kleren. Zijn hart bonsde wild, een warme gloed trok door hem heen. De man zag niets. Zijn zussen lachten, de kar ging weer verder. Hij keek naar de grond en liep mee. Het marktplein af, de stad in. Het houtsnijwerkje in zijn zak leek nu in brand te staan, maar hij duwde het diep weg.

Bij Eeuwit werden ze verwend met gortepap met honing en dikke plakken krentenbrood.

Van de terugweg wist hij niet veel meer. Waarschijnlijk had Nynke hem halverwege op de kar gezet en was hij direct in slaap gevallen. Van de weverij kon hij zich in ieder geval niets herinneren.

1543

Voor de duivel moest je oppassen, dat wist hij. In het donkere huis tegen het bos was het vooral Nynke geweest die hem had uitgelegd dat God bestond en dat je Hem niet boos moest maken. Je moest elke dag bidden en mocht geen zonde doen. Want zonde werd door God bestraft, daarvan kon je zeker zijn. Het maakte hem soms bang. Het woord 'zonde' klonk akelig, als iets wat in het donker tussen de takken ritselde, iets wat zich in het duister onder je bedstee verstopte om 's nachts op je te springen.

'Wat is zonde precies, Nynke?' vroeg hij, terwijl hij in de bedstee kroop. 'En kun je weten of je zonde gaat doen? En als je het niet zo bedoelt maar je doet toch zonde, straft God je dan ook?'

Nynke legde hem uit dat zonde betekent dat je iets verkeerds had gedaan.

'Dus toen ik pas te veel zout in de pap gooide, was dat zonde?' vroeg hij.

Nynke moest lachen. 'Daar wordt God niet boos van, dat was vooral zonde van de pap. God wordt boos als je doet alsof Hij niet bestaat, of als je steelt, of als je een afgodsbeeld aanbidt of zo.'

'Dat doe ik allemaal niet,' zei hij. 'Dus dan hoeft God ook niet boos op me te zijn.' Maar terwijl hij het zei, moest hij denken aan het houtsnijwerkje dat hij op de markt had gestolen.

Nynke dekte hem toe met de deken en zei: 'Zo makkelijk is het niet. De duivel is er ook nog en hij wil niets liever dan dat mensen zonde doen.'

'Waar is de hel eigenlijk?' vroeg hij.

Ze was even stil, maar toen fluisterde Nynke dat de hel diep onder de aarde was, een grote grot waar altijd vuur en vlammen waren. Als je daar was had je voorgoed pijn. Het koninkrijk van de satan.

'Kun je daar ook naartoe lopen, Nynke? Is er een ingang?'

'Je moet niet van die vreemde vragen stellen,' zei zijn zus. 'Ik heb weleens gehoord dat er op verborgen plaatsen ingangen zijn, in donkere bossen en op andere akelige plaatsen. Maar ik weet niet of dat waar is. En nu praten we hier niet langer over.'

'Maar hoe ziet de duivel er eigenlijk uit?' Hij kwam overeind van het kussen.

Nynke keek over haar schouder, alsof ze iemand hoorde en fluisterde: 'Dat weet je niet van tevoren. Hij kan zich vermommen. Soms is het een man met een baard en een rode mantel. Soms is het een edele heer met een grijze sik. Dan weer een handelsreiziger. Maar als hij zich niet vermomt, is het iemand met een griezelige kop en lange scherpe tanden, met hoorns op zijn kop en paarden- of bokkenpoten. Maar nu stoppen we ermee. Praten over hem brengt onheil.'

'Ik heb nog nooit iemand gezien met paarden- of bokkenpoten,' zei hij opgelucht. Maar opnieuw moest hij denken aan het houtsnijwerkje dat hij op de markt gestolen had. Een mannetje met een kromme rug en een grijns op zijn gezicht, die zijn lange tanden laat zien. Kwaadaardige ogen. Hij had het beeldje altijd op een geheime plek verborgen gehouden en hij wist nu bijna zeker dat het een duivel was. Hij vroeg zich af of die duivel hem zelf had uitgenodigd het beeldje te stelen. Of hij nu zelf iets zondigs had gedaan of dat houten poppetje. In het ergste geval was het echt zijn eigen schuld en had hij al één zonde gedaan in zijn leven. Hij pakte Nynkes arm en vroeg: 'Ik denk dat ik één zonde heb gedaan. Ga je dan ook al naar de hel?'

Nynke schudde haar hoofd en zei dat dat gelukkig niet zo was, maar dat God zijn zonden wilde vergeven als hij Hem daarom bad en zijn best deed om goed te leven.

Hij ging weer in de kussens liggen en zei dat hij God zou bidden om vergeving. Even was hij bang dat Nynke zou vragen welke zonde hij gedaan had. Maar ze zei alleen dat ze blij was dat te horen en dat ze hoopte dat het zo zou blijven. Ze wenste hem een goede nacht en liet hem alleen.

De volgende dag knielde ze voor hem neer toen hij 's morgens uit de bedstee was geklommen, haar gezicht op gelijke hoogte met het zijne. Hij voelde dat het een bijzonder moment was toen ze met een langzaam gebaar een houten kruisje aan een touwtje om zijn nek hing.

'Dit kruisje zal je beschermen tegen de duivel,' zei ze. 'En als je hem ooit tegenkomt moet je zeggen: "In naam van Jezus Christus, ga weg, satan!" Dan zal hij zeker weggaan.'

Hij herhaalde de spreuk en zij liet haar handen langs zijn nek glijden, langs het touwtje, tot ze samenkwamen bij het kruisje om zijn nek. Ze vouwde haar handen eromheen, alsof ze ging bidden, maar haar ogen bleven open en keken hem aan. Hij wist dat hij veilig was zolang hij in die blauwe ogen kon kijken en zolang ze haar handen gevouwen hield om het kruisje. In gedachten zag hij de man met de paardenpoten wegvluchten en satan terugrennen naar de geheime ingang van de hel.

Ja, zo zou hij altijd veilig zijn.

'Neele gaat in Goedereede wonen,' zei Nynke, terwijl ze in een grote pan roerde die boven het vuur hing.

Hij zat aan tafel, keek naar haar en probeerde te begrijpen wat ze zei. 'In Goedereede? Waarom?'

Nynke legde uit dat Jacob, die de laatste tijd heel vaak kwam, met Neele ging trouwen en dat ze samen in Goedereede gingen wonen.

'Dat is een rotstreek van Jacob. Neele wil dat helemaal niet. Die wil bij ons blijven,' zei hij.

Nynke keek op van haar werk en glimlachte. 'Neele wil het juist heel graag. Ze houdt van Jacob. Zo gaat dat. Als je ouder wordt, zoek je een man. Of in jouw geval een vrouw. En dan ga je trouwen.'

'Dus ze wil graag bij ons weg?' Diep in zijn lijf werd iets strakgetrokken, hij werd er een beetje misselijk van. 'En ze laat ons al het zware werk met zijn tweeën doen.'

Nynke zweeg een tijdje. 'We redden het wel,' zei ze met een zucht, al roerend.

'Die Jacob vind ik trouwens ook een varken, dat hij zoiets doet,' zei hij met schelle stem. 'Die komt hier vriendelijk doen alsof er niks aan de hand is en dan haalt hij Neele bij ons weg!'

Nynke viste met een grote vork in de pan en haalde

er een reep vlees uit, druipend van het dikke kook-vocht. Ze hield er snel een bordje onder en zette het voor hem op de tafel. 'Hier, voor jou.'

Het vlees had een prachtige donkere kleur, hij zag hoe gaar het daar op het bordje lag. De geur die zijn kant op kwam, met de hete dampen die opstegen van het bordje, was overweldigend lekker. Hij haalde diep adem om die zo goed mogelijk in zich op te nemen.

Nynke lachte. 'Zit je weer te ruiken? Hoe ruikt het dit keer?'

Hij pakte het vlees voorzichtig vast, bang om zijn vingers te branden. Het ging net. Het vlees scheurde vanzelf, zo mals was het. Hij hield een stukje onder zijn neus en stopte het daarna in zijn mond. 'Zacht-roze,' zei hij.

Nynke schudde haar hoofd. 'Jij met je kleuren. Hoe kan een geur nu zachtroze zijn? Je bent een bijzondere jongen.'

Hij haalde zijn schouders op. Het rook zachtroze, net zoals brood lichtgroen rook, op het gele af, en worst een meer donkerblauwe geur had. Hij scheurde een nieuw stukje vlees af, stopte het in zijn mond en kauwde. Het was stil in de keuken, hij hoorde alleen het schrapende roeren in de pan, het geknetter van het vuur in de haard en de weerklank van zijn eigen sop-pige gekauw in zijn hoofd.

Toen het vlees op was schoof hij het bordje terug op de tafel. 'Mag ik nog meer?'

Nynke schudde haar hoofd. 'Nee. Dan hebben we vanavond niet genoeg.'

'Neele krijgt niks,' zei hij. 'Die gaat toch weg. Dan moet ze het zelf maar weten.'

'Dat mag je niet zeggen, Lenert,' zei Nynke streng.

'Neele houdt veel van ons, maar ze heeft de leeftijd, ze is zelfs al vijfentwintig en ze houdt van Jacob. Hij heeft een eigen bedrijfje in de stad. Het is fijn voor haar dat ze het zo goed treft. Ik wil niet dat je daar zo over praat.'

Hij hoorde nu plotseling de onrust in haar stem, het maakte hem bang. Zou Nynke ook eens zomaar verdwijnen? Zou zij ook een man gaan zoeken? Zou iedereen hem dan in de steek laten? Het was alsof hij geritsel hoorde en hij wist zeker dat daar iets was, achter hem in de donkere zijkamer: de duivel, die zachtjes lachte, omdat hij alleen maar hoefde te wachten tot iedereen hem alleen zou laten en hij hem dan kon komen halen. Hij schudde zijn hoofd en schreeuwde naar de satan dat hij in Jezus' naam moest weggaan en nooit meer terugkomen. Hij wist zelf niet eens meer wat hij schreeuwde, tot hij stevige handen aan zich voelde trekken en de warme, zoute huid van Nynkes hals proefde. Ze drukte hem tegen zich aan, liet haar handen door zijn haar gaan en zei dat hij zich niet zo druk moest maken. Het kwam allemaal wel goed en ze zouden het echt wel redden samen. Hij voelde haar gespierde lijf, haar harde armen om hem heen en hij wist weer dat hiertegen de duivel niet was opgewassen, dat hij echt veilig was zolang ze bij hem was. 'Ga jij ook weg?' fluisterde hij. Ze drukte hem stevig tegen zich aan, het deed bijna pijn. 'Nooit,' zei ze vastberaden. 'Nooit. Hoor je dat?'

Ze wees op het kruis dat boven de deur hing. Ze zei dat de heilige Maria de beschermster was van vrouwen en kinderen, zij zou ook hen beschermen. Hij moest alleen nooit zijn gebed vergeten en twaalf weesgegroetjes bidden.

De deur ging open. Neele stapte binnen en groette hen uitgelaten. Toen ze hem zo zag, in Nynkes armen, vroeg ze wat er aan de hand was.

Hij kon het niet helpen, hij duwde Nynke van zich af, wurmde zich los en gilde tegen Neele dat ze gemeen was om zomaar weg te gaan. Dat die Jacob een lapzwans was.

Nynke greep hem bij zijn arm en zei dat hij hier meteen mee moest stoppen. Dit wilde ze niet hebben. Het was alsof hij niet zelf meer schreeuwde, maar iemand binnen in hem het overnam. Al zou hij willen, hij kon niet stoppen. Terwijl hij zich losrukte uit Nynkes greep, zag hij hoe Neele bleek werd en hem met grote ogen, als natte plassen in wit zand, aanstaarde. Maar hij kon haar aanwezigheid niet langer verdragen en rende naar de deur. Ze greep hem bij zijn arm, riep iets, maar hij rukte zich opnieuw los en schoot langs haar heen, naar buiten.

Achter hem klonken de stemmen van Nynke en Neele, maar hij liep gewoon door, langs de kaasschuur het bos in. Weg van Neele, die vuile verraadster, weg van Nynke, die zo makkelijk kon praten en dit allemaal zomaar goedvond. Takken sloegen tegen zijn gezicht en striemden zijn armen, maar hij rende verder, dieper en dieper het bos in tot hij op een open plek terechtkwam. Daar ging hij zitten, onder een dikke boom die zijn takken als beschermende vleugels over hem uitstrekte. De stam was diep gegroefd, tussen de dikke wortels zaten gaten en sleuven waarin hij gemakkelijk kon wegkruipen. Hij nestelde zich diep weg in de oksels van de boom en gaf zich over aan zijn verdriet en woede.

Een vaag besef kwam in hem op: hij moest iets doen

om zichzelf weer in bedwang te krijgen, om weerstand te kunnen bieden. Hij greep het kruisje dat onder zijn kleren hing en staarde naar een dikke wortel naast zich. De wortel was echt en stevig. Hij keek ernaar en richtte zijn blik op een diepe groef. Het kruisje en de wortel, dat waren de vaste elementen waartussen hij weer langzaam in evenwicht kwam. De takken boven zijn hoofd ruisten zacht, het was warm maar in dit kleine boomhol was het koel. De boom was net een moeder, dacht hij. Laten Nynke en Neele maar barsten, die begrepen hem toch niet. Ze gaven niks om hem, gingen zomaar weg, lachten hem uit.

Hij liet zijn ogen over de open plek gaan en zag hoe bijzonder het er was. Dat prachtige groene gras rondom de boom, de boom precies in het midden en de takken als een dak erboven. Het leek op een kerk, met een grote pilaar in het midden. Net als de grote kerk in de stad, waar hij pas voor het eerst was geweest. Die geweldige ruimte met de pilaren, de ramen tot aan de hemel, de balken ver boven zijn hoofd, de diep donkerbruine houten preekstoel en de mooie beelden die op hem neerkeken. God woonde in een prachtig huis en hij had voorzichtig om zich heen gekeken of hij Hem ergens zag, of de heilige Johannes, of de heilige maagd Maria. Maar nergens had hij een glimp van Hem of de heiligen opgevangen. Nynke had later uitgelegd dat God onzichtbaar was én overal tegelijk kon zijn, en dat hij niet zo oneerbiedig over God moest praten, want dat dat ook zonde was.

Zonde? Dat Neele hen in de steek liet, dat was pas zonde. Daarvoor moest ze gestraft worden door God. Laat God haar maar naar de hel sturen, door zo'n gat ergens in de diepte, in plaats van haar in Goedereede te laten gaan wonen met Jacob. Hij wist dat hij dit niet mocht denken, dat dit ook weer zonde was.

Het ruisen boven zijn hoofd was langzaam minder geworden. Een licht geritsel was alles wat hij nog hoorde. Zelfs in het koele boomhol werd het nu warm. Hij liet zijn hoofd rusten tegen het levende hout en sloot zijn ogen. De boom omarmde hem stevig met zijn wortels.

Hoelang hij geslapen had, wist hij niet. Het duurde even voordat hij besefte waar hij was. Hij was ergens van wakker geschrokken, maar wist niet waarvan. Hij wilde overeind komen, toen hij beweging zag aan de bosrand verderop. Hij hield zijn adem in en zag dat Nynke voorzichtig de open plek op liep, met langzame, bijna eerbiedige passen. Hij bewoog zich niet. Nynke hield haar blik strak gericht op de kruin van de boom en het leek wel of ze in zichzelf praatte. Er scheerde iets laag over de grond. Een zwarte kraai streek neer op het gras, niet ver van Nynke. Ze lette er niet op, liep langzaam door tot vlak bij de boom en breidde haar armen wijd uit naar de lucht. Ze praatte nog steeds voor zich uit, maar wat ze zei kon hij niet verstaan. Hij drukte zich dieper weg tussen de wortels. Hij durfde bijna niet te ademen en was bang dat hij zou stikken als ze daar nog langer zou blijven staan. Juist toen draaide ze zich langzaam om, liep terug het bos in en verdween tussen de takken.

Hij stond snel op, zijn rug deed pijn van het lange zitten. Hij wilde achter Nynke aan lopen toen hij zich bewust werd van een verandering in de lucht. Er was geen geluid meer, niet de minste ritseling, het hele bos stond stil om hem heen. Het licht leek weggeveegd te worden, zo snel werd het nu donker, van licht naar donkerblauw, tot bijna zwart. Uit de grond steeg nu ook een zwarte geur op. Hij begon te rennen, wurmde zich tussen de takken door in de richting van het huis, maar de bomen hielden hem vast, wilden niet dat hij wegging. Hij schreeuwde het uit, riep hard om Nynke, worstelde verder, bleef Nynkes naam roepen tot een ontzettende flits en een geweldige donderslag het bos leken te splijten. Hij gilde het uit, liet zich voorover op de grond vallen, krabbelde snel weer overeind, rende verder. Weer rolde de donder en door het bos kwam een ratelend geluid snel dichterbij. Hij wist zeker dat het de duivel was die hem kwam halen om hem in een helleput te trekken. Hij gilde opnieuw, zijn hand zocht het kruisje onder zijn kleren. 'In de naam van...' begon hij, maar hij struikelde over een tak, viel voorover, probeerde nu Nynkes naam te roepen, boven het geruis en geratel uit. Een stevige hand pakte hem bij zijn schouder. Hij was verlamd van schrik, kon zich niet bewegen en voelde hoe de inhoud van zijn blaas een warme plek in zijn broek verspreidde. Zijn hand klemde nog steeds om het kruisje.

'Lenert!'

Met een ruk keek hij op, recht in Nynkes gezicht. Hij klemde zich aan zijn zus vast. Ze hielp hem overeind en samen renden ze verder. Het bos liet hen nu wel gaan en niet veel later bereikten ze de bosrand. Het onweer raasde over hen heen, maar Nynke leek niet bang. Ze renden het laatste open stuk tussen het bos en het huis over en waren toen binnen, eindelijk. Neele stond bij de tafel en zei niets, maar op haar gezicht was grote opluchting te zien. Zwijgend hielp ze hem uit zijn kletsnatte plunje en wreef hem droog met een doek. Ze gaf hem droge kleren en een warme kom melk. Praten was haast onmogelijk, de regen ratelde tegen de houten wanden en de donder dreunde onafgebroken. Nynke was op haar knieën gevallen en lag te bidden tot God, Jezus Christus en de heilige maagd. Toen Neele hem de melk had gegeven ging ook zij bidden.

Hij pakte de nap, zijn tanden klapperden tegen de rand. Snel dronk hij de warme, romige melk op. Hij had net op het randje van de hel gebalanceerd en was er bijna overheen gevallen. Op het laatste moment was hij gered, bij de afgrond vandaan. Want hij voelde wel aan: dit was geen gewoon noodweer. Dit was het werk van de duivel. Maar waarom? Om hem bang te maken?

En wat had Nynke met dit alles te maken? Waarom kwam die zwarte kraai naar haar toe? Wat deed ze daar, bij de oude boom in het bos? Kwam ze daar vaker? Maar haar kruisje had hem wel gered, daarvan was hij zeker. Hoe bang hij ook was, zonder dat kruisje was hij nu door de duivel gegrepen. Opnieuw klemde hij het vast in zijn hand.

Maar toch ging de gedachte dat ze hem ook zo makkelijk alleen zou kunnen laten, net als Neele die zomaar wegging voor een man, niet uit zijn hoofd. En ze had ook om hem gelachen.

Wat hij gedronken had was geen melk , het was een kom vol eenzaamheid die zich nu langzaam door zijn lijf verspreidde.

Boven hen ratelde de donder.

» 3 «

1545

Hij was bezig de mest uit de koeienstal weg te scheppen toen hij door de houten wand een vreemde stem
hoorde. Een mannenstem. Niet dat er nooit mannen
op de boerderij kwamen. Genoeg zelfs. Maar nieuwsgierig als hij was liep hij naar de deur en luisterde aan
de kier. Hij herkende de stem, de man was hier eerder geweest. Een lange man met een mooi verzorgde
baard, een belangrijke man uit de stad, hij deed iets bij
het stadsbestuur.

Hij hoorde hoe Nynke vroeg of hij een nap bier
wilde. De man stemde toe met een zware stem.

'Ik heb nog nagedacht over je vraag of ik de jongen
wil leren schrijven,' zei de man na een tijdje.

Er volgde een lange stilte. Hij stelde zich voor dat
Nynke de man nu vragend aankeek, of misschien een
plak roggekoek voor hem sneed. Door de kier zag hij
alleen de kast.

'Ik wil het wel doen,' vervolgde de man. 'En over
de prijs worden we het ook wel eens.' Hij schoot in de
lach. Geen prettige lach, vond hij.

'Wat bedoel je?' vroeg Nynke. In haar stem klonk
spanning.

'Ik ken je reputatie een beetje, Nynke. Daarvan wil
ik ook wel profiteren.'

Weer volgde een lange stilte. 'Kan ik niet gewoon betalen voor de lessen?' vroeg Nynke toen, met een afgemeten en boze stem.

'Dat is toch gewoon betalen?' zei de man. 'Jij krijgt je zin en ik ook. Elke week zal ik de jongen lesgeven, hier in huis.'

'Je bent een smeerlap, Arent Corneliszoon!' bitste Nynke. 'Verzin maar iets anders.'

'Nee,' zei de man beslist. 'Dit zijn mijn voorwaarden. En anders stuur je de jongen maar naar het klooster. Dan kan hij daar leren lezen en schrijven. Maar dan sta je er echt alleen voor en dat nog wel naast het duivelsbos. Hoewel, ik kan je af en toe wel komen helpen. Dat zal de duivel misschien wat op een afstand houden.'

Hij begreep niet wat de man bedoelde, maar wel dat Nynke hem had gevraagd om hem, Lenert, te leren lezen en schrijven. Lezen en schrijven! De voorwaarde om een belangrijk man te worden. Wilde Nynke dat voor hem regelen? De gedachte was zo verrassend en zo heerlijk dat hij even iets van het gesprek miste. Maar hij hoorde wel dat er een afspraak gemaakt werd. De volgende week zou de man voor de eerste les komen en ook zorgen voor schrijfmateriaal.

Met een bonzend hart van opwinding pakte hij de strontschuiver en het was alsof de donkerbruine geur nu ook een zweem zachtgeel had. De laag koeienstront was aangekoekt op de lemen vloer en het uitscheppen was zwaar werk, maar aan één stuk en met tomeloze kracht werkte hij door. In de donkerste hoek van de stal begon hij een gat in de harde mestlaag te maken en die van daaruit los te hakken. Zo werkte hij door tot hij de hele hoek had vrijgemaakt. Buiten gooide hij de mest op de mesthoop. Toen de ene hoek leeg was begon hij vanaf de andere kant en werkte nog sneller. Hij wist dat hij eens net zo vaardig een pen zou hanteren. De schuiver werd in zijn verbeelding een pen en onder de dikke mestlaag kwam een perkamenten vloer vrij waarop hij schreef: woorden, woorden en nog eens woorden, in sierlijke letters met lange halen. Hij schreef een verhaal dat eindeloos zou doorgaan. Het zou hem vanuit deze stal in het stadhuis brengen en wie weet hoeveel verder nog. Hij nam zich voor om nooit te vergeten wat Nynke voor hem had gedaan, dat hij hier mest stond te scheppen terwijl zij afspraken maakte met die Arent Corneliszoon. Opeens verdween de zachtgele geur uit zijn neus en was er alleen nog maar stront. Hij stootte met een wild gebaar de deur open die de wind halfdicht had geblazen. Hij moest even naar buiten omdat het was alsof hij onverwacht onder de mestlaag vandaan een duivel had opgeschept die hem in het gezicht was gesprongen. Hij liep om het huis heen en zag nog net Arent Corneliszoon weggaan. De man zwaaide met een breed armgebaar en gaf zijn paard de sporen.

Hij liep naar binnen. Nynke stond bij de tafel en keek hem ernstig aan. 'Wie was die man?' vroeg hij zacht en merkte hoe zijn stem trilde.

'Dat was Arent Corneliszoon. Hij zal je volgende week schrijfles geven,' zei ze met een zucht.

'Schrijfles? O, Nynke, dankjewel! Dat is... dat is...' Hij sloeg zijn armen om haar heen. Ze glimlachte en streek hem door zijn haar. 'Doe maar goed je best, jongen. Leer maar snel,' zei ze zacht.

Die middag was de duivel toch verdwenen, zijn onbestemde gevoel van onbehagen was weg. Hij wist
dat hij ging leren schrijven en daardoor ging het
werk vanzelf. Hij molk de koeien, werkte op het land
en hielp Nynke met het maken van kaas. Hij ging
leren lezen en schrijven, hij zou een belangrijk man
worden, hij hoefde niet heel zijn leven hier te zwoegen. Hij zou in een rechte lijn de markt oversteken
en iedereen zou hem groeten. Nooit zou hij Nynke
vergeten en als hij haar nog eens zou kunnen helpen
door iets voor haar te schrijven, zou hij dat doen. En
ook zou hij…

'Haal je nog hout? Er is niet zo veel meer,' vroeg
Nynke.

'Dat is goed,' knikte hij. Hij was nu groot en sterk
genoeg om de kar te trekken en reed die tot bij het
bos. Toen hij tussen de bomen naar droog sprokkel-
hout zocht viel het hem op dat het bos anders geurde
dan anders. De aardkleurige en groenige geur bevatte
vandaag ook slierten van een zwartige lucht. Hij haalde
diep adem en keek om zich heen. Waar kwam die geur
vandaan? De takken ritselden in een zachte voorjaars-
bries. Zijn voeten zakten weg in een dikke laag mos en
dieper uit het bos klonk het geluid van een specht. De
geur werd afwisselend sterker en zwakker, er moest
iets zijn aan de kant waarvandaan de wind woei. Hij
legde de stapel hout die hij inmiddels had verzameld
neer en begon voorzichtig in de richting van de geur
te lopen. Maar verderop verdween die. Het enige wat
hij nog rook was aardekleurig, mosgroen, een klein
beetje bruin. Hij liep terug, maar snoof de verontrus-
tende geur niet meer op. Hij bracht het hout naar de
kar en liep opnieuw het bos in.

Toen hij een mooie dikke tak opraapte, viel zijn oog op een afdruk in het zachte mos.

Duidelijk was een paardenhoef te zien. Maar hier kon een paard helemaal niet lopen! Dit kreupelbos was veel te dicht. Toen zag hij hoe er meer hoefafdrukken stonden, maar het waren geen paardenstappen. Een zwarte walm dampte eruit omhoog, hij voelde zijn maag samenkrampen en het zuur in zijn keel komen. Hij liet het hout vallen en rende terug naar de bosrand.

Nynke kwam net uit de kaasschuur en keek hem verbaasd aan. 'Wat is er aan de hand, Lenert?'

'Afdrukken van paardenpoten, daar in het bos,' hijgde hij. 'De duivel is daar geweest.'

Het bloed trok weg uit haar gezicht. Ze pakte hem bij de hand. 'Waar heb je dat gezien? Breng me erheen.'

'Ik durf niet.'

'In de naam van Jezus Christus zijn we veilig. Heilige maagd, bescherm ons. We zijn veilig. Laat zien.'

Met bonzend hart liep hij terug, voor zijn zus uit. Niet veel later zag hij de stapel hout liggen die hij had laten vallen. 'Daar,' fluisterde hij.

Maar hoe ze ook zochten, er waren geen paardensporen meer te vinden in het zachte mos. Toch luchtte hem dat niet op en hij zag aan Nynke dat zij er ook niet door was gerustgesteld.

Die avond was Nynke stil en teruggetrokken. Ze antwoordde afwezig op zijn vragen en zat soms lange tijd voor zich uit te staren in de vlammen van de haard. Hij nam haar onopvallend op en voelde hoe haar onrust ook naar zijn eigen hart oversloeg. Wat betekende dit alles? Hij ging leren schrijven, maar hij had ook een aanval van de duivel meegemaakt. Hij zuchtte diep, stond op, ging weer zitten. Buiten stond het duister dicht om het huis.

De volgende dag kwam Maria Jacobsdochter aan bij de boerderij. Maria woonde verderop met haar man en twee kinderen. Ze zagen ze eigenlijk nooit, of het moest zijn dat ze kwamen klagen of zeuren over dit of dat. Nynke zuchtte toen ze Maria zag komen en mompelde iets wat hij niet kon verstaan, maar haar toon zei hem genoeg.

Maria begon direct tegen Nynke uit te varen en maakte haar uit voor dief en rover. 'Je hebt witte kool van mijn veld gestolen!' riep ze met haar schelle hoge stem.

Maria was een magere, ietwat kromme vrouw met een ongezonde grijze kleur op haar verweerde gezicht. Het deed hem denken aan de kleur van de lemen vloer of nattig zand. Haar mond met de dunne lippen en gele tanden verspreidde een bruinzwarte lucht die hem misselijk maakte, iedere keer als ze dichtbij kwam. Dit keer bleef ze gelukkig op een afstand en hij bleef op zijn beurt schuin achter Nynke staan.

Hij zag hoe Nynkes nekspieren spanden, toen ze met rustige stem zei dat ze nooit van haar leven aan de witte kool van Maria was geweest en dat die nog te slecht was om varkens mee te voeren.

Maria gilde dat ze loog en dat Aart, haar man, het zelf gezien had. Daarop gaf Nynke opnieuw rustig antwoord dat Aart dat nooit had gezien omdat het niet was gebeurd. En het was iedereen bekend dat Aart in staat was een koe een poot af te liegen, voegde ze er zachtjes aan toe, zodat alleen hij het hoorde.

Maria wachtte niet eens tot Nynke was uitgesproken maar begon stampvoetend te tieren dat ze haar kool terug moest hebben en dat ze anders zouden doodgaan van de honger. Hoe durfde Nynke een ander het voedsel uit de mond te stelen terwijl ze zelf dikke plakken spek op zolder had liggen en de schuur vol lag met kaas en...

Hij voelde in een oogwenk hoe de stemming veranderde. Het was of een koude windvlaag in zijn nek blies en Nynke plotseling groter werd, toen ze met een resoluut gebaar haar hand uitstrekte en Maria met haar vinger wegstuurde, terug naar haar eigen bedoening. 'Ga weg, Maria!' klonk haar stem. Hij deed een stap naar achteren door het gezag dat eruit sprak. Nynke zette twee stappen in de richting van de tafel en pakte een grote rodekool, die daar lag voor het eten van vandaag of morgen. Die gooide ze met een boog naar Maria. 'Voed hier je gezin mee, als het je daarom te doen is. Maar ga nu weg.' Opnieuw wees ze Maria de deur, met gestrekte arm en priemende vinger.

Even leek de vinger te gloeien als een kooltje uit de oven, maar toen zag hij dat Maria ook iets moest voelen van het gezag dat Nynke uitstraalde. Want ze wankelde een paar stappen terug, de kool tegen haar hart gedrukt, hapte naar adem en haar schetterige stem stokte.

'En ik zeg je nogmaals dat ik niet aan je kool ben geweest,' zei Nynke.

Maria sloeg een kruis en zei schor dat haar man nooit loog.

Nynke zuchtte. 'Wegwezen!' zei ze. 'Je hebt eten, val ons nu alsjeblieft niet verder lastig.'

'Je bent een duivel,' zei Maria zacht maar hoorbaar, toen ze zich snel omdraaide en wegliep over het smalle pad. En vlak voordat ze tussen het kreupelhout verdween zei ze het nog een keer, harder en duidelijk hoorbaar nu: 'Je bent een duivel, Nynke Dimmendochter.'

Nynke haalde zwaar adem. Ze opende haar mond, maar bedacht zich blijkbaar, en fluisterde toen iets wat hij niet kon verstaan. Ze keek Maria na.

Hij kreeg plotseling sterk de behoefte om iets vriendelijks tegen Nynke te zeggen, om er toch zeker van te zijn dat ze niet boos op hem was. Hij struikelde over zijn eigen woorden toen hij haar verzekerde dat hij ook nooit op het koolveld van Maria was geweest en dat hij het vreselijk vond dat Maria Nynke zo aanviel en dat Nynke Maria goed te woord had gestaan en dat…

Nynke draaide zich om en haalde haar schouders op. 'Dat maakt allemaal niks uit. Kom, ik wil onze eigen kool vanmiddag eigenlijk in de schuur zien te krijgen. Er komt morgen veel wind.'

'Hoe weet jij dat eigenlijk?' vroeg hij. Hij was al vaker verbaasd geweest dat zijn zus het weer zo goed kon voorspellen.

'Goed letten op de lucht en op de wind. De kleur van de zon en de geur. Dan voel je wel aan wat voor weer het wordt.'

'Net als nu, de lucht ruikt lichtblauw en een beetje oranje. Komt er dan wind?'

Nynke schoot in de lach. 'Dat weet ik niet, jij ruikt altijd van die bijzondere geuren. Wat ik wel weet is dat Maria stinkt als de neten en dat er morgen wind komt. Kom op, help me met de kool.'

41

Toen hij de volgende morgen wakker werd hoorde hij hoe de wind rond het huis gierde. In stilte bewonderde hij zijn zus voor haar vooruitziende blik en hij vroeg zich af hoe ze dit toch allemaal kon weten. Toen schoot hem te binnen dat hij de volgende dag zijn eerste schrijfles kreeg en een tijdje liet hij deze gedachte door zijn hoofd spelen. Tot hij grijzig licht door de kier van de bedsteedeur naar binnen zag dringen. Waarom had Nynke hem nog niet geroepen? Voor het licht werd maakte ze hem altijd wakker. Dan kreeg hij een plak roggebrood en moest hij eerst de koeien melken. Maar nu was het al licht en uit de stal hoorde hij nadrukkelijk geloei. Hij kwam overeind en stootte de bedsteedeurtjes open. Nynke stond voor het vuur, haar armen gespreid naar de vlammen. Ze hoorde de bedsteedeurtjes zeker piepen, want ze draaide zich geschrokken om. 'Lenert!'

'Het is al licht, Nynke. Moeten de koeien niet gemolken worden?'

Ze keek naar de ramen waardoor het licht naar binnen viel. Ze knikte langzaam en zei afwezig dat hij gelijk had en dat hij maar vaart moest maken.

Hij sprong uit de bedstee, kleedde zich aan en vroeg zich af waarom Nynke zo vreemd deed en er zo vermoeid en bezorgd uitzag.

'Jij gaat toch niet dood, Nynke?' zei hij.

Ze kreeg een rare uitdrukking op haar gezicht en vroeg hem waarom hij dat dacht.

'Ik zou niet weten wat ik moest doen als jij er niet was.'

Ze verbood hem streng ooit nog zulke vragen te stellen omdat die ongeluk brachten en ze sloeg een kruis.

Hij schrok van haar heftigheid en zwijgend at hij een brok roggebrood en dronk een nap melk. Met zijn hoofd vol gedachten stond hij op van de tafel en liep naar de staldeur. 'Vergeet je gebed niet!' zei Nynke scherp. Ze sloeg nogmaals een kruis en keek hem boos aan. Hij ging snel aan tafel zitten en sloot zijn ogen. Maar toen hij na een tijdje opstond besefte hij beschaamd dat hij alleen maar de woorden van Nynke had overdacht en geen woord tot God had gericht. Hij ging zwijgend de stal in waar de vijf koeien stonden en begon met melken.

Hij hield van de geur van de koeienlijven, de stijvige hardheid van de volle uiers en het geluid van de sprietsende stralen melk in de emmer. Hij zat op een houten blok en luisterde naar de harde wind om het huis. Zijn gedachten vlogen even rond Nynke, stegen dan omhoog door de schoorsteen en vlogen met de wind mee naar de stad. Ze scheerden langs het karrenspoor, door de Westpoort, raasden door de smalle steegjes en wervelden op het marktplein weer omhoog, steeds verder tot ze halverwege de toren door het smalle venster naar binnen vlogen en verder klommen, draaiend en wervelend door het smalle trappenhuis, tot hij daar boven in een flits weer de grijze lucht zag en om hem heen de harde wind voelde. Hij klemde zich vast aan het lage hek rond de toren en liet zijn gedachten nu vrijuit wapperen in de wind. Hij voelde hoe de koude lucht hem schoon blies en hoe zijn zorgen wegvlogen in de wind, door de lucht buitelden, tollend en draaiend over de stad, en in de verte in het wilde water van de zee plonsden en wegzonken. De uier was leeg, zelf was hij schoon geblazen door de wind en met lichte tred ging hij naar de volgende koe.

Toen hij later weer in het huis terugkwam, waar Nynke pap aan het koken was in een ketel boven het vuur, viel hem Nynkes drukkende stemming op. Zwijgend dronk hij wat bier uit het vat. 'Ik ga hout halen,' zei hij met een blik op de kleine stapel naast de open haard. Nynke knikte, maar zei niets. Ze staarde in de pruttelende pot. Hij keek een tijdje naar haar, maar toen ze niet reageerde haalde hij zijn schouders op, trok een warme boezeroen aan en ging naar buiten.

De wind kwam laag over het land aanjagen en beukte vol op hem in. Met moeite kreeg hij de deur weer dicht. Kromgebogen duwde hij met zijn schouder tegen de wind en liep achter het huis langs naar het bos. Tussen de takken viel de wind weg, maar daarvoor in de plaats kwam een geruis dat niet alleen het bos maar ook zijn hele lichaam vulde. Ik ben een luis, dacht hij, in de pels van een hond. De wind kan me hier niet grijpen, hier ben ik veilig. Hij sprokkelde een paar armenvol hout en sjouwde die terug naar het huis. Daar stapelde hij ze op tegen de achtergevel. Twee keer liep hij heen en weer, toen lag er genoeg om twee dagen vooruit te kunnen. Toen hij voor de derde keer terugliep en zich opnieuw door het bos liet opslokken, werd hij overmand door een vreemd verlangen. Hij liep door tot aan de open plek. Daar stond de grote, oude eik, machtig en gegroefd, en hij hoorde in gedachten hoe de boom gromde van genoegen nu zijn machtige lijf gestreeld werd door de harde wind. Zoals een paard genoot als je hem schrobde. De grote takken zwiepten heen en weer, de bladeren stonden strak in de wind. Stap voor stap liep hij in de richting van de boom, over het gras, naar de dikke stam. Zijn handen gingen omhoog, zochten houvast, zijn voeten zette hij in de oude, gegroefde bast. De boom liet hem gemakkelijk toe, verwelkomde hem op de horizontale takken, nodigde hem uit. Kom maar verder, kom maar hoger. Hij deed het. Onder hem nu geen groen gras meer, maar takken en bladeren. De boom had hem opgeslokt, de takken duwden hem nu zelf hoger, de bladeren ruisten dicht tegen zijn oren. En toen was hij hoger dan de rest van het bos en voelde hij de volle wind. Nog hoger. Nu openden de takken zich en zag hij heel ver om zich heen. Zijn ogen traanden, knipperend staarde hij naar de zee, die wit was als een gevlekte, schuimende sneeuwvlakte.

Maar nu had de wind hem ontdekt, de luis was te hoog in de vacht geklommen en als met een pulkende nagel schepte de wind nu onder de takken. Hij voelde zijn handen glijden en geschrokken kroop hij terug, dichter naar de dikke stam. Maar zo makkelijk kwam hij niet van de wind af. Een werveling vond hem, trok hem bij de stam vandaan. Met moeite liet hij zich zakken, verder terug tussen de takken. Slinks trok de wind de takken uit elkaar, om bij hem te komen. Pas nu begreep hij dat de wind niet gewoon de wind was, maar dat er iets in de wind was, iets levends, iets zoekends. Hij voelde paniek in zich opkomen, liet zich verder vallen, gleed van de volgende tak naar beneden, greep wild om zich heen, voelde een tak onder zich breken en de volgende heel ver doorbuigen. Hij zocht houvast. Bladeren, takken, een stevige ronde tak tussen zijn vingers, pijn in zijn polsen, zijn schouders brandden, zijn voeten bungelden boven de grond. Een val. Ruggelings op het gras, boven hem in een flits nog de boom. De boom die lachte, die zich over hem heen boog, die…

In de zwartheid van de nacht opende zich een smalle spleet. Daartussendoor was lege grijsheid te zien. Er hing een paarsrode geur, het was niet goed hier.

Iets bewoog zich in de grijsheid, vanuit de nevelen was daar een gezicht.

Hij kende dat gezicht. Het praatte tegen hem, maar de woorden drongen nog niet tot hem door. Eerst moest hij weten van wie het gezicht was.

Nynke. Hij herinnerde zich haar naam. Zijn zus, vulde zijn geheugen nu aan. Met de opluchting stroomde pijn mee, een stekende pijn in zijn rug.

'Waar ben ik?' hoorde hij zichzelf zeggen, ver weg alsof zijn mond in zijn buik zat en hij zijn eigen geluid ergens onder uit zijn lijf hoorde klinken.

'In huis,' zei Nynke. 'Ik heb je terug gedragen. Blijf stil liggen. Ik heb sint-janskruid gevonden. Hier, drink dit op. De pijn zal minder worden, het zal je beter maken.

'Sint-janskruid,' zei hij met een droge mond. 'Waarvoor?'

'Niet praten. Hier, drink op,' klonk Nynkes stem gebiedend.

De drank prikkelde in zijn keel en geurde sterk oranje. Het zakte langzaam zijn lichaam in, verspreidde zich als boomwortels in de grond.

De pijn zakte weg, de nevelen bedekten hem weer en het laatste wat hij vaststelde was dat zijn zus wonderlijk wijs was, dat ze heel veel wist van kruiden en dat ze… dat ze…

» 4 «

1545

Hij keek naar Nynke, die bezig was peen te snijden voor de stoofpot. Haar gezicht stond somber en boos. Toch vroeg hij niet waarom en luisterde slechts naar het snijden van de peen en naar de stilte. De wind was weer gaan liggen, als op bevel. Ze had hem weten te vinden bij de oude boom en hij begreep niet hoe ze hem helemaal naar huis had kunnen dragen. Ze wist wanneer de wind kwam, ze wist wanneer de vorst kwam, ze wist welke kruiden ze moest mengen om zijn pijn te verlichten. Ze wist zo veel waar hij niets van begreep. Hij wendde zich langzaam van haar af, staarde naar de houten tafel. De stilte voelde plotseling onaangenaam en eigenlijk zou hij nu willen vragen wat er met haar was, hoe ze hem had kunnen vinden in de duisternis en de storm, en waarom ze zo boos keek sinds ze hem daar had gevonden. Maar toen hij zijn mond opendeed zei hij: 'Is er nog van die varkensworst?'

Ze keek op, veegde een haarlok uit haar gezicht en knikte in de richting van de kast. 'Nog een klein stuk. Neem het maar.' Daarna legde ze haar mes neer en liep naar de deur. Ze keek vanuit de deuropening een tijdje naar de omgeving.

'Wat doe je?' vroeg hij.

Ze schudde haar hoofd, zei verder niets en bleef

47

staan kijken. Even later sloot ze de deur met een zucht en ging ze verder met de stoofpot.

Hij stond op en liep naar de voorraadkast. Hij pakte het laatste stuk worst en rook eraan. Aan tafel sneed hij eerst de kleine droge punt eraf en daarna sneed hij dikke plakken waarmee hij een stuk roggebrood belegde.

Toen hij zijn mond opendeed om een grote hap te nemen voelde hij de beurse spieren in zijn nek schrijnen. Hij bedacht opnieuw dat het een wonder was dat hij niets ernstigs aan de val had overgehouden. Het kruisje was zijn redding geweest, de boze macht had hem uiteindelijk toch niets kunnen doen dankzij die bescherming.

Hij spoelde het roggebrood weg met een grote nap melk. Daarna sneed hij nog een dikke plak van een grote, zelfgemaakte kaas. 'Deze ligt allang zeker, Nynke? Hij is lekker.'

Nynke reageerde niet, roerde in gedachten in de pan. Na een tijdje keek ze op, haar hoofd een beetje schuin alsof ze ergens naar luisterde. Twee tellen later hoorde hij hoefgetrappel.

Nynke pakte een doek en hing de hete pan twee haken hoger aan de ketting, zodat hij wel warm bleef maar niet meer de volle hitte kreeg. Ze streek een lok haar achter haar oor en liep naar de deur. Buiten stopte het hoefgetrappel pal voor hun huis.

Hij stond op en liep achter haar aan. Nog voor ze bij de deur waren werd deze van buiten opengerukt en stapte Aart, de man van Maria Jacobsdochter, naar binnen.

Aarts gezicht was vertrokken van woede en Lenert zag hoe er speeksel uit zijn mond vloog toen de man

48

sprak. Hij deed een paar stappen achteruit en ging achter Nynke staan. Aart deed hem denken aan een schriele haan, onder zijn kin hing los vel en zijn smalle mond opende zich als een snavel. Het viel hem nu op dat Aart dezelfde grijzige kleur had als Maria, en toen Aart de deur achter zich sloot woei een spoortje van een bijna zwarte geur hem tegemoet. Hij deed een stap achteruit.

'Je hebt mijn vrouw vervloekt, vuil wijf dat je bent! Ze is doodziek, ik wil dat je haar zegent! Ze zal sterven door jouw verwensing, Nynke Dimmendochter!' brulde Aart haar recht in het gezicht.

Nynke bleef staan waar ze stond, maar hij zag hoe de spieren in haar nek zich spanden. Haar stem was hees. 'Ga weg met je beschuldigingen, Aart. Ik heb niets met de ziekte van je vrouw te maken. Bid tot God en de heilige maagd, rijd naar de priester of biecht de zonden van je zwarte hart op, maar val ons hier niet lastig.'

'Ze heeft zware buikkrampen, vanaf het moment dat ze van jou terugkwam, vuile dief dat je bent. Ik werk me bijna dood om in leven te blijven en jij steelt de witte kolen van ons land. Maar ik beveel je om nu mee te gaan, Nynke. Zegen mijn vrouw, neem je verwensingen en vervloekingen terug. Anders zal ze zeker sterven.'

'Sterven zal ze ooit, zoals wij allen, maar niet door mijn vervloeking, Aart,' zei Nynke zacht.

Hij hield zijn adem in.

'Zeg dat niet!' riep Aart. 'Zeg niet dat ze zal sterven! Zeg dat ze zal leven, zeg dat ze beter zal worden, zeg dat de duivel haar niet zal krijgen!'

Hij stapte naar voren en wilde Nynke vastpakken,

maar deinsde toen achteruit. Lenert begreep waarom toen hij het scherpe mes in Nynkes hand zag.

'De deur uit,' zei Nynke met een zachte, hese stem. 'Nu. En kom nooit meer terug. Nooit meer.'

Aart staarde haar aan en keek toen naar het mes. 'Ik vermoord je als Maria iets overkomt.'

Nynke zei dat zij, wat er ook met Maria gebeuren zou, daar niets mee te maken had en dat hij haar nooit meer moest beschuldigen. Als om haar woorden te onderstrepen stapte ze naar voren en hief het mes.

Aart sloeg een kruis en liep achteruit terug naar de deur. Zodra hij buiten was, smeet Nynke de deur achter hem dicht. Toen ze zich omdraaide zag hij dat ze snel ademde, haar gezicht hoogrood. Ze keek hem aan maar zei niets, zuchtte even diep en liep terug naar de tafel, waar ze verderging met het snijden van de peen. Om haar heen voelde hij, net als toen Maria er was, haar sterke uitstraling. Hij bleef staan, maar kon de stilte en de dreiging niet langer verdragen. Zonder iets te zeggen ging hij de deur uit. In de verte hoorde hij het wegstervende geluid van paardenhoeven. Hij wist niet dat Aart een paard had, bedacht hij nu.

Het land was schoon geblazen door de frisse wind. Hij liep naar de schuur. Hij pakte in gedachten een van de kazen die netjes opgestapeld lagen te wachten om naar de markt gebracht te worden en snuffelde aan de mooie geur. Hij legde de kaas terug en liep langs het stuk grond waarop kool en andere groentes stonden, naar het bos. Bij de bosrand bleef hij staan, omkijkend naar het huis. Een tijd lang stond hij daar.

Toen begon hij weer te lopen, als op bevel. Of het een aandrang was om ergens van weg te lopen of juist om ergens naartoe te gaan, hij wist het niet, maar zonder daar verder over na te denken liep hij in de richting van het huisje van Aart en Maria. Vanuit de struiken keek hij een tijdje naar het huisje, dat net achter een lage duinheuvel lag. Het stuk grond eromheen lag daardoor mooi in de luwte en de duinpan was snel warm. De groente stond er goed bij. Buiten was niemand te zien. Ook het paard zag hij niet, dat zou wel in de kleine schuur achter het huisje staan.

De takken, vlak voor hem, vormden een fijnmazig netwerk tegen de lichtblauwe lucht. Op de kleine takjes zaten korstmossen, hij bekeek ze van heel dichtbij. Van een afstandje waren het grijze plakjes op de takken. Maar van heel dichtbij waren het prachtig getekende en gekartelde eilanden, waar je eindeloos lang naar kon kijken en steeds nieuwe dingen op ontdekte.

Nynke had macht. Hij had het daarnet gezien. Mensen waren bang voor haar. Want in Aarts ogen had angst gestaan. Geen boosheid, maar angst. Dat besefte hij nu pas. Maar wat deed ze dan? Waarvoor waren anderen bang? Hij dacht aan wat Nynke hem had verteld over de duivel. Over machten die je kon oproepen, en dat je dat nooit mocht doen omdat het zonde was. Erger nog, een gruwelijke zonde. Het duiveltje zat in zijn zak, hij voelde de warmte ervan door zijn kleren op zijn dijbeen schroeien.

Hoe zou het voelen om macht over anderen te hebben? Stel dat Aart niet voor niets bang was voor zijn zus. Zou hijzelf die macht ook hebben? Zijn hand gleed in zijn zak. Hij zou het natuurlijk maar één keer proberen. En hij zou het biechten, voor alle zekerheid. Hij sloeg een kruis en tegelijkertijd gleed zijn hand in zijn broekzak, het duiveltje sprong warm in zijn handpalm. Terwijl hij het duiveltje voelde, dacht hij aan de boze woorden van Maria en Aart. Dat Aart zelf had gedreigd om Nynke te vermoorden als er wat met Maria zou gebeuren. Aart en Maria. Hun huisje stond daar. Het was stil in het bos, de wind was gaan liggen. Hij opende zijn handpalm, het duiveltje knikte naar hem, grijnsde, moedigde hem aan.

Hij keek het recht in de ogen, die gloeiden in de gemeen gefronste kop. 'Maak haar ziek, maak haar dood,' fluisterde hij. 'Zorg dat ze Nynke nooit meer lastigvalt.'

De stilte was nu compleet, om hem heen was de natuur tot stilstand gekomen. Hij voelde een hete wind langs zijn bezwete gezicht trekken. En tegelijkertijd klonk er een afschuwelijke kreet van pijn uit het kleine huisje, een zware mannenstem riep iets.

Hij stopte het duiveltje in zijn zak terug, moest het met moeite uit zijn hand duwen om het los te laten, draaide zich om en rende het bos in, weg van het huisje. Maar de kreet reisde met hem mee, had zich vastgegrepen aan zijn oren. Hij sloeg al rennend een kruis. 'Vergeef me, in de naam van Jezus Christus,' hijgde hij. 'Bid voor me, heilige Maria.' Maar het geluid liet zich niet uit zijn geheugen bidden. Hij bleef rennen tot hij hun eigen huis weer zag. Bij de bosrand ging hij zitten om op adem te komen voordat hij naar binnen ging.

Het huis was leeg. Hij keek in de schuur, zelfs op de zolder en op het akkertje aan de andere kant van het huis, maar ze was nergens te zien. Hij bleef even voor de deur staan, aarzelde, maar ging toch naar binnen. Hij liep naar de bedstee, aarzelde opnieuw, stak toen snel zijn hand in zijn zak en greep het houten duiveltje. Hij wierp er een korte blik op, lang genoeg om de ogen te zien flikkeren in het kwaadaardige gezicht. Alsof het een brandende kool in zijn hand was, duwde hij het poppetje op de verstopplek in de bedstee, tussen de strozak en de houten wand, in de hoek. Hij trok zijn hand snel terug en keek naar zijn handpalm, alsof hij daar brandblaren verwachtte.

Langzaam ging hij aan tafel zitten, maar na een paar tellen stond hij weer op en liep naar buiten. Hij keek even bij de koeien, liet zijn hand over de warme lijven glijden. Hij liep door, over de akker tot aan de bosrand. 'Nynke,' riep hij zachtjes. 'Nynke!' Er kwam geen antwoord. Nu rook hij een oranjerode geur, die uit het bos naar hem toe woei. Hij sprong bij het bos weg, liep terug en midden op de akker bleef hij staan. Het bos was aan de ene kant, het huis aan de andere. Een koe loeide. Hij riep opnieuw Nynkes naam, harder nu. Steeds opnieuw. Geen antwoord. Hij greep het kruisje dat om zijn nek hing, pakte het stevig vast en keek naar het huis. Het huis en het kruisje, dat waren de vaste elementen, de vaste zekerheden waartussen hij weer evenwicht vond.

Achter hem ritselde iets. Hij draaide zich snel om en keek in Nynkes ogen. Ze stond iets verderop in het koolveld, in haar hand een plant met een lange wortel, die ze op een bijna eerbiedige manier vasthield. Ze keek hem aan, hij wilde iets zeggen, maar zijn stem weigerde. Ze knikte naar hem, beval hem toen mee naar binnen te gaan.

In de keuken legde ze de uitgetrokken plant op tafel. Met vaardige hand sneed ze de plant in gelijke delen en bond de bundeltjes bij elkaar, om die vervolgens vast te maken aan een stuk touw. Zwijgend keek hij toe. Ook Nynke sprak niet en er was iets gehaasts in al haar bewegingen, alsof de tijd drong. Daarna hing ze, nog steeds zwijgend, het bundeltje om zijn nek. Hij keek erop neer en nog voor ze sprak, voelde hij wat de betekenis hiervan was. Het bundeltje verspreidde een gevoel van rust en geborgenheid door zijn gespannen lijf.

'Verbena,' zei Nynke. 'Blijf het dragen, houd het om je nek. Het beschermt tegen de boze.' Ze draaide zich om, maakte opnieuw met snelle bewegingen een halsketting die ze zelf omdeed. 'Zo,' zei ze. Ze sloeg een kruis. 'Ik ga groente halen. Blijf in huis. Ik ben zo terug. We zullen eerst eten klaarmaken.'

Die avond zat zijn hoofd vol vragen die hij aan zijn zus zou willen stellen, maar hij deed het niet. Hij rook iets in de atmosfeer wat hij niet wilde verstoren. Af en toe streken zijn vingers langs de verbenablaadjes. Het enige wat hij vroeg, was of ze de volgende dag naar de stad zouden gaan. Nynke knikte en hij zei dat hij graag nog naar de kerk wilde. Ze zei dat dat goed uitkwam, want dat wilde zij ook. Ze wachtten allebei in stilte tot het tijd was om te gaan slapen. De nacht viel en hij wist dat het duivelsbeeldje daar in de hoek lag, nu dof en levenloos dankzij de verbena. Maar de verbena hielp niet tegen die gil in zijn oren en de mannenstem die hij erdoorheen bleef horen. Hij vroeg zich af waar Nynke al die tijd geweest was. Was ze in het bos alleen om verbena te zoeken, of had ze geweten wat hij had gedaan, had ze hem gadegeslagen en doorzien?

'Maria is dood,' zei Nynke toen ze de volgende dag samen in de richting van de stad liepen.

'Echt?' vroeg hij. Maar hij vroeg haar niet hoe ze het wist, want hij wist het zelf ook, met een onontkoombare zekerheid en hij wilde niet verder nadenken waar die vandaan kwam. Hij keek naar haar en voelde zich met haar verbonden, toen ze hem aankeek met een blik die sprak van iets wat ze samen wisten, maar waarover ze nooit samen zouden praten.

Hij dwong zijn gedachten om vooruit te gaan, de slingerende weg over, tot onder de hoge, donkere steenharde muur. De kilvochtige poort en de steegjes door, de markt over, het straatje naast het gemeente-huis in. De kerk binnen, door de stille, hoge ruimte, eindeloos hoog, gestut door pilaren en daarna: de biechtstoel. Maria was dood.

Hij overwoog wat hij zou zeggen en wat niet. Hij zou niet kunnen zeggen dat hij de duivel gevraagd had om hun buurvrouw te doden, zelfs niet in de besloten-heid van de biechtstoel. Het viel hem plotseling in dat hij dus niet alles zou kunnen zeggen, dat er misschien wel zaken waren die je zelfs niet eerlijk tegen God zou kunnen vertellen.

'Hé, hoor je me!' klonk Nynkes stem dwars door zijn gedachten.

'Wat is er?' vroeg hij.

'Heb je je verbena nog om?'

'Ja.' Nynke knikte. Zwijgend liepen ze verder.

De biechtstoel rook naar hoge ouderdom. Er hing een grijsbruine geur en daaroverheen een sterke lijf-geur van de vorige bezoeker. Zijn hart bonkte zwaar in zijn borstkas, hij veegde zijn handen af aan zijn boezeroen. Hij wilde hier eigenlijk niet zijn, maar hij wilde tegelijkertijd de kans op de toorn van God toch liever zo klein mogelijk houden. Hij was één keer eer-der geweest. 'Als jongen van tien hoef je nog niet te biechten,' had Nynke gezegd. 'Ik wil toch,' was zijn antwoord geweest. 'Wil je me leren hoe dat moet?' Ze had haar schouders opgehaald. 'Leren biechten?' er klonk een lach door in haar stem. 'Je gaat zitten en vertelt alles waarvan je eigenlijk weet dat het niet goed is geweest dat je het gedaan hebt.'

'Zoals gisteren, toen ik heel boos op je was?' had hij gevraagd. 'En ik je niet geholpen heb met melken?' Hij was boos het bos in gegaan en pas veel later thuisgekomen.

Nynke had hem ernstig aangekeken en geknikt. 'Ja, dat zou je wel kunnen biechten, ja.'

'En wat gebeurt er dan, als ik gebiecht heb?'

'Dan vergeeft God je zonden. Tenminste, als de pastoor dat zegt.'

'En als hij dat niet zegt?'

Het was even stil geweest. 'Dat zegt hij altijd,' had Nynke uiteindelijk geantwoord.

Die eerste keer was meegevallen. Hij had alles verteld waarvan hij dacht dat God daar boos over zou kunnen zijn. Daarna had de zware stem van de pastoor geklonken. 'Ga in vrede, mijn zoon. Je zonden zijn je vergeven.' Het was alsof God zelf tegen hem had gesproken.

'Spreek maar, zoon of dochter,' klonk nu dezelfde zware stem als toen achter het gordijntje.

Hij slikte moeizaam. Hij zuchtte diep en schraapte zijn keel. 'Ik... ik... heb een vraag aan u, vader.'

'Hoe oud ben je, mijn zoon?' klonk het.

'Tien jaar, vader. Wat gebeurt er als je de duivel vraagt om iemand anders kwaad te doen?'

Door het gordijn heen hoorde hij hoe de pastoor met een ruk inademde, alsof hij schrok van de vraag.

'Als je de… boze vraagt iemand kwaad te berokkenen?'
klonk het op fluistertoon. 'Waarom vraag je dit, mijn
zoon? Is er iemand die dit gedaan heeft?'

'Eh… ja, ik ken iemand die dit gedaan heeft, vader.
Is dat erg?'

Het bleef even stil aan de andere kant. 'Het is vreselijk om je rechtstreeks tot de boze te richten, mijn
zoon. Zijn macht is groot, hij loert overal. Mensen die
tot hem bidden zijn de duivel zelf gelijk, Gods toorn
zal hen zeker treffen.'

Hij hoorde dat er echt angst in de stem van de
pastoor doorklonk. Het gaf hem een raar gevoel van
macht dat hij een vraag stelde die zelfs de pastoor bang
maakte. 'Maar doet de duivel ook echt wat hem gevraagd wordt?'

En klonk een schorre grom door het gordijn. 'Je
vragen zijn vreselijk, jonge vriend. De duivel heeft grote macht, hij kan inderdaad met zijn vreselijke macht
mensen treffen. Maar luister goed, mijn zoon. Wie het
ook is die zich tot de duivel heeft gericht: waarschuw
hem of… haar. En blijf daar zelf ver vandaan.'

'Kan God zoiets ook vergeven?' vroeg hij.

'God is genadig. Zijn trouw is groot. Maar dit is een
gevaarlijke zonde, mijn zoon. Evenwel kan God ook
deze vergeven.'

'Wilt u mij mijn zonde vergeven, vader?'

'Ik vergeef geen zonden, mijn zoon. Maar God
heeft ook jouw zonden vergeven. Ga heen in vrede.
God heeft je welgedaan. En blijf ver van alles wat je
daarnet zei!'

'Ja, vader. Dank u wel.'

Hij stapte uit de biechtstoel, liep over de gebarsten
tegelvloer, tussen de massieve pilaren. Hij keek om-

hoog, misschien keek God nu op hem neer, daar tussen de grote balken door, eindeloos hoog boven hem. Hij sloeg voor alle zekerheid een kruis, zodat God kon zien hoe vroom hij was. Zijn zonden waren vergeven. Alles was weer goed. Maria was dood, maar God was niet boos meer op hem. Maar nog voordat hij door het koele portaal onder de toren de kerk weer verliet, wriemelde zich een kleine gedachte in zijn hoofd dat het misschien helemaal zo erg niet was om nog eens te zoeken naar de macht die hij had gevoeld. Een gedachte als een klein duiveltje.

Twee dagen na de dood van Maria kreeg hij zijn eerste schrijfles van Arent Corneliszoon. Arent kwam op een prachtig zwart paard en legde met een grote zwaai een leren tas op de tafel. Daaruit kwamen schrijfspullen en een boek. Arent begon uit te leggen wat schrijven betekende en hoe het werkte met letters. Arent was een goede leraar, begreep hem en was aan het einde van de middag heel tevreden. Hij liet schrijfspullen en een aantal opdrachten achter.

'Je bent een slimme jongen,' zei hij terwijl hij hem een stevige klap op zijn schouder gaf. 'Ik heb nog twee leerlingen, die zijn al zestien en achttien, maar jij hebt het sneller door dan zij!'

Hij keek naar Nynke, die met verstelwerk bezig was. Ze glimlachte naar hem, maar met een soort droefheid.

'Mooi,' zei ze met een zucht. 'Ga jij dan maar snel hout halen. Leg het hout achter het huis. En je mag niet binnenkomen voordat ik het zeg. Ik moet iets... belangrijks bespreken met Arent.'

Hij keek naar de schrijfleraar. De manier waarop

Arent naar Nynke keek beviel hem niet en verwarde hem. Maar hij wist niet goed wat hij daarvan moest zeggen. Hij ging staan en pakte de schrijfspullen. 'Zal ik die op het boordje in mijn bedstee leggen?' vroeg hij. 'Dat is goed,' knikte Nynke. 'Maar doe dat dan straks.'

Hij bedankte Arent en ging naar buiten. Verderop stak de hoge toren van het stadje boven alles uit. Er zijn momenten in je leven die bepalend zijn. Bijvoorbeeld als je midden op een drukke markt bent, waarop vijf, zes stegen en straten uitkomen. Dan moet je soms een belangrijke keuze maken. Achteraf was dit zo'n moment. Jaren later zou hij beseffen dat de schrijflessen die Nynke voor hem had geregeld en de vastberadenheid die hij voelde toen hij na de eerste les naar de toren van Goedereede keek, de koers van zijn leven hadden bepaald.

Maar nu zag hij gewoon die toren en gromde in zijn binnenste: 'Ik word ooit baljuw.' Toen viel hij met zijn gedachten van de toren af, dwars door het dak van de kerk naar beneden, tot in de biechtstoel. Hij rook weer de grijsbruine geur. 'Wat het ook kost,' gromde hij nog. Het was hem altijd bijgebleven. En tot op de dag van vandaag wist hij nog steeds niet of hijzelf in zijn binnenste gromde, of dat het een andere macht was die dat deed, een macht van buiten hem.

Toen hij zich omdraaide om het bos in te gaan vroeg hij zich plotseling af wat Nynke met Arent moest bespreken. En waarom mocht hij daar niet bij zijn? Hij liep naar de achterkant van het huis, sloop door de schuurdeur naar binnen en liep op zijn tenen naar het schot tussen de kamer en de stal. Door twee kieren kon je net in de kamer kijken. Heel voorzichtig gluurde hij door de smalle spleet. Hij zag hoe Arent om de tafel heen liep en Nynke met een lach aankeek. Nynke keek strak terug. Arent liet zijn handen over haar borsten glijden. 'Zo erg is het toch niet?' zei hij met een lach. 'Je zult geen spijt hebben van onze afspraak, Nynke Dimmendochter, wij allebei niet.'

Nynke zei niets, maar stapte opzij en klom de ladder op, naar de zolder. Het laatste wat hij zag voordat ze uit het zicht verdwenen, was hoe Arent een grote hand op zijn zusters achterste legde terwijl hij achter haar aan klom.

Hij voelde hoe langzaam maar zeker een knoop om zijn maag werd aangetrokken. Een tijd later merkte hij dat hij nog steeds door de spleet stond te staren, naar de lege kamer.

Boven klonk geschuifel. Hij draaide zich om, liep snel de schuur uit en rende het bos in, bang om nog meer te horen, nog meer te zien.

Achter hem brieste het zwarte paard.

1547

'Ik wil graag kip eten, Nynke. Slachten we er een?' vroeg hij, terwijl hij samen met haar aan het werk was in de moestuin.

Ze schudde kort haar hoofd. 'Een gezonde kip slachten we niet. Zolang ze eieren geven heb je meer aan een levende dan aan een geroosterde.'

'Ach kom. We hebben genoeg kippen,' wierp hij tegen.

Ze schudde opnieuw haar hoofd en werkte zwijgend door.

'Ik wil toch graag kip,' mompelde hij, onhoorbaar voor haar. Hij rukte een peen zo wild uit de grond dat deze brak. Ze keek even op, liet haar ogen op hem rusten. Hij zuchtte, trok de volgende peen er voorzichtiger uit. Ze werkten nog een tijdje door. Hij inhaleerde de ochtendlucht diep en bespeurde iets roodachtigs, met sporen van donkerbruin. En terwijl hij daar zat, wist hij van het ene op het andere moment dat er deze dag iets onheilspellends zou gebeuren. Hij stelde vast dat hem dat al veel vaker was overkomen. Eigenlijk sinds de dood van Maria, nu twee jaar geleden. Hij stond op, legde de penen in de gevlochten mand en pakte deze op. Zwijgend liep hij naar de schuur. Een dikke kip fladderde weg voor zijn voeten. Hij waste de penen in de houten teil die naast de schuur stond en legde ze daarna binnen op de tafel. Daar lagen ook verschillende kruiden. Hij herkende ze allemaal. Wilde winde, bilzekruid, papaver, kamille. En hij wist de werking ervan. Het ene hielp tegen koorts, het andere tegen winderigheid, een volgend tegen verstopping. Nynkes kennis was onuitputtelijk. Maar meer dan ooit besefte hij dat kennis soms rechtstreeks toegankelijk was. Dat je dingen gewoon kon weten, rechtstreeks in je hart, zonder middelen, kruiden of rituelen. Zo wist hij dat deze dag geen goede dag zou worden.

Hij liep naar de deur, bleef er even staan en keek naar zijn zus, die op haar knieën zat in de tuin, en naar de dikke kip, die vandaag op de een of andere manier telkens weer in zijn blikveld liep. 'En toch wil ik kip,' mompelde hij opnieuw.

Hij dacht even na en nam toen een besluit. Hij moest weten uit welke hoek de dreiging zou komen. Hij zou weer doen wat hij al vaker had gedaan na die vreselijke dag toen Maria stierf. Hij liep naar zijn bedstee en pakte het houtsnijduiveltje. Toen hij terugkwam was Nynke niet meer in de moestuin. Ze zou wel in de schuur zijn. Dat kwam hem goed uit, hij liep snel de moestuin door, de akker over, het bos in. Toen hij uit het zicht was, ging hij langzamer lopen.

Hij kon de weg ernaartoe inmiddels dromen, zo vaak was hij er geweest. Hij liep tot aan de grote open plek met de oude eik. Vanaf die open plek koos hij een smalle doorgang aan de noordkant. Hij wrong zich tussen twee dennen en kwam in een smalle doorgang. Daar stuitte hij op een groepje bij elkaar staande, zwartnaaldige dennen. Op handen en voeten kroop hij onder de takken door. Midden tussen de dennen was een ondiepe zandkuil, met een dak van zwarte naaldentakken. Zijn eigen plek, onvindbaar voor anderen. Hij liet zich in de kuil glijden en ging op zijn rug in de kom liggen. Het was bijna volslagen duister onder de takken. De wind ruiste zacht door de naalden, de wereld was ver weg. Hij sloot zijn ogen en voelde hoe hij op de aarde lag, hoe zijn lichaam zwaarder en in de kuil gedrukt werd. Hij lag een tijd lang onbeweeglijk, de armen half gespreid, de benen onder in de kuil, zijn hoofd op de rand.

Dat er onheil naderde werd steeds zekerder. Hij probeerde te vatten waarom hij dit wist, of het iets te maken had met wat Nynke had gezegd of gedaan, maar hij kon het niet grijpen. Toch was het wel iets geweest in haar blik, haar toon, of misschien in wat ze juist niet zei. Ze had hem alleen gelaten, een paar dagen geleden, om iets in Ouddorp te gaan doen met een zak met vier prachtige kazen. Het was geen marktdag geweest en hij had gevraagd of ze er een koper voor had. Ze had hem niet eens geantwoord, alleen gezegd dat ze tegen het einde van de middag weer thuis zou zijn.

Hij voelde in zijn broekzak, greep het duiveltje stevig vast en deed zijn uiterste best om te doorgronden wat er aan de hand was. Het geruis van de naalden leek te veranderen in statig gezang, de wind neuriede. Met gesloten ogen voelde hij hoe de aarde langzaam vervaagde, doorzichtig werd, hoe Nynke en de boerderij in nevelen werden gehuld en hoe tegelijkertijd door die nevel de geuren juist duidelijker werden. Mooie geuren, zachtgeel en lichtblauw en zachtgroen en violet en lichtroze, maar ook slechte geuren, bruinzwart en modderkleur en zwavelgeel en bronskleurig.

63

Het geruis en de geuren mengden zich, en hij voelde hoe zijn gedachten zich begonnen te ordenen, hoe er onderscheid kwam tussen de verschillende geuren en hoe daardoor duidelijk werd wat ze betekenden. Dat inzicht rijpte langzaam in zijn hart en zou verklaren waar zijn onrust vandaan kwam. Het duiveltje gloeide in zijn hand alsof er een brandende draad als een slagader door zijn arm liep, van zijn hand naar zijn hart. De wind ruiste en de donkerbruine geur die hij die ochtend geroken had, werd sterker. Hij zag het spoor van die geur voor zich, als een donkerbruine draad door de nevel. Hij volgde de draad, stap voor stap, en daar dook Nynke op uit de nevel. Ze zag hem, maar op haar gezicht lag geen blijde herkenning, integendeel. Ze draaide hem de rug toe en verdween weer. Alle geuren vloeiden weer door elkaar en het ruisen van de dennen overheerste weer. De gloeiende ader in zijn arm was afgekoeld en hij opende zijn ogen. De betekenis van dit alles drong tot hem door, langzaam als de priemende punt van een rapier recht in zijn hart, die niet alleen zijn hart doorboorde maar ook alle adem uit zijn lijf drukte. En als hij geen adem kreeg zou hij stikken. Hij strompelde overeind en brak wild tussen de takken door naar buiten, rende door het loofhout, het bos weer uit en bleef hijgend staan aan de rand van hun akker. Het inzicht had zijn diepste angsten blootgelegd maar tegelijkertijd was het zo zeker dat er geen twijfel mogelijk was: Nynke ging hem verlaten. Hij wist niet hoe, maar het ging zeker gebeuren. Hij zou alleen achterblijven, eenzaam. Nu onderscheid, betekenis en inzicht hem hadden geopenbaard wat er ging gebeuren, ontketende dat iets wat heel diep in zijn binnenste besloten lag. Het kroop omhoog door de schachten en holen in zijn binnenste, steeds dichter naar de oppervlakte: een vastberadenheid en ontstellende woede dat niets, maar dan ook niets en niemand, ook Nynke niet, hem zou afhouden van het doel dat hij zich gesteld had. Hij zou ooit het stadhuis binnengaan en daar zou hij een belangrijk man zijn. Al moest hij de duivel zelf daarvoor klein krijgen.

Nynke was weg en haar paard ook, zag hij na een snelle blik in de stal. Ook miste hij twee kazen. Weer naar Ouddorp zeker. Hij pijnigde zijn hersens over wat ze daar toch aan het doen was, maar kon het niet bedenken. Het zou er ongetwijfeld mee te maken hebben dat ze hem zou verlaten. Misschien kwam ze nooit terug. Nog niet eerder had hij zich zo eenzaam gevoeld, alleen in het huis, alleen op de akker, alleen in de schuur. Overal waar hij kwam, onrustig heen en weer lopend, was hij alleen.

Na een tijdje ging hij aan tafel zitten in het stille huis. Na een paar tellen stond hij weer op en liep naar de voorraadkast. Hij vond een stuk oude, zout gerijpte kaas en wat appels, die hij pakte, en ging weer aan tafel zitten. Opnieuw stond hij op en vond in de keukenkast nog een dikke plak roggebrood. Ook dat nam hij mee, evenals een mes uit de bak die op het aanrecht stond. Hij sneed dikke plakken kaas af. De kaas was al zo oud dat hij brokkelde en hij stopte er wat van in zijn mond. Met de rest belegde hij het roggebrood. Hij nam een grote hap, stond weer op en pakte een mok die hij vulde met bier uit het vat in de voorraadkast. Staande bij de kast dronk hij met grote teugen de mok leeg, waarna hij hem opnieuw vulde. Hij liep terug naar de tafel en at de rest van het roggebrood en een appel op. Hij keek naar het grote mes, waarmee hij de kaas gesneden had. Lange tijd zat hij daar, starend naar het mes. Toen stond hij op en liep naar buiten, om het huis heen naar de akker. Hij zocht even en vond al snel wat hij zocht. Halverwege de akker liep de dikke kip. In de schuur haalde hij een handje koren uit het ronde vat, dat met een stevig houten deksel was afgesloten, en liep terug naar de akker. De kip zat nog op hetzelfde plekje. Hij maakte een piepend geluid met zijn lippen en trok zo de aandacht van het dier. Daarna hield hij zijn open handpalm met de graankorreltjes uitgestrekt. De kip keek ernaar, eerst met haar ene oog, aan de ene kant van haar kop, toen met haar andere oog. De lel onder haar snavel zwabberde even na toen zij haar kop draaide en met beide ogen naar het graan keek. Voorzichtig, met langzame stapjes kwam het beest op hem af, één poot omhoog, waarvan de tenen zich in een boogje naar elkaar toe krulden, één poot op de grond, de tenen gespreid. Stapje voor stapje. Hij zag hoe de poot zich weer krulde. De kip zette de laatste twee stappen, keek met beide oogjes naar het graan en wilde het met haar scherpe snavel van zijn hand pikken. Razendsnel greep hij met zijn andere hand het dier bij haar nek. De kip had geen tijd om te reageren, zelfs niet om een geluid te maken, want met alle kracht die hij had kneep hij de kippenkeel dicht. Hij draaide de spartelende kip rond tot het krakte en kraakte en het beest als een dood gewicht in zijn handen hing.

'Tóch wil ik kip,' mompelde hij, terwijl hij daar een tijdje met de kip stond, midden op de akker. Toen liep hij terug naar de schuur, dacht even na, liep over de akker naar het bos en net achter de bosrand ging hij de kip plukken. Daarna sneed hij haar open en ontdeed haar van de ingewanden. Terug in de keuken zocht hij een lange metalen spies en wist deze met moeite door het kippenlijf te spietsen. Hij hing de spies aan de haken die daarvoor boven het vuur waren aangebracht. Daarop porde hij het altijd smeulende kolenvuur op en gooide er wat houtblokken bij. Al snel laaiden de vlammen op. Niet veel later begon de kip die heerlijke, lichtbruine kleur te krijgen. Hij draaide hem langzaam om, zag hoe de klein haartjes op de kale kip verschroeiden, hoe het vel droop van het vet, hoe het bloed dat uit de holte van de ingewanden sijpelde zwart opdroogde en snoof de prachtige, goudgele geur diep op. 'Toch wil ik kip,' mompelde hij opnieuw.

Hij zat daar nog steeds toen achter hem de deur openging en Nynke binnenstapte. Hij had haar paard niet eens gehoord. Met een ruk draaide hij zich om.

Ze bleef in de deuropening staan en staarde hem aan. 'Wat ben jij aan het doen?!' riep ze uit.

Hij negeerde haar vraag en zei: 'Ga je weg? Laat je me alleen?' Hij hoorde zelf hoe zijn stem knarste als een niet gesmeerd wagenwiel.

Ze stond roerloos, als had ze de vraag wel gehoord maar was de betekenis haar vreemd.

'Ga je weg?' vroeg hij opnieuw. 'Zeg niet dat het niet waar is, want dan lieg je.'

Ze ging aan de tafel zitten, zuchtte diep en keek hem onderzoekend aan. 'Je bent pas dertien, soms vraag ik me af…'

Hij wachtte, maar ze maakte haar zin niet af en keek naar haar handen die ze op de tafel legde. Opkijkend zei ze: 'Ik ga je niet verlaten. Maar er gaat wel iets veranderen. Ik ga trouwen met een man uit Ouddorp. Hij heet Job en...'

'Je gaat dus wel weg?' onderbrak hij haar.

'Nee, ik ga niet weg. Job komt hier wonen.' Ze zei nog veel meer, maar hij hoorde haar woorden niet meer, want wat ze gezegd had drong nu tot hem door en een indringer doemde voor hem op. Een indringer die samen met Nynke in haar bedstee zou slapen en die zich zou gedragen als heer van dit huis en naar wie ook hij zou moeten luisteren. Een indringer die zou maken dat hij hier als een vreemde of gast in dit huis moest leven.

Nynke zei nu ook iets over schrijfles. Hij richtte zijn aandacht weer op haar. 'Wat zei je over schrijfles?'

'Hoor je me niet? Ik zei dat we moeten stoppen met de schrijfles. Dat kan niet langer doorgaan nu Job hier komt wonen. En Arent wil niet ergens anders les- geven, heeft hij gezegd. Maar ik heb al bij het klooster gevraagd en daar kunnen ze...'

Hij sprong overeind, de stoel waarop hij zat klet- terde hard op de grond. Hij boog zich voorover naar Nynke en spuugde haar recht in het gezicht. Hij zag als in een bovennatuurlijke vertraging de klodder in haar richting wentelen en met een natte klets op haar wang terechtkomen. Hij greep de tafelrand en rukte deze omhoog, zodat de tafel naar Nynke kantelde en ze met een kreet van schrik achteruit sprong en viel. Nog steeds vertraagd zag hij hoe de tafel net naast haar voeten neerklapte, en hoe ze verder rolde en weer overeind krabbelde. Hij wachtte haar reactie niet af maar draaide zich om naar de deur. Want nu kregen de dingen hun eigenlijke snelheid weer, en de val van de tafel en het gegil van Nynke dreunden zwaar en hoog na in zijn oren. Hij was met twee sprongen bij de deur en rende naar buiten, de akker over, blindelings het bos in, weg van zijn verraderlijke zus die zomaar een vreemde toeliet in hun wereld en die ervoor zorgde dat hij zijn schrijfles kwijtraakte. Weg van zijn zus die vond dat hij niet genoeg man was om haar gezelschap te houden, om voor de boerderij te zorgen. Weg van zijn zus die een andere man nodig vond, die zomaar zo'n stomme Ouddorper ging toelaten in zíjn domein. Ze was geen haar beter dan Neele, die hem ook al verlaten had. Hij hoorde hoe ze hem achterna kwam, want haar stem raakte hem van achteren, ook nog toen hij het bos in rende. Maar hij bleef rennen tot hij haar niet meer hoorde en hij zwoer dat hij haar nooit meer hoefde te horen. Hij bleef doorlopen tot hij niet meer kon en zelfs toen hij al lange tijd zeker wist dat Nynke ver weg was, wrong hij zich nog door de takken van een voor hem onbekend terrein. Daar hoorde hij de zee heel dichtbij ruisen.

Hij werd wakker van iets dat vlak bij hem was. Een geluid had hem wakker gemaakt, maar hij kon zich niet herinneren wat. Voorzichtig deed hij zijn ogen open. Het eerste wat hem opviel was dat de zon verdwenen was, want onder de takken van de vlierstruiken was het schemerig. Het tweede wat hij zag was een reebok, die aan de rand van de vlierstruiken stond en onder de laaghangende takken door naar hem keek. Hij bleef roerloos liggen en keek terug in de zwarte, glimmende ogen. Hij hoorde de bok snuffelen, op zoek naar geur, veilig of gevaarlijk, en als een bliksemschicht viel het inzicht in zijn hart dat hij was als dit dier. Dat hij de gave bezat om gevaar te ruiken en om inzicht te krij-

69

gen uit de geur van de dingen, en hij voelde een sterke verwantschap met dit wezen. Het was alsof de reebok die overeenkomst rook, want toen hij voorzichtig overeind kwam en op één elleboog steunde, bleef het dier staan. En zelfs toen hij er zacht tegen sprak zag hij wel hoe de oren bewogen, maar was er nog steeds geen angst in de grote ogen. Hij ging zitten, de benen gekruist en praatte zachtjes door, woorden kabbelend als een waterstroom die na een regenbui uit de duinen naar beneden stroomt. Lange tijd zat hij daar zo, oog in oog met het dier, tot de reebok een stap terug deed en bij wijze van groet nog één keer met zijn kop schudde voordat hij rustig weg stapte tussen de struiken.

Hij bleef nog even stil zitten en geleidelijk gingen zijn gedachten van de reebok naar de gebeurtenissen van de dag. Hij was nu in staat die van enige afstand te overzien en hij kwam tot de conclusie dat hij niet terug kon en niet terug wilde. Hij was afgedankt door zijn zus, ongeschikt bevonden om mee samen te leven, ze wilde in plaats van hem liever zo'n stinkend varken uit Ouddorp onder haar dak. Ze kon er wat hem betrof in stikken.

Hij kroop onder de struiken vandaan en stond op, klopte het zand van zijn kleren en keek rond. Hij bevond zich boven op een hoge duintop die volledig was begroeid met vlierstruiken en duindoorns. Beneden hem lag de zandstrook die de zee van de duinen scheidde en over de golven kwam het duister van de nacht snel aanrollen. Hij had honger en dorst, maar hij besefte dat het in het donker onmogelijk was om iets eetbaars te vinden. Hij dacht met grote spijt aan de heerlijke kippenbout, die Nynke nu helemaal alleen kon opeten. Gelukkig was het niet erg koud, hoewel de nachtwind die het duister vooruitsnelde hem deed huiveren. Hij kroop weer terug onder de vlierstruik, maar de kuil waarin hij had gelegen had alle warmte al verloren. Toch ging hij zo gemakkelijk mogelijk liggen en dacht aan het duiveltje. Hij sloot het houtsnijwerkje stevig in zijn hand en voelde tevreden hoe het hem verwarmde. Toen viel de nacht, en vervaagden zijn gedachten en de wereld in nevelen van duisternis en slaap.

Het was ergens rond middernacht toen hij ontwaakte door de kou die vanuit de grond in zijn botten kroop. Er was een harde wind opgestoken die luidruchtig door de vliertakken boven hem suisde, hoewel het in de kuil waarin hij lag volkomen windstil was. De nacht was niet helemaal zwart meer, het wolkendek dat in de avond over hem heen getrokken was, brak hier en daar open en hij zag de vliertakken boven zijn hoofd zwart afsteken tegen de zwartblauwe lucht waaraan een halve maan stond. Even waren er alleen de koude aarde onder hem, het ruisen van de takken boven hem en de nacht om hem heen, maar toen schoot hij overeind. Hij rook een brons- en zwavelachtige geur die uit de zanderige bodem leek op te stijgen en die hem bang maakte. Hij voelde aan het houtsnijwerkje, maar dat was nu koud in zijn hand. Een grote onrust maakte zich van hem meester en dwong hem overeind. Hij kroop onder de struik vandaan en klom omhoog, tot boven op de top van het duin. Vaag zag hij de zee oplichten aan de rand van het diepzwarte land om hem heen. Helemaal aan de andere kant van het eiland zag hij het vuur branden op de toren van Goedereede en helemaal rechts, in het verlengde van de duinenrij zag hij het verre vuur dat brandde op de Ouddorpse toren. Daartussen lag de duisternis over het land gespannen. Hij voelde het licht van de maan over zich heen strijken door een gat in het wolkendek en hij zag hoe het maanlicht verder reisde over het land. Vaag zag hij in de grijswitte vlek de contouren van het land oplichten: duinen, bossen, duindalen gevuld met duindoorns en vlierstruiken.

Toen was het net of een stille stem hem riep, of iets hem dwong zich een halve slag te draaien en zijn aandacht te verplaatsen. Het was een onmiskenbare ervaring die hij niet kon plaatsen en die hem bang maakte. Er was daar iets, in het duister, dat hem riep. In een reflex greep hij het duiveltje, dit keer leek het te branden, en hij zocht naar wat daar was, daar ergens in het donker. Een deel van hem wilde zich verbergen, maar hij ging juist boven op het duin staan, in het maanlicht dat nu weer langs hem trok. Toen hoorde hij haar stem door het donker en hij voelde dat een laag ijs zich op zijn botten hechtte. Hij kon zich niet meer bewegen. Nu zag hij haar ook, verderop in het maanlicht, als een zwevende nimf. Even wist hij zeker dat ze niet door de struiken liep maar erboven zweefde, want ze kwam nu snel zijn kant op. Hij wachtte haar komst af, niet in staat zich te bewegen. Pas toen ze de laatste meters overbrugde en hem bij zijn hand greep kon hij weer bewegen en praten. Zacht klonk haar stem: 'Kom, lieve jongen. Kom mee. Ik verlaat je niet en vergeef je je boosheid.' En haar stem was als muziek en de maan scheen weer en de struiken leken zich voor hen te openen, toen ze de lange weg terug gingen. Nynke wist goed de weg, bedacht hij, want steeds waren er openingen in het stikdonker. Niet één keer liepen ze vast in deze droomreis door deze droomwereld. Later kon hij zich het einde niet herinneren, hij wist alleen dat hij de andere ochtend wakker werd in zijn eigen bedstee, met zijn kleren nog aan, en dat hij eerst dacht dat alles van de dag ervoor een droom was. Maar toen hij Nynke zag en de blik in haar ogen hem vertelde dat het allemaal waar was, heel echt waar, besefte hij dat hij desondanks gewoon hier zou blijven wonen en niet weg zou gaan tegen haar wil.

Die morgen at hij kip.

» 6 «

1550

Drie jaar had hij nu schrijfles in het klooster en toen hij deze avond de toren beklom was het alsof hij met elke trede een deel van die drie jaar opnieuw beleefde. Alsof hij de last van al die drie jaren trede voor trede op zijn rug stapelde, zodat die hem bijna platdrukte toen hij boven kwam. De beelden stonden levensecht op de ronde muur van de trapschacht geschilderd en moeizaam passeerde hij ze, stap voor stap. De komst van Job Verniel uit Ouddorp naar hun kleine hofstee had alles veranderd: dat was het einde van zijn schrijfles door Arent en hij was definitief een vreemde geworden in zijn eigen huis. Want hoewel Job een aardige, wat teruggetrokken man was die hem vriendelijk behandelde, bleef deze een indringer. Hij kon nooit verkroppen dat Job hem iets vroeg of opdroeg en hij weigerde pertinent de vaste volgorde van de dingen die hij gewend was, te wijzigen. Pas toen hij de wanhoop over zijn gedrag in de ogen van zijn zus zag, was hij tevreden en bond hij in, zonder ook maar de bedoeling te hebben om daarmee haar lot te verlichten. Want hij diende er vooral zijn eigen doel mee, en in deze periode van betrekkelijke rust vroeg hij haar alles over de kruiden die ze gebruikte. Hij leerde boze geesten te weren met verbena en knoflook, wijsheid te verkrijgen uit sint-janskruid, bloeden te stelpen met de lange gele bladeren uit het duin. Zij droeg gretig haar kennis aan hem over, blij dat hij weer inschikkelijk was.

Hij leerde vooral de machten van de natuur steeds meer te gebruiken, ook al voelde hij hoe hij soms rakelings langs de hel scheerde. Keer op keer moest hij de biechtstoel bezoeken en nam hij zich voor om ermee te stoppen. Toch pakte hij steeds opnieuw het duiveltje uit de bedstee en trok hij zich terug in de beschermende cocon van de wind in de dennentakken. Toen Jobs aardappeloogst mislukte gaf hem dat een zwart soort voldoening, omdat dit precies was wat hij hem tijdens een van zijn stille momenten onder de dennen had toegewenst. De angst voor zichzelf, die hij eerder had gehad, begon ook langzaam te slijten, maar de kille woede bleef als een slijklaag op de bodem van zijn hart liggen.

Toen Nynke zwanger raakte van haar eerste kind werd het hem bijna te veel. Hij zei geen woord, maar op een ochtend waarop zowel Nynke met haar dikke buik als Job weg waren, pakte hij zijn schrijfspullen in en alle andere dingen die hij belangrijk vond. Hij nam het paard en vertrok naar Goedereede om een paar dagen bij Neele te blijven.

Nynke had na het beëindigen van de schrijflessen van Arent voor hem geregeld dat hij schrijfles kon krijgen in het klooster. De eerste keren was hij daar met grote tegenzin naartoe gegaan, maar gaandeweg had hij een goede band opgebouwd met broeder Johannes, de secretaris van het klooster, en na enige tijd wilde hij zijn wekelijkse lessen daar voor geen goud meer missen. Hij sliep een nacht bij Neele, in een kleine bedstee boven op de smalle zolder, maar diep in hem knaagde een grote ontevredenheid. Die ging dieper dan het feit dat Job hem een vreemde in zijn eigen huis had gemaakt.

Hij moest de aard van die ontevredenheid peilen, er vat op krijgen.

Met moeite klom hij de laatste treden omhoog, zette zijn schouder onder het luik en stapte boven op het torenplateau. Een half warme avondwind streek over hem heen. Hij moest voor zichzelf duidelijk krijgen wat hij moest doen. Het kwam hem goed van pas dat hij weleens wat schrijfwerk had gedaan voor de torenwachter. Als tegenprestatie kreeg hij altijd toegang tot de toren.

Met langzame stappen liep hij naar het gesmede hekwerk dat het torenplateau omringde. In het midden op de vuurplaats smeulden de kolen van het vuur dat straks door de torenwachter zou worden aangestoken voor de nacht. Onder hem lag de stad Goedereede, bijna volmaakt rond en omsloten door hoge muren en wallen, de huizen verdrongen zich als kuikens onder de schaduw van de toren. Hij liet zijn ogen langzaam over de stad glijden, die hecht en onneembaar onder hem lag, en zijn gedachten gingen naar een kleine honderd jaar geleden toen de vrouwen van Goedereede een aanval van 25 schepen van Jan van Naaldwijk en Bredero hadden afgeslagen. Ja, een stad met zo'n verdedigingsmuur als Goedereede kon zelfs door vrouwen verdedigd worden, al was het wel een geweldig staaltje geweest van die vrouwen, die de woeste aanvallers hadden afgeslagen met pek en vuur.

Hij draaide zich om en zijn gedachten buitelden

naar beneden, eerst steil langs de muur van de toren, dan dwarrelend langs het leien dak van de grote kerk, schuin naar beneden tot in de smalle Kerkstraat, rollend over de stenen tot midden op het marktplein, met een bocht naar rechts, de hoge stenen trap op tot de grote eikenhouten deur van het stadhuis. In gedachten was hij al honderd keer daar binnengetreden, vaak genoeg had hij de ramen bestudeerd en beelden opgeroepen van de ruimtes daarachter: de hoge vergaderzaal met de houten lambrisering waar ook recht werd gesproken en de kleinere kamers waarin de baljuw, de stadsschrijver en de schepenen en leenmannen hun werkplek hadden of vaak vergaderden. De laatste tijd hield het hem vaak bezig waarom hij er zo diep van overtuigd was dat hij daar ooit een plaats zou hebben, en of het wel gerechtvaardigd was om dit te denken.

Met grote moeite bracht hij zichzelf terug naar boven op de toren, want straks zouden de stokers komen en het vuur laten oplaaien en dan zou hij niet meer rustig zijn gedachten kunnen houden bij de vraag die hem bezighield. Hij draaide zich om en richtte zijn aandacht ver buiten de muren, op dat kleine huis daar, aan de rand van het donkere bos, het huis van Nynke. Hij greep het houten duiveltje dat in zijn zak zat stevig vast en hij vroeg zich af wat hij moest doen, of hij moest terugkeren naar Nynke of niet, of hij zich moest schikken in het juk van de altijd aanwezige Job, of toch misschien daar weg moest. Maar vooral vroeg hij zich af wat hij het beste kon doen om zijn belangrijke positie in het stadhuis te kunnen innemen. Hij voelde hoe het duiveltje heet was in zijn hand en hoe de wereld onder zijn voeten wegzonk en verdween in de nevelen die de toren nu omspoelden. Maar hij bleef zich toch zeer bewust van dat huis daar, diep onder de nevelen aan de rand van het bos, want nu rook hij de geuren die daar opstegen, goede, aantrekkelijke geuren.

Net toen hij zich afvroeg of dat een teken was dat hij terug moest keren naar Nynke, merkte hij dat hij dáár stond, op de akker aan de rand van het bos waarvan hij nu weer besefte dat het het *duivelsbos* werd genoemd. Maar toen hij in de richting van de vertrouwde plek onder de dennen wilde gaan lopen walmde er zwart en brons en zwavelgeel uit het bos, dat hem de adem benam. Toch bleef hij staan, want nu zag hij duidelijk hoe een massief geurspoor zich uit het bos losmaakte en in de richting van de stad woei, dwars door de nevelen heen. Hij volgde het, razendsnel als een vliegende kraai, door de grijze mist, rakelings langs druipende takken, tot de zwarte muur opdook en de poort zich opende. Het spoor baande zich een weg door de stad tot het aankwam bij het marktplein, de hoge treden en de eikenhouten deur, die zich opende. Hij was er, binnen in het stadhuis. De nevelen weken en de toren stond weer vast op de aarde, binnen de muren van de stad. De geuren verdwenen en het zicht was helder en daar in de verte was het huis van Nynke. Zijn hart bonkte zwaar in zijn borstkas en hij merkte hoe hij bijna duizelig was van het inhouden van zijn adem, toen hij de betekenis van dit alles tot zich liet doordringen.

De toegang tot het stadhuis loopt via het bos. Ik moet naar Nynke toe. Er klonk een krassend geluid dat hem deed opschrikken. Een zwarte kraai streek neer op het hekwerk, een meter of twee bij hem vandaan, en hij voelde hoe ijswater langs zijn rug liep. Veel tijd om hierover na te denken had hij niet, want achter hem ging het luik omhoog en de eerste stoker klom op het torenplateau. Hij draaide zich om en groette de stoker met een schorre stem.

Eenmaal beneden, weer terug bij zijn zus in het huisje binnen de stadsmuren, bedankte hij Neele voor de gastvrijheid en ging terug naar de hofstee aan de rand van het duivelsbos. Nynke noch Job vroegen waar hij de afgelopen nacht was geweest. Toen Nynke hem aankeek, besefte hij dat ze had geweten waar hij was. Hij wilde er niet over nadenken hoe dat kon, wat ze allemaal kon zien. Zwijgend borg hij zijn spullen op en liep weer naar buiten. Wind woei door zijn haar, boven hem opende zich een blauwe lucht, geel waren de boterbloemen, donker lag het bos aan de rand van de akker en de geur die rond het huis hing was roombotergeel. Hij nam het alles in zich op alsof hij jaren was weggeweest, nee, alsof hij het voor het allereerst van zijn leven zag. En die nieuwheid maakte het op de een of andere manier draaglijker dat Job hier nu woonde, maakte het gevoel van vervreemding en ontevredenheid minder. Maar toch bleef het alsof er diep vanbinnen iets was losgeschoten, iets was gaan rafelen. Zijn hand zocht in zijn zak naar het duiveltje. Het voelde koel aan in zijn hand.

De ochtend daarop vertrok Job naar Ouddorp om kaas, kool en melk te gaan verkopen op de markt. Nynke schommelde zuchtend door het huis met een buik die zo te zien op barsten stond. Hij zag dat zelfs haar ruimste schort strak rond haar lijf gespannen stond. Toen hij naar buiten ging vroeg ze hem waar hij naartoe ging. 'Hoezo?' vroeg hij. 'Ik ben even in de schuur.'

'Blijf een beetje in de buurt, wil je?' vroeg ze hem.

Hij was verbaasd over haar verzoek, maar stemde toe.

In de schuur ruimde hij het gereedschap op dat Job altijd overal liet slingeren en veegde de vloer aan. Tevreden over zijn werk liep hij naar buiten, waar hij de bladeren van de bloemkool ging opbinden, zodat de kolen niet geel werden in de zon. Terwijl hij daarmee bezig was, hoorde hij haar stem: 'Lenert!'

Ze stond tegen de deurpost geleund en wenkte hem. Hij liep naar het huis en zag hoe ze zelf al naar binnen wankelde. Toen hij, geschrokken, even later binnenkwam, hing ze op de rand van de bedstee. Ze wees naar een grote plas water voor de open haard, er lag een omgevallen emmer naast. 'Kook... water... het kind,' zei ze met horten en stoten.

'Wat is er aan de hand, Nynke? Wat doe je?' vroeg hij.

'Het kind... komt,' zei ze met een stem waarin pijn doorklonk. 'Kook water. Blijf hier.'

Hij deed wat ze vroeg, vulde de ketel en stookte het vuur op. Onderwijl keek hij steeds opnieuw naar zijn zus, die nu op haar rug in de bedstee was gaan liggen.

'Zorg voor twee touwtjes,' zei ze. 'En een scherp mes.' Ze praatte nog steeds woord voor woord, met korte stiltes ertussendoor alsof ze voor elk woord opnieuw moed moest verzamelen. Ze maakte puffende geluiden, hield haar dikke buik met twee handen vast. Hij zag hoe haar buik samenkrampte, hoorde haar kreunen, holde naar de voorraadkast, wist touw te vinden, pakte een scherp mes uit de keuken.

'Kookt het water al?' vroeg ze. Hij knikte. 'Ja, het kookt.'

'Gooi de touwtjes en het mes erin. Zorg dat je ze eruit kunt halen. Pollepel.'

Hij begreep haar en gooide de touwtjes en het mes in het kokende water, al begreep hij niet waarom.

'Was je handen, met papaver en bier,' zei ze. Hij deed het, tot ze blonken.

Ze kreunde opnieuw. 'Kom hier,' zei ze.

Hij kwam naar de bedstee, ze trok haar rok omhoog. Geschrokken zag hij haar naaktheid, een donkere spleet opende zich, waaruit vocht liep, een ronde bol naar buiten begon te puilen, steeds verder en verder, en bloed stroomde. Hij gehoorzaamde haar bevelen, greep de bol, trok op haar bevel, zag dat het een hoofdje was en onverwacht snel glibberde er nu een klein mensje uit Nynke naar buiten. Ze zuchtte diep, zei dat hij het mes moest pakken en de touwtjes. Hij viste het mes uit het kokende water, met de touwtjes ging dat moeilijker maar het lukte. 'Schiet op!' hoorde hij achter zich. Het kind begon te huilen. Hij brandde bijna zijn handen aan het mes, maar op de tafel koelde het snel af. 'De touwtjes,' zei ze. Nu zag hij hoe het kind nog aan haar vastzat met een dikke, gedraaide, rode slang. Op haar aanwijzingen bond hij de twee touwtjes strak om die slang, vlak bij elkaar. 'Strakker! Goed zo.'

Daarna sneed hij de slang door, precies tussen de touwtjes. Het kind krijste, het moest wel pijn doen, dacht hij, maar Nynke was tevreden, hield het kindje tegen zich aan en beval hem doeken te halen.

Hij rende al en verwenste die vervloekte Job, die zijn vrouw alleen liet op een middag als deze.

Aan het einde van die dag, toen Job inmiddels weer thuis was en blijkbaar dolgelukkig met zijn pasgeboren zoon – Pieter was zijn naam – vervloekte hij hem opnieuw. Het leek of hij de geur van bloed in zijn neus nooit meer zou kwijtraken en op de een of andere manier voelde hij weinig blijdschap over de komst van zijn neefje.

7

1553

Het was een koude winterdag. Hij reed de binnenplaats van het klooster op en liet zich van het paard
glijden. Hij leidde de hengst aan de teugels de stal
binnen, waar broeder Anselmus hem begroette en het
paard van hem overnam. Hij wisselde een paar woorden met de broeder, terwijl hij zijn schrijfspullen uit
de zadeltas haalde. 'Wie rijdt er vandaag de dag op
uw leeftijd op een eigen paard,' verzuchtte de monnik.
'Het gaat jullie goed, God zegent hen buiten de poort
meer dan hen die daarbinnen wonen.'

Hij haalde zijn schouders op, voelde een onverklaarbare weerstand in zijn binnenste tegen de woorden van de monnik. 'Het is ook een kwestie van hard
werken, broeder.'

'Toch zegt de psalmist dat sommigen van de ochtend tot de avond zwoegen en slechts brood der smart
eten, terwijl God anderen welvaart geeft als in de
slaap.'

Hij wilde bijna zeggen dat er weinig geslapen werd
op de hofstee van Nynke en Job, maar besefte dat hij
daarmee wel erg Godonterende taal zou uitslaan en
knikte instemmend. 'Zo is het, lieve broeder. God is
goed voor ons, geprezen zij zijn naam.'

Broeder Anselmus keek hem onderzoekend aan en

voordat de monnik nog wat kon zeggen, groette hij hem en dankte hem voor de goede zorgen voor het paard. Hij kende na al die jaren de weg door het klooster op zijn duimpje en merkte dat hij hier een graag geziene gast was. Hij liep de stal uit, de binnenplaats over en dacht na over wat broeder Anselmus zei over de mensen binnen de poort. Goedereede ging inderdaad hard achteruit. Van een drukke handelsplaats en aanmeerhaven voor schepen die vanuit alle windrichtingen kwamen, een plaats met een grote eigen vissersvloot, was het nu een verstilde stad geworden waar de meeste mensen moeite hadden om in hun dagelijkse kost te voorzien. De vissersvloot was in de afgelopen tien jaar heel wat kleiner geworden en veel rijke inwoners waren verhuisd naar andere steden. Schiedam, Delft, Breda, Den Haag. Sommige huizen stonden leeg en van andere was duidelijk te zien dat ze gebrekkig onderhouden werden. De belangrijke functie die de haven van Goedereede ooit had gehad in het handelsverkeer, was helemaal overgenomen door de havens van Schiedam, Rotterdam en Antwerpen. Door de steeds dichtslibbende haven was het slechts voor de kleinere vissersschepen nog mogelijk om Goedereede als uitvalsbasis te gebruiken. Het contrast met hoe het hunzelf buiten de poort verging was inderdaad groot, want Nynkes kennis van planten en dieren zorgde ervoor dat hun oogsten goed waren en hun vee gezond, en dat er eten en drinken, kaas, vet en vlees in overvloed waren.

Ongemerkt was Nynke voor veel mensen een vraagbaak geworden, bedacht hij. Vaak genoeg kwam er bezoek. Mensen met een kreupele koe, een geit die geen melk meer wilde geven, een schaap dat last had van wormen. Of ze kwamen haar advies vragen voor het verbouwen van bepaalde gewassen. Hij verbaasde zich over de domheid van de mensen. Waarom luisterden ze niet beter naar de natuur en snoven ze niet dieper de geuren op die inzicht konden geven? Een groot deel van de kennis van Nynke had hij zich eigen gemaakt. Steeds meer was hij erachter gekomen dat dit vooral neerkwam op goed oog hebben voor alles wat groeit en leeft, en steeds op zoek blijven naar de onvermoede krachten van planten en kruiden.

Hij opende de zijdeur van het klooster en liep de lange gang in die langs de zijmuur naar achteren voerde. Hij wist dat een licht mengsel van vingerhoedskruid en bosbessen schapen van wormen kon afhelpen en dat kamilledampen een ontsteking in de keel en longen wegnamen, dat een aftreksel van rode zonnehoed veel ziekten kon genezen, dat valeriaanwortel rust gaf en dat verbena de duivel weerde. En daarnaast kende hij andere geheimen, duisterder dan de kruidenkennis waarvan hij wel vermoedde maar nog steeds niet zeker wist of Nynke ze ook kende. Blijkbaar hadden deze gedachten een stille lach op zijn gezicht gebracht, want uit het schemerduister van de gang klonk de bekende stem van abt Lucas Cornelis. 'Wat goed om te zien dat uw gedachten vrolijk zijn, mijn zoon. Welkom en God zij met u op deze koude dag.'

Hij maakte een kleine buiging. 'Eerwaarde vader, dank u wel, moge God ook u nabij zijn. Het is een vreugde voor mij om onder uw dak te mogen komen, dat hebt u wellicht op mijn gezicht gezien.'

De abt schoot in een bulderende lach. 'Mijn zoon, u bedient zich even vaardig van de leugen als van de pen, want ik las op uw gezicht iets anders dan vreugde over binnen deze muren te zijn. Maar goed, ik zie nu aan u dat ik hierover beter niet verder kan vragen. Wees gerust en zoek snel broeder Johannes op. Het is vooral *zijn* vreugde dat u hier bent, want nimmer is hij een betere schrijver tegengekomen dan u.'

Hij was blij dat de abt snel doorliep, want hij voelde altijd een vreemde dreiging uitgaan van deze rondbor- stige geestelijke, die soms dwars door hem heen leek te kijken. Aan het einde van de lange gang ging hij rechtsaf, de vleugel in waar de cellen van de broeders zich bevonden. Vaal licht viel binnen door de kleine ruitjes die uitzagen op het grasveld rond de kerk. Hij kwam graag in het klooster, hoewel de sfeer van gods- vrucht, de stilte en het gefluister en het soms hemelse gezang hem ook konden overvallen en bang maken. Hij kon niet verklaren wat hem dan bang maakte, hoe- wel er soms een vaag vermoeden was, ergens schuin achter hem waar hij net niet bij kon, en hij deed ook niet erg zijn best om het te pakken. Hij klopte zacht op de deur van Johannes' cel. Een gedempte stem zei hem binnen te komen.

Zelfs op deze koude grijze dag was het onverwacht licht in de kleine ruimte. Broeder Johannes had als se- cretaris van het klooster het privilege dat hij een ruime cel met veel buitenlicht bewoonde, zodat er plaats was voor een grote schrijftafel, een kast vol boeken, papie- ren en schrijfspullen en zelfs een kleine haard in de hoek. Die laatste was hard nodig om de kou die door de ramen naar binnen kwam, te verdrijven. Johannes werkte als het nodig was ook vaak in de ruimte naast de bibliotheek, als hij een verslag moest maken voor de abt of als deze een brief dicteerde, of als hij andere schrijftaken uitvoerde voor een van de broeders of de kellenaar. Hij wist dat Johannes het liefst hier zat, in de stilte van zijn eigen cel te midden van zijn geliefde spullen, met als enige geluid het krassen van de ganzenveer op het perkament en het knisperen van het vuur in de haard.

Broeder Johannes begroette hem hartelijk en nam zijn mantel aan. Het was behaaglijk in de cel en hij warmde zijn koude handen bij het vuur voordat hij naast broeder Johannes aan de schrijftafel ging zitten en zijn schrijfspullen uitpakte.

Johannes had blijkbaar de les al grondig voorbereid, want de broeder ging direct van start en een tijd lang werkte hij geconcentreerd aan diens opdrachten, onder begeleiding van instemmend en prijzend gemompel van de monnik.

Toen broeder Johannes opstond en vroeg of hij een nap bier lustte, had hij bijna kramp in zijn vingers van het schrijven. 'Graag, broeder,' antwoordde hij en hij begon zijn spullen op te bergen.

'Je hebt een bijzonder talent, Lenert,' zei Johannes terwijl hij twee nappen vol bier schonk uit een aarden kan die op zijn schrijftafel stond. Ernaast lag op een schaal een langwerpig roggebrood, waarvan hij twee stukken afbrak en er één aan hem gaf. 'Ik heb nooit eerder iemand gezien die zo trefzeker, goed leesbaar en snel kan schrijven als jij. Het is alsof een deel van de geest van onze heilige vader Adrianus op je is.'

Hij wachtte zwijgend af wat Johannes verder zou zeggen, knikte dankbaar voor het ontvangen brood en bier. Hij hoorde aan Johannes' stem dat deze iets te vertellen had en hij wist dat hij de monnik daarvoor de tijd moest geven. Johannes nam een grote teug bier uit de nap en sloeg onder zijn pij zijn beide benen over elkaar. Met een voldane trek op zijn gezicht keek de broeder hem aan. 'Onze heilige vader Adrianus was hier pastoor, in Goedereede, toen de kerk hem riep om het belangrijkste ambt dat Christus hier op aarde voor een sterveling heeft weggelegd, op zich te nemen.'

Hij knikte als antwoord, vaak genoeg had hij gehoord over de pastoor uit Goedereede die ruim dertig jaar geleden paus was geworden, de eerste paus die afkomstig was uit deze gewesten.

'In onze bibliotheek zijn al zijn geschriften bewaard. Vaak genoeg lees ik een van zijn heilige teksten en sta ik versteld van zijn schrijfkunst, zijn woordkeuze, de trefzekerheid van zijn pen. Als ik jou zie schrijven moet ik vaak aan de heilige vader denken, mijn zoon.'

Hij boog het hoofd en mompelde: 'Dat is te veel eer, broeder. Alleen dankzij uw voortreffelijke lessen breng ik er iets van terecht.'

Broeder Johannes veerde op bij deze woorden en priemde met zijn vinger onder zijn neus. 'Geenszins! Want ik heb je iets te vertellen, Lenert Janszoon! De stadsschrijver verwacht je aanstonds. Hij heeft je iets te vragen. Wat weet ik niet, maar ik ben ervan overtuigd dat God grote plannen heeft met jou!'

De broeder bleef hem met brandende blik aankijken terwijl hij nog een grote slok uit de nap nam en zijn mond afveegde met de achterkant van zijn hand.

Hij hield zijn adem in. 'De stadsschrijver?' vroeg hij aarzelend. 'Wil die mij spreken?'

'Zowaar ik hier voor je zit. Het wordt tijd dat je gaat, trouwens. Kom, hier is je mantel. Ga naar het stadhuis en vraag naar de stadsschrijver. Hij heeft gevraagd je naar hem toe te sturen.'

'Maar hoe weet hij dan dat ik hier schrijfles heb?' vroeg hij verbaasd.

'Jij stelt meer vragen dan alle broeders hier in dit heilige klooster ooit zouden kunnen beantwoorden. Je bent net als de joden die onze Heiland niet wilden geloven, straks vraag je ook nog om een teken van de hemel of ik de waarheid wel spreek. Ga!' Broeder Johannes stond op en gooide hem zijn mantel toe. Met een snelle beweging deed hij het overgebleven roggebrood in een doek en stopte dit in de tas.

Hij kwam pas weer bij zinnen toen hij stap voor stap de treden van het stadhuis opklom. Hij kon zich niets meer herinneren van het afscheid van Johannes, de weg van het klooster naar hier en bemerkte opeens dat hij zijn paard nog in de kloosterstal had achtergelaten, maar dat deed er niet toe. Onder zijn voeten waren de heilige treden van het stadhuis en daar was de eikenhouten deur, de klopper viel er zwaar op en galmde binnen in het stadhuis door. De deur ging open, de bode vroeg hem wat hij wenste en knikte met herkenning toen hij zijn naam zei en dat de stadsschrijver naar hem had gevraagd. De droom ging verder, de gang in, wachten op een houten bank, een deur die openging en daar de stadsschrijver, die hij al zo vaak met een gevoel van afgunst had gadegeslagen als deze het stadhuis binnenging, sprekend tegen hem, hem meevoerend naar het heilige. Hij mocht gaan zitten in een stoel en luisterde naar de stadsschrijver die gehoord had van zijn talent en vroeg of hij, Lenert, de schrijver af en toe zou kunnen helpen met brieven en verslagen. Want in het Godvergeten Goedereede waren er de laatste tijd bijna geen goede schrijvers meer te vinden, alleen prutsers en knoeiers die hun eigen schrift niet eens meer konden ontcijferen. Hij knikte en ze spraken af dat hij de komende week op maandag zich zou melden bij de schrijver. Er was nog meer, maar dat herinnerde hij zich niet goed en pas toen hij te paard door de stadspoort de bijtend koude wind in reed, besefte hij dat het geen droom was maar echt, heerlijk levensecht. Hij gaf zijn paard de sporen, harder dan ooit en het dier voelde met hem mee, want het pad flitste onder hem door en zijn mantel wapperde achter hem. Het schuim vloog hem om de oren, zodat Job naar buiten kwam toen hij in volle vaart aan kwam galopperen. Hij schaterde om de schrik op Jobs gezicht en stuurde het paard jolig vlak langs zijn zwager heen, die daarna eerst boos, dan verbaasd en uiteindelijk bewonderend zijn verhaal aanhoorde. Pas toen hij in het donker van de bedstee alles van die dag nog overdacht, zag hij Nynkes ogen weer voor zich en zelfs in het donker herinnerde hij zich de gloeiende trots – en ook iets van grote opluchting? – in haar ogen.

De schrijfkamer op het stadhuis was een heiligdom. Het gevoel dat hij had toen hij voor het eerst aan de mahoniehouten tafel schoof, terwijl de stadsschrijver een groot leeg vel perkament voor hem neerlegde – 'Ah, ik zie dat je je eigen schrijfspullen hebt meegenomen' – en hij zijn pen en inkt uit de varkensleren etui pakte, was hij nooit meer vergeten. Een korte aanwijzing van de stadsschrijver – 'Kijk, dit verslag moet exact overgeschreven worden, zie je? Er moet een afschrift aan de opperbaljuw van Voorne worden gestuurd. Neem er je tijd voor, ik wil niet dat hij de indruk krijgt dat hier alleen mensen wonen die maar net hun eigen naam kunnen schrijven' – en daarna werd hij alleen gelaten in de stilte van de schrijfkamer, de deur op een kier, zodat de bedrijvigheid van het stadhuis vaag tot hem doorklonk. Hij opende de inktpot, taxeerde vluchtig het verslag dat voor hem lag, schudde zijn hoofd bij het onregelmatige handschrift en begon te schrijven.

Toen de stadsschrijver een tijd later terugkwam, lag het verslag al afgevloeid en droog te wachten en kwam de man woorden tekort bij het zien van de zwierige en met vaart geschreven tekst, waarbij het origineel zwakjes afstak.

'Mag ik u een vraag stellen, edele heer?' vroeg hij toen hij al enige weken schrijfwerk verrichtte. De stadsschrijver keek op van zijn leeswerk aan zijn eigen grote schrijftafel. 'Zeker, wat wil je weten, Lenert?'

Hij aarzelde en pakte een vel perkament uit zijn schrijftas. Hij wierp er een korte blik op en zei: 'Ik zou graag wat meer weten over hoe het stadsbestuur functioneert, ik bedoel eigenlijk, hoe het bestuur zijn taak...' Hij zweeg.

De schrijver schoot in de lach. 'En wat heeft dat perkament daarmee te maken? Laat eens zien!'

Wat houterig stond hij op van zijn stoel en legde het perkament op de tafel van de stadsschrijver. 'Neemt u mij mijn interesse alstublieft niet kwalijk, ik wil natuurlijk op geen enkele manier...'

'Stil!' onderbrak de stadsschrijver hem. 'Eens kijken. Je hebt hier een lijst met vragen over het stadsbestuur. Wanneer heb je die lijst gemaakt?'

'De afgelopen weken, als ik nieuwe termen tegenkwam in de verslagen heb ik ze opgeschreven. Ik hoop niet dat...'

'Stop eens met dat gewauwel. Je bent goed bezig, Lenert. Dit zijn stuk voor stuk goede vragen. Je schrijft zoals nog nooit iemand binnen de muren van dit stadhuis geschreven heeft. Je hebt een scherp verstand. Je wilt graag meer weten en bent slim genoeg om dat handig aan te pakken. Ik heb nog ruim de tijd vanmiddag. Ik spreek dit met je af: je gaat door met het opschrijven van wat je wilt weten en één keer per week neem ik de tijd om je vragen te beantwoorden. En als ik ze niet weet, zal ik ervoor zorgen dat je één keer per maand de baljuw kunt spreken, die kan je meer vertellen dan ik. Het is de baljuw ook al opgevallen hoe goed je schrijft, dat zal hij zeker willen doen.'

Het was even stil en toen hij zijn mond opende om zijn dank te uiten snoerde de schrijver hem eenvoudigweg de mond met de woorden: 'Genoeg nu. Loop naar de keuken, haal twee kannen bier en kom terug, dan zullen we met deze vragen beginnen.'

Hij kwam Arent Corneliszoon tegen toen hij een week of wat later de trap naar de eerste verdieping van het stadhuis opliep. Arent was een van de leenmannen van de stad. Arent kwam de trap af en was duidelijk niet van plan voor hem opzij te gaan. Hij drukte zich tegen de leuning en groette hem. 'Dag, Arent.'

'Verduiveld, ben jij het? Nynkes broer! Ik heb gehoord dat mijn schrijfles zijn vruchten heeft afgeworpen, ze roemen je hier. Het is aardig werk, wat je aflevert. Meer niet. Blijf vooral goed oefenen en één ding: die smerige monniken kunnen er niks van. Daar leer je niks, vergeet het maar.'

Hij keek zijn vroegere leermeester aan, niet in staat om een goed antwoord te formuleren.

'Hoe is het met je zus?' vroeg Arent in één adem. 'Getrouwd met zo'n Ouddorps varken, heb ik gehoord. Hoe haalt ze het in haar hoofd, maar goed, laat verder maar rusten.' Zonder nog een woord te zeggen, liep Arent langs hem heen naar beneden. Hij keek hem na en liep toen langzaam verder de trap op, alsof Arent hem een pak op de rug had gelegd dat hij nu meesjouwde.

Die middag mocht hij voor het eerst zelf meeschrijven bij een vergadering van het stadsbestuur en na afloop was hem duidelijk dat drie onderwerpen de gemoederen van de bestuurders stevig bezighielden.

Ten eerste was er de moeilijke economische situatie in Goedereede. De muren waren steeds verder in verval en er was geen geld om ze te herstellen. Goede ambachtslieden vertrokken naar andere steden, de oogsten vielen regelmatig tegen, de haringvangst was moeilijk. Meer dan ooit besefte hij bij het horen hiervan hoe bevoorrecht zij waren met de ruime oogsten die Nynke en Job keer op keer binnenhaalden. Hun vee floreerde, hun akkers brachten meer dan voldoende op en veel van dit alles was naar zijn mening te danken aan Nynkes feilloze gevoel voor de natuur en bijzondere kennis van geneeskrachtige kruiden en groeibevorderende middelen.

Ten tweede was er buiten de veilige muren van Goedereede en aan de overkant van het Haringvliet en de Grevelingenarm een wereld die steeds onrustiger werd. De prediking van de Duitse monnik Maarten Luther had tallozen in zijn greep en zijn invloed breidde zich steeds verder uit. De heilige roomse kerk had er grote moeite mee om de nieuwe leer te beteugelen en dit begon nu ook politieke consequenties te krijgen. Ketterverbrandingen leken juist averechts te werken en zelfs sommige leden van de hogere adel hadden zich tot die nieuwe leer gewend.

Ten derde merkte hij dat het stadsbestuur niet eensgezind was en dat er een gespannen sfeer hing tijdens de vergaderingen. Hij kon niet goed aanwijzen waarom, maar dat er onder de oppervlakte iets van een persoonlijke strijd tussen verschillende stadsbestuurders woedde leek hem wel duidelijk.

Het gaf hem een groot gevoel van voldoening dat hij nu zo dicht genaderd was tot het centrum van de macht. Toen hij die middag de hofstee naderde – Job had de boerderij uitgebreid met een groot voorhuis en een schuur, zodat het niet langer een huis was, maar met recht de naam 'hofstee' mocht dragen – en hij vol zat met verhalen om aan Nynke te vertellen, wachtte hem echter een verrassing. Nynke, hoogzwanger van haar tweede kind, hing binnen kreunend op de tafel. 'Het is weer zover,' bracht ze met moeite uit.

Hij dacht terug aan de vorige keer, drie jaar geleden nu, en nam een besluit. 'Waar is Job?'

'Hij zou hout gaan hakken in het bos,' zuchtte ze.

Hij liep zonder wat te zeggen de deur uit en rende in de richting van het bos. 'Job!' riep hij. 'Job! Nynke gaat een kind krijgen! Kom hier!'

Harder schreeuwde hij, zijn keel schor. Maar Job kwam niet, al was hij er verduiveld zeker van dat die hem wel moest horen. Hij had de wind in de rug, zijn stem moest wel tot aan de andere kant van het bos dragen. Hij besefte wat dit betekende en rende terug. De kleine Pieter van drie zette hij in zijn eigen bedstee en hij gaf hem het paardje waarmee hij zelf als kind zo vaak had gespeeld. Toen hielp hij Nynke in haar bedstee, haalde een pan water, hing die boven het vuur, gooide twee touwtjes en een mes erin en stookte het vuur op.

Nog voor de avond werd Marij geboren. Niet lang daarna stapte Job binnen, die hem met een schichtige blik in de ogen aankeek. Hij rechtte zijn rug en spuugde zijn zwager vol in het gezicht. 'Gefeliciteerd met de geboorte van je dochter. Varken,' spuugde hij erachteraan. Job keek weg, veegde zijn gezicht af en liep zonder een woord te zeggen naar Nynke.

Hij wilde er verder niets mee te maken hebben en liep naar buiten, waar het inmiddels duister was. 'Vervloekt ben je, Job Verniel, dat je je wijf zo alleen laat,' mompelde hij. 'Vervloekt ben je.'

8

1558

Regen kletterde tegen de ruiten van de kamer van de secretaris en leidde zijn aandacht af van het schrijfwerk dat voor hem lag. Een harde noordenwind joeg de druppels schuin over het marktplein en hoewel midden op de dag, was het schemerig en brandden twee olielampen op de schrijftafel. Het gelige licht flakkerde tegen het hoge balkenplafond en de eikenhouten lambrisering. Hij snoof de geuren diep in zich op: de zachtbeige geur van de oliegewreven houten panelen, de goudkleurige geur van de brandende olie, maar vooral de puur kobaltblauw-gouden geur van zijn eigengemaakte inkt. Hij liet zijn vinger langs het glazen potje gaan en trots vroeg hij zich af of er iemand ter wereld zulke goede inkt had als hij. Al zijn kennis van kruiden en grondstoffen en hoe stoffen met elkaar samenwerken had hij hierin gestopt. Eindeloos vaak had hij geprobeerd de perfecte inkt te maken. Maar even vaak mislukte het, was de inkt te licht, vervaagde te snel, liep uit op het perkament of werd juist korrelig of stroperig. Tot hij onder de dennen, in de duisternis van zijn vertrouwde kuil een ingeving kreeg en het plotseling voor zich zag: een klein deel van de olieachtige substantie die geperst werd uit zonnebloemen, het diepe zwartblauw van heel fijn gemalen ijzerhout, versterkt met sap van de duinbes en een vleugje sap van het vingerhoedskruid. Al tijdens het zoeken van de ingrediënten in de duinen voelde hij dat dit het goede recept was. Het was een bijna profetisch inzicht en hij vroeg zich af hoe het kon dat hem dit soms overkwam: van tevoren weten hoe de dingen zouden gaan. Het gebeurde hem vaak nadat hij een bezoek had gebracht aan de dennen en zijn gedachten als door een wonderlijke macht gebundeld waren, sterk één kant op gericht, scherper en verder dan hij normaal kon zien, terwijl de geuren zijn neus indrongen als spelden, diep doordringend en betekenis en inzicht gevend in tot dan toe duistere omstandigheden.

Maar hoe dan ook, de profetische gedachte was uitgekomen en nadat hij de kruiden, de bloemen en de bessen had verzameld en op een doek in de zon had gesorteerd, had hij zeker geweten dat dit het gouden mengsel zou worden waarmee hij bijna levend sprekende woorden uit zijn pen zou laten vloeien. De druppels olie en sap die uit de pers in de houten nap liepen waren als druppels van het leven zelf. De stoffen hadden zich vermengd met water en waren al kokend zo naadloos aan elkaar gehecht dat wat hij uiteindelijk in de kleine potjes goot, bijna zwartblauw bloed leek. In de kobaltkleurige geur zaten gouden en zachtgele tonen, bijna de kleur van zonneschijn. En als het uit zijn pen vloeide was het alsof hij de woorden in zijn hoofd hoorde klinken terwijl hij ze schreef. De inkt was hecht, schreef soepel en hij wist zeker dat het de eeuwen kon doorstaan. Die gedachte vulde hem met iets wat leek op ontzag voor zijn eigen daden, dat hij woorden schreef die geslachten ver zouden meegaan.

De stadsschrijver was vandaag niet aanwezig en er

heerste een diepe stilte in de ruimte, waarin het gesuis en gesputter van de lonten van de olielampen net hoorbaar was boven het geratel van de regen. Hij ademde de inktgeur diep in en richtte zijn gedachten weer op zijn werk, toen er geklopt werd. Hij vroeg zich af wie dat kon zijn en riep dat de onbekende gast binnen kon komen. De deur ging open, een meisje kwam een kan bier brengen en een schotel met daarop brood, boter en kaas – was de ochtend al zover gevorderd? Hij kende haar niet, ze was zeker een nieuwe dienstmeid in het stadhuis. Hij liet zijn ogen van de schotel en de kan omhoog glijden, over haar schort waaronder prachtig gevormde borsten naar voren drongen en hij moest zichzelf dwingen om verder omhoog te kijken. Tussen vierkante, brede schouders stond haar hoofd trots en recht en even flitste door hem heen dat ze sterk moest zijn, een sterke vrouw met een vast, gespierd lichaam. Toen zag hij haar ronde kin, haar door een glimlach iets uit elkaar geweken rozerode lippen, haar friswitte tanden, haar rechte neus, de hoge jukbeenderen, en de ogen die hem meevoerden naar de zee, het grijsblauw van een schoon geblazen lucht. Hoewel dit alles zich slechts in twee hartslagen afspeelde was het alsof het langer duurde, alsof de tijd de adem inhield bij deze onverwachte ontmoeting en alles pas weer zijn eigen snelheid kreeg toen hij in de lachende ogen keek. Hij stond op, onhandig de zware stoel naar achteren schuivend. Haar lach trof hem en ze zei dat hij niet hoefde op te staan voor haar, dat ze alleen maar… Ze maakte haar zin niet af en stond nu ook stil, de glimlach nog op haar gezicht, en nam hem aandachtig op. Ze stond zo dichtbij dat hij haar lichtblauwe en gouden geur rook. Er waren geen woorden maar toch ook weer wel, want hij voelde hoe ze elkaar in deze ademtocht iets vertelden en hoe niet alleen hij haar, maar ook zij hem iets zei zonder woorden. Toen was het moment verdwenen en zette ze de schaal en de kan op tafel.

Hij bedankte haar en zij lachte zijn woorden weg, groette hem vrolijk en draaide zich om. Toen was de deur achter haar dicht en brandden haar rechte postuur, haar slanke middel en haar brede heupen na in zijn ogen. Later stelde hij vast dat hij het brood, de boter en de kaas had opgegeten, maar hij kon zich er niets van herinneren en moest grote moeite doen om zijn gedachten weer op zijn schrijfwerk te richten.

Later die middag, toen hij zijn werk had afgerond, liep hij door het stille stadhuis de trap af. Vandaag geen bijeenkomsten of vergaderingen. Beneden aarzelde hij even. Geruisloos liep hij de gang in, naar achteren, naar de keuken. Er klonken heldere, tinkelende geluiden door de deur. Voorzichtig opende hij de deur.

Daar stond ze. Ze keek op. Haar grijsblauwe ogen lichtten op, ze lachte naar hem. Hij stapte de keuken binnen, zocht naar woorden terwijl zijn ogen de hare vasthielden. 'Nog aan het werk?' zei hij.

Ze knikte, zwijgend, glimlachend. Hij keek naar haar, wist niets te zeggen.

Ze veegde haar handen af aan een doek en streek een lok haar achter haar oren.

'Bent u klaar met uw werk?' vroeg ze toen.

Hij knikte. 'Ja. Werk je hier pas?'

Ze hield haar hoofd een beetje schuin. 'Vanaf vorige week vrijdag.'

'Woon je hier al lang? Ik heb je nooit eerder gezien,' vervolgde hij.

'Hoe weet u dat?' lachte ze.

'Wat?'

'Dat u me nog nooit eerder hebt gezien,' zei ze.

'Dat… had ik me zeker kunnen herinneren,' antwoordde hij.

'Ik woon sinds vorige week in de stad. Bij mijn oom en tante. Peter Johannes Jobse, de timmerman.'

'Ah! Peter Johannes! Aan de zuidmuur!' Hij was opgelucht dat hij iets zinnigs kon zeggen.

'Ik zag u vorige week,' zei ze, terwijl ze haar ogen neersloeg.

'Waar dan, als ik het vragen mag?'

'U stond op de toren,' zei ze. 'Ik herkende u aan uw postuur en uw mantel. Ik liep beneden.'

Hij dacht terug aan zijn bezoek aan de toren vorige week. Hij knikte. 'Dat zou kunnen.' Toen schoot hem iets te binnen en gretig vroeg hij: 'Zou je een keer op de toren willen kijken?'

Haar ogen lichtten op en haar witte tanden blonken. 'Graag! Zou dat mogen?'

'Wanneer ben je morgen klaar met je werk?'

Ze dacht even na. 'Na het middagmaal. Daarna heb ik tot voor de avondmaaltijd weinig te doen.'

'Ga met me mee, morgen. De toren op.'

'Graag,' zei ze.

'Ik heet trouwens Lenert,' zei hij.

'Lenert.' Zijn eigen naam klonk zoet van haar rozerode lippen. Hij keek ernaar, te lang eigenlijk, hij wist dat ze het merkte.

'En jij?'

'Marieke,' zei ze.

'Tot morgen, Marieke.' Hij lichtte heel even zijn hoed op en draaide zich om. De deur zwaaide achter hem dicht. Hij liep de gang door, de trap af naar de stallen achter het stadhuis.

'Marieke,' zei hij zacht. En toen hij al op zijn paard zat en de stadspoort uit reed, zei hij het nog een keer. 'Marieke.'

De regen was opgehouden, maar de harde noordenwind joeg nog over het eiland. Grijs was de lucht boven de winters kale takken van het kreupelhout. Hij liet zijn paard in een rustige draf gaan, zijn gedachten steeds weer terug cirkelend naar de ontmoeting. De woorden. Haar mond. Haar ogen. Haar postuur. De brede schouders. Haar smalle middel. Hij wilde eigenlijk niet naar de hofstee. Hij wilde terug, terug naar het stadhuis. 'Kom,' zou hij zeggen. 'Ga met me mee.' Dan zou hij haar meenemen naar de kleine kamer, helemaal boven in het stadhuis, waar niemand hen zou storen. En dan zou hij haar zeggen hoe mooi ze was. Dan zou ze tegen hem zeggen: 'Jij ook,' en hij zou zijn handen om haar middel, op haar heupen leggen en zich voorzichtig vooroverbuigen, haar kussen en de kus zou eindeloos zijn, als de hemel, en de geur zou zuiver lichtgoud zijn, met hemelsblauwe tonen. Ze zou zich tegen hem aandrukken, met haar warme sterke lijf en dan zou hij na een tijdje de strik van haar schort losmaken, de banden van haar jurk en dan zouden ze daar samen zijn, alleen zij tweeën, alleen hun sterke lijven tegen elkaar. En de hemel zou zich over hen uitstorten als vloeibaar goud uit een emmer.

Zijn gedachten stokten. Het paard was gestopt en hij werd zich ervan bewust dat hij al op de boerderij was aangekomen. Met tegenzin liet hij de gedachten aan Marieke los en moeizaam stapte hij van het paard.

Hij leidde het dier de stal in, gaf het voer en gooide een ruwe deken over de dampende paardenrug. De noordenwind tochtte door de schuur. Hij stapte door de tussendeur naar het woongedeelte. Job zat samen met Pieter en Marij aan de grote houten tafel erwten uit te zoeken bij het licht van een olielamp. Zijn zwager begroette hem vriendelijk.

Hij beantwoordde Jobs woorden met een knik en stond even te kijken hoe Job met zijn dikke, eeltige vingers behendig de erwten in twee hopen sorteerde. Pieter en Marij hielpen Job zo goed mogelijk.

'Ze zien er goed uit,' zei hij na een tijdje, in een plotselinge aandrang om iets te zeggen.

Job maakte een tevreden brommend geluid. 'Ik heb nog twee varkens gekocht, vanmorgen.'

'Varkens? Hebben we nog ruimte in de hokken?' vroeg hij.

'Het is krap, maar ik wil volgende week die grote zeug slachten. Nynke verwacht een periode van vorst en sneeuw. Dan kunnen we het vlees invriezen in de sneeuw en een paar weken vers vlees eten. De rest pekelen we. Maar ik wacht eerst af tot het gaat vriezen.'

Hij antwoordde niet, maar liep naar het raam. Een noordenwind. Geen wind om direct een periode van vorst uit te verwachten. Daarvoor zou hij meer in de oostelijke hoek moeten zitten. Wat maakte dat Nynke vorst verwachtte? Hijzelf kon de natuur goed lezen, maar dit zou hij nu niet verwachten. Een plotselinge nieuwsgierigheid dwong hem naar buiten. Zonder verder iets te zeggen ging hij door de voordeur de kamer uit. In de luwte van het huis nam hij de omgeving nauwkeurig op. De lucht, die langzaamaan hoger en hoger overjoeg – nu lichter omdat de regen was uitgestort – de kleur van het hout en vooral: de geur. Hij rook grijstonen, bruin gestreept, maar nergens een spoor van naderende vorst. Hij schudde zijn hoofd. Als Nynke gelijk had, zou hij haar vragen hoe ze die vorst had zien aankomen. Hij draaide zich om en ging weer naar binnen. 'Waar is Nynke?' vroeg hij. 'En Johannes en Teerle?'

Bij het noemen van de namen van zijn jongste neefje en nichtje flitsten zijn gedachten even terug naar de laatste twee bevallingen, zonder Job. Ook hierbij was hij degene geweest die Nynke geholpen had. Hij keek neer op Job, zoals hij daar zat, tevreden zijn erwten sorterend, en minachtte hem opnieuw.

Job keek op en rechtte met een zucht zijn rug. 'Johannes en Teerle doen een slaapje. Nynke is daarnet naar buiten gegaan. Ik weet niet waar ze is. In de schuur misschien.'

Hij knikte. Hij merkte plotseling dat hij het koud had, ondanks dat hij binnen stond en de haard brandde. Hij legde de schrijfmap, die hij nog onder zijn arm had, neer op de tafel en schoof een stoel dichter bij de haard. Met een zucht liet hij zich in de stoel zakken. Hij strekte zijn benen uit naar de hete kachel en voelde hoe die hem van buiten naar binnen verwarmde, en binnen in hem brandde het vuur van Marieke.

Niet veel later kwam Nynke. Zonder wat te zeggen zette ze een mand op de tafel. Toen kwam ze naar hem toe. Voor zijn stoel bleef ze staan. Hij keek naar haar op. Heel even flitste de vergelijking van Nynkes postuur met dat van Marieke door hem heen. Nynke was bijna even lang als Marieke, maar iets meer gedrongen, steviger. Vier kinderen hadden haar middel minder strak gemaakt. Maar haar schouders waren even vierkant, even recht.

Haar ogen peilden hem. Hij voelde zich plotseling naakt en onveilig onder haar blik.

Hij wachtte op haar glimlach, maar die kwam niet. 'Hoe was het in de stad?' vroeg ze.

Hij haalde zijn schouders op, zo normaal mogelijk. 'Goed.'

Ze knikte langzaam en keek hem in stilte aan. Toen draaide ze zich zwijgend om en begon met het schillen van de aardappels.

In een plotselinge behoefte om iets voor haar te doen, iets waardoor ze naar hem zou glimlachen, stond hij op van zijn stoel en begon de aslade van de kachel te legen. Hij haalde vers hout en porde het vuur in de kachel op. Tegen de tijd dat Nynke de ijzeren pan met aardappels op de kachel zette, laaiden de vlammen vers en vrolijk op. Hij keek naar haar, maar haar blik was koel, afwezig. Het maakte hem op een bepaalde manier bang, en dat maakte hem tegelijkertijd boos op zichzelf. Hij draaide zich om en liep naar het raam. De lucht was nog lichter geworden, hier en daar was het grijs al doorschijnend. Even welde de behoefte in hem op om Nynke te vragen of ze werkelijk vorst verwachtte, maar hij onderdrukte die impuls. Hij voelde een klein handje in de zijne. 'Oom Lenert.'

'Wat is er, Marij?' vroeg hij, met zijn gedachten nog bij de vorst.

'Mag ik een keer mee naar de stad?'

'Naar de stad?' Hij keek in een reflex naar Nynke. Die deed alsof ze niets had gehoord. 'Van mij wel, hoor.'

'Wanneer dan?'

Hij dacht even na. 'Dat weet ik nog niet. Morgen moet ik de hele dag werken. Maar ik beloof je dat je een keer mee mag, goed?'

Marij keek hem aan met ijsblauwe ogen. Ze knikte ernstig. 'Dat is goed.'

Nynke keek op van de kookpot met kool en spek en keek hem aan. 'Jij moet echt niet de hele dag werken.'

Er kroop een koude rilling over zijn rug. Hij draaide zich om en ging naar buiten, terwijl hij iets mompelde dat leek op 'ben zo terug'.

Buiten brak boven zijn hoofd de blauwe lucht door de wolken, maar de koude wind streek rechtstreeks langs zijn botten.

9

1558

De volgende dag was er niet veel schrijfwerk te doen en dat kwam hem goed uit. Al vroeg in de middag had hij alle perkamenten afgevloeid en opgeborgen, en zijn pen schoongemaakt en in de varkensleren etui geschoven. Hij ging een tijdje voor het raam staan, wachtend op Marieke, die zich zou melden zodra ze gereed was in de keuken. Hij keek naar de schepen die in de haven lagen. Op twee schepen werd nog gewerkt, schoongemaakt, touwwerk gerepareerd, vis overgeladen in rieten manden. Zelfs aan de bewegingen van de mannen kon je zien dat het koud was. Hij keek langs de schepen heen, verderop naar de torens die de ingang van de haven markeerden. Er liepen wel wat mensen op straat, maar druk was het niet.

Achter hem klonk een zacht klopje op de deur, die direct daarna open werd gedaan. Hij draaide zich om. Ze stapte binnen, keek hem glimlachend aan.

Hij knikte naar haar. Een paar tellen stonden ze zo, kijkend naar elkaar, zwijgend. Toen zei hij: 'Zullen we dan maar?'

'Goed,' antwoordde ze. Hij liep achter haar aan naar beneden.

'Waar woonde je eerst?' vroeg hij terwijl ze samen het stadhuis uit stapten.

'In Schiedam,' antwoordde Marieke. 'In een heel klein huisje aan de rand van de stad. Mijn vader is doodgegaan. Ik ben blij dat ik hier werk heb gevonden.'

Hij knikte. 'Dat kan ik me voorstellen. Was je al eerder in Goedereede geweest?'

Ze schudde haar hoofd. 'Mijn oom kwam twee keer per jaar naar Schiedam. Wel een mooi stadje, vind ik.'

Hij keek opzij naar haar. De koude wind, oostelijker nu dan gisteren, kleurde haar wangen rozerood. Ze keek terug, de grijsblauwe ogen glinsterden onder haar gebreide muts.

'Jij wordt stadsschrijver,' zei ze.

'Wat?' hij hield zijn pas in. 'Wat bedoel je?'

Ze haalde haar schouders op. 'Dat voel ik gewoon. Je kunt ontzettend knap schrijven.'

'Maar...' hij zocht naar woorden.

'Hoe ik dat weet?' ze lachte. 'Ik zie heus wel wat voor werk je doet. En ik hoor heus wel hoe de stadsschrijver over je spreekt.'

Een man kruiste hun pad, een donkere mantel wapperde om zijn grote gestalte. Pas toen deze vlakbij was, besefte hij dat het de baljuw was. Snel lichtte hij zijn hoed en eerbiedig groette hij de machtigste man van de stad. De baljuw bleef staan en keek hen beiden onderzoekend aan. Toen grijnsde hij naar hem. 'U hebt ook kennisgemaakt met onze nieuwe keukenhulp, zie ik,' zei hij op slepende toon. 'Maar wat weet u eigenlijk van haar?'

Toen liep hij verder, zonder nog op of om te kijken.

Hij keek hem na, in totale verwarring. Hij voelde een koele hand om de zijne glijden. 'Kom,' zei Marieke eenvoudig. 'Hij is niet wijs.'

Snel keek hij om zich heen, of niemand haar opmerking had gehoord. Als dat de baljuw ter ore zou komen, zou ze zeker ontslagen worden. 'Wees toch voorzichtig met wat je zegt,' zei hij zacht. Hij trok zijn hand terug, onzeker bedenkend wat dit allemaal te betekenen had. Ze sloegen linksaf, de steeg naar de toren in. Langs de grote kerk, de noordoostenwind nu in hun rug wervelend, tot ze bij de kleine zijdeur van de toren kwamen. Hij haalde de sleutel uit zijn zak en opende het deurtje. Snel duwde hij haar naar binnen. Zijn blik bleef op het klooster hangen en vaag zag hij achter dat ene raam de gebogen gestalte van broeder Johannes. Had die hen gezien?

Toen hij de deur dichtdeed, sloot hij in één keer alle geluid van de om de toren huilende wind buiten. In het schemerduister liepen ze de grote ruimte onder de toren in. 'Daar is de trap,' zei hij. Zijn stem vervloog in de zeker vijftien meter hoge ruimte boven hun hoofden. Marieke greep hem bij zijn arm. 'Donker hier,' fluisterde ze. Hij zag slechts haar silhouet, glimlichtjes in haar ogen, haar tanden. Hij opende de deur naar de trap.

'Zal ik voorgaan?' Geen antwoord, hij beschouwde het als instemming. Ze begonnen aan de klim.

Bij de eerste zolder hielden ze stil en keken ze even door de kleine raampjes naar buiten voor ze verder klommen. Er werd niet gesproken, hij vroeg zich af wat ze dacht. Hoe ze over hem dacht. Wat hij moest zeggen, hoe hij het moest zeggen. Wat ze wilde, of ze…

Na de klokkenzolder klommen ze in één keer door naar boven.

108

Hijgend stonden ze boven op de toren. Marieke keek opgetogen om zich heen. 'Wat een uitzicht!' De noordoostenwind had de lucht helemaal schoon geblazen en de atmosfeer was koud en helder. Hij wees haar op een toren, ver over het water, aan de overkant. 'Dat is Den Briel.'

'En Schiedam? Kunnen we dat zien?' vroeg ze opgetogen.

Hij schudde zijn hoofd. Te ver. Ze herkende beneden het huisje van haar oom, nam de stad goed in zich op. Toen vroeg ze waar hij woonde. Hij wees haar op de hofstee, minuscuul daar in de verte, aan de rand van het bos. Hoe vond hij dat, zo ver buiten de stad wonen? Was dat niet onveilig? En hoe deden ze dat in de winter? Haar vragen regen zich aaneen en hij gaf graag antwoord. Op de een of andere manier stelde hij zich zomaar open, liet hij zijn hart helemaal leeglopen in één stroom. Hij noemde ook zijn zorgen en ergernissen over hoe het op de hofstee ging, dat hij zich een vreemde voelde in zijn eigen huis, maar er toch niet weg wilde, nog niet. Dat zijn zus zo wijs was en dat iedereen vragen aan haar stelde over vee en ziekte, en dat ze ook het weer goed kon voorzien. Gisteren zei ze nog dat het zou gaan vriezen en geloofde hij het niet, maar nu zag hij – hoe is het mogelijk – dat de wind aan het omlopen was naar het oosten en de lucht schoon was. Hij voelde hoe de kou eraan kwam, al heel dichtbij was – had oom Peter Johannes nog aardappels in zijn schuur? Laat hij ze maar afdekken! – en dat ze dus weer gelijk had.

Het viel hem pas iets te laat op dat Mariekes vragen zich nu op Nynke begonnen te richten en een beetje geschrokken besefte hij dat hij wel heel open was geweest. Hij bracht het gesprek op een ander onderwerp en ze liet zich gewillig meevoeren, maar toch zag hij iets waakzaams in haar ogen, een minuscule stemmingswisseling. Daar dacht hij niet lang over na, want haar ogen waren zo mooi, zo grijsblauw als de lucht daar aan de einder, het haar woei onder haar muts vandaan en haar tanden stonden volmaakt tussen haar lippen en ze glimlachte. Eigenlijk wist hij nu niet eens meer waar ze het over hadden, want in haar ogen weerspiegelden die van hem. Zonder woorden liepen ze terug naar het luik en daalden af, langs de klokkenzolder tot het kleine deurtje van de tussenzolder. Daar trok hij haar mee – of duwde ze hem voor zich uit? – en in het schemerduister was daar plotseling haar goudblauwe geur heel dicht bij hem. Hij wilde iets zeggen, maar haar mond belette hem te spreken. Ze stonden nu op de rand van het paradijs en de geur was goud, puur goud – of was daar ook een toon zwavel en rood? – hij schrok ervan. Dat voelde ze zeker, want ze klemde zich aan hem vast, en er was geen houden aan, hij viel met haar mee, over de rand.

Later, veel later lieten ze elkaar voorzichtig los, maar hun ogen bleven in elkaar haken, in het schemerduister. Ze zuchtte diep.

'Marieke,' zei hij. 'Je bent…'

Ze legde een vinger op zijn mond. 'Stil. Laten we naar beneden gaan. We sterven hier van de kou.' Toen lachte ze. Vrolijk, wild. En hij lachte mee.

Beneden in de toren nam hij haar in zijn armen, voordat ze naar buiten gingen. 'Wanneer zie ik je weer?' vroeg hij.

'Morgen werk ik in het stadhuis,' antwoordde ze.

'Ik ook,' knikte hij. 'Maar wel samen met de stadsschrijver.'

Ze dacht even na en zei: 'We vinden wel een moment. Onze tijd komt. Dat voel ik gewoon.'

Hij kuste haar opnieuw en liet haar pas los toen aan de deur werd gemorreld en de sleutel van buiten werd omgedraaid. Snel stapte hij bij haar vandaan. Toen de torenwachter binnenkwam, wist hij dat het van hen afstraalde, dat ze daar stonden als schuldigen, betrapt, ook al deden ze nog zo gewoon – 'Ha Cornelis! Kijk, dit is Marieke, ze werkt op het stadhuis en wilde de toren eens zien' 'Ja, ik wist het al, ik zag jullie staan op de toren, heb je Marieke alle klokken van de klokkenzolder laten zien? Jullie bleven zo lang weg' – en ze lachten nog wat en namen snel afscheid. Buiten liepen ze samen naar de markt en met een eenvoudig 'tot later' stak ze de markt over, de steeg in naar het huisje van haar oom. Hij keek haar na. Hij voelde zich plotseling verward. Een diep tevreden, verzadigd gevoel en aan de andere kant was er die lichte geur van rood, van zwavel, van bedreiging en hij kon er geen vat op krijgen. Maar toen dacht hij terug aan daarnet. Eigenlijk wilde hij haar achterna rennen en haar opnieuw aanraken. Hij draaide zich met tegenzin om, haalde zijn paard uit de stadhuisstal en reed de stad uit. Weg van haar.

De wind was nog verder gekrompen. Nog even en het zou vriezen.

Toen hij bij de hofstee kwam, zag hij dat Nynke met een man stond te praten. Maar toen hij dichterbij kwam, hoorde hij dat het geen normaal gesprek was.

'Ik zeg je nogmaals dat je weg moet gaan met dat varken! Al mijn kool gaat eraan!' hoorde hij de stem van zijn zus.

'Jij sloeg het arme dier waardoor het dol werd, dat weet je zelf!' riep de man. 'Jij maakt alles dol, ellendig wijf!'

'Ga weg,' zei Nynke. 'Neem dat varken mee. En verdwijn hier!' Haar stem bleef rustig, maar vol gezag.

De man deed een stap naar achteren.

Nynke, recht van rug, lang, beeldschoon zoals ze daar nu stond met in haar ene hand een dikke stok en met de andere arm gestrekt de man weg wensend. Die was zelfs iets kleiner dan Nynke, had een muisachtig uiterlijk, een door pokken of zweren gehavend gezicht, was ietwat gekromd. De man draaide zich om en liep weg, in de richting van het pad naar Ouddorp. Verderop liep een varken, snuffelend langs de weg, een lang touw achter zich aan slepend. Maar toen hij het touw wilde pakken, schoot het dier van hem weg, met een bocht terug naar de boerderij. Het vond Nynke op zijn pad. Met een harde, kletsende slag kwam de stok recht tussen zijn ogen neer. Het varken gaf een luide varkensgil en bleef versuft staan. Toen draaide het zich moeizaam om en geholpen door een tweede, kletsende klap op zijn kont schoot het beest weer in de richting van de man.

'Vervloekt wijf!' brulde die. 'Blijf van dat dier af!'

Hij greep een steen van de grond en gooide die zo hard hij kon in de richting van Nynke. De steen ging rakelings langs haar, maar ze vertrok geen spier. 'Ga weg, Jacob Leerecop!' riep ze hem na.

Op dat moment greep de man naar zijn arm, waarmee hij net de steen had gegooid. Met een van pijn vertrokken gezicht maakte hij zich uit de voeten, het touw van het varken grijpend met zijn andere arm. Ze hoorden hem nog tieren en vloeken toen hij al tussen het kreupelhout was verdwenen.

Hij steeg af. 'Nou nou,' zei hij. 'Die ging nogal tekeer.'

Nynke keek hem aan. 'Jacob Leerecop. Onderkruipsel. Dat rotvarken van hem liep door de boerenkool te banjeren.'

Het was even stil. 'Ken je hem?' vroeg hij toen.

Nynke haalde haar schouders op. 'Hij woont in Ouddorp.'

'Naast Job,' zei hij, hoewel hij zelf niet wist waarom hij het zei.

Nynke knikte. 'Zo is het.' Ze draaide zich om en ging naar binnen. Hij bleef roerloos staan en dacht na over wat net was gebeurd. Naast Job, had hij gezegd. En het was echt zo. Maar hoe kon hij dat weten? Hij had die man nog nooit gezien.

Hij bracht het paard naar de schuur, verzorgde het en dekte het dier met een dikke deken tegen de kou. Toen ging hij naar binnen, waar de geur van gebraden vlees hem tegemoetkwam. 'Dat ruikt heerlijk!' zei hij. 'Heb je geslacht, Job?'

Zijn zwager knikte. 'Vannacht gaat het al vriezen, zegt Nynke, en ze verwacht ook sneeuw.'

Hij wilde iets zeggen tegen Nynke, maar toen hij haar blik zag zweeg hij. Hij zag hoe ze naar hem stond te kijken. 'Wat is er?' vroeg ze. 'Ik zie iets aan je. Wat heb je gedaan vanmiddag?'

Hij voelde hoe hij kleurde. 'Niks,' zei hij. Hij wist dat er geen ontkomen aan was, dat alles wat hij zou zeggen of doen hem verraden zou, of hij nu bleef staan en antwoord gaf, of zou weglopen en haar negeren. Ze zou hem doorzien, het geheim uit hem peuteren als erwten uit een peulvrucht, recht tot de bodem van zijn hart kijken. Het maakte hem onverwacht boos, hij draaide zich om en liep naar wat hij de 'schrijfkamer' noemde. Door de uitbreiding die Job aan de boerderij had gedaan waren er nu drie kamers in het voorhuis ontstaan. Een grote keuken, waarin ze dagelijks verbleven. Dan de kleine kamer aan de voorkant, waar hijzelf een schrijftafel had staan en zijn schrijfspullen zorgvuldig had opgeborgen. En de grotere voorraadkamer, waarin gedroogd fruit en aardappels en kool lagen.

In de keuken waren de bedstedes voor Job en Nynke en de kinderen, zelf sliep hij op de zolder in een bedstee die onder de schuine kap was getimmerd.

Hij legde zijn tas met schrijfspullen op de schrijftafel, zich heel goed bewust van Nynkes blik in zijn rug.

Zorgvuldig legde hij de papieren op een stapel. De geur van zijn eigen inkt steeg sterk uit de stapel omhoog, maar hij kon er op de een of andere manier geen vreugde aan ontlenen. En de ontmoeting en de heerlijke momenten met Marieke leken vaag en ver, er hing een grijsgroene geur omheen die hem kwalijk in de neusgaten prikkelde. Nynke was achter hem, Nynke was in zijn gedachten, als een geest waarde ze rond in het diepste van zijn denken. Ze rommelde in zijn meest geheime overwegingen alsof ze rond wroette in een bak met aardappels. Hij voelde gewoon dat het zo was, dat ze vanaf de plek waar ze stond te koken bij hem binnendrong terwijl hij het niet wilde. In een reflex draaide hij zich om en keek door de deuropening naar de keuken, maar hij zag haar rug, ze stond gebogen over de kookpot. Maakte hij het zichzelf dan maar wijs? Maar het gevoel dat hij innerlijk geschonden werd, bleef. Hij was bang, wist niet waarom hij voelde wat hij voelde, wist ook niet waarom hij bang was en voor wie. In een reflex pakte hij het duiveltje in zijn broekzak, dat zich gloeiend in zijn handpalm nestelde. Uit de greep in zijn hand kroop een aangename warmte omhoog naar zijn arm, zijn schouder, zijn lijf, en de angst nam af. Hij hoorde roepen en daar waren Marij en ook Pieter en de andere kinderen, en het eten was klaar. Tijdens het eten sprak hij weinig.

Na de maaltijd schreef hij nog wat, las een poosje en ging daarna nog heel even naar buiten. Maar de kou besprong hem van alle kanten en daarom zocht hij snel zijn bedstee op. Ook daar vond hij geen rust. Lang nadat alle rumoer en licht in de hofstee waren gedempt en de nacht zwart en vrieskoud door de kieren naar binnen was gekropen, voelde hij de stille aanwezigheid van de vorsende geest van Nynke, peilend, speurend, voelend vanuit de bedstee beneden hem, als een slang in zijn gedachten sluipend.

10

1558

Marieke. Marieke, Marieke, Marieke. Bij elke stap die hij zette klonk haar naam in zijn hoofd, de ontmoeting daarnet in het stadhuis hing nog als een geur om hem heen. In de stilte van de verder verlaten bovenverdieping was ze gekomen als een engel in het schemerduister, haar gouden geur voor haar uit wervelend. Nog voordat hij iets had kunnen zeggen was haar mond op de zijne en was ze overal, en de hemel was weer heel nabij. Nu pas trokken die hemelse wolken op en zag hij weer helder. Daar voor hem lag het klooster in de vrieskoude lucht.

Het klooster. Broeder Johannes. Het beeld van het silhouet van broeder Johannes achter het raam, terwijl hij met Marieke de toren in ging. Het maakte hem onrustig. Wist Johannes van zijn omgang met Marieke? Hij wilde het weten, vandaag. Eens in de paar weken bezocht hij zijn schrijfmeester nog, hoewel hij nu geen schrijflessen meer had.

Hij bedacht dat hij al bijna vijf jaar als hulp van de stadsschrijver in het stadhuis werkte. Het laatste jaar was er veel meer werk, wel vijf of zes dagen in de week, en het college van schepenen had hem zelfs officieel aangesteld als 'schrijvershulp'. Het leverde hem een mooi weeksalaris op. Diep verborgen onder in zijn bedstee lag inmiddels een grote som aan munten. Af en toe gaf hij Nynke wat, hoewel hij wist dat ze meer dan genoeg had. Maar het gaf hem rust als hij haar af en toe iets toestopte – als een offer, flitste het door zijn gedachten, om haar gunstig te stemmen.

Hij liep door de oude kloosterpoort naar binnen. Broeder Arinus, vandaag de poortwachter, begroette hem hartelijk, bijna eerbiedig zelfs. In de koude lucht en heldere winterzon was zijn hoofd omgeven met damp van zijn adem. Hij zag aan het tempo waarmee de wolkjes uit zijn mond puften dat de broeder hijgde. Hij gaf hem een stevige klap op zijn schouder. 'Hard gewerkt, broeder? U bent moe, zo te zien.'

'Geprezen zij de heilige maagd en alle heiligen, Lenert,' antwoordde de broeder met een diepe zucht. 'Ik heb net broeder Anselmus geholpen met het toedekken van de wintervoorraden. Gods goedheid is groot, maar we moeten wel zorgvuldig omgaan met zijn gaven. Mijn kracht is echter niet meer wat die geweest is.'

'Ik denk dat het niet aan uw kracht ligt, maar aan uw liefde voor een goed maal, beste broeder. U sjouwt de hele dag al het gewicht van een grote zak aardappelen mee,' lachte hij. Broeder Arinus schoot ook in de lach en greep met twee handen zijn geweldige buik vast. 'Een probaat middel tegen de vrieskou, dat is het,' antwoordde hij.

Hij liep lachend verder. Hij kende vrijwel alle broeders van het klooster, de meesten die hij tegenkwam waren kennelijk blij hem weer te zien en schoten hem aan om een praatje te maken. Eindelijk kwam hij aan het einde van de gang en klopte op de celdeur van broeder Johannes.

Johannes zat gebogen over zijn schrijftafel, omgeven door de geelwitte stralen van de zon. Hij keek op en sprong toen opgetogen overeind. Met uitgestrekte armen begroette hij hem. 'Lenert! Wat fijn je te zien! Kom verder! Hier, het vuur is warm en er staat nog een kan bier. Leg je mantel neer en strek je voeten uit naar het vuur! Geprezen zij de heilige Johannes, die mij deze ontmoeting vergunt. Je bent aldoor in mijn gedachten!'

Hij trok zijn mantel uit en ging in de gemakkelijke stoel voor de haard zitten die Johannes aanwees. Johannes nam de andere stoel en keek hem met een glimlach aan. De broeder vroeg hoe het met hem was en al snel bleek dat Johannes hem inderdaad gezien had. Hij informeerde naar de vrouw met wie hij de toren had beklommen. De rustige, heldere blik van de broeder maakte hem onrustig. Hij gaf toe dat hij met een vrouw de toren had beklommen. Ze was nieuw hier in Goedereede, wenste graag van het uitzicht op de toren te genieten en hij had toch nog een groot deel van de middag beschikbaar, dus had hij haar de omgeving laten zien. Ze konden met het heldere weer bijna tot haar geboorteplaats Schiedam kijken en...

'Ik zie haar branden in je binnenste,' zei broeder Johannes, hem in de rede vallend. 'Het was niet slechts een bezoek voor het uitzicht, of heb ik dat verkeerd?'

Heel even wilde hij in een schrikreactie alles ontkennen, maar toen besefte hij dat Johannes hem volledig doorzag. Hij gaf toe dat deze vrouw inderdaad zijn gedachten vervulde.

'Wellicht vervult ze niet alleen je gedachten, maar brandt er ook lust in je?' vroeg Johannes toen heel voorzichtig, terwijl hij in de vlammen staarde. 'Als dat zo is, hoed je dan, mijn beste. Hoed je dan, want lust kan stellig kwalijke zaken voortbrengen en je vatbaar maken voor de boze.'

Een lange stilte viel in de zonverlichte kloostercel. Alleen het knisperen van het vuur was hoorbaar. Hij nam een slok bier, meer om de stilte niet te zeer op zich in te laten werken dan uit dorst.

'Ja,' zuchtte broeder Johannes. 'Lust is in staat de poorten van de zwartste gaten in onze ziel te openen, waarlangs satan onze ziel binnen kan sluipen. De heilige zuster Hildegard had hiertegen een probaat middel. Wellicht hebben wij het zelfs nog in ons kruidenhok. Ze schrijft het in haar *Physica*, Boek 1, als ik het goed heb.' De broeder stond op en stelde voor om naar de bibliotheek te gaan. Hij knikte en volgde hem op de voet, met een diep gevoel van onbehagen in zijn hart. Zijn vreugde over Marieke, de stille dreiging van Nynke en de waarschuwende woorden van broeder Johannes wroetten als insecten in zijn binnenste. Hij vroeg zich af wat hij nu voelde, terwijl hij achter Johannes door de lange gang in de richting van de bibliotheek liep. Was het angst? Nee, dat was het niet. Toen rook hij de geur en wist hij het: de zandkleurige, grijsbruine kleur van naderend verdriet. En dat besef bracht de geur van angst mee, alsnog.

De oude, eikenhouten deur naar de bibliotheek was voorzien van prachtig houtsnijwerk. Al heel wat keren was hij langs deze deur gelopen en vaak genoeg had hij verlangd om daarbinnen te kijken, waar de boeken die op de tafel van broeder Johannes lagen vandaan kwamen. Een wereld vol geschreven woorden, die hij graag zou betreden en nu was het dan zover. Hij had het weleens gevraagd en Johannes had vaak goedig geknikt, gebromd dat dat wel zou komen, dat hij geduld moest hebben. En vandaag was het de zorg van Johannes die hem over de drempel van de bibliotheek bracht, de zorg over zijn brandende binnenste, over de lust die mogelijk aan hem zou vreten en zwarte gaten in zijn ziel zou openen. De eikenhouten deur zwaaide open en de houtgesneden gargouilles, de leviathan bij de dorpel en de heiligen die in een lange verticale rij hem aanstaarden, en God zelf die vanuit de hemel boven aan de deur op hem neerzag, weken achteruit. Zij boden hem ruimte om binnen te treden, hoewel ze hem met kritische blik volgden en zijn waardigheid om hier binnen te gaan beproefden. Tegelijkertijd bedacht hij dat hij zich dit eerste bezoek aan de bibliotheek heel anders had voorgesteld. Niet overschaduwd door zorg, door de mystieke dreiging van naderend verdriet. Hij schudde het zo veel mogelijk van zich af.

Dat ging gemakkelijker toen hij binnen was, waar in het schemerduister zacht glimmende, met olie ingewreven boekenkasten zichtbaar werden. Boekenplanken vol met in leer gebonden boeken, sommige bijna twee ellen hoog, drie vuisten dik, rij na rij, plank na plank, kast na kast. Eindeloos lang, overal boeken. De stilte in de bibliotheek leek vloeibaar en stond als water tegen zijn oren, alles dempend. Broeder Johannes liep trefzeker naar een kast dicht bij een van de ramen en zocht langs de dikke boeken. Toen trok hij voorzichtig een niet al te dik boek uit de kast en legde het behoedzaam neer op een van de leestafels tegen het raam.

Hij ging naast de broeder staan en keek hoe deze het voorzichtig opende, met de knispering van perkament en het gekraak van leer. Het schutblad van het boek bevatte een prachtige tekening van planten en dieren en een mens in het midden. Daaromheen stonden woorden in een taal die hij wel herkende maar niet kende. 'Latijn,' zei hij zacht. 'Kunt u me dat leren, broeder Johannes?'

Johannes keek hem aan en knikte langzaam. 'Ik leer jou Latijn,' zei hij toen. 'Ik zal je met plezier weer wekelijks ontvangen.'

Toen zocht hij, blad voor blad voorzichtig omslaand, naar het stuk dat hij zocht.

Hij stond stil naast hem. Het duurde lang en voorzichtig keek hij om zich heen. Hij zag hoe ook de boekenkasten voorzien waren van prachtig houtsnijwerk. Op de vloer lagen kleden, die het geluid nog verder dempten.

Johannes wees nu op een stuk tekst waarboven een vreemde wortel, die hem toch ook bekend voorkwam, was afgebeeld. 'Hier staat het!' zei hij. 'Luister wat zuster Hildegard schrijft. Alruin is het middel. De alruinwortel. Luister, ik zal het voor je vertalen.'

Hij hoorde zwijgend aan hoe de zachte stem van Johannes de woorden ontvouwde die daar als geheimschrift waren neergeschreven.

'Dit schreef de heilige Hildegard, reeds meer dan honderd jaar geleden,' begon Johannes.

'Mandragora of alruin is heet en soms waterig. Het groeit op dezelfde aarde die Adam vormde en lijkt wat op de mens. Vanwege deze gelijkenis verschijnt de invloed van de duivel erin en blijft daar ook in zitten, veel meer dan in andere planten. Zo worden iemands goede of kwade verlangens erdoor voldaan, zoals vroeger gebeurde met afgoden. Als

alruin uit de aarde wordt gehaald moet het onmiddellijk een dag en een nacht lang in bronwater worden geplaatst, zodat alle magische krachten eruit worden verdreven en het geen kracht meer overhoudt voor magie en fantomen. Maar als het wordt opgedolven en opzij wordt gezet met aarde eraan gekleefd en niet in bronwater wordt afgewassen, vormt het een aanleiding tot gevaarlijke magie en delusies, juist als ooit werd verkregen met afgoden. Wanneer een man door magie of brandende hitte in het lichaam last heeft van wellust, moet hij een stukje wortel nemen van een vrouwelijke mandragora, die tevoren is schoongemaakt zoals reeds is opgegeven. Hij moet het op zijn buik binden en het daar drie dagen en drie nachten laten zitten. Daarna moet hij het in twee stukjes verdelen en ieder stukje op zijn lies plaatsen gedurende drie dagen en nachten. Ook moet hij een stukje wortel samen met kamfer verpoederen en het opeten, waarna hij genezen zal zijn.'

Er viel een stilte. Hij voelde de betekenis van de woorden langzaam tot zich doordringen en er ging een siddering door hem heen. Het ging over een plant die duivels kon oproepen, kwaad kon verspreiden en tegelijkertijd heilzaam kon zijn voor het verdrijven van te veel wellust bij de man. Hij schraapte zijn keel en vroeg waar deze plant groeide.

Johannes zei dat het een plant was die daar groeit waar Adam was gevormd: in het warme Zuiden en Oosten, en dat deze heel zeldzaam was. Maar broeder Radolfus, de kruidenkenner van het klooster, had hem wel, langs geheime en ondoorgrondelijke wegen verkregen. Hij wist waar de voorraad alruin lag en hij – op dit punt praatte hij meer tegen zichzelf dan tegen hem – dacht dat het geen probleem zou hoeven te zijn als hij een van die wortels, of een deel ervan, aan hem zou schenken, het was immers tot zijn godsvrucht en bescherming. Kijk, zo moest die wortel eruitzien, want dat was de vrouwelijke. Hij wees op een tekening in het boek van Hildegard. Daarna sloot de broeder het boek voorzichtig en plaatste het weer terug.

Hij was blij dat er geen andere monniken in de bibliotheek waren. Ze verlieten de bibliotheek weer en broeder Johannes ging erg kordaat te werk. Hij liep rechtstreeks naar de kruidenkamer en wist snel een zeer zeldzame alruinwortel te vinden, die hij in een stuk jute rolde en aan hem meegaf.

'Ga met de zegen van onze maagd en onze Zaligmaker, mijn zoon,' zei hij. 'Dat het je mag bewaren voor de boze en voor de boze gevoelens.'

Hij verliet het klooster en besefte achteraf pas dat hij broeder Arinus niet eens had gegroet, terwijl nu toch een vage herinnering aan een tot hem sprekende dikke monnik tot hem begon door te dringen.

De alruinwortel voelde lauwwarm aan in zijn zak. In de andere zak leek het duiveltje wel in brand te staan.

II

1558

Toen hij zijn paard in de stal zette, zag hij dat het bruine paard van Nynke ook stond te dampen, het beest hijgde nog en de flanken voelden vochtig aan. Hij vroeg zich af waar ze was geweest. In het schemerduister van de stal haalde hij de alruinwortel uit zijn zak. Hij bekeek hem wat beter en begreep nu waarom Hildegard schreef dat hij groeide op dezelfde aarde die Adam vormde en daarom op de mens lijkt. De bovenkant had de vorm van schouders en daaronder vertakte de wortel zich in ledematen. Als een mens. De zachte stem van broeder Johannes klonk in zijn hoofd na. *Zo worden iemands goede of kwade verlangens erdoor voldaan, zoals vroeger gebeurde met afgoden.* Hij dacht na over die woorden en probeerde de betekenis ervan te doorgronden. Buiten kwamen voetstappen dichterbij, snel stopte hij de wortel in zijn zak en draaide zich om. Licht viel naar binnen door de openzwaaiende deur. Hij herkende het silhouet tegen het felle binnenvallende licht, greep in zijn zak het duiveltje in een reflex vast en wachtte af. Nynke keek hem vanuit de deuropening zwijgend aan en hij voelde hoe er een sterke dreiging van haar uitging. In dat ene ogenblik, terwijl Nynke daar stond en hij zich vastgreep aan het vertrouwde houtsnijwerkje, was het alsof de toekomst zich voor zijn ogen ontvouwde, zich openrolde als een stuk perkament. Hij wist al welke woorden ze zou gaan spreken en hij haatte die woorden, hij haatte haar met een onverwacht felle, gloeiende haat die zich als een zwart gat in zijn hart opende.

Dit speelde zich af in twee of drie hartslagen. Toen klonk Nynkes stem. Ze sprak zacht maar met grote nadruk op ieder woord, alsof ze die woorden kracht gaf met haar kaakspieren. 'Waar ben jij mee bezig? De nicht van Peter Johannes Jobse is geen vrouw voor jou. Kun je geen betere vrouw vinden in Goedereede? Als jij stadsschrijver wilt worden zou ik me niet zomaar de kop dol laten maken, Lenert. Ik verbied je om nog langer met haar om te gaan.'

De woorden kwamen in de vrieskou met damp-wolken uit haar mond, hij zag ze gelig in de vroege winteravondzon, als zwavel. Hij staarde haar aan, liet de woorden de woorden, hij kende de betekenis al, en wachtte tot ze wegging. Ergens in de hoek van zijn geest ontstond een gedachte, als een kleine mot die naar binnen kroop, binnensloop, naar boven kroop, groter en groter, een dikke mot met vleugels, een grote zwarte dikke mot.

'Het is voor je eigen bestwil dat ik dit zeg, Lenert,' klonk haar stem.

Hij keek naar haar, antwoordde niet.

Nynke staarde een tijdje roerloos terug en draaide zich toen bruusk om. Hij hoorde haar voetstappen over de bevroren grond wegsterven, de deur stond nog halfopen. Hij gooide een deken over zijn paard, wreef de hals van het dier droog en bleef besluiteloos staan. Hij voelde hoe hij grip dreigde te verliezen, zocht steun, letterlijk, bij het paard en legde zijn hand op de warme paardenrug. Zijn hoofd tegen de warme flank. Het warme bloed van het paard suisde door het grote lijf, het ritme van het grote hart maakte hem rustiger. Hij richtte zijn aandacht erop. De zoutige, beige-gele geur van het grote dier prikkelde in zijn neusgaten, de grote warmte verdreef de vrieskou om hem heen en onder de glanzende huid voelde hij de spieren trillen. Hij streelde het dier, zijn hoofd nog steeds rustend tegen de flank en even waren er alleen het paard, de vrieskou buiten en de geur, vertrouwd, prikkelend, eenvoudig en overzichtelijk. Dat alles ontroerde hem, raakte hem ergens heel diep in zijn hart en hij voelde hoe tranen langs zijn neus op het warme paardenlijf stroomden.

Hoelang hij daar gestaan had wist hij niet, maar toen hij buiten kwam zag hij dat de zon al achter het bos was gezakt en de duisternis vanuit het oosten oprukte. Toch ging hij niet naar binnen, want het bos trok hem nu en die plek, die door de jaren heen vertrouwd geworden plek onder de donkere den waar hij als kind al zijn toevlucht zocht, riep hem.

De kou maakte dat de takken harder leken dan anders, dat ze begeriger langs zijn mantel schraapten en zelfs in de vertrouwde duistere kom onder de dennentakken voelde hij de hardheid van de grond, het zand dat door de kou aan elkaar vastkoekte. Het was of de kou alles naar beneden duwde, gevangenhield, alsof de lucht zwaarder was bij deze temperatuur. Het houten duiveltje daarentegen gloeide en zijn hand sloot zich eromheen zonder dat hij daar zelf over ging. Zijn hand stond op zichzelf en besloot dat het nodig was. Hij voelde hoe een hete draad vanuit zijn hand langzaam zijn arm in schoof, steeds verder, de pols door, langs de elleboog, dwars door de spieren van zijn bovenarm, met een boog door zijn schouder, schuin naar beneden tot...

Hij hapte naar adem toen de draad zijn hart bereikte en gelijktijdig opende zich zijn geest en was hij niet meer in het bos, maar steeg hij op, door de koude, raspende takken, tot vlak onder de kille koepel van de zwarte, met sterren bespikkelde lucht. Daar, ver onder hem nu, lag de boerderij en gelig licht viel door de ramen naar buiten. Maar nu was het of zijn ogen werden geopend. Nu zag hij dat wat hij al langer vermoedde, eerder in zijn leven. Nu weer wel en dan weer niet, maar steeds weer terugkerend, de gedachte...

Daar stond hij, tegen de hoek van het huis, een zwarte gedaante, de hoorns zacht glimmend in het sterrenlicht, de bokkenpoten onder de zwarte mantel uit, duidelijk zichtbaar. De duivel zelf was het die Nynke in zijn macht had. De duivel zelf had haar geopenbaard dat hij Marieke had ontmoet.

Nog steeds zweefde hij daar, hoog boven alles, tussen hemel en aarde. Hij greep de alruinwortel, zich vaag bewust van de woorden van broeder Johannes en terwijl zijn ene hand het duiveltje omklemde en de andere de wortel stevig vastgreep, voelde hij de gloeiende draad nu door heel zijn lijf schieten. Met een schorre stem zei hij: 'Vervloekt ben je, Nynke. Vervloekt ben je. De duivel mag je halen, maar mij zul je niet tegenhouden. Ik vervloek je.'

Met die laatste woorden was het alsof hij zich ontlastte, de hete drang, het woedend suizen, alles viel weg. Het laatste wat hij zag was hoe de zwarte gedaante met een ruk naar hem opkeek en hij vermoedde een grijns, gelige vlammende ogen, blikkerende tanden.

Maar die zag hij niet meer, want hij stortte van grote hoogte terug in de kuil. Het laatste stuk, voordat hij in het harde zand plofte, striemden de takken hem. En daarna was er alleen nog de duisternis en de kou.

Toen hij binnenkwam zat Nynke zwijgend aan tafel verstelwerk te doen aan kleren van Job. Ze keek niet op van haar werk. Job zelf zat bij het licht van een olielamp aan de andere kant van de tafel zaad uit te zoeken. De kinderen lagen al in de bedstee. Hij liep naar de voorraadkast en schonk zichzelf een nap bier in uit het vat. Staande in de deuropening van de kast dronk hij de nap leeg. Daarna liep hij naar de ladder en klom naar boven, de duisternis van de zolder in. In het donker deed hij zijn kleren uit en kroop op de tast in de bedstee.

En al die tijd had niemand in de hofstee ook maar één woord gesproken of één geluid gemaakt.

Toen hij de volgende dag opstond, was het nog steeds donker. Door de trapopening kwam gelig licht naar boven. Hij kleedde zich aan en daalde de trap af. Het was behaaglijk warm, een groot vuur knisperde en knapte in de haard. Nynke was zwijgend bezig brood-pap te maken. Ze negeerde hem volkomen toen hij haar groette. Hij keek naar haar. In haar woede bleef ze mooi, ze straalde een verheven strengheid uit die hem tegelijk bang maakte én haar vurig deed liefhebben. Heel even speelde hij met de gedachte hoe het zou zijn met haar in de bedstee, haar harde, sterke lijf naast zich en hij verafschuwde Job Verniel die dat voorrecht had. Job met zijn kromme poten en domme gezicht, wat deed die vervloekte stomme Ouddorper met een vrouw als Nynke? Hoe had Nynke zich ertoe kunnen zetten om zo'n vent te kiezen, wist ze dan niet wat voor vrouw ze eigenlijk was? Hij schrok van zijn eigen gedachten en in zijn geest prevelde hij een gebed om vergeving. Nynke. Dat ze hem negeerde greep hem nu plotseling naar de keel. Hij deed een stap in haar richting. 'Nynke. Moet dit zo? Waarom ben... waarom doe je zo?'

Een diepe gloed brandde in haar ogen. 'Waarom doe ik zo?' Aan haar stem hoorde hij dat ze zich maar net goed kon houden. 'Waaróm, vraag je? Besef je dat dan niet? Wat voor offers ik breng om jou op deze wereld een goed bestaan te geven? Besef je niet wat het...' Ze schudde haar hoofd. 'En dan gooi jij je leven te grabbel door je met zo'n wijf in te laten. Hoor je me? Mooi gezichtje, ja, dat zal wel. Ze zal je naar de afgrond voeren. Dat zal ze. Zie je dat dan zelf niet? Besef je niet hoe gevaarlijk ze is voor jou? En jij vraagt waarom ík zo doe? Dat weet je wel. Vraag niet naar de bekende weg. Ga niet meer met die meid om.'

Ze draaide zich om. De woorden stenigden hem, benamen hem de adem. Een groot gevoel van eenzaamheid kwam over hem. En woedend, ja dat was hij ook. Wat nou offers? Schrijfles, goed. En ja, ze was altijd goed voor hem. Maar offers? Waar had ze het over? En daarbij, hij was volwassen, stond op zichzelf. Hij kon zelf kiezen, daar had hij zijn zus echt niet voor nodig.

Jawel, daar had hij haar wel voor nodig.

Nee! Hij kon zonder haar, hij zou haar voorgoed verlaten. Marieke was de vrouw met wie hij zijn leven wilde delen. Daar kwamen geen Nynke en geen duivel tussen.

Wat had de duivel hier nu weer mee te maken?

Hij draaide zich om en liep naar buiten. De kou prikkelde diep in zijn longen en deed hem tot zichzelf komen. Hij dacht na, ging weer naar binnen, sloeg zijn mantel om en pakte zijn tas met spullen. Hij propte er een brood in en een stuk kaas. Hij ging naar de voorraadkast. Daar zag hij op een bord een paar gedroogde paddenstoelen liggen. Hij wist dat Nynke ze vorige week ergens vandaan had gehaald. Ze moest ze al een tijd geleden hebben verzameld. In een reflex pakte hij er een en stopte die ook in zijn tas. Twee appels. Daarna liep hij opnieuw langs zijn zus en ging definitief de kou in.

Niet veel later gaf hij zijn paard de sporen en reed weg, in de richting van de stad, die daar verderop lag, nog in het duister, maar helder gemarkeerd door het grote vuur dat brandde boven op de toren.

Toen hij bij de muur aankwam was de poort nog dicht en moest hij zich melden door het luikje. De poortwachter herkende zijn stem direct en opende de poort. 'Orders van het stadsbestuur, heer,' prevelde de man. 'De tijden zijn onzeker, we houden de poorten gesloten tot het volledig dag is. Je weet maar nooit.'

Hij knikte. De tijden waren inderdaad onzeker. De spanning in de gewesten liep op. Nu hij dicht bij het stadsbestuur werkte zag hij de onrust daarover terug in de verslagen en berichten. Het overlijden van Keizer Karel v, afgelopen september, had bijvoorbeeld de angst opgeroepen dat diens zoon Filips zich zou overgeven aan zijn eigen harde politieke lijn, die allengs naar buiten begon te sijpelen, maar waarvan men verondersteld had dat het feit dat zijn vader nog leefde daarop een remmende werking had.

Ook was er dat gerucht dat de Raad van State en de gewesten het niet helemaal eens waren met de lijn van Filips. Er werd zelfs gezegd dat een van de vertrouwelingen van Karel v, Willem van Oranje, de man op wie hij twee jaar geleden steunde tijdens zijn afscheidsrede, het niet eens was met de harde lijn ten opzichte van ketters die Filips voorstond.

Wat de ketters betreft, wist hij het niet zo goed. Hij had zo zijn bedenkingen. Broeder Anselmus, de stalmonnik, liet zich er niet heel uitgesproken over uit en hij meende zelfs vaak een milde ondertoon te proeven als het hierover ging. De abt wel, die rookte van verontwaardiging, was zelfs een paar jaar geleden persoonlijk naar een terechtstelling van een ketter geweest en had daar met voldoening verslag over gedaan. Johannes was voorzichtig in zijn oordeel, maar leed duidelijk onder de slagen die de heilige moederkerk te verduren kreeg door de nieuwe leer van die afgewezen monnik.

Hij gaf zijn paard de sporen, door het schemerduister in de richting van de markt, de hoeven hard klepperend door de smalle steegjes.

Hoewel het erg vroeg was, was zijn zus Neele al op. Ook haar man was al aan het werk. Achteraf dacht hij dat zijn gezichtsuitdrukking en blik boekdelen moesten hebben gesproken, want toen hij zei: 'Ik wil graag bij je intrekken,' keek ze hem met één lange, aandachtige blik aan, waarna ze langzaam knikte. Neele maakte een bedstee voor hem vrij. Die avond sliep hij binnen de muren van de stad, eenzamer dan ooit.

Toen hij de volgende dag aan haar tafel zat – alleen, nadat man en kinderen huns weegs waren gegaan –

zei ze zacht: 'Is het waar dat jij omgaat met de nicht van Peter Johannes? Pas op met die meid. Die deugt niet.'

Ze stond direct op nadat ze dit gezegd had, als wilde ze hem geen gelegenheid geven om te reageren. Met een diepe zucht liep ze naar achteren, de keuken in.

Hij staarde naar de tafel, kerfde met zijn nagel in het hout, langs de kromme lijn van een uitgesleten houtnerf.

Twee maanden later kreeg hij bezoek van de baljuw, terwijl hij in de schrijfkamer verslagen aan het uitwerken was. Hij stond eerbiedig op en groette de baljuw. Die wees op zijn stoel en zei dat hij moest gaan zitten, dat hij wat te bespreken had met hem.

De baljuw zei dat hij zijn werk bijzonder goed deed en dat hij een goede stadsschrijver in hem zag, maar dat een goede stadsschrijver toch vooral ook een goede opleiding moest hebben. Daarom gaf hij hem de opdracht om af te reizen naar Delft om daar gedegen te worden onderwezen. Graag zou hij hem over een paar jaar, afgestudeerd en wel, weer ontvangen binnen de muren van de stad om hem het ambt van stadsschrijver te laten bekleden.

Hij hoorde de woorden, maar de inhoud ervan ging op dit moment aan hem voorbij. Hij hoorde zichzelf bedanken, steeds opnieuw. Maar tegelijkertijd voelde hij iets scheuren, want wat wél tot hem doordrong was dat dit betekende dat hij Marieke lange tijd niet zou zien.

'Je zult al snel vertrekken,' zei de baljuw. 'Overmorgen gaat er een schip naar Schiedam. Zorg dat je klaar bent, ik zal je de nodige brieven meegeven en het adres waar je kunt verblijven. Over geld hoeft niet gepraat te worden: dat is geregeld.'

De baljuw ging weg. Hij schudde hem de hand, boog dankbaar, bleef alleen achter. Delft, studie aan het Sint-Agathaklooster, verder onderwezen worden in Latijn, en volgens de baljuw was daar ook een leermeester die hem als op de universiteit zou bekwamen in *grammatica*, *dialectica* en *retorica*. Zelfs zou hij de grondbeginselen van *aritmetica* en *geometrica* kunnen leren. En natuurlijk godgeleerdheid, de basis van de heilige roomse leer. Onvoorstelbaar geluk, hij zag ernaar uit. Tegelijkertijd was het als een molensteen die hem deed wegzinken, weg van Marieke, Marieke, Marieke. Haar niet meer te kunnen aanraken, haar niet meer te horen, haar geur niet meer te ruiken leek hem erger dan de dood.

Zo voelde het ook, de dag dat het schip langzaam de haven uit gleed en de wind schuin boven hem vat kreeg op het klapperende zeil. Dat bolde op met een strakke klap en liet het schip langzaam overhellen en vaart maken. Het voelde alsof hij het land der levenden verliet en de rivier des doods overstak naar de overkant, naar een dor land, mat en levenloos zonder Marieke.

Marieke, die daar op de stadsmuur stond en die opnieuw de herinnering opriep aan hun laatste ontmoeting, gisteren. Zijn lichaam brandde, hij begreep wat broeder Johannes bedoelde in de laatste Latijnse les, toen ze de psalm hadden behandeld waarin David schrijft dat zijn geest 'ontstoken' is, brandend, *flagrare*. Ja, ontstoken was zijn geest, brandend in hem, koortsig en ijlend.

12

Delft, 1560

Hij schoof aan de grote, vierkante tafel in de keuken achter in de secretarie. Hij had hier een prima slaapplaats gevonden, op voorspraak van de baljuw die hem een aantal aanbevelingsbrieven had meegegeven. De secretarie werd – in de schaduw van het klooster waar hij zijn lessen kreeg – door de heer Bruiskens beheerd. Op de bovenverdieping had hij een kleine kamer gekregen, met een bed, kaarslicht en een kleine schrijftafel. Alles wat hij nodig had. In de ochtend verzorgde de meid het ontbijt voor hem en twee andere mannen, die eveneens een kamer hadden gevonden in de secretarie en daar gedurende de dag hun werk verrichtten.

Deze ochtend was hij de eerste en de geur van vers brood maakte zijn trek nog sterker. De meid was nergens te zien, maar hij hoorde gerommel uit de gang komen. Even later stapte ze binnen en groette ze hem nederig. Ze sneed snel twee grote plakken af van een nog warm tarwebrood en legde dit op een bord. Daarna sneed ze twee dikke plakken van een grote gerookte ham en legde ook nog twee gekookte en gepelde eieren op het bord. Ze zette het voorzichtig voor hem neer en vroeg wat hij wilde drinken. Hij gaf aan graag bier te nuttigen. Ze liep snel naar het vat en zette een volle, schuimende nap voor hem neer.

Delft was een bierstad. Dat had hij al snel vastgesteld. Talloze brouwerijen, hoewel er al vele hun ondergang gevonden hadden vanwege de verschrikkelijke waterkwaliteit in de grachten. Dat had hij zelf ook wel gezien, de stinkende, blauwige zweem op het stadswater. Maar bierbrouwen konden ze hier. Eerst nam hij een kleine teug bier, bitterzoet achter in zijn keel toen hij het wegslikte. Hij pakte een plak ham en legde die op een snee tarwebrood. Daarna sloeg hij een kruis en prevelde: 'In de naam van de Vader, de Zoon en de Heilige Geest.' Hij rook aan de ham, een geweldige, volle, beige-gele geur. Hij nam een grote hap en kauwde langzaam, terwijl hij bedacht dat Delft een vat vol onrust was, waar niets meer zeker leek te zijn. Er leek alleen rust en devotie te vinden bij de heilige zusters in het Sint-Agathaklooster. Filips II was bij lange na niet bij machte om de vaste regering van zijn vader Karel V over het oneindige rijksgebied voort te zetten. Uit de flarden van gesprekken die hij opgevangen had van zijn leermeesters en van de heer Bruiskens, begreep hij dat Filips een onzekere man was, hardwerkend tot 's nachts toe, maar onmachtig om grip te krijgen op de zich hemelhoog opstapelende problemen in zijn landen en gewesten.

Hij bedacht hoe hij ook zelf die spanning voelde in het klooster. Hij had gezien hoe het Sint-Agathaklooster de laatste tijd steeds vaker de vergaderplek was geweest van de keur van de adel uit de gewesten Brabant, Holland, Zeeland en Friesland. Hij dacht terug aan de keren dat hij, als de beste en meest gevorderde leerling van de lector, door de heer Bruiskens was ingezet als schrijver bij deze vergaderingen, die in de rust en stilte van het klooster werden gehouden.

Hij dacht met plezier aan de opmerking van de heer Bruiskens, die hem gisteren nog zei dat hij in het klooster de reputatie had opgebouwd dat de geheimen bij hem veilig waren als in de catacomben van het klooster, en dat hij zo zuiver schreef als de vinger Gods die in de kalk van de paleismuren van Belsazar de schokkende waarschuwing *mene, mene, tekel upharsin* had geschreven.

Hij nam een teug bier en spoelde het tarwebrood weg, terwijl hij zich voornam die reputatie te koesteren. Die zou hem immers steeds dichter bij het centrum van de macht brengen en tijdens de vergaderingen van de hoge adel ging de wereld achter de horizon van Delft voor hem open. Tevreden stelde hij vast dat al het werk van gisteren al gereed was, uitgewerkt, afgevloeid, ingebonden en wel. Hij besefte dat de enige manier om veilig te stellen dat hij bij de vergadering aanwezig zou zijn, was dat hij zijn werk beter deed dan alle anderen, Bruiskens incluis. Bij de gedachte dat dit laatste niet zo moeilijk was, lachte hij in zijn binnenste. Hij zou er altijd voor zorgen dat de heren als ze de ene dag vergaderden, de volgende dag de verslagen en brieven konden meenemen, dat ze nog voor hun vertrek gereed waren.

Hij pakte de tweede plak ham, legde die op de snee tarwebrood. Maar voordat hij er een hap van nam, at hij een van de gekookte eieren op. Hij vroeg zich af hoeveel voorraad inkt hij eigenlijk nog had. Eigengemaakte inkt. Wat een geluk dat hij de ingrediënten bij de zuster die in het klooster de kruidentuin beheerde, kon bemachtigen. Waarschijnlijk zou hij deze week nog nieuwe inkt moeten maken. Want met andere inkt zou hij niet gaan schrijven. Hij schudde zijn hoofd, in gedachten. Nee, alleen met zijn eigen inkt, die van het papier spatte in een levendig blauw, zou hij schrijven, met niets anders. Gisteren had Bruiskens opnieuw gevraagd of hij die inkt ook zou kunnen kopen, maar tevreden dacht hij terug aan zijn besliste en vriendelijke weigering. Die inkt was onderdeel van zijn geheim, die zou hij nooit afstaan.

'Je schrijft als een engel uit de hemel,' herhaalde hij prevelend wat Bruiskens gisteren tegen hem had gezegd, 'of als een duivel. Maar schrijven kun je.' Diep in zijn ruggenmerg voelde hij een tinteling die hij niet kon thuisbrengen.

Hij stond na de maaltijd op en liep terug naar zijn kamer. Het was hem een groot raadsel hoe Bruiskens zich de plaats van vaste schrijver verworven had voor de bijeenkomsten van de edelen. Hij vond dat Bruiskens niet bepaald iemand was die zich door scherpzinnigheid of bijzonder vakmanschap onderscheidde. Of het moest iets te maken hebben met wat een van de zusters hem pas toefluisterde over de verbintenis die er in de familiesfeer scheen te zijn tussen Bruiskens en een van de edelen.

In zijn kamer aangekomen pakte hij zijn schrijfspullen en zijn aantekenbladen en stopte alles in zijn tas. Hij was vooral blij dat al die edelen hier slechts kwamen zonder hun officiële gevolg, en dus hun eigen secretarissen en schrijvers thuislieten. Hij vroeg zich af of er vandaag nog een vergadering zou zijn, hij had Bruiskens er nog niet over gehoord en de zusters in het klooster ook niet. Maar die wisten natuurlijk ook niet alles wat er speelde. Vooral omdat de bijeenkomsten vaak geen formele status hadden, maar meer informeel waren en aan het oog van velen onttrokken, doordat men hier al voor de formele vergaderingen uit met elkaar van gedachten wilde wisselen.

Die gedachte bracht hem op de een of andere manier bij de edelman Willem van Nassau. Wat een bijzondere man was dat toch. Hij was degene die had uiteengezet dat het van belang was de problemen die in de Raad van State, de Staten-Generaal en de Raad van Beroerte werden aangekaart, op één lijn te brengen, om er zo voor te zorgen dat de juiste zaken met voldoende kracht onder de aandacht werden gebracht.

Dat had Oranje goed gezien, vond hij. Als iedereen alleen zijn particuliere problemen inbracht en zich verder liet leiden door de agenda's van de voorzitters, was de kans op fragmentatie te groot en zou er niet altijd voldoende oog zijn voor de zaken die wel in de gewesten knelden en broeiden, maar niet als zodanig gevoeld werden door de hoge heren zelf. Zo veel wist hij inmiddels wel van bestuurlijke zaken af, na zijn jarenlange ervaring in het stadsbestuur.

Hij voelde veel respect voor deze hoge edelman, die zo'n scherp verstand had en tegelijkertijd zo'n groot oog voor de problemen in zijn omgeving en de mensen om hem heen. Het was ook Oranje geweest die zijn eerste verslag had goedgekeurd en daarmee tevens instemming had gegeven voor zijn aanwezigheid tijdens volgende vergaderingen. Hij was de man intens dankbaar.

Hij deed zijn mantel aan en sloot het kleine kamertje achter zich af. Hij liep de trap af, beneden in de secretarie kwam hij de twee schrijvers tegen, Aaldert en Rijkus. Ze waren bezig hun schrijftafels in gereedheid te brengen voor een lange dag van dupliceren van verslagen, uitwerken van aantekeningen en opstellen van rapporten. Hij wisselde wat woorden met hen en wenste hun een goede dag. Daarop verliet hij de secretarie en liep naar het klooster, even verderop. Hoewel het nog erg vroeg in de ochtend was, was er toch al veel volk op straat. Dat was een van de dingen die hem aantrokken aan het leven hier: je voelde aan het bruisen van de stad, de dynamiek, de belangrijke gasten, inwoners en passanten, dat je hier op een belangrijk kruispunt te midden van de gewesten was. Er was nooit een stil moment in Delft, zelf 's nachts hoorde je geluiden van de nachtwacht of rumoerige late reizigers. Wat een verschil met de absolute stilte en duisternis rond de hoeve van Nynke.

Die gedachte vervulde hem met pijn. Want denken aan Nynke was denken aan Goedereede, en denken aan Goedereede was denken aan Marieke, en denken aan Marieke was bijna ondraaglijk, omdat ze zo lang zo eindeloos ver weg zou zijn.

De gedachte dat ze zich zou inlaten met een andere man was het ergste. Dat had hem toen hij pas in Delft was aangekomen nachten lang slecht doen slapen. Ze hadden elkaar trouw beloofd bij zijn vertrek, maar hij voelde desondanks een grote onrust op dit punt. Hij probeerde die gedachte van zich af te schudden terwijl hij de kloosterpoort door liep.

Grote brandende toortsen links en rechts van de kloosteringang verlichtten de brede, gewelfde deur, die gastvrij openstond. Binnen werd hij begroet door zuster Anna, die zei dat ze de lector al had zien binnenkomen, dus hij kon rechtstreeks naar diens kamer gaan. Hij bedankte haar en liep door, een kleinere deur door, een lange gang in, een wenteltrap op, opnieuw een gang door tot het einde. Hij stond nu voor een eikenhouten deur, nauwelijks waarneembaar in de diepe schemer van de gang. Hij klopte erop en hoorde, gedempt door de dikke deur, direct het antwoord: 'Kom binnen!'

Hij stapte binnen, een zee van licht in. Achter een schrijftafel vol boeken en geschriften zat de lector, die hem ook vanochtend weer les zou geven. Hij groette hem eerbiedig en de man knikte hem welwillend toe. 'Ik heb net je werk van gisteren nog eens bekeken, Lenert. Ik ben onder de indruk. Goed gedaan.'

'Dank u wel, heer lector,' zei hij.

'Vanmorgen gaan we verder met Latijn. Maar ik heb begrepen dat er vanmiddag een vergadering is, dus houd er rekening mee dat je vanmiddag werk te doen hebt.'

'Heel graag, heer, ik vind het fijn om schrijfwerk te doen bij de vergaderingen.'

'Ik weet het en ik begrijp het,' knikte de lector. Hij keek hem vorsend aan en vroeg na een korte stilte: 'Mag ik jou eens een vraag stellen, Lenert?'

'Maar natuurlijk, heer.'

'Hoe kijk jij naar de situatie in onze gewesten? Wat denk jij van de huidige politieke situatie?'

Hij was verrast en voelde zich vereerd dat de lector hem deze vraag stelde. Tegelijkertijd voelde hij een grote terughoudendheid omdat hij niet goed kon inschatten wat de gevolgen van zijn antwoord konden zijn. 'Ik ben bang dat de spanningen niet gemakkelijk zullen afnemen, heer, als ik het zo mag zeggen. Ik bedoel: de beleidslijn van de koning kan niet onverdeeld op steun rekenen in onze gewesten en het lijkt er niet op dat er toenadering is te verwachten. Maar dit is natuurlijk slechts mijn beperkte waarneming.'

De lector keek hem een tijdje met een ernstige blik aan. 'Slechts jouw beperkte waarneming,' herhaalde hij, in gedachten verzonken. Hij staarde uit het raam, waardoor de eerste sporen van het licht te zien waren. Hij knikte. 'Een goed antwoord,' zei de lector. Hij rechtte zijn rug en wees op de stoel naast zich. 'Kom zitten, Lenert, dan maken we een aanvang met Latijn.'

Tegen de middag hadden verschillende edelen zich inderdaad weer verzameld, zag hij toen ze na de les door de kloostergangen naar beneden liepen naar de vergaderzalen. Graaf Van Egmond was er, de grote krijgsman die drie jaar geleden in de veldslagen van Saint-Quentin en Grevelingen had bewezen een geslepen strateeg en dapper strijder te zijn. Berlaymont zag hij, de hertog van Namen en lid van de Raad van Beroerten. Aerschot zag hij aankomen, woest rijdend op de zwarte hengst die hij uit duizenden zou herkennen omdat het was alsof alle oorlogszucht en alle woestheid van het hele paardenras in deze ene hengst waren samengebald. Megen en Mansfeld waren ook gekomen, als altijd in stilte opduikend in de kloostergangen. Hij had ze niet eens gezien, tot hij merkte dat ze achter zijn rug op gedempte toon met elkaar stonden te praten.

Nadat het gezelschap zich had verzameld, hoorde hij dat werd besloten niet hier, maar in de kloosterzaal op de eerste verdieping te vergaderen. Hij liep de brede trap op die vanuit de grote hal in het hoofdgebouw met een boog naar boven liep, stap voor stap, genietend van de nabijheid van macht die rozerood geurt in de lucht. Onder zijn arm had hij de varkensleren schrijfmap die hij jaren geleden van Nynke had gekregen. In zijn hand de koker met ganzenveren en onder in de koker de ronde inktfles met de kurken dop. De heer Bruiskens was natuurlijk zelf ook aanwezig, in al zijn omvangrijke waardigheid, zijn onderkin welfde zich symmetrisch over de kanten kraag van zijn kostuum als een om zijn nek gebonden vette worst. Bruiskens zou zich straks pontificaal aan de hoek van de tafel zetten, zijn schrijfspullen breed voor zich uitmetend, terwijl hijzelf aan een tafeltje aan de zijkant van de zaal zou zitten, meeschrijvend met ieder woord, zodat Bruiskens zich omwille van de waardigheid kon beperken tot korte aantekeningen in een alleen voor hemzelf leesbaar handschrift. Hij had er geen last van, ook al wist hij dat Bruiskens zijn schitterend geschreven verslagen zou presenteren alsof ze door hemzelf waren geschreven.

Hij hoorde hoe Bruiskens de aanwezigen met veel misbaar groette. Hijzelf liep zwijgend naar zijn tafel en legde de spullen op de juiste plaats. Ook vandaag zou hij er weer alles aan doen om snel en uitmuntend werk te leveren. Toen alles op zijn tafel in gereedheid was gebracht pakte hij als laatste de inktpot, die hij met uiterste voorzichtigheid opende. De kobaltgouden geur wervelde uit het flesje omhoog, hij snoof diep en voelde een tinteling van behagen door zijn lijf gaan. Daarna richtte hij zijn aandacht op de aanwezigen, in afwachting van het moment waarop de vergadering zou beginnen.

Aerschot was in fluisterende discussie gemengd met Berlaymont en Egmond, en hij zag aan Aerschot dat deze zich behoorlijk opwond over het onderwerp van gesprek. Egmond maakte sussende bewegingen en Berlaymont schudde nadrukkelijk het hoofd. Hij kon niet verstaan wat er gezegd werd, maar zag wel dat de edelen het niet eens waren met elkaar en dat het Aerschot was die de hitte in de discussie bracht. Hoewel hij er wel voor waakte dat het niet op zijn gezicht te zien was, glimlachte hij in zijn binnenste. Hoe was het mogelijk dat de karakters van het paard en zijn ruiter zo dicht bij elkaar lagen?

Hij zag dat er nog een man ontbrak: Willem van Nassau was nog niet aanwezig. Twee zusters brachten kannen bier en zetten deze gereed op de tafel, met een aantal aardewerken bekers. Ook brachten ze wijn, de beste die er in het klooster te vinden was, en gebroken brood met kruidensaus en honing, zodat het de vergaderende mannen aan niets zou ontbreken.

Eerbiedig vroeg een van de zusters aan heer Egmond of het zo voldoende was. Egmond liet zijn blik over de tafel gaan en knikte. 'Zeker, zuster. Dank u wel. Of wacht: vorige keer was er van die heerlijke worst. Kunt u ons daar nog een stuk van brengen? Alleen daarvoor zou ik al naar Delft rijden.' De mannen schoten in de lach en de zuster repte zich weg om de gevraagde worst te halen. In gedachten volgde hij haar, de brede trap af, rechtsaf, de kloostergang in naar de keuken. De prachtige keuken, het domein van zuster Marie Therese, waar de lucht vol was van pure geuren, geel en oranje, zomergroen en lila, leverkleur en mint, en van waaruit je uitzicht had op de kruidentuin en de daarachterliggende kloostertuin. De zuster zou eerst zuster Marie om toestemming vragen en dan zou zuster Marie een grote worst uitkiezen van de tientallen worsten die naast de open haard aan de balken hingen. Met een lang mes zou ze de worst afsnijden en met vaardige hand van de hard geworden darm ontdoen, hem sneller in plakken snijden dan het oog kon zien en die dan op een ovaal stuk beukenhout leggen. Zuster Marie Therese zou de worst daarna nog licht besprenkelen met bier – hij hoorde het haar zeggen: 'Worst en bier zijn vrienden, als je ze niet tegelijk nuttigt, proef je de eenzaamheid' – en de plank daarna in de handen van de zuster geven die, eerbiedig kijkend naar de vaardigheid van Marie Therese, al die tijd met gevouwen handen naast het grote werkblad was blijven staan. De botergele met blauw bespikkelde geur van de worst woei hem tegelijk met de binnenkomst van de zuster in de neusgaten en Egmond riep: 'Ziedaar! Het wonder van Delft. Zonder deze worst smaakt het bier maar half, beste zuster.'

Hij pakte direct een stuk en kauwde er genietend op, zich afwendend van het gesprek met Aerschot en Berlaymont. Die twee zwegen nu ook en Berlaymont zocht zijn plek aan de tafel op. De zuster, die in de hoek van de zaal was achtergebleven, haastte zich om ook hem een grote beker bier in te schenken.

Er viel een stilte in de zaal. Hij zag hoe de aanwezigen in hun eigen gedachten verzonken leken, Berlaymont nog wat perkamenten doornemend en half hardop mompelend. Egmond was voor het raam gaan staan en keek naar buiten, waar de binnentuin van het klooster was te zien. Aerschot zat aan tafel voor zich uit te staren met een ondoorgrondelijk gezicht. Bruiskens schoof zijn schrijfspullen heen en weer terug over de tafel, zuchtend, zich het hoofd bettend met een zakdoek alsof het echte werk allang was begonnen.

Hoewel hij met zijn rug naar de deur zat, voelde hij de komst van de binnenkomende gast. Voordat hij zich omdraaide, wist hij al wie het was. De reactie van de andere aanwezigen, de zware stem vol gezag waarmee de man groette en eerder al de volstrekte vanzelfsprekendheid waarmee de stoel aan het hoofd van de tafel was leeggelaten door de anderen, maakte dat hij wist wie er komen zou. Heer Willem van Oranje Nassau groette de anderen met een warme glimlach, een korte aanraking, een hand op de schouder en zelfs voor hem had hij een klein knikje en een vriendelijke blik. Hij ervoer de bijzondere uitwerking die deze man had, als hij een kort moment in die heldere ogen keek. Heer Willem ging op de nog lege stoel zitten. Een bediende die in zijn schaduw was meegekomen legde zorgvuldig een aantal perkamenten voor hem op de tafel. De zuster schonk hem een mok bier in. Hij nam direct een grote teug. 'Mijne heren, als er iets is waarin Delft zich onderscheidt, dan is het toch vooral de brouwkunst,' verzuchtte hij.

'Er zijn hier meer brouwerijen in de stad dan haren op een hond,' bromde Aerschot.

'Antwerpen is nog erger,' vulde Egmond aan. 'Hoewel ze zeggen dat er in het Habsburger rijk zelfs mensen zijn die zich in bier baden.'

Het was alsof de term 'Habsburg' in één tel een spanning wakker riep aan de tafel. Er viel een korte stilte en hij hield de adem in, benieuwd hoe het gesprek verder zou gaan. 'Het is goed elkaar weer te zien,' pakte heer Willem de draad op alsof hij niets merkte van de stemmingswisseling. 'Er zijn veel zaken die onze zorgen opwekken en veel zaken die onze aandacht vragen. Laten we allereerst vaststellen waarover wij vandaag in ieder geval spreken moeten. Volgende week vergaderen zowel de Raad van Beroerten als de

Raad van State en het is goed ons daarop voor te bereiden.'

Hij zag hoe Oranje met een grote vanzelfsprekendheid de spanning van tafel wiste als had ze niet bestaan. Hij nam de ganzenveer losjes in de hand, doopte deze in de zuivere inkt en liet de punt net boven het perkament zweven. Geconcentreerd volgde hij de woorden die door de hoge zaal klonken. Hij was nu slechts een oor dat hoorde, een pen die schreef, inkt die zich liet uitstrijken, perkament dat zich liet volschrijven. Hij had geoefend in het zich concentreren op de kern van de woorden, zonder zijn gedachten daardoor te laten meeslepen. Al in het begin van zijn schrijverschap had hij gemerkt dat hij, als hij zich ertoe liet verleiden om ook na te denken over wat er gezegd werd, minder scherp was in het vastleggen. Al zijn aandacht moest gericht zijn op de woorden en de essentie, niets mocht vermorst worden aan inhoudelijke gedachten over het gesprokene. De stemmen van de edellieden wisselden elkaar af, kruisten elkaar soms midden op het pad als de ene uitspraak de andere uitlokte. Op die momenten luisterde hij extra goed om de twee stemmen uit elkaar te houden. De tijd verstreek, er was slechts het schrijven. Pas toen de laatste zin was uitgesproken, de laatste punt was gezet en de vergadering al uit elkaar begon te vallen kwam al het geschrevene weer over hem heen, als de hekgolf van een stilvallend schip. Toen begon hij te beseffen waarover het ging en welke betekenis het gesprokene werkelijk had gehad.

Hij werd zich nu ook weer bewust van wat er om hem heen gebeurde. Terwijl hij begon met het zorgvuldig opruimen van zijn schrijfspullen en het ordenen van de volgeschreven perkamenten registreerde hij drie zaken. Ten eerste dat hij een ontzettende dorst had die te verklaren viel uit het feit dat zijn bier nog onaangeroerd voor hem op het tafeltje stond en hij dus de hele vergadering geen slok had genomen. Ten tweede dat hij nog nooit zo veel achtereen had geschreven tijdens deze vergaderingen en ten derde dat hij een gevoel van onbehagen had overgehouden aan deze bijeenkomst.

De reden voor dit laatste was hem nog niet helemaal duidelijk, maar begon allengs helderder te worden toen hij tot zich liet doordringen waarover zojuist gesproken was.

Hij probeerde het voor zichzelf op een rijtje te zetten. Het was duidelijk dat er een grote spanning heerste in dat ingewikkelde stelsel van regeringsambten die de gewesten bestuurden. En hoewel niet uitgesproken, besefte hij dat er ook binnen deze groep edelen een grote spanning heerste. Willem van Nassau had meermalen aangegeven zeer bezorgd te zijn over de lijn die op dit moment door de regerende partijen werd aangehouden. Ook de spanning in Frankrijk steeg. Er waren uit diverse hoeken van het grote rijk van Filips II negatieve berichten en zelfs geluiden van opstand te horen. De spanning in Frankrijk tussen de ketterse volgers van Luther en Calvijn én degenen die trouw waren aan de heilige moederkerk namen toe. En nu besefte hij pas wat de edelman had gezegd over zijn eigen graafschap Nassau: dat hij van plan was de ketters een zekere vrijheid en bescherming te geven en hen niet wenste te vervolgen op de manier die in de rest van het rijk gebruikelijk was. Daarop was een grote discussie ontstaan, die Willem van Nassau met een blik op Bruiskens en een korte, venijnige handbeweging had gesmoord. 'Hierover komen we nog verder te praten,' had hij kortaf gezegd.

Terwijl hij terugliep naar de secretarie overdacht hij dit alles. Regelmatig waren er, ook in de gewesten Holland en Zeeland, terechtstellingen geweest van ketters. Wee degenen die de weg die God gegeven had om zalig te worden, verdacht maakten! Wee degenen die de paus, de plaatsvervanger van Christus, belasterden! En wee degenen die zeiden dat de moeder Gods niet rechtstreeks aanbeden en verheerlijkt mocht worden omdat ze maar een gewoon mens was. Vooral dat laatste wond hem erg op. Want hoewel hij zelf niet heel vroom was, hoe vaak had hij juist niet tot Maria zijn verzoeken en beden gericht en hoe vaak was hij niet door haar geholpen? En had de engel Gabriël niet zelf gezegd dat ze gezegend was onder de vrouwen?

Toch knaagde dit alles aan hem.

'Er is iemand uit Schiedam die bekenden heeft in Goedereede,' zei de keukenmeid tegen hem toen hij de secretarie binnenstapte. 'Hij zit in de keuken.'

Uit nieuwsgierigheid liep hij de keuken in. Aan de lange tafel zat een jongeman van goede afkomst, te zien aan zijn kleding. De gast stond op van de tafel en begroette hem. 'Willem Aartsen is de naam,' stelde hij zich voor. 'Ik bezit een weverij in Schiedam.'

'Een wever op de secretarie,' zei hij nadat ook hij zich had voorgesteld.

De man haalde zijn schouders op. 'Contracten. Daar ben ik zelf niet zo handig in. Maar ik hoorde van de meid dat u uit Goedereede komt, is dat zo?'

'Dat klopt,' beaamde hij. 'Ik ben hier voor studie en doe ook wat werk op de secretarie.'

'Heel goed werk zelfs,' zei Willem Aartsen. 'Dat heb ik van Bruiskens begrepen. Ik ken een paar mensen uit Goedereede. De wever natuurlijk en die grote bakker met de snor, hoe heet hij ook alweer…'

'Gert de Bakker!' zei hij.

'Precies!'

'Ik ben er een maand geleden nog geweest,' zei de man. 'En ook bij de timmerman, Peter Johannes.'

'Een maand geleden! Bij Peter Johannes! Heb je zijn nicht ook ontmoet?' Hij was op een houten stoel tegenover de man gaan zitten, maar sprong weer op.

De man keek hem onderzoekend aan. 'Zijn nicht? Marieke?'

'Ja, Marieke!'

De man knikte. 'Ja, die ken ik wel. Vrij goed zelfs. Ze komt ook uit Schiedam. Een paar jaar geleden is ze vertrokken.'

Er viel een korte stilte in de keuken. Hij keek de man aan, wat zat er voor verborgen boodschap in die woorden? Toch vroeg hij niets, hij had het gevoel dat hij met doorvragen iets onaangenaams wakker zou roepen.

'Marieke,' zei de man. Het stoorde hem dat hij haar naam uit de mond van een vreemde hoorde. Hij wilde nu opstaan, maar de man sprak verder. 'Haar vertrek uit Schiedam was nogal overhaast. Ik dacht dat ik in haar de ware gevonden had. Maar toen bleek ze uitsluitend uit te zijn op…' Willem Aartsen schudde zijn hoofd, maakte de zin niet af en zuchtte diep.

Hij stond op, gehaast nu, wilde niets meer horen.

'Ik moet gaan,' verontschuldigde hij zich. 'Ik heb nog schrijfwerk te doen.'

'Nu nog? Nou, sterkte daarmee dan,' zei de man. 'Het was goed u te ontmoeten. Het ga u goed.'

Hij knikte, schudde de man de hand, liep de keuken uit, ging de trap op, naar zijn kamer.

Met iedere trede die hij steeg, nam ook zijn woede toe. Die vervloekte zussen van hem. Hadden ze hun zin? Hadden ze dan hun zin, als er iets was met Marieke? Als ze een bedenkelijke reputatie had in Schiedam, die haar overhaast had doen vertrekken? Zij wisten blijkbaar iets, hij vervloekte ze in stilte. Allebei. Nynke en Neele. Vervloekt. Hij zou Marieke hebben. Helemaal voor zichzelf alleen. Niemand anders zou haar aanraken. Niet meer.

De dag daarop bracht hij een bezoek aan zuster Marie Therese. Hij mocht haar graag, tijdens zijn bezoeken aan het klooster om grondstoffen voor zijn inkt te halen, was een hechte band van waardering ontstaan tussen hem en de zuster die de verantwoordelijkheid voor de kloostertuin droeg.

Hij overdacht hoeveel nieuwe kennis over kruiden en planten en hun heilzame of verderfelijke werking ze hem had bijgebracht. Dat bilzekruid dromen en visioenen kon opwekken, dat hanf of hennep gezond was voor de algehele gesteldheid als het ging om het eten van de zaden, maar dat het uitgeperst ook de geest opmerkzaam kon maken voor de stemmen van geesten. En dat dollekervel en gifsla een sterk vergiftigende werking hadden en grote schade konden toebrengen.

Toen hij binnenstapte zag hij tot zijn verbazing een alruinwortel aan een van de dikke zolderingbalken hangen. Bij het zien van de alruinwortel schoot hem direct een mogelijkheid in gedachten en bijna zonder dat hij het zelf besefte, zei hij: 'Alruinwortel! Mag ik een stukje daarvan, zuster?'

De zuster nam hem zwijgend op en hij zag iets opmerkzaams in haar blik. 'Alruinwortel?' vroeg ze. 'Wat wilt u daarmee, heer?'

Hij voelde hoe warmte hem naar het hoofd steeg en zocht naar een goed antwoord. 'Wel... eh... in het klooster in Goedereede heb ik ook ooit een stukje gehad... om... om...'

De zuster knikte begrijpend. 'Het kan de man helpen zijn hitte kwijt te raken,' zei ze sussend. 'Ik weet het. Zeker in uw geval, nu u al zo lang uw liefje mist, toch?' Met een glimlach keek ze hem aan, om dan zonder verder nog iets te vragen of te zeggen een houten trapje onder de wortel te schuiven en die van de haak aan het plafond te halen. Zorgvuldig koos ze twee worteldelen uit die ze behoedzaam afsneed, in een ruwe doek rolde en hem overhandigde, met opnieuw die glimlach.

Hij knikte dankbaar en was blij toen het gesprek vervolgens op de grondstoffen voor de inkt kwam.

Die avond, in de stilte van zijn kleine kamer boven de secretarie van Bruiskens, wikkelde hij voorzichtig de doek van de wortel en bekeek die goed, bij het licht van de kaars die hij ontstoken had. De wortel zag er redelijk schoon uit, hoewel er in de kerven en groeven nog wel wat aarde zat. Hij herinnerde zich hoe broeder Johannes uit het boek van Hildegard voorlas dat als de wortel niet was gewassen in bronwater, het een magisch voorwerp kon zijn om vervloekingen te verspreiden. Welnu, al dan niet in bronwater gewassen, de woede die in hem sluimerde en de angst dat als hij straks naar Goedereede zou terugkeren – hij zou nu zeer binnenkort afstuderen – zijn zus Nynke hem opnieuw de weg naar Marieke zou versperren, maakte dat hij deze wortel zou gebruiken. Nu en elke week, om kwaad over het pad van Nynke en Job af te roepen en over het pad van Neele en haar man. Laten ze gestraft worden voor hun dwarsbomerij, voor hun… Heel even flitsten zijn gedachten naar zijn neefjes en nichtjes, maar een hardheid in zijn hart waarover hij zelf verbaasd stond maakte dat hij die gedachte snel opzijzette en dat hij in zijn zak het altijd aanwezige duiveltje zocht. Het zwarte houtsnijwerkje voelde vertrouwd in zijn handpalm en de gebeurtenissen die daarna volgden waren omgeven door mistige dampen die wel rechtstreeks uit de hel leken op te stijgen.

De dag waarop hij zijn studie afrondde kon hij niet bevatten dat er al twee jaren verstreken waren sinds zijn vertrek uit Goedereede. Hij had een afrondend gesprek met de lector. Die sprak vol lof over zijn opgedane kennis en scherpte van geest. 'De hand Gods is met u, mijn zoon,' zei hij meermalen. 'Nimmer heb ik een vlijtiger en beter leerling gehad dan u. En uw schrift is zo duidelijk en snel als nooit eerder binnen deze kloostermuren vertoond.'

Bruiskens bood hem die middag opnieuw aan om te blijven, onder de belofte van een mooi salaris, maar hij weigerde. Hij bedankte de secretaris voor zijn goede zorgen en het onderdak dat hij hem verschaft had, maar wist diep vanbinnen dat Bruiskens misschien wel meer aan hem te danken had dan hij aan Bruiskens. Het ging goed binnen de secretarie, niet in de laatste plaats doordat zijn schrijfkwaliteiten tal van nieuwe klanten hadden opgeleverd en hij inmiddels bij velen van het stadsbestuur een bekende was geworden. Bij veel vergaderingen binnen het bestuur had hij de vaste rol van schrijver gehad en Bruiskens had erbij gezeten en geglommen van genoegen.

Hij besefte dat hij de nabijheid van de macht wel zou missen. Want hoewel hij in Goedereede ook in kringen van het bestuur verkeerde, stelde Goedereede bestuurlijk gezien niet veel voor vergeleken bij het knooppunt van de macht dat Delft was, waar hij zich tussen de edelen en hoge bestuurders bevond en zelfs hun vertrouwen had gekregen. Maar lang dacht hij daar niet over na, want hij ging naar Goedereede en Goedereede had Marieke! En daarom nam hij goedsmoeds afscheid van Delft. Daarbij kwam nog dat de rozerode geur van macht op de een of andere manier toch ook met hem meereisde. In twee jaar tijd was hij veranderd van een veelbelovend schrijftalent in een bijzonder vakkundig schrijver, die ook nog eens goed onderlegd was in andere belangrijke vakken, en van een ijverige beambte in de schaduw van het bestuur van een klein stadje in een man aan wie de hoge adel zijn verslaglegging toevertrouwde. Hij was zich hier terdege van bewust, op deze laatste dag in Delft. Hij had hiermee een grote voorsprong genomen op veel anderen in Goedereede.

Het enige waartegen hij opzag, waarvoor hij misschien zelfs wel een beetje bang was, was de ontmoeting met Nynke. Nynke had hem geschreven, niet maandelijks, maar toch wel regelmatig. Oppervlakkig bracht ze verslag uit van de stand van zaken in Goedereede en op de hofstee. Het wel en wee van zijn neefjes en nichtjes en van zijn zusters. Hij betrapte zich erop dat hij bijna teleurgesteld was dat het zo goed met haar ging. Geen spoor van onheil, daar had de alruinwortel ook geen verandering in kunnen brengen.

13

Goedereede, 1560

Een frisse zeewind woei door zijn haar en de zon brak net door de wolken toen daar, in de verte, de toren van Goedereede boven de einder zichtbaar werd. Hij genoot van de volle beigegroene geur van het zoute water, het kraken van het schip en het klapperen van het zeil. Hij stond naast de stuurman op het achterdek en had zo een mooi uitzicht over het Haringvliet links en de Noordzee rechts. Achter hen schoof de kust van Voorne voorbij en verder naar achter zag hij nog net de brede toren van Den Briel boven de duinen uitsteken. Een stevige westenwind zorgde dat het schip af en toe scherp overhelde en met bijna volle zeilen een schuimend spoor trok door het groene water. De reis vanaf Delft per rijtuig naar Schiedam en vanaf dat punt per boot naar zee, om Voorne heen richting Goedereede, was voorspoedig verlopen. Hij werd beheerst door de gedachte om Marieke straks te zien, haar gouden geur te ruiken, haar koele huid te voelen. Dat zou het eerste zijn wat hij zou doen als hij straks in Goedereede was: haar opzoeken.

Bij het laatste stuk van de vaartocht, toen ze vanuit de oostkant het eiland Goedereede naderden, gehinderd door de stevige westenwind die vlagerig over het eiland aan kwam waaien, viel het hem op dat de situatie van het stadje er niet op was vooruitgegaan. Voor de muur, waar ooit de zee rechtstreeks tegenaan spoelde, was nu een brede strook zand te zien en zelfs opschietend groen onder de stadsmuur. Hij herinnerde zich hoe de schepen vroeger aan de stadsmuur konden afmeren, nu moesten ze de laatste honderd meter door een smalle vaargeul naar de stadspoort varen. Ook viel hem op – of was dat omdat hij zo lang was weggeweest? – dat de muur zelf er slecht onderhouden uitzag.

Maar lang hield deze gedachte hem niet bezig, want daar was de vaargeul al. En daar was gelukkig hulp en werden ze langzaam maar zeker tegen de wind in naar binnen getrokken, de haven in en schoven ze de vertrouwde stad in. Hij herkende allerlei mensen aan de wal. Johannes Aartszoon, de slager en Pieternella van Geertje uit de Achterstraat en…

Het schip werd vastgelegd en er werd begonnen met het uitladen van de lading, maar hij had zijn spullen al bij elkaar gezocht en stond klaar toen de loopplank werd uitgelegd. De schipper was al betaald en bedankt en daar zette hij voet op Goerese bodem, eindelijk weer. Snel liep hij langs de haven naar de brug en stak deze over, liep de markt op. Links was het stadhuis, maar dat kwam later wel. Nu eerst de markt over, linksaf de Pieterstraat in en dan naar achter, tegen de stadsmuur, het huisje van Mariekes oom – of zou ze misschien nu aan het werk zijn in het stadhuis?

'Lenert!' Een stem trof hem van achteren.

'Vervloekt ben je,' siste hij tussen zijn tanden, terwijl hij zich omdraaide, maar zo zacht dat ze het niet kon horen.

Zijn zus keek hem onderzoekend aan. Ze knikte. 'Goed. Je bent een man geworden, zie ik. Kom, ik heb de paarden op de Groenmarkt staan.'

'De paarden?' zei hij wat onbeholpen.

'Ja natuurlijk. Ik wist dat je er zou zijn en ben gekomen om je op te halen. Kom.'

Iets in haar stem maakte dat het onmogelijk was haar niet te gehoorzamen. Hij liep met tegenzin achter haar aan. 'Maar ik moet nog iets doen in Goedereede.'

'Dan doe je dat morgen maar,' zei ze. 'Nu gaan we naar de hofstee. Ik heb een speenvarken geslacht. Het is per slot van rekening goed dat je er weer bent.'

Nu pas viel hem op dat er tussen haar glanzend blonde haar een paar grijze strepen zichtbaar waren geworden. Maar haar postuur was nog als altijd, recht en vol kracht, en haar gezicht nog even knap. Hij voelde een vreemde mengeling van angst, haat en liefde toen hij naar haar keek en haar met grote tegenzin volgde.

'En Job en de kinderen?' vroeg hij omdat hij besefte dat hij dit moest vragen.

'De kinderen maken het goed,' zei ze terwijl ze door de smalle steeg naar de Groenmarkt liepen. Toen draaide ze zich om en keek hem onderzoekend aan.

'En Job is dood,' voegde ze eraan toe.

Het duurde even voordat hij besefte wat ze zei. Job was dood. In een reflex greep hij naar het duiveltje in zijn zak. De alruinwortel, het duiveltje, onheil op hun pad... Job was dood!

Hij keek zijn zus in de ogen. Ze kon er niets van weten, van wat hij had gedaan, zelfs zij kon er niets van weten en waarom had ze... maar... en...

'Job? Is Job dood?' zei hij schor. 'Hoe...'

'Getrapt door een paard,' zei ze onbewogen. 'Hij heeft nog even geleefd. Vorige week hebben we hem begraven.'

Hij knikte.

Ze zei niets, keek hem slechts aan met ogen die hem helemaal leken te doorzien. Zwijgend draaide ze zich om en ging hem voor naar de paarden.

De hele rit terug spraken ze weinig. Hij voelde hoe er een soort kilte van zijn zus uitging, hoewel ze wel vroeg hoe het was geweest in Delft en hoe de reis was. Op de achtergrond was er echter een diepe, donkere stilte, een soort stille wetenschap van iets wat beter niet uitgesproken kon worden.

Hij was opgelucht toen de kinderen hem uitgelaten begroetten, al zag hij in hun ogen wel het verdriet – zo vers nog! – van het verlies van hun vader. Al snel betrokken ze hem erin en nog voordat hij aan tafel zat hadden ze het hem allemaal al verteld, van de zwarte hengst die zomaar kwam aanlopen uit het bos en die vader had geprobeerd te vangen, van de harde trap en hoe vader daar zo lag, aan de rand van de moestuin. En hoe moeder Nynke toen de hengst met een enkel woord had weggejaagd, terug het bos in en hoe ze hem niet meer gezien hadden, maar dat vader toen wel doodging. Samen met de kinderen huilde hij om het verdriet, en toen was er Nynke en het heerlijk geurende speenvarken en leek het verdriet toch even een beetje te moeten wijken voor de vreugde van het weerzien en het feestelijke maal. Speenvarken was voor de kinderen iets wat ze al zeker een jaar niet gegeten hadden en het trof hem met onverwachte hevigheid dat Nynke deze lekkernij nu juist had klaargemaakt voor zijn komst. Hoe wist ze trouwens dat hij vandaag zou komen? Hoe kwam het dat ze het zo precies wist, dat ze al klaarstond met de paarden? Bijna opende hij zijn mond om het te vragen, maar toen besefte hij dat het zinloos was. Dat dit een van de ondoorgrondelijke geheimen van Nynke was. Ze keek hem over tafel even aan, alsof ze begreep wat er in hem omging. Ze schoof hem de schaal met mosterd en dillesaus toe. Hij doopte een reep varkensvlees in de schaal en genoot van de weldadige, volle smaak van het vlees.

'Heerlijk,' zuchtte hij, terwijl hij merkte hoe de behoefte om haar te vervloeken verdwenen leek te zijn. Het was goed terug te zijn. Maar morgen zou hij direct naar Marieke gaan. 'Gaat het goed met de boerderij? Het vee? Het land? Ik zag in de stad nogal wat sporen van armoede en verval.'

Hij pakte zijn nap en nam een grote slok bier, heerlijk bitter na de zoutige vetheid van het varkensvlees.

Nynke knikte. 'Dat heb je snel gezien. Ja, veel domkoppen zijn precies met de verkeerde dingen bezig. Ze snappen de natuur niet en er is nogal wat misoogst geweest. En je hebt wel gehoord dat met al die spanningen op zee de haringvangst ook niet meevalt?'

'Daar heb ik iets over gehoord, ja,' loog hij. Hij had er nog niets van gehoord, ook onderweg op de boot niet.

'Kortom, er is nogal wat armoede,' zei Nynke. 'Maar wij hebben nog voorraad genoeg, gelukkig. Het vee heeft dit jaar juist beter gedragen dan ooit.'

'Beter dan ooit? Hoe is het mogelijk?' vroeg hij.

Nynke haalde haar schouders op. 'Mensen luisteren niet goed naar de natuur. De meesten hebben geen enkel besef van wat hun te wachten staat. Dus laten ze het fruit bevriezen of zijn ze te laat met de stier bij de koeien. Domkoppen. Morgen krijgen we regen, dus heb ik de grote tonnen buiten gezet, want daarna zou weleens een periode van droogte kunnen aanbreken, dus is het belangrijk om water op voorraad te hebben. Maar wie beseft dat?'

Zwijgend aten ze verder. Toen het varkensvlees op was, kwam er nog een romige pudding van melk, bloem en honing.

'Je dient het vee zeker ook mierikswortel toe en wilde winde?' vroeg hij.

Nynke keek hem scherp aan, duidelijk had hij haar verrast met deze opmerking.

'Je hebt inderdaad veel geleerd in Delft,' zei ze na een korte stilte. 'Wilde winde voor de gezondheid van het vee, zodat ze minder ontstoken uiers en darmproblemen hebben en…'

'Mierikswortel voor de productie van melk,' vulde hij aan.

Nynke knikte en zakte weer terug in haar eigen gedachten. Ook de kinderen waren stil.

Verzadigd bleven ze daarna nog aan tafel zitten, nadat het kroost door Nynke in de bedstee was gelegd en ook hij ze welterusten had gewenst.

'Dus je studie zit erop?' vroeg Nynke. 'Is het goed gegaan?'

'Heel goed,' antwoordde hij. 'Ik heb veel geleerd en veel mensen leren kennen. Het was een geweldige tijd. Achteraf is het toch sneller gegaan dan ik had gedacht.'

'Wat moest je doen in Goedereede,' vroeg Nynke toen op de man af.

'Even bij iemand langs,' zei hij ontwijkend. Hij keek Nynke kort aan en zag dat ze het wist. Dat ze wist dat Marieke geen bevlieging was, twee jaar geleden, maar dat hij vastbesloten was om haar tot vrouw te nemen. Ze zuchtte onhoorbaar, maar hij zag het wel. En nu pas vroeg hij zich af of zij ook iets te maken had gehad met zijn vertrek naar Delft. Had zij zijn studie betaald? Had zij het geregeld met de baljuw? Zodat hij weg zou zijn bij Marieke?

'Heb jij mijn studie betaald?' vroeg hij in een opwelling.

Aan haar reactie zag hij dat ze schrok van zijn vraag. De betekenis daarvan wilde hij niet onder ogen zien. Hij haastte zich iets anders te zeggen.

'Kan ik morgen een paard gebruiken?' vroeg hij. 'Ik moet nog langs op het stadhuis. En ik wil even bij het klooster langs. Broeder Johannes opzoeken.'

Ze knikte. Zwijgend zaten ze nog even bij het kaarslicht.

Hij ging staan. 'Het was een lange dag,' zei hij. 'Ik ga slapen.'

Nynke knikte en ruimde de kommen op die nog op de tafel stonden. Ze reikte hem de kaars aan. 'Hier, slaap jij maar boven, op je oude plek. Je weet de weg.'

Toen hij halverwege de trap was, klonk uit het donker onder hem opnieuw haar stem. 'Pap niet opnieuw met haar aan.'

Hij draaide zich om, de kaars viel bijna uit zijn hand. 'Wat?'

'Je weet wat ik bedoel. Doe het niet. Ze heeft je verraden.'

De volgende dag stond hij vroeg op. Toen hij beneden kwam was Nynke al bezig met het bereiden van kruiden. Ze spraken allebei met geen woord over gisteren.

Hij dwong zichzelf niet te vragen wat ze had bedoeld met het verraad.

'Welk paard zal ik meenemen?' vroeg hij.

'De bruine ruin,' zei Nynke. 'De zwarte zal ik vandaag denk ik nog nodig hebben. De vrouw van Simon de timmerman kan elk moment een kind krijgen. Ze heeft me gevraagd haar te helpen als het zover is. Het is vanavond volle maan en ik verwacht dat ze me dan komen halen. Vaak breken de vliezen bij volle maan.'

Hij knikte. Het verwonderde hem niets dat Nynke ingeschakeld werd als vroedvrouw. Hij groette haar en liep naar de stal.

Het paard leek hem nog te kennen. De hemel was lichtblauw toen hij wegreed, aan de horizon schoven de laatste regenwolken langzaam weg. De grote houten vaten die Nynke had neergezet bevatten allemaal wel drie duim water. Bij elkaar was het zeker één vat vol. Hij liet zijn blik glijden over het land rond de hofstee. De groente en de kruiden stonden er gezond en blakend bij. Hij wendde het paard en spoorde het aan. In een kalme galop ging het richting Goedereede. Pas nu besefte hij hoeveel hij van dit land hield. De hoge duinen die het eiland als een heg afscheidden van de opdringerige zee, het bos, de duindoornvlaktes, de smalle paadjes door de landerijen als je richting Ouddorp reed. En de altijd aanwezige toren, die als een robuuste wachter daar stond, midden tussen de hoge stadsmuren van Goedereede. Ja, hij was blij weer terug te zijn. Maar vooral gingen zijn gedachten uit naar Marieke. Hij wist uit haar spaarzame brieven dat ze nog bij haar oom Peter Johannes Jobse woonde en ook dat ze nog op het stadhuis werkte. Het was erg vroeg in de ochtend, ze zou vast wel thuis zijn.

Het viel hem op dat ook de situatie rond de stadsmuur verslechterd was. Het opgroeiende hout, altijd trouw weggekapt om de verdediging van de stad te vergemakkelijken, had nu dicht tegen de stadsmuur voet aan de grond gekregen. Het leek in tegenspraak met de scherpe controle aan de muur en hij vroeg zich af in wat voor situatie het stadsbestuur zich eigenlijk bevond. De baljuw was nog dezelfde als twee jaar geleden. Maar natuurlijk zouden er wel andere schepenen zijn aangetreden. De onrust die hij in Delft zo duidelijk voelde was ook tot hier doorgedrongen, besefte hij.

Zonder vaart te minderen joeg hij zijn paard door de smalle straatjes en steegjes. Pas toen hij de markt opreed hield hij zijn paard in. Hij wilde op zijn eerste dag terug in Goedereede niet het risico lopen van een berisping door de schout en hij wist dat deze waarschijnlijk op dit uur in het stadhuis zou zijn. De Pieterstraat door, daar was de achtermuur van de stad. Het huisje van Peter Johannes. Hij gooide de teugel van zijn paard over de haak in de voormuur en klopte op het deurtje. Het duurde even, maar toen ging de deur langzaam open.

Haar gezicht. Als een engel dook ze op in het gat van de deur. 'Lenert!' zei ze met schelle stem. Ze trok hem naar binnen, het donker van het gangetje in. Daar was haar geur weer, goud en kobalt en hij rook nu ook iets… anders, maar daar dacht hij nu niet aan. Haar lichaam was stevig en gespierd als altijd, hij proefde haar mond, haar tanden en voelde hoe zijn lichaam hevig reageerde op haar omhelzing. Ze lachte plotseling hoog en schril, en trok hem mee verder het huisje in dat blijkbaar leeg was, want Peter Johannes was nergens te zien. Maar ook dat was slechts een vage gedachte, want nu was er alleen haar koele huid, haar geur, intens en bedwelmend. En hij viel met haar naar beneden, de hemel tegemoet.

Later zaten ze samen aan de hoge tafel in het huis van Peter Johannes, die vanmorgen aan het werk was in een van de herenhuizen aan de markt. Door de brieven waren de belangrijkste gebeurtenissen wel uitgewisseld, maar er viel veel in te vullen waarover niet gesproken was. Marieke pakte zijn gezicht in haar handen en kuste hem, zomaar tussen een paar zinnen door. Ze werkte nog steeds in het stadhuis en ze vertelde hem dat duidelijk was dat ze in een onzekere tijd leefden. Het was goed te merken aan de stemming onder de schepenen en notabelen, en veel mensen in Goedereede waren de laatste jaren echt in de problemen gekomen doordat de zaken slecht gingen. Schepen met handelswaar, die ooit Goedereede gemaakt hadden tot wat het in de hoogtijdagen was: een welvarende haven en vestingstad, kwamen nu nog maar heel sporadisch in de haven aan. De meeste voeren direct door naar Schiedam of Hellevoetsluis. Eén reden hiervan was dat de vaargeul elke keer, ook na opnieuw uitdiepen, razendsnel dichtslibde, vertelde ze. Een andere reden was dat Goedereede geen goede verbinding had met het vasteland. Het was slechts geschikt als tussenstop, zeker nu de lokale situatie van de nijverheid en handel er slecht voorstond – twee weverijen, een houthandel, een schrijnwerker en een bakker waren in de afgelopen twee jaar uit Goedereede verdwenen. Handelsreizigers kozen liever voor Schiedam, Hellevoet, Rotterdam of Amsterdam, waar veel handel was. Die plaatsen waren stuk voor stuk knooppunten van transportroutes naar andere grote steden als Utrecht, Leiden of Haarlem. Ook de haringvangst werd almaar moeilijker. Er stonden steeds meer huizen leeg in Goedereede, meer nog dan toen hij wegging, en in een paar jaar tijd was een kentering merkbaar geworden in de bevolking. Leergierige en capabele mensen vertrokken naar de steden waar handel was, waar grondstoffen voorhanden waren, waar kopers waren: Delft, Utrecht, Leiden, Den Briel. Goedereede bloedde langzaam leeg en de baljuw en de notabelen hadden grote moeite om de stad draaiende te houden. Daarbij kwam dat Goedereede als stad onder het gewest van Den Briel viel en de opperbaljuw uit Den Briel gezag had over het gemeentebestuur. De baljuw van Goedereede was een substituut-baljuw met verregaande eigen bevoegdheden, maar de druk vanuit Den Briel nam steeds verder toe.

Marieke was als dienster aanwezig geweest bij nogal wat vergaderingen waarin de spanning over de druk vanuit dat hooghartige Brielse bolwerk reden was voor hoog oplopende emoties.

'Wat weet je er veel van!' riep hij uit. 'Ik wist helemaal niet dat jij zo veel zicht had op het stadsbestuur en de politieke situatie!'

'Ik begrijp er geen barst van,' antwoordde ze. 'Maar ik heb het wel allemaal afgeluisterd.'

'En de schrijver!' zei ze. 'De stadsschrijver maakt er echt een bende van. Hij kan vaak genoeg zijn eigen schrift niet meer ontcijferen. De baljuw is daar regelmatig woedend over uitgevaren, hij heeft zelfs gedreigd de schrijver te ontslaan en hem te vervangen door een monnik uit het klooster, maar tot nu toe heeft hij zijn dreigement nog niet uitgevoerd.' En dus werden de vergaderingen vastgelegd door de vertrouwde oude, kromme stadsschrijver met de ganzenveer in zijn bevende hand, die zijn eigen geheimschrift toevertrouwde aan de gelige perkamenten.

Hij lachte hardop toen hij dacht aan dat gestuntel.

'Ik wil met je trouwen,' zei hij, haar onderbrekend midden in een zin.

Ze keek hem aan met stralende ogen, omhelsde hem en kuste hem.

'Ik ga straks naar de baljuw en bied hem opnieuw mijn diensten aan. Als hij me weer als hulpschrijver aanneemt, heb ik een inkomen en dan huur ik in de stad een klein huisje. Ik zal Peter Johannes om toestemming vragen te trouwen met zijn nichtje en de abt zal ik om een zegen vragen over ons huwelijk. Dan zijn we binnenkort man en vrouw.' Hij had lang nagedacht over hoe hij het haar zou zeggen en hij had mooie zinnen bedacht, gevoelige tekst, maar nu het zover was ging hij gewoon recht door zee op zijn doel af, besefte hij. Hij wilde haar gewoon als vrouw, klaar. En dus zei hij dat gewoon. Het maakte niet uit, het geluk dat van haar gezicht straalde was er niet minder om.

'Ik ben zo blij!' zei ze steeds opnieuw. Maar toen betrok haar gezicht. 'Ook vooral omdat je dan niet bij die heks hoeft te wonen.'

Een koude rilling trok langs zijn rug bij deze woorden. 'Heks?' vroeg hij.

Ze keek hem ernstig aan. Hij zag iets in haar blik wat hij niet thuis kon brengen, maar het gaf hem een onbehaaglijk gevoel. Ze knikte en zei: 'Heks, ja. De afgelopen jaren zijn er steeds meer geruchten dat...'

Maar toen stopte ze en onzeker wendde ze haar blik af.

'Nou, wat dan?' zei hij, scherper van toon dan hij zelf wilde.

Marieke haalde haar schouders op. Hij voelde plotseling ergernis in zich opborrelen. 'Luister,' zei hij. 'Als man en vrouw heb je geen geheimen voor elkaar. Wat is er aan de hand?'

'Je zus,' legde Marieke uit.

'Er zijn geruchten dat ze zich bezighoudt met... met zaken waar een mens zich beter maar niet mee bezig kan houden.'

Hij liet het even op zich inwerken. 'Dus met "heks" bedoel je Nynke?'

Marieke knikte en keek hem met grote, gretige ogen aan. 'Hoe kan het dat ze het zo goed heeft? Haar koeien zijn nooit ziek. Haar kool is groter dan die van anderen.'

'Dat komt omdat ze er goed voor zorgt,' zei hij in een opwelling. 'Dat is niet zo vreemd.'

'Niet zo vreemd? Niet zo vreemd? Houd jij je soms ook bezig met die praktijken?' vroeg ze met schrille stem. Ze week naar achteren.

Hij haastte zich te zeggen dat hij zich natuurlijk niet daarmee bezighield. Natuurlijk niet, nooit, hij vond het ook allemaal vreemd, ze had gelijk, ze had natuurlijk gelijk. Hij trok haar weer naar zich toe.

In zijn geest doken nu plotseling drie gedachten op, nee vier. Vier gedachten die in hem opstonden, duidelijk en gescheiden, alsof ze met grote letters op vier grote perkamentvellen geschreven waren en opgehangen aan een witte muur. Ten eerste de vraag of het mogelijk was dat Nynke de omgang van hem met Marieke had vervloekt en dat daarom zijn vraag aan Marieke om met hem te trouwen al overschaduwd werd door een vervloekte gedachtewisseling over zijn zus.

Ten tweede hoe het mogelijk was dat deze twee vrouwen elkaar over en weer beschuldigden en een hekel aan elkaar hadden.

Ten derde dat hij in dit moeilijke spanningsveld zijn eigen oordeel velde en voor Marieke koos, daar hoefde hij niet lang over na te denken. Hoe vaak had hij zich al niet verbaasd over de kennis van Nynke? Over de soms schijnbaar bovennatuurlijke prestaties die ze leverde? Hij begreep de verdenking wel.

Ten vierde, en dat stond hem het sterkst voor de geest alsof het de andere gedachten verzwolg: hij zou Marieke als vrouw hebben, wat er ook gebeuren zou. Er brandde een vuur in zijn binnenste dat alleen door haar geblust kon worden. Marieke werd zijn vrouw, ook al moest hij er de hel voor oversteken.

Hij merkte dat ze hem stil zat aan te kijken en werd wakker uit zijn overpeinzingen. Hij trok haar op zijn schoot en legde zijn handen om haar slanke, gespierde middel. Hij kuste haar en zei: 'Ik ben ook blij dat ik bij haar weg kan. Maar vooral wil ik bij jou zijn.'

Marieke ontspande merkbaar bij zijn woorden en beantwoordde zijn kus vol overgave.

'Ik ben blij dat je me trouw bent gebleven in de jaren dat ik weg was,' zei hij zacht.

Hij voelde hoe haar spieren zich spanden bij die woorden, maar voordat hij kon vragen wat dat te betekenen had trok ze hem mee en liet hij zich meevoeren.

'Het is goed dat je terug bent. Ik stel je aan als stadsschrijver van de stad Goedereede. Je zult vanaf nu een vast inkomen ontvangen,' zei de baljuw.

'Dat is goed, Lenert. Je bent een slimme man en je hebt goed werk. Je kunt haar goed onderhouden,' zei Peter Johannes Jobse. 'Je mag trouwen met mijn nicht.'

'Ik zal je met groot genoegen de zegen des Heeren geven op je huwelijk, mijn zoon,' sprak de abt met veel waardigheid. 'Hij zegene je ook in de voorbereidingen.'

Nynke keek hem aan toen hij zijn plannen aan haar vertelde en ze zweeg. Toen wendde ze zich af en ging verder met haar werk.

Neele vroeg slechts: 'Marieke? Van Peter Johannes? Over wie we het eerder hadden?' De toon van haar stem was niet plezierig. Hij zei echter: 'Ja. Die.'

Ook zij zweeg. Toen knikte ze. 'Je weet wat ik je over haar gezegd heb. Maar desondanks: ik wens je veel geluk.' Oprecht klonk het niet.

Het kon hem niets schelen. Marieke werd zijn vrouw en daar ging het om.

» 14 «

1564

Hij had die ochtend een bijzonder moment. Het was alsof de dag die net begonnen was al zijn geheimen al prijsgaf en zich voor zijn ogen ontrolde, en hij vooraf wist hoe het zou verlopen.

Hij verwonderde zich hierover en vroeg zich af of deze profetische blik bewaarheid zou worden. Hem wachtte een vergadering, en hij voorvoelde spanning.

Hij legde de ganzenveer neer en drukte de kurk op het inktpotje. Hij keek toe hoe de leenmannen één voor één opstonden, groetten en de raadskamer verlieten waarin net de vergadering van het stadsbestuur had plaatsgevonden. De baljuw stond bij het raam en keek naar buiten. Hij voelde hoe de gespannen sfeer met het vertrek van de leenmannen langzaam afnam. Hij keek uit zijn ooghoeken naar de baljuw en zag hoe die daar stond, in het binnenvallende grijze licht, de vuisten gebald en een verbeten trek op zijn gezicht.

Hij dacht terug aan de turbulent verlopen vergadering en hij vroeg zich af hoe hij de kern van de woordenwisseling in de notulen moest vastleggen. Kon hij zomaar opschrijven dat er binnen het stadsbestuur verdeeldheid was over het standpunt dat Goedereede moest innemen in de toenemende spanning rond de regering van Filips II? Ook hier ter stede werd duidelijk dat er een groot conflict sluimerde tussen de radicaal Spaansgezinden, onder wie zeker de baljuw mocht worden gerekend, en de gematigden, die tegen onderdrukking van de calvinisten waren en hen zelfs geen ketters wilden noemen. De naam van Willem van Oranje was meermalen gevallen.

Willem van Oranje. Hij dacht terug aan de ontmoetingen met hem en wat hij daarnet over hem had gehoord. Willem voerde een voorzichtig en vrij beleid als het ging om de omgang met ketters. Ze kregen binnen zijn prinsdom alle ruimte, er werd zelfs gefluisterd dat hij zelf ook calvinistische sympathieën had. Het bestuur van landvoogdes Margaretha van Parma, die in naam van koning Filips regeerde en vooral het gedrag van haar naaste adviseur, Granvelle, die als zeer Spaansgezind bekendstond, wekten bij velen wrevel op.

Hij had begrepen dat Oranje en de hoge edelen Egmond en Hoorne zelfs een protestbrief tegen het bestuur van deze man hadden geschreven. Er was dus ook bij de Staten-Generaal en de hoge adel veel spanning, besefte hij. En de leenmannen vielen over elkaar heen om daarin ook zelf stelling te nemen.

Hij voelde een stille voldoening dat hij de man over wie ze spraken in levenden lijve had ontmoet en waarschijnlijk beter kende dan al deze mannen hier aan tafel. De afgevaardigden van Goedereede uitgezonderd, die namen deel aan de Statenvergaderingen en vertegenwoordigden de stad op het hoogste bestuursniveau.

De afgevaardigde was degene geweest die verslag had uitgebracht van de laatste ontwikkelingen en die daarmee de hoog oplopende discussie van brandstof had voorzien.

Een diepe zucht van de baljuw haalde hem uit zijn gedachten. Hij keek op en zag dat de baljuw hem aankeek. 'Wat een toestand,' barstte de baljuw los. 'We staan voor grote ellende, schrijver. Ik voel het gewoon in mijn botten. Hoe kunnen we een stad besturen als de leenmannen elkaar bevechten als kleine kinderen?'

Hij wist niet goed hoe hij hierop moest reageren en maakte een onbestemde, half knikkende beweging. De baljuw zag het niet eens en raasde door: 'De stad raakt steeds verder in verval, dit jaar zijn weer ruim tien inwoners vertrokken, onder anderen een van de overgebleven bakkers. De vaargeul is een groot probleem, een deel van het dak van de kerk is ingestort, en wat zitten wíj hier te doen? Onszelf af te vragen hoe we moeten reageren op zaken die Goedereede ver te boven gaan en die we met een gerust hart aan onze koning kunnen overlaten. Op deze manier blijft er straks alleen een puinhoop over. Wat een ellende.'

Hij schraapte zijn keel en knikte. 'Het is een moeilijke situatie waarin we zitten, edele heer,' beaamde hij.

Hij stond op en stopte zijn schrijfspullen in de varkensleren map. De baljuw liep mompelend de deur uit, naar zijn werkkamer.

Hij haalde opgelucht adem en liep de raadskamer uit, de trap af. Voordat hij naar buiten ging sloeg hij zijn mantel goed om zich heen en zette zijn hoed stevig op zijn hoofd. Toch was hij nog verrast door de snijdend koude wind die direct vat op hem kreeg toen hij naar buiten stapte. Met grote stappen stak hij de markt over naar de herberg De Gouden Leeuw. Voordat hij naar huis ging zou hij eerst een stevige pint bier drinken om zijn gedachten even te verzetten, besloot hij. Binnen in de herberg sloeg de warmte hem in het gezicht. In de grote schouw brandde een fel haardvuur. De vlammen trokken loeiend omhoog de schoorsteen in.

'Kijk, dat hebben we nodig,' prees hij. De waard maakte een kleine buiging. 'Wat kan ik voor u doen, heer?'

'Een grote pint bier, beste man,' zei hij. Een heerlijke, robijnrode geur uit de keuken deed hem plotseling voelen dat hij honger had. 'En heb je er iets te eten bij?'

'Er staat een lekkere stoofpot op het vuur, wilt u daar een bord van wellicht?'

'Als dat is wat ik ruik: heerlijk! Doe dat maar.' Hij ging zitten aan een lage tafel bij het vuur en maakte zijn mantel los. Een tafel verder zat een onbekende man, zo te zien van goede komaf.

Hij deed zijn mantel uit, hing die over een stoel, knikte naar de man en groette hem beleefd. De man beantwoordde zijn groet met een glimlach en stak een grote pint bier op. 'Goed bier hebben ze hier in Goedereede'.

'Dat hebben we,' lachte hij terug. 'De broeders van het klooster verstaan de kunst van het brouwen. Als ik vragen mag, edele heer, vanwaar bent u?'

'Ik kom uit Antwerpen,' zei de man. 'Mag ik aan uw tafel zitten? Dat spreekt makkelijker.' De man stond op. Hij haastte zich om een stoel voor de man bij te trekken. Met een zucht liet die zich erop vallen.

'Antwerpen!' vroeg hij de man. 'Hoe is het in die stad? Maar, verontschuldig me, allereerst zal ik mij voorstellen. Mijn naam is Lenert Janszoon, ik ben stadsschrijver van Goedereede.'

'Welk een genoegen en voorrecht met de stadsschrijver van dit mooie stadje te spreken!' zei de man terwijl hij glimlachend knikbewegingen maakte. 'Mijn naam is Hendrik Johannes van Deurne, ik heb in Antwerpen een handel in graan.'

Na nog wat inleidende uitwisselingen kwam het gesprek op de situatie in Antwerpen en Hendrik Johannes beschreef hoe de situatie in die stad, die in de afgelopen jaren steeds meer als hoofdstad van de Zuidelijke Nederlanden was gaan fungeren, ook steeds instabieler raakte. Antwerpen was vaak vergaderplaats van de hoge adel en de spanning tussen Granvelle en Oranje, Egmond en Hoorne was ook in Antwerpen gesprek van de dag. Bovendien waren er volgens Hendrik in Antwerpen veel aanhangers van het calvinistische geloof. 'De grondlegger is overigens overleden,' zei Hendrik met een droevig gezicht.

'Calvijn?' vroeg hij. 'Dat wist ik eerlijk gezegd niet.'

Hendrik Johannes knikte. 'Ja. Enige tijd geleden al, eerder dit jaar.' Hij schudde zijn hoofd. 'Een bijzondere man.'

'Hij heeft in ieder geval nogal wat teweeggebracht, samen met die Duitse monnik,' reageerde hij neutraal. Het leek hem nogal gevaarlijk om het gesprek op de kerk te brengen, temeer omdat hij sterk de indruk kreeg dat Hendrik Johannes sympathie had voor aanhangers van de ketterse leer, te oordelen aan de genuanceerde toon.

Hendrik Johannes knikte en ging er verder niet op in.

'Het schijnt dat Granvelle op het punt staat te vertrekken,' bracht de Antwerpenaar het gesprek weer op de politieke situatie van het landsbestuur.

'Vertrekken? Weet u ook waarom?'

'De invloed van Oranje neemt steeds verder toe,' zei de handelaar. 'Dat is alom bekend. Hij is een gerespecteerd heer met een scherp verstand.'

'Dat weet ik,' kon hij niet laten te zeggen.

De ander keek verrast op. 'Kent u hem?'

Hij haalde zijn schouders op. 'Ach, ik heb een tijdje in Delft gestudeerd. Daar heb ik hem een aantal keren ontmoet. Hij is een zeer scherpe denker, een man met veel invloed.'

Hendrik Johannes staarde in het hoog oplaaiende vuur. Het was een tijdje stil.

'Waarheen bent u op reis?' vroeg Lenert toen. Voordat Hendrik kon antwoorden bracht de waard een dampende schaal vol stoofpot.

'Wacht,' zei hij terwijl hij zijn hand opstak. 'Deze heer lust ook wel wat van je lekkernij. Ik eet liever niet alleen. Op mijn kosten.'

De waard knikte. 'Graag, edele heer. Ik haal nog een schaal.'

Hendrik Johannes knikte dankbaar. 'Dank u wel. Het ruikt geweldig en rond deze tijd is de maag leeg.'

Hij wachtte tot ook Hendrik Johannes een schaal met stoofpot voor zich had. Uit zijn ooghoeken zag hij dat de Antwerpenaar geen kruisje sloeg voor het eten. Hij voelde de voldoening van iemand die zijn eigen gedachten bevestigd zag en nam voorzichtig een hap.

'Verrukkelijk,' zei hij. 'Waard! Vul onze pinten ook nog bij!'

'Maar wat ik zeggen wou,' pakte hij de draad van het gesprek weer op, 'waarheen gaat uw reis?'

'Naar Amsterdam,' antwoordde Hendrik Johannes. 'Daar zit een afnemer met wie ik nieuwe contracten ga afsluiten.'

'Reist u alleen?'

De man schudde zijn hoofd. 'Nee, ik heb mijn secretaris meegenomen. Die heb ik er net op uitgestuurd om proviand voor de reis in te slaan. Hij zal zo wel terugkomen. Morgen vaar ik verder naar Schiedam.'

Hij knikte en zwijgend aten ze verder. De schalen waren al snel leeg en het gesprek kwam op het weer, want de kou leek elke dag wel erger te worden en het was pas november.

'Geen beste tijd om te reizen,' zei hij. 'Ik hoop dat uw reis naar Amsterdam voorspoedig zal verlopen.'

'Ik ook. Op de terugweg hoop ik weer langs Goedereede te komen. Eind december of wellicht begin januari. Is het goed dat ik tegen die tijd naar u vraag? Wellicht kan ik u dan trakteren op een maal,' zei de graanhandelaar.

'Dat lijkt me een groot plezier. Ik ga nu naar vrouw en kind,' antwoordde hij. 'Het was mij een waar genoegen u te ontmoeten. Goede reis en ga met God.'

'Ga met God,' knikte de man. 'Hartelijk dank.'

Hij trotseerde de kou en liep snel door de smalle steeg die een paar huizen verderop vanaf de markt naar de Achterstraat liep. Daar sloeg hij rechtsaf en honderd meter verder stond hij voor de kleine woning waarin hij sinds anderhalf jaar met Marieke woonde.

Hij zag ernaar uit om zijn zoontje Johannes weer te zien, die in het afgelopen jaar geboren was.

Hij stapte naar binnen en sloot snel de deur achter zich. Toch kon hij niet voorkomen dat een vlaag snijdende ijskou het huisje binnen woei. Marieke stond bij de haard waarin een ketel met dikke erwtensoep hing te pruttelen. 'Liefste!' riep ze. Ze omhelsde hem en rilde bij het voelen zijn koude kleren. 'Je lijkt wel van ijs.'

'Het is vreselijk koud,' zei hij. 'Hoe staat het met de voorraad hout?'

Mariekes gezicht betrok een beetje. 'Nog voor een week, denk ik.'

Hij knikte. 'Dan zal ik morgenmiddag naar Nynke moeten. Ik kan een wagen van de smid lenen, dat heb ik al gevraagd. Anders komen we in de problemen als de kou zo aanhoudt.'

'Pas maar op met die heks,' mompelde Marieke onzeker. 'Ik heb toch altijd al gezegd dat ze een heks is? Dat mens is niet te vertrouwen. Ik heb het er vandaag nog met iemand over gehad en ik heb opnieuw dingen gehoord. Maar het is wel goed als je hout haalt. Vraag ook of ze nog worst heeft en aardappelen.'

Hij zuchtte onhoorbaar. Daar gingen ze weer. Die verdachtmakingen over en weer maakten hem het leven zuur. Wat nu weer? Eigenlijk wilde hij het niet weten, maar toch kon hij niet laten te vragen wat Marieke dan wel gehoord had.

'Aleida van de linnenwever,' begon ze. 'Ik sprak haar vanmiddag toen ik even een paar broden bij de bakker had gehaald.'

Hij knoopte zijn mantel los en legde die over een stoel vlak bij de haard. Hij strekte zijn handen uit naar het vuur en wachtte wat er verder komen ging.

'Of wil je het niet horen?' bitste Marieke plotseling.

Hij keek haar aan en knikte. 'Natuurlijk wil ik het horen, liefste. Vertel.'

177

'Nou, Aleida was vorige week naar Ouddorp geweest om spullen af te leveren bij een afnemer aan de Westerduinen. Op de terugweg nam ze het smalle pad dat langs de stee van Nynke loopt.'

Hij knikte opnieuw, terwijl hij zijn blik op de gelige vlammen richtte.

'Nou, en wat er toen precies gebeurd is, weet ik niet, maar ze kreeg woorden met Nynke.'

'Geen wonder. Dat mens heeft een grote bek tegen iedereen. Dat zal Nynke niet fijn gevonden hebben,' mompelde hij zacht voor zich uit.

'Moet ik doorvertellen of heb je je oordeel al klaar?' vroeg Marieke, opnieuw op diezelfde bitse toon.

Hij zei niets meer, wachtte stil af, zijn handen nog steeds uitstrekkend naar de heerlijke warmte van het vuur.

'Nou, en toen heeft Nynke gezegd dat ze gestraft zou worden voor haar woorden en weet ik wat ze verder allemaal nog aan vervloekingen heeft uitgesproken.'

Hij wendde zijn blik af van het vuur en keek Marieke aan. Dat kan ik bijna niet geloven, moest hij nu zeggen. Zoiets zou Nynke nooit zeggen. Maar hij zweeg.

'En de volgende dag had haar kind hoge koorts!' zei ze schril. 'En het is nog steeds hondsziek, zelfs in het klooster weten ze er geen raad mee.'

Ze keken elkaar zwijgend aan. Marieke met grote ogen in haar prachtige gezichtje. Hij nam haar op terwijl hij nadacht over wat ze gezegd had. Hij wilde tegenwerpen dat Nynke juist veel mensen in de stad hielp met middelen tegen koorts, tegen etterbuilen, tegen darmklachten, hoofdpijn en ga zo maar door. Maar een plotselinge diepdonkerrode geur van gevaar en ziekte walmde in zijn neus, het was of het vuur onverwacht hoog oplaaide. Geschrokken keek hij naar de haard, maar de vlammen doofden alweer, al was het net of een donkere rookpluim zich losmaakte uit de helle vlammen en omhoogtrok. De vorm ervan deed hem terugdeinzen, een fractie van een hartslag was het alsof de contouren van het houten duiveltje opstegen uit het vuur. Hij vloekte hardop en draaide zich bruusk om, terwijl de hitte van het houtsnijwerkje – dat onafscheidelijk in zijn broekzak zat vanaf de dag dat hij het gestolen had – voelde alsof hij een kooltje uit een brandend vuur in zijn zak had gestoken.

Marieke stond een paar tellen roerloos. Ze zuchtte diep en pakte twee aardewerken schalen, schepte er soep in en zette ze op de tafel. Zwijgend gingen ze zitten, sloegen een kruis en spraken de zegenbede uit over hun voedsel – *Heer, ontferm U over ons. Christus, ontferm U over ons. Heer, ontferm U over ons. Heilige moeder Gods, wees ons nabij. De Koning van de eeuwige heerlijkheid make ons deelgenoot aan het hemels gastmaal. Amen.*

Hij slurpte van de brijige soep. 'Heerlijk,' zuchtte hij. Hij zei niet dat hij al gegeten had en vroeg hoe het was met de kleine Johannes. Marieke zei dat hij lag te slapen en een tijdje praatten ze over allerlei veilige onderwerpen. Steeds verder sloten ze zich af voor de verdachte gedragingen van Nynke, tot ze uiteindelijk weer ronduit gemoedelijk konden praten. Na het eten bleven ze nog een tijd lang aan tafel zitten voordat Marieke opstond om op te ruimen. Niet veel later vonden ze warmte bij elkaar in de krappe bedstee, terwijl de vorst zich krakend tussen de pannen wurmde.

Een week later was hij aanwezig bij een kort overleg tussen de baljuw, enkele leenmannen en de schout.

De baljuw vatte de situatie kort samen: de vorst hield aan en een ijzige winter nam het eiland Goeree op dit moment tussen zijn harde kaken. Aan de westmuur waren twee oude mensen doodgevroren in hun huisje, nadat hun kachel in de nacht was uitgegaan. Tegen de middag zagen de buren hoe de bloemen vuistdik op de ramen stonden en toen ze ongerust binnen op onderzoek uitgingen vonden ze de oudjes al volledig verstijfd in de bedstee, waar hun laatste adem als ijs aan de zoldering koekte.

De aanvoer van goederen stokte, voorraden slonken of waren bevroren ondanks voorzorgsmaatregelen en de baljuw stelde vast dat er een grote schaarste aan allerlei belangrijke goederen dreigde.

De schout vulde aan dat een man die te voet naar Ouddorp was vertrokken aan het einde van de dag niet was teruggekeerd. Inmiddels was hij gevonden, doodgevroren nadat hij in sneeuw en ijs was gevallen en blijkbaar niet meer zelfstandig had kunnen lopen.

'En,' hoorde hij de baljuw zeggen, 'er ligt meer dan een meter sneeuw buiten de muren en helaas moet ik vaststellen dat de stad zich op dit moment in staat van isolement bevindt. Iedere inwoner vecht op dit moment alleen maar voor voedsel en voor warmte. Brandstof is van levensbelang, maar is helaas schaars. De situatie in de stad is ernstig.'

Hij noteerde aan het einde van de vergadering de maatregelen die de baljuw afkondigde: gezamenlijk organiseren van tochten naar de bossen buiten de stad om brandhout te verzamelen en te jagen op de reeën die de duinen en de bossen bevolkten. Voedsel ging op rantsoen en zelfs de kloostervoorraden zouden moeten worden aangesproken om de bevolking deze moeilijke periode door te helpen.

Adem hing als mist om zijn hoofd, langzaam oplossend in de fel koude lucht. Een bleekblauwe lucht stond boven het bevroren en besneeuwde land, aan de einder geleidelijk naar wit kleurend en overlopend in het even witte land. Hij had zijn paard stilgehouden en stond roerloos te midden van de totale witheid. Achter hem rezen de toren en de muur van de stad boven de sneeuw uit, nog net zichtbaar als je het smalle pad afkeek. Hij snoof de geur van de winter op, onverwacht lichtroze en met een vleugje geel. Er was geen wind en over de dik besneeuwde struiken en bomen naast het pad klonken geluiden uit de verre omtrek door de stilte heen. Scholeksters, opgewonden strijdend om iets eetbaars. Gekrijs van meeuwen. Een hond, ver weg in de buurt van Ouddorp, blaffend om onraad of een bot of van de honger. Een rookpluim in de verte achter de bosjes, nog voordat het bos daar zelf oprees in kille witheid, gaf de plaats van Nynkes hofstee aan. Hij liet de stilte tot zijn binnenste doordringen, in een poging om zijn gedachten tot rust te brengen. De flanken van het paard trilden onder zijn benen. Zelfs op de nek en flanken van het dier flonkerden ijskristallen in het bleekgouden zonlicht. De wereld kwam langzaam tot stilstand, dacht hij. Het stromende water, dik gemaakt door klonten ijs, was uiteindelijk met een laatste krak en tinkeling in een nog golvende pose gestold. Al het levende was bedekt onder een dikke laag wit en slechts de mensen en enkele dieren bewogen zich door deze wereld. Het paard verzette met een schrapend geluid een been. De paardenadem zakte in wolkjes langzaam naar beneden. De witheid van de wereld was overweldigend, alle perspectief was verdwenen, de diepte was niet meer te peilen en in die tijdloze wereld stond hij daar onder de hoge bleke hemel, en hij voelde zich klein en groots tegelijk. Klein in de onafzienbaarheid van de dingen, de peilloosheid van alles om hem heen. Groots omdat deze hele wereld op de een of andere manier om hem leek te draaien, steeds weer alleen om hem, als een rad waarvan hij de as was, een cirkel waarvan hij het middelpunt vormde. Hij voelde zich onkwetsbaar op dit moment, in staat tot alle dingen die hij maar wilde. Hij was stadsschrijver, Marieke was zijn vrouw, zijn zoon Johannes was een gezonde jongen, en alles waarop hij zijn zinnen zette lukte en ging hem goed af.

Een hartslag later werd hij zich bewust van zijn Godslasterlijke gedachten. Hij sloeg een kruis en vroeg Maria om vergeving voor hem te vragen. Natuurlijk was alles uit Gods hand ontvangen, had hij er slechts verlangend naartoe kunnen werken, maar moest het allereerst gezegend worden vanuit de hemelse gewesten. Maar nu doemde een nieuwe gedachte in hem op, trots en hoog zijn hoofd in galopperend, en die was nog erger dan de vorige. Hij schrok op – nee, God zal me straffen voor deze gedachten – en kuchte hardop, gaf het paard de sporen en probeerde die gedachte weg te sturen. Hij vestigde zijn aandacht bewust op andere dingen zoals de sporen in de sneeuw van een ander paard en de naderende rookpluim, en de vraag of hij van Nynke nog meer hout zou kunnen krijgen en hoe hij dat het beste in Goedereede zou kunnen krijgen. Daar was de laatste bocht al en het zicht op de hofstee ontvouwde zich voor zijn ogen, de trotse hofstee waarvan de dikke rookpluim uit de schoorsteen verried dat hier nog hout in overvloed was en warmte, warmte...

In één oogopslag zag hij dat een ruime strook rond de hofstee sneeuwvrij was gemaakt en hij vroeg zich vol respect af hoe ze dat voor elkaar had gekregen. De kinderen zouden wel geholpen hebben, maar toch. Een breed pad naar de schuren en stallen maakte duidelijk dat ook de melk- en voedselvoorziening nog goed geregeld waren, dat er hier geen sprake was van tekort en ellende. Hij dacht terug aan de beelden uit Goedereede, aan hun eigen magere voorraadkast en ook aan... maar dat laatste schudde hij van zich af, liet hij niet verder in zijn hoofd toe.

Hij stapte van zijn paard, stram van de kou en leidde het dier naar de schuur achter het huis. In de schuur de heerlijke geur van stro, paardenlijven, haver en ammoniak. Toen hij weer buiten kwam, liep hij om het huis heen, maar voordat hij bij de deur was klonk achter hem een stem. 'Lenert!'

Hij draaide zich snel om. 'Nynke.'

'Ik dacht al dat je zou komen. Er ligt een pakket met kaas, aardappels en witte kool voor je klaar. En nog een paar repen gerookt spek.'

Alleen al bij het horen ervan voelde hij de honger in zijn lege maag opvlammen. 'Dankjewel,' knikte hij. 'Dat hebben we nodig. Ik zal je ervoor betalen.'

Nynke keek hem aan en zweeg. Ze wees met een bruusk gebaar naar het bos en naar de zwarte hond die roerloos naast haar stond. 'In de stad valt het niet mee zeker? Die smerige Hank Gerards probeerde net kool van me te stelen. De gemene dief.'

'Hank Gerards?' Hij zag in gedachten de schrale

gestalte van de man voor zich. 'Hoe weet je dat hij het was?'

'Dat hij het was? Omdat ik hem betrapte met twee kolen onder zijn arm, daar bij de schuur.'

'En waar is hij nu?' vroeg hij.

'Het bos in gevlucht,' wees Nynke. 'Dat hij er maar in verzwolgen wordt. Dief.'

Hij dacht even na over wat Nynke gezegd had. Hank Gerards was een ziekelijke man van half in de dertig, die met zijn vrouw en twee kleine kinderen tegen de zuidelijke stadsmuur woonde. De man hielp weleens als knecht bij deze en gene, maar zou zeker geen volle houtbak en voorraadkast hebben. Het was geen wonder dat de man op zoek was naar voedsel...

Zwijgend ging Nynke hem voor naar het huis.

Gedachten dwarrelden als sneeuwvlokken door zijn hoofd, warrig en zonder lijn. Zijn angst voor zijn zus toen hij klein was, de hekel die Nynke aan Marieke had en omgekeerd, de bijzondere manier waarop Nynke het hoofd boven water wist te houden, haar ongekende wijsheid en kennis van planten, kruiden en wortels, de grote armoede in de stad, de verhalen die over haar verteld werden, hoe zou ze denken over de kwestie met de ketters? Maar ook de vervloeking die hij jaren terug had uitgesproken, de dood van Job. Hout, hij moest niet vergeten om hout te vragen!

Binnen waren de kinderen aan het werk: Marij was, geholpen door de zevenjarige Teerle, bezig met het maken van een grote pan soep. De achtjarige Johannes vlocht een mandje van wilgentenen die Nynke blijkbaar nog op voorraad had in de schuur. En de twaalfjarige Pieter zocht zaaigoed uit op de lange tafel die midden in de kamer stond. Ze groetten hem allemaal blij en verrast en omringden hem met vragen. Hoe was het met de kleine Johannes? Hoe was het in de stad? Was het niet moeilijk erdoor te komen met al die sneeuw? Kijk eens wat ik gemaakt heb, oom Lenert, een paardje van hout!

Lachend gaf hij hun allemaal een beetje aandacht, zodat ze tevredengesteld hem op een bevel van Nynke weer even vrijlieten en terugkeerden naar hun bezigheden, met gespitste oren het gesprek tussen Nynke en hem volgend.

'Er ligt hout klaar achter de eerste schuur,' zei Nynke, terwijl ze een dampende kom melk inschonk uit een kan die boven het vuur hing en er een handvol anijs in strooide. Ze reikte hem de kom aan. 'Je kunt de kleine kar gebruiken, die trekt makkelijk voor het paard.'

Hij klemde zijn koude handen om de warme kom en knikte. 'Dankjewel. Daar kwam ik inderdaad voor. Zo te zien red je het wel?'

Nynke haalde haar schouders op. 'Als je maar vooruitdenkt. Maar wat ik zei, in de stad valt het niet mee zeker.'

Hij vertelde hoe het ervoor stond, de schaarste, de doden, de kou, het gebrek aan hout en voedsel.

'De kleine Johannes?' vroeg Nynke.

'Dat gaat gelukkig goed. We hebben net voldoende en met dit hout kunnen we weer een week vooruit.'

Nynke liep naar de voorraadkast. In de kast hingen gedroogde en gerookte hammen, gerookte paardenspieren, repen spek. Op de verschillende planken in de kast lagen gedroogde kruiden, wortels en op een klein plankje aan de zijkant van de kast een aantal paddenstoelen. Ook zag hij naast de hammen verschillende bosjes gedroogde bladeren hangen. Nieuwsgierig liep hij naar de kast. Nynke sneed het touwtje van een ham door en duwde die in zijn handen. 'Hier, neem mee.'

Hij bedankte haar hartelijk en vroeg naar de paddenstoelen. 'Wat doe je daarmee?'

'Och, verschillende dingen,' zei ze, terwijl ze haar schouders ophaalde. Ze sloot de kastdeur weer.

Een tijdje spraken ze over de moeilijke winterse omstandigheden en de ingewikkelde situatie in de gewesten. Nynke bleek goed op de hoogte te zijn van de onrust en de spanningen in de Staten-Generaal. Met geen woord sprak ze over Marieke.

Hij besefte dat hij daaraan gewend was geraakt. Raar eigenlijk: voor hun huwelijk moest hij van Nynke steeds verwensingen aanhoren over Marieke, maar toen hij zijn huwelijk doorzette nadat hij een huis geregeld had, had Nynke met geen woord meer over Marieke gesproken. Marieke was niet één keer op de hofstee geweest en had hem duidelijk gemaakt dat ze haar leven tot de dood toe graag met hem wilde delen, maar dat zijn zus wat haar betreft naar de duivel kon lopen. Maar hij voelde iets anders, hij besefte nu meer dan ooit dat het geen wonder was dat Nynke niet naar Marieke vroeg. Marieke bestond gewoon niet voor haar. Ze minachtte de domheid van Marieke, die geen zicht had op de geheimen der natuur.

Nu hij hier weer zat, op de vertrouwde plek aan die vertrouwde tafel, ervoer hij plotseling een diep gevoel van verdriet hierover en hunkerde naar een goed en vriendelijk woord van Nynke, een liefdevol gebaar. Maar het gezicht van zijn zus was vlak, ondoorgrondelijk. Hij voelde de afstand, ondanks de gulle gaven en de goede woorden. Bijna had hij het tegen haar gezegd, eruit gegooid dat hij hier niet langer tegen kon, dat hij die afstand niet wilde, dat hij graag zou zien dat ze Marieke accepteerde. Hij opende zijn mond al en had bijna het eerste woord gezegd, toen hij hem toch maar weer sloot, bang voor de gevolgen en niet overziend wat haar reactie zou kunnen zijn. Dus bleef het gesprek rond veilige onderwerpen cirkelen. Toen Nynke even naar boven ging opende hij nog een keer de voorraadkast, steels en snel, en pakte een van de kleine gedroogde paddenstoelen. Hij zat allang weer aan tafel toen ze terugkwam, maar in haar blik lag iets waakzaams dat hem onrustig maakte. Hij stond korte tijd later op en bedankte haar nogmaals hartelijk voor de ham en het hout. Hij wikkelde zich weer stevig in zijn mantel en ging het hout op de kar laden.

Het liep tegen de middag toen hij klaar was en de kar achter het paard had gespannen. De vroege winterschemering rukte al op aan de horizon en tussen de stammen van het bos achter de hofstee, toen hij afscheid nam van Nynke en het paard rustig in de richting van de toren stuurde.

Voordat hij het smalle pad tussen de hoge struiken in reed, keek hij nog één keer om. De duisternis leek hem in te halen en hing al rond het bos, en een vlaag karmozijnrode geur woei hem achterna. Daarna benamen de struiken en bomen hem het zicht en was er alleen nog de stille witheid om hem heen, overschaduwd door het invallende duister.

De poortwachter die hem de koude, bevroren stad weer binnenliet, keek begerig en met afgunst naar de grote voorraad hout op de kar. Hij besefte als geen ander dat het goed was om dit soort mannen te vriend te houden en zei: 'Pak maar wat houtblokken, zodat je je vrouw en kinderen kunt verwarmen.'

De man boog van dankbaarheid en graaide snel een aantal grote blokken van de kar. Hij knikte, zette de kar weer in beweging en zonder verder te stoppen reed hij naar de smalle straat waaraan hun huisje stond. Snel duwde hij de kar achter het huis naar het kleine plaatsje en sloot de poort. Nadat hij het paard in de kleine stal had gezet en de ham binnen bij Marieke had gebracht, begon hij snel het hout naar binnen te dragen. Hij stapelde het op tegen de muur in de woonkamer. Hij had geen zin om zijn kostbare voorraad te laten roven. En hij besefte dat dat bijna zeker zou gebeuren als hij het achter het huisje zou opstapelen.

Binnen had Marieke een stevige pan aardappelen klaarstaan. Terwijl de vlammen in de haard knisperden en hij genoot van de heerlijke warmte in de kleine kamer en van de kruidige aardappelen, vertelde Marieke dat er opnieuw iemand was bevroren, een oude man in de Catharinastraat. Hij was vanmiddag gevonden toen de buren geen rook meer uit de schoorsteen zagen komen. Ze hadden een koude haard gevonden en een koude man.

Hij moest even terugdenken aan Hank, die blijkbaar op roverspad was bij de boerderij van Nynke. Toch zei hij er niets over.

Nadat ze gegeten hadden gaf Marieke Johannes te eten en las hij nog wat stukken bij het licht van een kaars. Daarna kropen ze in de kleine bedstee, Johannes sliep in een krib aan het voeteneind.

'En?' fluisterde Marieke. 'Zei Nynke nog iets over mij?'

'Over jou?' vroeg hij. 'Nee. Helemaal niets.'

'Ze negeren me gewoon, jouw zussen. Dat komt omdat ze bang voor me zijn,' zei Marieke. 'Ze weten dat ik ze doorheb. Ze beseffen wel dat ze mij niet voor de gek kunnen houden.'

Hij staarde voor zich uit in het duister. De kleine Johannes maakte een kort snurkgeluidje en bewoog zich in de krib.

'Hoor je me niet?' zei ze. 'Hoor je niet wat ik zeg?'

'Natuurlijk hoor ik je,' antwoordde hij.

'Nou, denk jij dat ook niet? Dat ze beseffen dat ik ze doorheb?'

'Ik weet het niet,' zei hij. Hij dacht: wat een dom gezwets, doe normaal, hier heb ik een hekel aan, stop ermee. Maar dat zei hij niet.

Ze draaide zich om, bij hem vandaan. 'Ik weet het niet,' schimpte ze. 'Ik weet het niet. Nee, natuurlijk weet je het niet. Hoe zou je ook. Ze heeft jou ook betoverd. En weet je dat Neele net zo'n heks is als Nynke? Ik weet het gewoon. Ze willen jou tegenhouden. Ze willen zeker niet dat jij het goed hebt, dat jij gelukkig bent met mij. En je geeft ze nog de ruimte ook.'

Er ontstond een koude kloof tussen hen.

Die nacht werd hij wakker vanwege grote druk op zijn blaas. Voorzichtig stapte hij uit de bedstee. Marieke mompelde iets in haar slaap, maar werd niet wakker. Hij zocht in het donker en op de tast de po op. De kou buiten de bedstee beet in zijn huid. Hij legde een paar stukken hout op de smeulende hoop in de open haard, zodat het vuur de ochtend zou halen. Het duurde even voor de gelige vlammen oplaaiden. Hij bleef een poosje gehurkt zitten, gebogen over het vuur, de toenemende warmte ervan in zich opnemend met gespreide handen.

Toen schoot hem iets te binnen. Hij stond op, liep naar zijn mantel die aan een haak in de keuken hing en zocht in de zakken. Hij haalde de kleine, gedroogde paddenstoel eruit en in het donker sloot hij hem in gedachten in zijn hand. Ooit had hij Nynke, jaren geleden, in de nacht betrapt toen ze bij het licht van een kaars een klein stukje paddenstoel opat. Er was iets om haar heen geweest waardoor hij snel weer terug in zijn bedstee was gekropen, maar in al die jaren was er de sluimerende vraag geweest wat zijn zus ertoe had gebracht om in de nacht een stukje paddenstoel te eten. Ooit had hij een paddenstoel meegenomen, maar hij had hem destijds niet durven eten. Nu was het alsof iets van buiten hemzelf zijn bewegingen veroorzaakte toen hij naar de tafel liep, de kaars pakte en aanstak aan de nu stevig opgevlamde open haard, weer terugliep en aan de tafel ging zitten. Starend in de kleine kaarsvlam brak hij de paddenstoel doormidden en stopte de helft in zijn mond.

De structuur was bijzonder. De buitenkant was stevig, wat taai, de binnenkant was zacht en deed hem in de verte denken aan heel jonge kaas. Een bittere smaak verspreidde zich in zijn mond en een onverwachte speekselstroom maakte dat het ding zich makkelijk liet doorslikken.

De bittere smaak bleef hangen en leek zich nu langzaam door zijn hele lijf te verspreiden. Een geur met een kleur die hij niet kon thuisbrengen steeg van binnenuit op in zijn neusgaten, een soort wilde mengeling van rood, paars, zwart en leverkleur. Stil zat hij op de stoel, zich verwonderend over wat er met hem aan de hand was, terwijl hij ook iets van toenemende angst en spijt over zijn onbezonnenheid voelde opkomen. Een paar tellen later was hij dat alweer vergeten, want hij had niet de paddenstoel ingeslikt, maar de kaarsvlam en hij voelde hoe de vlam zijn lichaam van binnenuit verlichtte, hoe de warmte zich verspreidde in zijn darmen, zijn hart klopte als een ritmische trom. Het geluid werd heviger, harder, het ritme nam toe en nu zag hij hoe de kaarsvlam niet langer een kaarsvlam was, maar een groot vuur. Dat breidde zich in wilde vlammen uit naar links en rechts tot een onafzienbare vlammenzee, een zee van vuur die rollend aanspoelde op een strand van zwarte, harde steen. Daarop ontdekte hij de bron van het geluid. Hij slikte moeizaam en zijn ademhaling versnelde zich toen hij de beelden tot zich liet doordringen. Voorop liep een immens wezen, een soort rechtop lopende stier met grote, kromme, vlijmscherpe hoorns en een kwaadaardige blik in zijn kleine, zwarte kraalogen, die gelig flakkerden in het licht van de vlammen. Achter hem een aantal gruwelijke wezens met trommels, ritmisch roffelend en de maat van de mars aangevend. En daarachter – nu stokte hem de adem in de keel – liepen twee duivels rechtstreeks uit de hel, met tussen hen in Nynke! Zijn zus werd echter niet vastgehouden, ze liep vrijwillig mee, sloeg met een eigen trommel in het ritme mee, haar ogen even zwart en flakkerend als die van de andere wezens. En achter haar zag hij ook Neele mee marcheren. Hij voelde hoe zijn haar overeind ging staan bij het zien van deze macabere, helse mars en hij wilde uit alle macht zijn blik afwenden. Maar hoewel hij zijn ogen sloot, bleven de beelden even scherp en helder, en de vlammen schoten hoog op tegen de zwarte hemel. Nu verlichtten ze een kleine stad, verderop op het strand en hij herkende de Zuidpoort, zag hoe de poortwachter zich teweerstelde tegen het naderend kwaad, de poort dichtduwde, de grendel ervoor deed en het valhek neerliet, maar de stier beukte met zijn woeste kop de poort in één beweging aan gruzelementen. De mars ging verder, de Groenmarkt over, de smalle steeg in de richting van de haven door, over de grote markt en dan de steeg in naar de Achterstraat. Hij hoorde ze komen, zag hoe ze stilhielden voor hun huisje, wilde schreeuwen, opstaan, Marieke waarschuwen, Johannes redden, maar zijn lichaam was ijs, bevroren tot in het diepst van zijn lijf, net zo dood als de doodgevroren man die gisteren gevonden was. Weerloos zag hij hoe ze binnenkwamen, hoe ze Marieke uit de bedstee sleurden en meenamen, juichend en kraaiend in hun duivelse genot toen ze haar meesleepten de vrieskou in. De deur bleef openstaan en hij voelde hoe de kou het huis binnendrong, het nu lege huis waarin alleen Johannes huilde van de kou en hijzelf bevroren aan de tafel zat. Maar de kwelling was nog niet over, want de beelden gingen door. De gruwelijkheid kende geen grenzen tot hij eindelijk, eindelijk, snikkend zich weer kon bewegen. Hij fluisterde om genade, begon wanhopig te bidden tot Maria en er kwam een hand op zijn schouder, die aan hem schudde. Er stond iemand naast hem en nu losten de beelden langzaam op in het donker, tot alleen de kaarsvlam overbleef en hij zag hoe het vuur in de haard al veel minder was geworden. Hij hoorde de stem van Marieke, die hem riep. 'Lenert! Wat doe je! Ben je ziek? Zeg dan wat!'

1564

Hij had zijn zussen vervloekt. Die gedachte stond rechtop, voor in zijn hoofd. En vervloekingen werkten. De dood van Job. Wisten ze het? Hadden ze door dat hij het gedaan had? Zouden ze hem ook vervloekt hebben? Was dat de reden waarom Marieke deed zoals ze deed? Was het de straf voor zijn schuld, die hij heel diep in zijn binnenste voelde knagen? Hij trapte de opborrelende schuld terug, weg ermee. Hij was niet schuldig, ze hadden het er zelf naar gemaakt.

Hij had net een bezoekje gebracht aan zijn zus Neele, om vast te stellen of zij met haar gezin de barre omstandigheden nog het hoofd kon bieden – dat was nog het geval – en daarna ging hij direct door naar het klooster. Een jonge monnik die hij nog niet eerder had gezien, had wacht bij de poort en ontving hem met eerbied en respect en begeleidde hem naar binnen.

Hij gaf aan dat hij de weg wel wist en liever alleen verderging. De jongen knikte en vertrok met een buiging. Hij zag dat zelfs in het klooster de schaarste had toegeslagen, want de haard halverwege de lange gang aan de zuidkant was leeg. Het brandhout werd blijkbaar gespaard voor de centrale haard. Hij betwijfelde of de monniken wel in hun cellen waren, of daar wel genoeg hout voor was. Toch liep hij eerst langs de lange gang met cellen. De cel van de oude Johannes lag dichtbij en tegen de keuken aan en zou dus nog wel redelijk warm zijn. Toen hij bij de stevige houten deur aankwam en er voorzichtig op klopte, hoorde hij tot zijn vreugde de vertrouwde stem: 'Wie is daar? Kom binnen!'

Johannes zat op een stoel dicht bij de kleine haard waarin een paar houtblokken gelige vlammen verspreidden. Ze begroetten elkaar hartelijk en hij schoof een tweede stoel dichter bij de haard en ging bij de broeder zitten. Even was het stil en waren er alleen de gele vlammen en de behaaglijke warmte van de cel. Maar toen vertelde hij over zijn ervaring van gisteren, die nog nabrandde in zijn binnenste. De oude man luisterde aandachtig, stelde af en toe een vraag en liet zijn verhaal daarna in stilte op zich inwerken.

Hij voelde zich leeg, moe en onveilig. De nabijheid van Johannes deed hem goed, zelfs bij Marieke had hij zich vanmorgen niet op zijn gemak gevoeld en zijn werk had hij gedaan alsof hij op een afstand stond van zichzelf. De vreselijke beelden van zijn nachtelijke visioen brandden nog na in zijn hoofd.

'Een stier, zei je,' mompelde Johannes. 'De duivel waart rond, Lenert. Ik voel het al een tijdje. En ook andere broeders hebben de afgelopen tijd visioenen en dromen gehad die de komst van het kwaad aankondigen. Er is geen twijfel mogelijk, het kwaad heeft vaste voet aan de grond gekregen op dit eiland. Een van ons heeft een visioen gehad waarin hem geopenbaard werd dat er heksen aan het werk zijn. Vreselijke zaken zijn hem geopenbaard, de hel zelf leek zich te openen, het net sluit zich om ons heen.'

'Maar...' begon hij. Meteen zweeg hij, zoekend naar woorden.

'De heilige kerk wordt ook bedreigd. Heb je al gehoord van die bijeenkomsten van protestanten en hun opruiende taal tegen de heilige moederkerk? Heb je al gehoord hoe ze de heilige sacramenten bespotten en hoe ze verbieden om tot de moeder Gods te bidden? En hoe ze zelfs alle heilige beelden verachten en de paus beschimpen?'

Hij knikte. Steeds meer en steeds vaker kwamen er geruchten van bijeenkomsten in de buitenlucht en op geheime plaatsen. Daar hielden protestantse predikers het volk voor dat de heilige roomse kerk vol dwalingen zat en dat de leer die de monnik Maarten Luther had verkondigd en die Johannes Calvijn verder had uitgewerkt, de rechte leer was. Het leek wel of steeds meer mensen zich bij deze ideeën aansloten. Ook binnen Goedereede was er een wat genuanceerde reactie te bespeuren op deze ontwikkeling.

'En hier in Goedereede, hoe zal het daar gaan?' verzuchtte Johannes. 'Want de mensen hier zijn oppervlakkig, mijn zoon. Oppervlakkig in hun geestelijk leven. Kijk maar naar de staat van de kerk, kijk maar naar onze positie hier in de stad. Goedereede zit vol angsthazen, voor wie geloof minder betekent dan een vol bord eten en een goede houtvoorraad. Aan de ene kant heeft iedereen de mond vol over de dreiging van de duivel en het kwaad en o, wat zijn ze bang. Maar niemand beseft dat het er juist op aankomt om nu de zuivere leer vast te houden, in gebed te gaan, offers te brengen. Goedereede holt zichzelf vanbinnen helemaal uit.'

'Maar wat moeten we doen, broeder Johannes?'

vroeg hij. 'Wat kunnen we doen?'

De oude man veerde op en keek hem met felle blik aan. 'Satan verbannen! De Achan die in ons midden is opsporen en vernietigen! Er zijn heksen op ons eiland. Vraag maar aan broeder Anselmus wat hij gezien heeft! Vraag het hem maar! We moeten daar een einde aan maken en wie weet mocht God ons dan nog genadig zijn. Wie weet mocht Hij zijn aangezicht dan nog vriendelijk tot ons wenden. Maar het kwaad moet er eerst uit!'

Het vuur knisperde en knetterde. Hij hoorde verder alleen zijn eigen, wat gejaagde ademhaling.

'En dat kwaad zullen we vinden door oplettend te zijn!' ging Johannes verder. 'Oplettend! Want het kwaad zal zich openbaren, daar ben ik zeker van, als je maar waakzaam bent.'

Op dat moment werd er op de deur geklopt. De jonge portier kwam binnen. 'Neem mij niet kwalijk, edele heer. Maar de baljuw heeft u laten roepen.'

'De baljuw? Ik ga mee,' zei hij terwijl hij opstond. 'Broeder Johannes, ik kom terug. Dank voor uw tijd en woorden.'

'Ga met God, mijn zoon,' zei de oude man.

'Hank Gerards is verdwenen,' zei de baljuw. 'Hij is gisteren vertrokken naar het bos om hout te sprokkelen. Vannacht is hij niet thuisgekomen. Gisteren is zijn buurman samen met zijn vrouw gaan zoeken, maar toen het donker werd zijn ze teruggekeerd. Ik heb bevel gegeven voor een zoektocht en ze wil dat jij ook meegaat.'

Een siddering kroop langs zijn ruggenmerg naar boven. Hij opende zijn mond, maar sloot deze snel weer en knikte.

'We verdelen ons in groepen. Haal je paard, dan gaan we.'

De lucht was ijlblauw toen hij samen met de baljuw aan het hoofd van een stoet mannen, een kleine twintig bij elkaar, te paard de Zuidpoort uitreed. Hij reed zwijgend voorop, de baljuw schuin achter hem, de schout daar weer achter. Niet veel later kwamen ze bij de splitsing waar een redelijk breed pad richting Ouddorp vertrok, een smal pad recht naar het westen ging, dat verderop langs Nynkes hoeve liep, en een smal paadje meer noordelijk afsloeg, achter het duivelsbos langs.

'Ik neem deze wel,' zei hij, terwijl hij op de noordelijke route wees. Vijf mannen reden achter hem aan. De woorden van Nynke klonken nog na in zijn hoofd. Hank was dus het bos in gevlucht. Als hij het pad dat achter het duivelsbos liep volgde en halverwege het bos in zou gaan, zou hij weleens het spoor kunnen kruisen dat Hank had gevolgd. In de sneeuw moest zijn spoor makkelijk zichtbaar zijn. Hoewel natuurlijk veel mensen in het bos hout gesprokkeld zouden hebben. Hij reed in een rustig tempo, terwijl hij goed de struiken en bosschages langs het pad in de gaten hield, maar daar zag hij niets bijzonders. Toen ze de rand van het duivelsbos bereikten en noordwestelijk langs de bosrand reden, zag hij de bijna recht omhooggaande rookpluim uit de schoorsteen van de hoeve van Nynke tegen de blauwwitte lucht. Tegelijkertijd zag hij hoe aan de horizon een diep donkergrijze band opkwam en hij besefte dat er sneeuw op komst was, veel sneeuw. Halverwege het bos liet hij zich van zijn paard glijden. Hij bond de leidsels aan een boom en besprak met de

197

mannen hoe ze het zouden aanpakken. Ze spraken af dat twee man rechtsom zouden lopen, twee man linksom en dat hij samen met de overblijvende man, Hendrik Johanneszoon, recht het bos in zou lopen om te zien of ze een spoor van Hank konden vinden.

Hij ging voorop, stap voor stap het bos in. De bovenlaag van de sneeuw was bevroren en met een knappend geluid zakte hij bij elke stap door de korst heen in de zachtere onderlaag. Hij bedacht dat Hank in ieder geval heel duidelijke sporen moest hebben achtergelaten. Als hij hier recht door het bos naar de overkant zou gaan, kwam hij ongeveer achter de hoeve van Nynke uit en moest hij de weg doorkruisen die Hank genomen had. Zwijgend liep hij tussen de besneeuwde takken door. Bij voetsporen die hun pad kruisten zakte hij door de knieën en onderzocht de sporen. Ook Hendrik bestudeerde de indrukken in de sneeuw. De sporen zagen eruit alsof iemand rustig door het bos gelopen was. Niets wees op iets verontrustends. Het zou een spoor van Hank kunnen zijn, bedacht hij, maar hij had tegen niemand gezegd dat Nynke hem nog gezien had en dat hield hij zo. Ze besloten eerst verder te gaan en dit spoor niet te volgen. Ze doorkruisten het bos tot ze aan de andere kant bij de bosrand uitkwamen. Hij staarde door de takken naar de witte akker achter Nynkes hoeve. Er was niemand te zien. Hier ergens moest Hank het bos in zijn gegaan. Als het verhaal van Nynke tenminste klopte.

Tot zijn verbazing vond hij geen enkel spoor dat rechtstreeks het bos in ging. Wel waren er allerlei sporen langs de bosrand, maar geen enkel spoor het bos *in*. Het bracht hem een beetje in verwarring. Maar ook nu zei hij hierover niets tegen Hendrik en na een kort overleg besloten ze met een boog door het bos terug te keren.

Toen ze halverwege bij de grote open plek kwamen waar de boom hem zo veel jaar geleden in zijn omstrengeling had gelokt en de storm hem had overvallen, bleef hij met een schok staan. Hij legde zijn gehandschoende hand op de arm van Hendrik, die ook bleef staan. Een koude rilling liep over zijn rug. Het beeld, het witte bos, de donkere stammen, de witblauwe lucht hoog boven hem, leek zich nu te vernauwen, zijn blikveld versmalde tot dat ene punt daar verderop, die kleine heuvel waarop de trotse stokoude eik stond en daarachter: de omhoogstekende hand. De smalle hand, zo bloot in de ijzige kou, zo wit, misschien nog wel witter dan de sneeuw eromheen. Recht omhoog stak de hand, op een pols zo dun als een bezemsteel, alsof het een los voorwerp was dat daar achter het heuveltje in de sneeuw was gestoken, als de bezemsteel van een heks, en niets ervan leefde meer.

Halverwege de lange gang van het klooster ging hij als een van de dragers van de baar waarop de nog bevroren Hank lag, de smalle, lage deur door die toegang gaf tot een gang van zeker twintig meter lang, die in een langzame helling afliep. Ze kwamen in een halfronde ruimte, waardoor ze gemakkelijk de draai konden maken en daarna stonden ze met de baar opnieuw voor een deur, een brede, eikenhouten deur met vier grote grendels erop. In het flakkerende licht van de twee flambouwen schoof een van de monniken de grendels weg.

Hij durfde zich in deze stilte bijna niet te bewegen en keek naar de verrichtingen van de monnik. Er klonk gepiep van scharnieren, wat hem de rillingen over de rug joeg. De grafkelder opende zich en de muffe lucht van de dood walmde hem in het gezicht.

Voorzichtig liepen ze naar binnen, een grote ruimte in met nissen in de wanden waarin kisten stonden of beenderen lagen. De monnik gaf aanwijzingen en ze legden het lichaam van Hank op een verhoging midden in de ruimte, waar inmiddels al zeven andere lichamen lagen. Hij vroeg zich af wanneer de grond weer zacht genoeg zou zijn om hun de begrafenis te geven waarop ze wachtten.

Hij was blij toen hij weer in de lange gang liep, weg van het dodenrijk, terug naar het leven. Hij liep direct door naar broeder Anselmus, die hij daarnet had zien zitten en die hij nog even wilde spreken. De broeder was echter nergens meer te zien en hij besloot hem op te zoeken. Hij bedacht dat de broeder waarschijnlijk de warmte had opgezocht en dat hij dus in de buurt van de keuken zou moeten zoeken. Hij liep de brede hoofdgang door met de vele deuren, helemaal naar achteren tot hij in het keukengedeelte kwam. Door de ramen zag hij hoe de sneeuw middelhoog was opgewaaid en hij schudde zijn hoofd bij de gedachte dat in het volstrekt verstilde stadje alles zo'n beetje tot stilstand begon te komen, alsof het leven zelf uiteindelijk, ondanks de dikke dekens, de houtvoorraden, op bevriezen stond. Hij zag niemand buiten, behalve de mannen van de reddingsploeg. Hij bedacht met grote zorg dat zelfs de haven afgesloten was door een dikke laag ijs en er dus ook geen aanvoer van goederen over zee mogelijk was, tenminste niet als het om hun eigen, vastgevroren vloot ging. De winter zou toch niet eindeloos kunnen doorgaan, er zou toch een einde aan moeten komen! Hij had honger en wist wel waarom. Hij was heel zuinig met hun eigen voorraad en wilde vooral zorgen dat Marieke en Johannes voldoende te eten zouden hebben. En een tocht naar Nynke stelde hij liefst zo lang mogelijk uit, hij wilde niet de indruk wekken dat ze het zonder haar helemaal niet zouden redden.

Hij had gelijk: in het warmste deel van het klooster vond hij broeder Anselmus, in een warme pij gehuld voor de grote open haard in de keuken. Hij las een boek dat hij open voor zich op tafel had gelegd. De broeder begroette hem hartelijk en luisterde aandachtig naar zijn zacht uitgesproken, half gefluisterde vraag: was het waar dat broeder Anselmus visioenen had gehad over machten die het eiland bedreigden?

Het gezicht van de broeder kreeg een ernstige trek, hij dacht even na, stond op, nam het boek voorzichtig onder zijn arm en wenkte hem mee te komen.

Door de lange gangen liep hij naar de bibliotheek. Ook hier brandde een vuur, de kostbare boeken werden door de broeders verzorgd alsof het kleine kinderen waren. Twee andere broeders zaten in stilte te lezen en keken even op toen ze binnenkwamen.

Anselmus liep helemaal door naar achteren, tot hij bij een kleine, smalle boekenkast kwam die precies in de hoek was gemaakt. Er stonden heel oude boeken in, één boek in het midden viel op door een vlammende goudopdruk op de rug. Anselmus trok het boek voorzichtig uit de rij en nam het mee naar een tafel vlak bij de haard. Daar opende de broeder het behoedzaam.

Hij las mee wat er op het titelblad stond. Met het Latijn had hij geen moeite. Hij las, de woorden voor zichzelf vertalend en prevelend:

Malleus Maleficarum, 'de Heksenhamer'.

*'Summis desiderantes affectibus. De pauselijke bul te-
gen de ketterij van heksen, 5 december 1484.*

*Innocentius, bisschop, dienaar der dienaren Gods, ter
toekomstige behartiging van deze zaak. Omdat we ten
zeerste verlangen, zoals onze herderlijke bezorgdheid
vereist, dat in onze tijd het katholieke geloof overal zal
groeien en bloeien en dat elke ketterse verdorvenheid tot
ver over de grenzen van de landen der gelovigen zal worden verdreven, geven wij gaarne te kennen en staan wij
opnieuw de manier toe waarop ons vroom en heilig verlangen met succes kan worden uitgevoerd, opdat, wanneer alle
dwalingen door toedoen van ons werk als door de schoffel
van een gewetensvolle arbeider zijn uitgeroeid, de ijver en
de toewijding voor ditzelfde geloof sterker in de harten van
de gelovigen zal zijn geprent.'*

'De heilige Innocentius heeft dit geschrift zelf be-
hartigd. Het is geschreven door Jacobus Sprenger
en Henricus Instituoris. Deze broeders hebben een
scherpe wijsheid van God ontvangen om de listige lagen van de satan te ontmaskeren. Hier, lees wat ze aan
het begin schrijven. Het is alsof het over onze tijd gaat.
Lees het zelf!' Anselmus sloeg een paar bladzijden om
en stapte opzij om hem de ruimte te geven.

Hij las:

*'Onder de rampen van de naar zijn einde ijlende tijd,
waarover we – helaas – zo veel lezen en die we overal
aan den lijve ondervinden, houdt het oude opkomende oosten, Lucifer, die door de onherroepelijke verdoemenis van
zijn val is onttroond, sinds de begindagen van de Kerk die
het nieuwe opkomende Oosten, de mens Jezus Christus,*

door de besprenkeling met zijn bloed vruchtbaar maakte,
niet op om haar door menigvuldige ketterse dwaalleren te
besmetten. Dat probeert hij vooral in een tijd waarin de
avond van de wereld naar zijn einde neigt en het kwaad
van de mensen toeneemt en hij is er zich met een grote
woede van bewust dat hij nog maar weinig tijd heeft, zoals
Johannes in de Openbaring 12:12 getuigt. Daarom heeft
hij een ongewone ketterse verdorvenheid op de akker van
de Heer doen groeien, ik bedoel de ketterij van heksen, die
wordt gekarakteriseerd door het geslacht van de vrouwen,
waar men die ketterij voornamelijk ziet woeden.'

Een groot gevoel van onbehagen overviel hem bij het
lezen van deze woorden. Maar Anselmus raakte nu pas
op dreef en leidde hem verder door de Heksenhamer.
Hij sloeg opnieuw bladzijden om, af en toe even met
de vinger langs de tekst glijdend, tot hij gevonden
had wat hij zocht. 'Hier, broeder Instituoris doorziet
de arglistigheid van het vrouwelijk hart. Het zijn de
vrouwen die het onheil over ons brengen, Lenert, lees
maar.'

'De talrijke hartstochten van de man leiden hem tot een
enkele ondeugd, maar de hartstocht van vrouwen leidt hen
tot alle ondeugden; de basis van alle vrouwelijke ondeug-
den is inhaligheid. Een vrouw bemint of haat, er is geen
andere weg. Het wenen van een vrouw is bedrog. Er schui-
len twee soorten van tranen in vrouwenogen: het ene voor
het echte verdriet, het andere voor het bedrog. Een vrouw
die in haar eentje zit na te denken, denkt aan het kwade.'

'En bovenal moeten we oppassen voor mooie, eerzuchtige vrouwen, schrijft hij verderop. Dat is waar

we onze zoektocht naar het kwaad moeten beginnen, Lenert. Mooie, eerzuchtige vrouwen.'

Bij die woorden was het alsof zijn keel door een onzichtbare hand werd dichtgeknepen. Hij wendde zich af en hoestte in zijn vuist. Mooie, eerzuchtige vrouwen, een vrouw bemint of haat, er was geen andere weg, het duivelsbos, de dode Hank en altijd weer, altijd weer was daar ergens op de achtergrond Nynke. Nynke, de mooie vrouw met haar rechte rug, heer en meester op haar eigen hofstee, hard van hart en scherp van tong, de paddenstoel die het helse visioen opriep, Nynke achter de duivelse aanvoerder, de ritmische trommen. De gedachten dwarrelden als sneeuwvlokken neer op de koude bodem van zijn hart en leken hem helemaal te verstikken.

Toen Anselmus hem later naar buiten begeleidde, keek de monnik hem ernstig aan. 'Uw hart is bezwaard met een groot gewicht, Lenert,' fluisterde de monnik discreet. 'Ga biechten, adviseer ik u. Verlicht uw hart door de steen die erop ligt eraf te wentelen.'

Hij staarde de monnik aan, draaide zich zwijgend om en liep het klooster uit. Bij de hoofdpoort twijfelde hij even. Hij nam een besluit en sloeg linksaf, het smalle steegje in dat langs het klooster recht naar de toren liep. Tegen de toren was de sneeuw tot meer dan twee meter hoog opgewaaid. Met veel moeite hadden de kerkdienaars de weg naar een zijdeurtje opengemaakt. Hij ging erdoor naar binnen en kwam in de koude, grote ruimte van het Godshuis. Er brandde een aantal kaarsen, verder was het grote middenschip tussen de pilaren in schemerduister gehuld. Hij liep langzaam door het zijpad naar achteren en zag dat de biechtstoel openstond en leeg was. Toen hij in de richting van de biechtstoel liep, hoorde hij achter zich voetstappen. Hij draaide zich om en zag pastoor Jacob Doense naderbij komen. 'Dag heer,' glimlachte de pastoor. 'Ik ga met je mee, mijn broeder, maar had me even teruggetrokken om me wat te warmen aan het vuur van de haard in de consistorie. In de biechtstoel staat wel een stoof met kolen, maar dat is niet voldoende.'

'Nee,' antwoorde hij, terwijl hij keek naar de dampwolkjes die de pastoor uitblies in de koude atmosfeer van de kerk.

De pastoor ging hem zwijgend voor. 'Ik bid u om vergeving dat als gevolg daarvan ik nu weet wie u bent. Voelt u zich vrij om op een ander, meer discreet moment terug te keren.'

Hij schudde zijn hoofd. 'U kent toch al uw schapen, heer pastoor, ook al zou ik in het duister binnenkomen en u geblinddoekt zijn.'

De pastoor schoot in de lach. 'U schat me te hoog in, edele broeder.'

De geestelijke sloeg een kruis, staand voor de biechtstoel. 'In de naam van de Vader, de Zoon en de Heilige Geest, op voordracht van de heilige Maagd,' zei hij gedragen, waarna hij de biechtstoel instapte.

Hij wachtte tot de pastoor zich geïnstalleerd had en nam aan de andere kant van het schotje plaats.

Buiten was de kerk, koud, hoog en stil. Nog hoger was de hemel, die van ijlblauw naar grijs was verkleurd en waaraan de schemer oprukte. En daarboven woonde God, die alles zag en alles wist. God, die wist wat zo zwaar op zijn hart drukte. Hij zuchtte diep.

'Wat is uw last, broeder? Wat wilt u voor Gods aangezicht belijden?' klonk de stem van pastoor Doense.

Hij zuchtte opnieuw diep, zoekend naar woorden en begon: 'Ik ben bang dat ik in aanraking ben gekomen met duistere zaken die tegen Gods wil ingaan, vader. Ik merk zelfs dat de duivel mij trekt en dat ik in zijn strik dreig te raken. Maar ik heb niet de moed en de kracht en de wijsheid om hier goed mee om te gaan. Ik ben bang dat het mij tot zonde is om niet te handelen. Ik ben bang dat...' Nu praatte hij vrijmoediger door, schoof de steen een stukje van zijn hart en gaandeweg stortte hij zijn hart uit als voor Gods aangezicht. Hij dacht niet meer aan de pastoor die aan de andere kant van het schotje zat, maar beschreef zijn paddenstoelendroom, het visioen van broeder Anselmus, hij praatte en praatte, hoorde af en toe een vraag van de pastoor, wiens stem uiteindelijk schor klonk alsof zijn keel was dichtgeknepen. Hij praatte over vervloekingen die mensen troffen en de dood tot gevolg hadden, of spanningen opriepen tussen mensen. Hij dacht aan de vervloekingen die hij had uitgesproken, hij sprak woorden die hij zelf niet eens meer verstond, het was alsof een bruine brij zijn hart uitstroomde, zonder vorm en taal, alleen maar opluchting.

Toen hij later uit de biechtstoel opstond, had hij geen idee hoelang hij er had gezeten en verontrust stelde hij vast dat de gebruikelijke verlichting van zijn hart en geest er toch niet was, maar slechts een gevoel van onbehagen, ontevredenheid en twijfel.

Hij liep terug, het gangpad door naar het zijdeurtje van de kerk. Hij bedacht zich en geruisloos trok hij zich terug in een duistere nis aan de zijkant van de kerk. Een paar tellen later hoorde hij naderende voetstappen, de pastoor had de biechtstoel ook verlaten. Jacob Doense passeerde de nis en in het licht van een vlakbij staande kaars zag hij diens gezicht. Wat hij zag schokte hem meer dan al het andere, het deed hem pas echt de ernst van de situatie beseffen.

Vader Doense strompelde voorbij, lijkbleek, terwijl hij half hardop 'Heer, verlos ons van de boze' prevelde en een kruis sloeg. 'De heksen zijn uiteindelijk tussen ons opgestaan. Verlos ons, Heer.'

Hij stond roerloos. De heksen, had Doense gezegd. De heksen.

Wat had hij gebiecht? Wat had hij over zijn zussen gezegd? Hij herinnerde zich niets meer van hetgeen hij gezegd had in dat donkere biechthol, had slechts het gevoel dat hij zijn eigen schuld had beleden die op zijn hart drukte. Maar Doense had het over heksen en het voelde alsof zijn biecht slechts nieuwe schuld op hem geladen in plaats van die weggenomen had.

» 16 «

1566

Het zware beeld van Maria kantelde, hing nu in de touwen die hoger in de kerk over de dikke dwarsbalken waren gegooid. Hij ving haar op bij haar hoofd, kon de neiging bijna niet onderdrukken om haar liefdevol tegen zich aan te klemmen, maar daar was het nu het moment niet voor. Ze was zwaar, heel zwaar en met zes mannen wisten ze haar op een haastig erbij gereden platte kar te leggen. Er werd niet gesproken. Om hen heen stonden monniken en toen hij even naar de gezichten keek, zag hij dat die dezelfde verwarring weerspiegelden als die hij in zijn eigen hart voelde.

Terwijl hij achter aan de kar plaatsnam en begon te duwen bedacht hij dat hij dit nooit had kunnen voorzien. Hij had nooit gedacht dat de protestanten zo sterk aan invloed zouden winnen en zelfs de beelden uit de kerk zouden verwijderen. Hij probeerde te begrijpen hoe dit allemaal begonnen was. Het moesten wel die hagenprekers geweest zijn, die de mensen hadden opgezet tegen de heilige moederkerk. Zij hadden de mensen opgeroepen tot het vernielen van de beelden omdat ze met hun kromme verstand dachten dat het afgodsbeelden waren, die niet in een kerk thuishoorden. Hij voelde onmacht en woede bij de gedachte dat zo veel kerkinterieurs totaal vernield waren door opgezweepte domme mensenmassa's.

Hij was dankbaar dat het hier niet zover was gekomen. Hun stad was te klein voor grote uitbarstingen. Hij was blij dat de baljuw, de pastoor en de abt hadden gekozen voor een veilige weg: zelf op eigen initiatief de beelden uit de kerk halen en ze een plek geven in een afgesloten ruimte van het klooster.

Ze duwden de kar door het torenportaal naar buiten. Met een bocht ging het naar het klooster. Even verderop zag hij de andere kar met daarop de heilige Johannes. Hij zag hoeveel toeschouwers er stonden en hoorde hun opgewonden commentaar. Goedereede was maar net aan het geweld ontsnapt, besefte hij, want het gistte en bruiste wel. Als ze dit niet hadden gedaan was zeker de vlam in de pan geslagen, zoals op zo veel plaatsen in de gewesten.

Ze reden het klooster binnen en wisten de kar met Maria naar binnen te krijgen door de grote voordeur. De traptreden vormden een probleem, maar met planken werd een oprit gemaakt en met veel krachtsinspanning duwden ze de kar naar boven. Ze reden de hele gang door, tot achterin. Daar was een van de voorraadkamers vrijgemaakt. Ze reden tot aan de deuropening, verder ging niet, de kar was te breed. Weer nam hij Maria in zijn armen, met zijn zessen torsten ze haar naar haar plaats. Daar stond ze toen, met haar gezicht naar de muur in de rij met beelden. Hij wist niet waarom, maar hij zei: 'We moeten haar omdraaien.' De anderen spraken niet, maar leken hem te begrijpen en grepen haar opnieuw vast. Met vereende krachtsinspanningen draaiden ze het grote beeld, zodat de heilige Maria nu in ieder geval vrij zicht had op de tegenoverliggende muur en recht in de ogen van Petrus keek. Hij slikte met moeite. Het was het laatste beeld. De monniken stonden verloren tussen de heiligen toen de abt met zachte stem zei: 'Kom, broeders, laten wij deze ruimte verlaten.'

Hij talmde en keek nog eenmaal om. Het was alsof er een zacht geween in zijn oren klonk. Toen stapte hij over de drempel. De abt sloot de deur.

Terwijl hij naar huis liep overdacht hij opnieuw dat hij niet begreep waarom de Rooms-Katholieke Kerk zo werd aangevallen door de protestanten. Hij vond God er, al van kinds af aan, en voor wat betreft die heiligen en die beelden: natuurlijk besefte hij dat die niet in verhouding stonden tot de Zaligmaker zelf. Ze waren slechts tot steun in kleinere dingen. Tegelijkertijd had hij ook de twijfel gevoeld, toen hij een overtuigd protestant had horen uitleggen dat het uitsluitend om God en om de Zaligmaker ging, en dat het dienen van Hem zich niet verdroeg met het aanroepen van gewone mensen, ook al hadden ze een heilig leven geleid. Het bleven gewone mensen, zonder bovennatuurlijke krachten of gaven, gewone mensen die ook moesten leven van Gods genade. Daar zat ook wel wat in. Maar toch, hij kon er voor zichzelf nog niet goed vat op krijgen. Hij liep de Achterstraat in, naar huis.

Hij stapte naar binnen. Marieke keek op van het verstelwerk dat ze aan de tafel zat te doen.

'En?' vroeg ze, 'zijn ze eruit?'

Hij antwoordde niet, waste zijn handen in de zinken emmer die in de keuken stond.

'Nou?' zei ze. 'Hoor je me niet?'

'Ja,' antwoordde hij met een zucht.

'Wat: "Ja"?' vroeg ze. 'Zijn ze nu weg of niet? Is de kerk leeg?'

'De kerk is leeg,' zei hij terwijl hij een beker vol bier schonk en aan de tafel ging zitten.

'Nou, dat is mooi,' zei ze.

Het was even stil. 'Hoe kun je dat nu zeggen?' schoot hij uit.

Ze keek hem aan. 'Maak daar toch niet zo'n punt van. Zorg gewoon dat je goed op de hoogte blijft van het standpunt van het stadsbestuur en pas je een beetje aan, Lenert. Je tilt er veel te zwaar aan. Dan gaan we toch naar een kerk zonder beelden? Wees blij dat het hier zo rustig is gegaan. Wat had je dan liever gehad? Dat ze alles kort en klein hadden geslagen?'

Hij haalde zijn schouders op. 'Wat denk je zelf?'

Ze ging voor hem staan. Hij keek in haar heldere ogen, nu op hem gericht onder boos fronsende wenkbrauwen. 'Waag het niet om je baan op het spel te zetten!' zei ze, ieder woord beklemtonend. 'Speel niet met vuur!'

'Wat nu weer?' vroeg hij en hij hoorde de schorheid in zijn eigen stem.

'Je weet duivels goed wat ik bedoel. Vanaf nu is Goedereede een protestantse stad. En vanaf nu is daar alleen plaats voor een protestantse stadsschrijver. Je zorgt maar dat je er geen problemen mee krijgt. Denk je dat ik met je getrouwd zou zijn als je een stomme weversknecht was geweest? Vergeet het maar. Dan had je het mooi zonder me kunnen doen.'

Haar woorden walmden uit haar mond, de geur was onverdraaglijk, hij wilde niet eens nadenken over de betekenis ervan. Hij ging zitten.

Hij zweeg, dronk zijn bier en stond toen weer op. Hij liep naar buiten, naar het kruidenschuurtje.

1567

Egmond en Hoorne waren dood.

De mannen met wie hij jaren geleden als hulpschrijver in de Delftse vergaderingen aan dezelfde tafel zat, waren onthoofd op het marktplein in Antwerpen.

Hij stond op en liep naar het raam, keek uit over de Achterstraat. Onthoofd. In gedachten hoorde hij hen nog spreken, het Delftse bier roemen, een vrolijke opmerking maken.

Dood.

Wat zou je voelen als je onthoofd werd, vroeg hij zich af. Was er dan in één klap een grote zwartheid, of zou je hoofd nog even bij bewustzijn blijven? Hij rilde, pakte zijn mantel en liep naar buiten. Doelloos liep hij door het kleine stadje. Op de markt nam hij de kleine steeg naar de Groenmarkt. Bij de muur aangekomen klom hij de steile treden op. Boven op de muur woei een aangenaam windje, waarin de naderende zomer al te ruiken was. Met langzame passen liep hij over de muur, langs de borstwering. Schuin beneden hem golfde het lange voorjaarsgras voor de muren, op de dijken liep vee. Buitendijks had de zee zich de afgelopen jaren steeds verder teruggetrokken en nu, bij laag water, zag hij honderden meters slijkplaten, hier en daar waar het zand tot boven zeeniveau was opgestoven, begroeid met stevig helmgras. Hij vroeg zich af hoelang de haven nog bereikbaar zou zijn voor schepen, de smalle vaargeul slibde net zo snel dicht als hij werd uitgebaggerd.

Egmond en Hoorne waren dus dood. Hij had het bericht gehoord van de baljuw, maar voordat hij buiten kwam wist de hele stad het. Hij klemde zijn tanden op elkaar en vroeg zich af aan wiens kant hij nu eigenlijk moest staan. Hij bleef staan, legde zijn ellebogen op de borstwering en probeerde op een rijtje te zetten wat de feiten waren en wat hij daar zelf van vond.

Allereerst: de beeldenstorm was een vreselijk gevolg van de nieuwe leer geweest. Predikers brachten zo overal in het land de roomse kerk in diskrediet. Het volk was blijkbaar ontvankelijk voor de lutherse leer, om wat voor reden dan ook. Dat begreep hij niet goed, het zou wat hem betrof een punt van nader onderzoek kunnen zijn.

Ten tweede: veel hoge edelen waren openlijk, of meer in het verborgen, aanhanger van de nieuwe leer, Willem van Oranje zelfs uitgesproken als voortrekker. Hier begon voor hem het dilemma te knellen: hij waardeerde deze edelman zeer. Tegelijkertijd vond hij het moeilijk om vast te stellen dat juist Oranje zich sterk maakte voor de verstorende elementen bij een aantal van hen die de nieuwe leer beleden.

Ten derde: hij hield van de roomse kerk. Hij was er vertrouwd mee, ermee opgegroeid. Maar tegelijkertijd merkte hij dat de verdedigers van diezelfde roomse kerk, koning Filips en zijn hertog Alva, er niet voor terugschrokken om dappere edelen als Egmond en Hoorne te onthoofden.

Aan wiens kant stond hij zelf? Hij wist het niet. Met

gebalde vuisten sloeg hij op de borstwering. Hij liep verder, in de richting van de haventorens. Op de muur passeerde hij op regelmatige afstand een bewapende schoutsjongen. De bewaking van de muur was versterkt. Antwerpen was immers niet eens zo ver. Hemelsbreed, zoals een meeuw vloog, slechts honderd kilometer naar het zuidzuidoosten. Een paar dagen varen voor een bewapende vloot.

Toen hij bij de rechter haventoren aankwam, draaide hij zich om en keek neer op de haven, de stad eromheen, het marktplein verderop. Buiten was de onveilige wereld, hierbinnen hielden de mensen elkaar nog in evenwicht, bedacht hij. De beeldenstorm was in der minne geschikt, de pastoor was nog in functie, het klooster functioneerde nog. In een kleine stad als deze moest de hele bevolking wel min of meer eensgezind zijn, je had elkaar te hard nodig om jezelf af te zetten tegen de rest.

Die gedachte bracht hem op Nynke. Steeds meer kreeg hij de indruk dat haar reputatie hier binnen de stadsmuren aan het verslechteren was. Het was nadrukkelijk begonnen na die slechte winter van een paar jaar geleden. Tientallen doden, iedereen had honger, er was overal schaarste. Behalve op de hofstee van Nynke. Haar voorraden waren groter dan die van ieder ander, haar vee gezonder. Ze had zich er goed doorheen geslagen. En hij had vaak genoeg gehoord dat mensen zeiden: Hoe doet ze dat toch? Een vrouw alleen op zo'n hofstee, met een paar kinderen. Ieder ander zou ten ondergaan, doodvriezen, verhongeren. Nynke niet. Boze tongen beweerden dat ze bovennatuurlijke hulp had.

En zag je haar nog weleens in de kerk?

Hij vroeg zich af aan wiens kant Nynke eigenlijk stond. Hij dacht na en kwam tot de conclusie dat ze vooral aan haar eigen kant stond. Evenals Neele trouwens, want over haar spraken ook allerlei boze tongen.

'Pieter is hier geweest,' zei Marieke toen hij terugkwam.

'Pieter?' vroeg hij.

'Ja, Pieter van Nynke. Hij kwam een worst brengen.'

Hij knikte. 'Heerlijk. Had hij nog nieuws?' Hij vond het jammer dat hij zijn neef was misgelopen. Hij mocht hem. Pieter was een opgewekte jongen met een goed hart, die graag wilde werken en sinds een halfjaar bij de slager aan de markt in dienst was. Met plezier dacht hij terug aan de enthousiaste verhalen van de slager, die hem vorige week vertelde dat de jongen zulk goed werk leverde.

'Hij vroeg of hij hier kon slapen, want hij moest tot laat doorgaan in de slagerij.'

Hij was bezig een stukje van de worst af te snijden, maar draaide zich abrupt om. 'Hier slapen?'

Marieke keek op van haar werk aan de tafel. 'Ja. Ik heb gezegd dat dat niks wordt.'

Hij staarde haar aan. 'Niks wordt?'

'Nee, wat wil je? Ik hoef geen heksenbroed in mijn huis. En trouwens, Johannes slaapt al zo licht. Dan komt die jongen hier laat in de avond aan, alles weer wakker. Nee hoor, niks daarvan.'

Hij opende zijn mond, wilde tekeergaan, de spanning die in één keer op zijn borst voelbaar was eruit gooien, maar hij zweeg.

Ze merkte het blijkbaar, want ze keek hem met opstandige ogen aan. 'Of ben je het daar niet mee eens soms?'

'Pieter is geen heksenbroed,' mompelde hij terwijl hij van haar wegkeek. 'We hadden hem toch kunnen helpen. Het is een best ventje.'

'Nodig hem dan uit,' zei ze met een schelle stem. 'Haal hem hier binnen! Plek zat in de bedstee, want dan ben ik vertrokken.'

Hij voelde hoe alle kracht uit zijn lijf liep, hij moest moeite doen zijn evenwicht te bewaren. Dus zo voel je je vlak voordat je iemand gaat vermoorden, dacht hij.

Hij draaide zich om en liep naar buiten.

Hij liep gehaast de poort uit en stapte stevig door. Hij had hier een hekel aan. Stiekem gedoe. Slapheid. Want hij besefte duivels goed waar de schoen wrong. Hij durfde nu niet meer terug te gaan om het paard te halen, ze zou beseffen dat hij naar Nynke zou gaan. Misschien zou ze zelfs denken dat hij inderdaad tegen Pieter zou zeggen dat hij alsnog kon blijven slapen en zou ze achter zijn rug om vertrekken. Hij durfde niet tegen haar in te gaan. Hij walgde van zijn eigen zwakheid en van het feit dat hij nu dus steels op weg was naar zijn zus. Hij walgde van zijn eigen twijfel, zijn angst en onzekerheid over wie Nynke eigenlijk echt was.

Straks zou ze hem weer wat meegeven voor thuis. Dat was dan een soort zoenoffer dat hij misschien wel zou inleveren bij Marieke. Die zou boos kijken in het besef dat hij toch weer bij zijn zus was geweest, maar ze zou het offer accepteren en daarmee was de vrede bewaard. Of niet, want zelfs daarop durfde hij niet meer te rekenen.

Nu het erop aankwam, ontdekte hij later die week dat de baljuw dwepend Spaansgezind was. De lieve vrede had ondanks de verstandige oplossing om een beeldenstorm te voorkomen niet lang geduurd. Hij vroeg zich af hoelang het nog zou duren voordat het conflict grotere vormen zou aannemen. Na een hevig verlopen vergadering van het stadsbestuur maakte hij de balans op. Willem van Oranje had zich openlijk voor de protestantse zaak uitgesproken en was genoodzaakt als gevolg daarvan te vluchten. Alva ging harder dan ooit tegen ketters tekeer. De baljuw had vandaag de zijde van Alva en de koning gekozen, samen met onderburgemeester Jan de Backer. De rest van het stadsbestuur was veel genuanceerder en zo was er een halfslachtige impasse ontstaan.

Hij had zich teruggetrokken in zijn eigen schrijfkamer, maar kon er niet toe komen aan het verslag te beginnen.

Waar stond Nynke in dit alles? Wiens kant koos zij eigenlijk? Het benauwde hem opnieuw dat hij haar niet kon plaatsen, dat ze ongrijpbaar was voor hem, hij kon haar niet goed volgen.

En ergens irriteerde hem dat, al wist hij niet goed waarom.

» 18 «

1572

'Den Briel is gevallen!'

Hij keek de boodschapper aan en probeerde te begrijpen wat dit betekende.

'Den Briel?'

'De geuzen hebben Den Briel ingenomen. En we hebben een handgeschreven bevel ontvangen van hertog Alva zelf om ons te wapenen en de ketterse opmars te stuiten! De baljuw roept een spoedvergadering bijeen. Pak uw schrijfspullen en rep u naar de vergaderzaal.'

Hij keek de bode, die al wegrende naar de vergaderzaal, na en bleef nog enkele tellen roerloos staan. Toen draaide hij zich om en liep naar de schrijfkamer, waar hij zijn schrijfspullen pakte. Hij zag nog een in doek gewikkeld stuk worst liggen, dat hij had overgehouden van het middagmaal. Hij pakte de worst en stopte het laatste restje achter zijn kiezen. Al kauwend liep hij met zijn schrijfspullen naar de vergaderzaal en op de een of andere manier had de zoute worst een troostende en kalmerende uitwerking op hem, te midden van al dit opwindende nieuws.

Toen hij binnenkwam, zat de rest al op zijn plaats. Hij was verbaasd dat iedereen zo snel was gekomen. Hij knikte, nog steeds kauwend, de aanwezigen toe en ging op zijn plaats zitten, aan de zijkant van de zaal.

De baljuw stak direct van wal. Hij beschreef dat ze het bericht ontvangen hadden dat de vloot van de geuzen, de Oranjegezinde rebellen, door de harde westenwind voor de kust van Den Briel was geblazen en dat ze de nietsvermoedende stad hadden ingenomen. Daarna las de baljuw het bevel voor dat ze hadden ontvangen van Alva, de landsregent, om hun stad te wapenen tegen de geuzen. Hij schreef mee en knikte. Dat begreep hij wel. Ze lagen nu immers in de eerste linie, de toren van Den Briel was vanaf hun eigen toren goed te zien. Hoe ver zou het zijn? Slechts vijfentwintig kilometer over het water. Hij slikte het laatste restje worst door. Het was alsof hij er juist meer honger door had gekregen. Maar veel tijd om hierover na te denken kreeg hij niet, hij had alle aandacht nodig om de vergadering te notuleren. In steekwoorden schreef hij de discussie mee, in de hoop dat hij er een samenhangend verslag van zou kunnen maken.

Baljuw – eenheid van regering, koning niet mogen afvallen, heilige kerk niet zomaar afzweren.

Van Aertsen – kijk wat inquisitie doet, kan Gods werk zo zijn? Lijkt meer op duivelswerk.

De Backer – dit is godslastering van Van Aertsen!

De Koning – politieke situatie wijzigt. Koning begint grip te verliezen op deze gewesten. Spanjaarden konden Den Briel niet verdedigen. Ommekeer op komst.

Van Aertsen – mee eens. Er zijn geluiden dat ook andere steden, waaronder Gorcum en Delft, in handen van de geuzen gaan vallen.

De Backer – we mogen Goedereede niet zomaar in handen van de ketters laten vallen, is niet ooit een heilige paus uit onze stad voortgekomen?

De Koning – wees voorzichtig met het woord ketters.
Ook binnen onze stadsmuren zijn velen het protestantse
geloof toegedaan.

Baljuw – niet waar, vraag maar aan pastoor Doense.
Voorstel om de poorten gesloten te houden en de stad te
bewapenen.

Den Eerzamen – niet mee eens. De beste bescherming
van de stad is nu graaf Van der Mark binnenlaten en aan-
sluiten bij de geuzen.

Op deze opmerking van de bedachtzame en hoog
aangeschreven notabele leenman Den Eerzamen
barstte zo'n geweldig kabaal van door elkaar schreeu-
wende stemmen los dat hij er werkelijk geen enkel
woord van verstond.

Verscheidene mannen stonden zelfs op om hun ge-
schreeuw kracht bij te zetten. De situatie werd gaandeweg erger, zeker toen bleek dat vrijwel alle aanwezigen
zich aansloten bij het standpunt van Den Eerzamen
en De Backer, en de baljuw steeds meer alleen kwam
te staan. Het gezicht van de baljuw was inmiddels
lijkbleek en de man begon nu duidelijk te beseffen in
welke situatie hij zich bevond. Hij ramde met de voor-
zittershamer op de tafel en hoewel de klappen ervan
nauwelijks boven het rumoer uitkwamen, viel er toch
een korte stilte. 'Ik schors de vergadering. We gaan
straks verder. De Backer, loop even mee.'

Zonder op antwoord of reactie te wachten liep hij
de vergaderzaal uit, gevolgd door een volledig bezwete De Backer, bij wie rond zijn oksels en op zijn rug
natte plekken in zijn kleren zichtbaar waren.

Hij schoof zijn stoel wat achteruit, maakte nog wat
aantekeningen en volgde intussen opmerkzaam wat er
aan de tafel gebeurde. De overgebleven collegeleden

werden het gaandeweg met elkaar eens dat het zo niet langer kon. De situatie was gewoon ronduit onhoudbaar. De opperbaljuw in Den Briel was vervangen en zou natuurlijk op korte termijn loyaliteit eisen van de baljuw van Goedereede. Dat was onmogelijk, gezien de zo sterk Spaansgezinde houding van de man, dat hadden ze net opnieuw ervaren. Ieder voelde aan dat deze situatie op korte termijn zou uitmonden in gedwongen aftreden van de baljuw. Waarom zag deze dat zelf niet?

Een dag later hoorde hij van de bode dat de baljuw het inderdaad zelf had gezien. De baljuw vertrok, samen met De Backer en met datzelfde schip voer ook pastoor Doense mee.

Hij moest een bericht schrijven aan de kapitein van de geuzen die Den Briel bezet hielden, met de boodschap dat Goedereede aan hun kant stond.

Hij schreef het met het besef dat Goedereede vanaf nu een protestantse stad was geworden.

Al schrijvend was het alsof de warmte uit zijn broekzak zich steeds verder door zijn lijf verspreidde en toen hij zijn ganzenveer even had neergelegd sloot hij het duiveltje in zijn hand. De vertrouwde hitte stroomde zijn arm in en hij vroeg zich af wat dat allemaal te betekenen had, protestant of katholiek, en of het al die strijd wel waard was. Meer dan ooit had hij het gevoel dat hij ergens in was terechtgekomen waar hij eigenlijk niet thuishoorde.

Die avond zat hij zwijgend in zijn houten leunstoel. Johannes sliep al en Marieke zat tegenover hem met een schaal walnoten die ze pelde voor een stevige notensoep, waarvan de basis al stond te pruttelen op de houtkachel. Hij stond op en ging aan de tafel zitten. Na een tijdje stond hij opnieuw op, pakte een beker melk uit de kan die in de keuken stond en ging weer zitten.

Marieke kwam achter hem staan. Ze legde haar handen op zijn schouders, masseerde zijn nek. 'Wat is er, Lenert?' vroeg ze zacht. 'Waarvoor ben je bang?'

'Bang?' schoot hij uit. 'Ik ben nergens bang voor. Hoezo?'

'Je bent wel bang,' zei ze beslist. 'Is er een kans dat de nieuwe baljuw je niet meer als stadsschrijver wil?'

Hij schoof zijn stoel naar achteren, duwde haar ruw weg. 'Zeg niet van die stomme dingen. Natuurlijk niet.'

Hij voelde hoe ze naar hem keek, maar hij negeerde haar en staarde door het kleine achterraam naar het plaatsje. Er was niets te zien in het duister, zijn eigen gezicht weerspiegelde vaag in het venster. Achter hem zag hij het silhouet van Marieke. Hij draaide zich bruusk om. 'Natuurlijk is het spannend. Het is voor ons allemaal spannend. Wat denk je van de monniken? Blijkbaar is het katholieke geloof nu afgezworen. Tenminste, in Den Briel zijn alleen nog mannen in het stadsbestuur opgenomen die zijn overgegaan op het protestantse geloof.'

'Nou, dan zijn we vanaf nu toch protestant?' zei Marieke. Hij keek haar aan. Haar grijsblauwe ogen stonden onschuldig, maar iets in haar toon raakte hem. Vanaf nu zomaar protestant? Hij draaide zich weer van haar weg, in een plotselinge behoefte om alleen te zijn. Hij pakte zijn mantel en liep naar de deur.

'Wat ga je doen? Waar ga je naartoe?' vroeg Marieke.

'Ik ben zo terug,' mompelde hij, terwijl hij zonder aarzelen naar buiten stapte en de deur achter zich sloot. Hij negeerde haar geroep dat door de dichte deur klonk en liep de Achterstraat in. Er stond een lichte zeebries en hij snoof de groengrijze ziltige lucht op, tot diep in zijn longen. Er was niemand buiten. Hij liep naar de Catharinastraat, waar de kleine Catharinakapel, ontdaan van beelden, in de duisternis stond. Er brandden nog een paar kaarsen, die een gelig schijnsel op de ramen wierpen. Hij aarzelde even en duwde toen voorzichtig de kerkdeur open. Binnen zag hij het eenzame silhouet van een man in monnikspij, geknield voor in de kerk.

Zijn binnenkomst was blijkbaar opgemerkt, want de man stond op en draaide zich om. In het licht van de kaars herkende hij het gezicht van een van de broeders van het klooster. Vijf broeders waren meegegaan met pastoor Doense, onder wie de abt. De rest van de broeders had met elkaar besloten om de nieuwe leer te omarmen. Een van hen was Theodorus Alari, die al langere tijd bij de nieuwe leer betrokken was. Hij had hem altijd een buitenbeentje gevonden, iemand die zich bezighield met theologische zaken waar andere monniken liever ver vandaan bleven, maar nu leek hij het beste thuis te zijn in de nieuwe leer. Daarnaast had de man een groot retorisch talent. Alari was benoemd tot 'predikant van Goedereede'. Ook daaraan kon hij nog maar met moeite wennen. Predikant. Het was overigens wel een passende term, want vanaf nu ging het alleen nog maar om het Woord. De heilige sacramenten en rituelen waren voor zijn gevoel per direct afgeschaft. Zelfs de biecht had eraan moeten geloven en het voelde allemaal alsof elke keer opnieuw een plakje van zijn hart werd afgesneden. Vreemd eigenlijk, hij had nooit echt beseft dat het zo veel voor hem betekende. Hij deed mee, zou het nieuwe geloof belijden als het moest, maar alles in hem protesteerde ertegen. Hij had God leren kennen in de moederkerk. En was het nu alsof de duivel er zat? Hij kon het niet geloven. Tegelijkertijd was er de twijfel of het allemaal wel voldoende waarde had om zich druk over te maken, en juist die tegenstrijdige gevoelens vraten aan hem.

Het was broeder Gradus, een wat oudere, stille man die in het klooster verantwoordelijk was voor het beheer van de landerijen buiten de poort. Broeder Gradus knikte naar hem en keek hem zwijgend aan, met een verdrietige blik in zijn ogen.

Hij keek om zich heen, in de lege kapel, zonder beelden, zonder het grote schilderij waarop de kruisafneming van Jezus zo prachtig was vastgelegd.

Gradus zuchtte. 'De nieuwe leer,' zei hij zacht.

Hij staarde naar de witte plek op de muur waar de omtrek van het schilderij nog duidelijk zichtbaar was. 'Ja,' antwoordde hij. 'De nieuwe leer.'

Een paar hartslagen lang, in de stille kerk, was er het wederzijdse begrip, peilden ze elkaars verdriet om alles wat zomaar aan de kant werd geschoven, elkaars angst om alles wat nog komen ging, elkaars onzekerheid over hoe ze daar zelf op zouden reageren.

Toen knikte Gradus nadrukkelijk. 'God zegene u,' zei hij.

'God zegene u, broeder,' antwoordde hij.

Zwijgend liep Gradus de kerk uit, de deur sloot zich met een zachte klik achter hem.

Hij was nu alleen, met als enige geluid het zacht sissen van de lonten van de kaarsen.

Hij ging op een van de banken zitten en staarde voor zich uit. De onrust en angst lagen als een steen op zijn hart en allerlei gedachten besprongen hem. Hij probeerde er grip op te krijgen, maar kon nergens houvast vinden. De nieuwe baljuw kwam, Goedereede was in handen van de geuzen. Wat zouden de Spanjaarden doen? En als ze een tegenaanval deden? Waarom was dit alles nodig? Waarom deze zinloze oorlog terwijl hij God gewoon in de moederkerk gevonden had? Was de nieuwe kerk echt zo veel beter? Kijk nou hier, in deze Catharinakapel! Het leek wel een lege schuur, het had niets weg van een Godshuis zoals hij gewend was.

Wat hem op dit moment het meest aangreep was zijn eigen lafheid. Met haar woorden: 'Nou, dan zijn we vanaf nu toch protestant?' had Marieke hem diep geraakt. Want zo was het inderdaad en de bizarre goedkoopheid van dat feit torende hoog boven hem uit, omgeven door een bloedrode, bruinzwarte geur. Ze waren vanaf nu protestant. Omdat hij anders zijn baan verloor, omdat hij anders niet meer meetelde in dit stadje, omdat hij het lef niet had om zich vast te houden aan datgene waaraan hij zich zijn hele leven al vasthield: de leer van de moederkerk, inclusief de heilige mis, de biecht, alles.

Het leek wel of de kerk overhelde, of hij zijn evenwicht verloor, en als in een reflex dacht hij eraan terug hoe hij als kind aanvallen van paniek of onzekerheid had bedwongen. Het kruisje. Ook nu, ruim dertig jaar nadat hij het van zijn zus had gekregen, hing het nog om zijn nek. Het koordje had hij al vele malen vervangen, maar het kruisje was nog hetzelfde. Hij tastte onder zijn mantel en hemd en vond het, sloot zijn vuist eromheen en richtte zijn aandacht op het houtsnijwerk van de preekstoel voor in de kerk. Het kruisje en het houtsnijwerk, tussen deze twee vond hij opnieuw evenwicht en houvast. Hij voelde met een vreemde tinteling van een vergeten, maar toch weer zo vertrouwde sensatie hoe er rust vanuit het kruisje in hem stroomde, hoe hij weer boven de brij van gedachten uitsteeg en meer ruimte kreeg in zijn hoofd. Tegelijkertijd werden hem zaken duidelijk, kwamen er geordende gedachten bij hem boven, alsof het kruisje hem in staat stelde samen te vatten wat de conclusie van dit alles was, wat nu de aandacht verdiende. Alsof zijn leven tot nu toe werd samengevat, werd overzien vanaf een hoge plek, en de patronen duidelijk zichtbaar werden.

Nynke nam in die geordende gedachten een centrale plaats in. Het kruisje bracht hem terug bij haar zorg voor hem, hoe ze hem geholpen had toen hij een kind was, en hem met vooruitziende blik had laten leren schrijven. Hoe ze het kruisje zoveel jaar geleden om zijn nek gehangen had, als afweermiddel tegen de boze. Met name dat deed zich nu voor als een belangrijke gebeurtenis. Hoe vaak had dit kruisje de satan al van hem afgehouden zonder dat hij het zelf besefte? Een warm gevoel trok langs zijn dijbeen, waar het kleine houten duiveltje in zijn zak zat. Het was alsof een vurige bliksem het kruisje en het duiveltje met elkaar verbond, een scherpe lijn, voelbaar dwars door zijn lijf. Maar voordat zich hierover een gedachte vormde, vervaagde die weer.

Het bracht hem ook scherp voor de geest dat er tegelijkertijd iets met Nynke was wat hem bang maakte. En niet alleen hem, scherper dan ooit herinnerde hij zich die keren dat mensen uit zijn omgeving, uit Goedereede of daarbuiten, met ontzag, respect, onrust of ronduit angst over haar hadden gesproken, hoe ze soms zelfs uitgemaakt was voor heks. En hij werd zich vooral bewust van het feit dat die onrust ook bij hem was gegroeid.

Hij was overtuigd van de aanwezigheid van de boze in zo veel onheil dat over Goedereede spoelde. De leegloop, de armoede, het gebrek, de ziekte en de spanningen. Twee jaar geleden nog de Allerheiligen- vloed, waarbij zelfs een molenas door het woeste water door de Molenpoort geslagen werd en zeker vijftien stedelingen die niet op tijd binnen de poorten waren, het leven lieten. Satan had hier een hand in, dat riep Marieke steeds opnieuw en hij was dat wel met haar eens, maar hoe de listige lagen van de boze eruitzagen en of hij hulp kreeg van aan hem toegewijde mensen in dit stadje, was voor hem nog verborgen. Voor Marieke niet: Nynke was daarvan de schuldige, dat stond voor haar vast. Die gedachten probeerde hij uit alle macht ver van zich te werpen, maar voor hij het wist waren ze er weer. Steeds opnieuw. Hij herinnerde zich de dood van de buurvrouw met wie Nynke zo'n ruzie had. Het zieke kind. Maar ook de genezing en de wijsheid die ze vaak genoeg gaf aan zieken en mensen met proble- men. Het feit dat het water van de Allerheiligenvloed niet verder was gekomen dan de dorpel van haar voor- deur, zowaar hij hier zat, de dorpel van haar voordeur, alsof het daar een halt werd toegeroepen. En diep in zijn hart vroeg hij zich af of Marieke daar toch niet een punt had: was dit wel te verklaren, had Nynke niet daadwerkelijk de macht om het water te stoppen? Hij wist het niet. Haar reputatie was wijdverspreid, velen zochten haar op. Tegelijkertijd twijfelde hij of de duivel haar dat soort krachten kon geven, als die al iets met haar te maken had. Kon satan iets goeds doen?

Hij besefte dat hij hierover met haar moest spreken. Ook al wist hij nog niet hoe.

Dat besluit gaf hem op de een of andere manier rust, hoewel hij nog niet wist hoe hij ooit dit gesprek met haar moest beginnen. Maar er kwam een volgende, heldere gedachte in hem op: de nieuwe leer.

Het was duidelijk: als hij niet zou meegaan met de nieuwe leer, zou hij zichzelf uitschakelen in Goedereede.

Een zwaar gewicht leek op zijn borst te rollen toen hij opnieuw besefte dat hij geen kant op kon. Hij wenste dat hij alleen was, zonder Marieke, helemaal alleen. Dan zou hij vandaag nog zijn schrijverstas in de haven hebben gegooid en openlijk hebben geroepen dat die nieuwe leer hem gestolen kon worden, dat hij dan maar geen schrijver zou blijven. Maar hij had Marieke wel en als hij dat deed zou ze hem zonder meer verlaten. En die gedachte kon hij niet verdragen. Met een ongekende hevigheid verlangde hij terug naar de veilige wereld van vroeger, toen Nynke gewoon voor alles zorgde en er elke avond de veilige warmte was van de bedstee, met daarbuiten de gedempte stemmen van zijn zussen. Hij vervloekte de hele situatie, Marieke vooral, want die was er de schuldige van dat hij afstand moest nemen van Nynke, dat hij zijn eigen overtuiging moest verloochenen. En hij had geen keus! Hij moest toch ook voor zijn zoon zorgen? Kon hij Johannes zomaar aan zijn lot overlaten? Marieke was de schuld van alles. Als zij hem zou steunen, als zij Nynke zou accepteren, zou er een uitweg zijn. Dan zouden ze desnoods de stad kunnen verlaten en bij

Nynke gaan wonen, samen eten van het goede van het land daar. Maar nu was elke uitweg afgesneden. Hij wilde wel, maar er was geen enkele mogelijkheid.

Een van de kaarsen was opgebrand en doofde met een laatste, hevige knettering.

Langzaam liet hij het kruisje los en trok zijn blik weg van het houtsnijwerk. Hij stond op, wist wat hem te doen stond. Bij de deur dacht hij voor het eerst weer aan Marieke. Hij aarzelde even, zag er eigenlijk tegenop om naar huis te gaan.

Hij vermande zich, liep de kapel uit en sloeg de Achterstraat weer in.

Halverwege de Achterstraat was er onverwacht vleugelgeklapper in het stikdonker, een rauwe kreet, er streek iets langs zijn haar.

Hij dook ineen, struikelde, viel op zijn knieën, maar het geluid zoefde weg, het duister in.

In een reflex had hij een kruis geslagen, het duiveltje brandde in zijn zak. Was het een teken?

Hij greep het duiveltje, omsloot het met zijn hand, voelde hoe het afkoelde en besefte dat hij het weg zou moeten gooien, in de diepte van de haven.

Hij kon het niet. Was het satan zelf die zich aan hem bekendmaakte? Die zijn gedachten kende? Was het een teken dat hij Nynke met rust moest laten, zich niet met haar moest bemoeien? Was het een teken dat hij zijn voornemen om met haar over de nieuwe leer te praten, moest laten varen?

Toen hij weer binnenstapte in hun huisje voelde hij zich moe en uitgeput.

Het eerste wat hij zag was Marieke, zittend aan de tafel, met een waakzame, onderzoekende blik in haar ogen. Het tweede was de lege nis in de muur. Het heilige Mariabeeldje was verdwenen en hij besefte met een diep gevoel van verdriet dat ook dat niet meer paste in het huis van een protestantse stadsschrijver. De leegte van die nis was de leegte van zijn hart.

De berichten die hij in de weken daarop hoorde waren stuk voor stuk verontrustend. Dag na dag kopieerde hij brieven die ontvangen waren vanuit alle hoeken van de gewesten, om ze door te sturen, om op basis van de berichten bevelen door te brieven, of om voorzorgsmaatregelen te treffen. De Spanjaarden hadden zich gewroken voor de inname van Den Briel en waren moordend en vernielend door Delfshaven getrokken.

Gorinchem was in handen van de geuzen gevallen. Negentien priesters waren in Den Briel opgehangen.

Zutphen en Naarden werden door de Spanjaarden uitgemoord en platgebrand.

Het zuidelijke deel van de stadsmuur was ingestort, doordat die niet goed was onderhouden. Inderhaast werd begonnen met de reparatie. Mannen uit Ouddorp werd bevolen mee te draaien in de bewakingsploegen op de muren van Goedereede.

Hij schreef dagelijks en had zelfs geen tijd om zijn inktvoorraad aan te vullen.

En met zijn inktvoorraad daalde zijn vertrouwen. Het leek hem een kwestie van tijd voordat de Spanjaarden ook Goedereede in het vizier zouden krijgen, dat kleine, overspelige stadje dat zich moedwillig aan de geuzen had overgegeven.

19

1573

Predikant Theodorus Alari ging hem voor door de lange gang van het huis aan de markt.

Een van de veranderingen die de nieuwe leer met zich had meegebracht, was dat Theodorus Alari nu in het grote herenhuis van voormalig pastoor Jacob Doense woonde. Hij, Lenert, kon er nog niet aan wennen.

Het leek hem dat de overgang van het eenvoudige klooster naar dit statige pand de predikant prima beviel, evenals het feit dat de geestelijke zelfs beschikking had over een dienstbode, die zo te zien constant als een slaafje achter hem aan liep.

Er was iets aan de man dat ergernis bij hem opwekte, al kon hij zelf niet goed omschrijven wat het was. Misschien was het de grote vanzelfsprekendheid waarmee Alari oordelen uitsprak, alsof hij God zelf was. Of misschien was het de schichtige blik, waardoor je niet langer dan een paar tellen in de donkere ogen kon kijken, nooit lang genoeg om de diepte ervan te peilen. Dat liet het gevoel bij hem achter dat er in die diepte iets moest zijn wat verborgen moest blijven, iets onechts, iets onoprechts, iets donkers.

Hij was verbaasd geweest dat Alari hem uitgenodigd had voor een gesprek. Hoewel hij als stadsschrijver natuurlijk een belangrijke positie innam binnen de muren van Goedereede, kon hij niet zo snel een aanleiding verzinnen waarom de predikant hem zou willen spreken. Daarbij kwam dat er om het verzoek een zekere heimelijkheid hing: een klop op de deur in de avond, de in een donkere mantel gehulde dienstbode, een gedempt uitgesproken vraag, en dat alles terwijl de wind om het huis huilde en wolken langs de halfvolle maan scheerden.

Op weg naar Alari had hij voor zichzelf nog eens op een rijtje gezet wat hij eigenlijk van deze ex-monnik wist. Alari was binnen het klooster altijd een beetje een vreemdeling geweest, die zich afzijdig hield van de andere monniken. Broeder Johannes had hem ooit in vertrouwen gezegd dat hij zich afvroeg of Alari wel op zijn plek was in het klooster, omdat diens interesse in het magische volgens hem de grenzen van de betamelijkheid overschreed. Zo hield Alari zich bezig met diepgaande studie naar magische rituelen en bezweringen, en had hij de uitgebreide kloosterbibliotheek uitgekamd naar manuscripten daarover.

Hij had er destijds niet zo veel aandacht aan geschonken. Hij was ervan overtuigd geweest dat de heilige broeders in het klooster onmogelijk iets kwaads in de zin konden hebben. Hij had de opmerking toegeschreven aan een zwak moment van broeder Johannes, Alari was nu eenmaal iemand die snel prikkeling en ergernis bij zijn medemensen opriep. God had in zijn ondoorgrondelijke wijsheid mensen in allerlei soorten en met allerlei karakters geschapen, en sommigen lagen elkaar beter dan anderen. Maar terwijl hij Alari volgde door de gang, wist hij niet of die gedachte wel zo wijs was geweest.

Want nu hij Alari wat langer had meegemaakt en hem wekelijks hoorde tijdens zijn vlammende preken als predikant, begon hij zich af te vragen of broeder Johannes niet toch iets verontrustends had gepeild. Alari's preken waren heel scherp en misten de vriendelijke mildheid van pastoor Doense. Alari hanteerde het tweesnijdend zwaard van het Goddelijke Woord als een bezetene, ermee op de gemeente inhakkend als in een strijd op leven en dood. Wat overigens in het licht van de eeuwigheid wel werkelijk nodig zou kunnen zijn, besefte hij, maar of het dan zo moest? Daarbij legde Alari meer dan hij ooit gewend was geweest, de nadruk op het gevaar dat satan zich meester kon maken van een mensenhart en dat het juist de macht van de boze was die zo veel onheil over de gewesten uitstortte. Want het onheil duurde voort en de strijd tussen protestanten en roomsen was heviger dan ooit. In Frankrijk werden de protestanten vervolgd en bruut vermoord, velen eindigden op de brandstapel, omgeven door een uitzinnige menigte. 'Hugenoten' werden ze genoemd.

En op ditzelfde ogenblik, terwijl hij achter Alari aan liep de ruime, hoge kamer in, was Alkmaar volledig omsingeld door de Spanjaarden en werd elk moment het bericht verwacht dat de stad gevallen was. De strijd tussen Prins Willem van Oranje en Hertog Alva ging onverminderd door. Een wonderlijke situatie. De Staten-Generaal hadden zich achter Oranje geschaard, die ze zagen als de wettelijke stadhouder namens het regime van de koning. Diezelfde koning had Alva gestuurd om tegen zijn eigen wettelijke stadhouder te strijden. Hoe was het mogelijk dat – maar nu werd zijn gedachtegang onderbroken door de scherpe stem van Alari.

234

'Zo, edele heer, neem plaats.' Alari wees op een gemakkelijke stoel met armleuningen, vlak bij de open haard waarin een bescheiden vuurtje brandde, net genoeg om de kilte te weren.

Zodra hij plaats had genomen doemde de dienstbode op met een grote karaf en schonk hem ongevraagd een glas fonkelrode wijn in. Ook Alari werd voorzien. Alari nam direct een flinke teug en liet de wijn uitgebreid door zijn mond spoelen voordat hij die doorslikte.

Hij nam zelf een klein teugje en wist op de geur af al dat het een bijzonder goede, zelfs excellente wijn was.

'U hebt een goede smaak, dominee,' zei hij – hij moest nog altijd wennen aan die aanspreektitel 'dominee' – terwijl hij het glas op een laag tafeltje tussen hen in zette.

'Ach ja, de Bijbel spreekt niet voor niets over de vreugde die de wijn verschaft,' zei de predikant. 'Het is hemels vocht en is het niet juist aan deze drank dat onze Zaligmaker zichzelf heeft verbonden toen Hij sprak: "Dit is mijn bloed, dat voor u vergoten wordt"? En was Hij het niet die zelf de vreugde van de bruiloft vergrootte door water te veranderen in wijn?'

Hij knikte, er viel een korte stilte. Alari haalde diep adem en schraapte zijn keel. 'Ik ben blij dat u gekomen bent, want ik heb behoefte om met iemand te spreken die een scherp verstand en een wijs hart heeft. En het is me volop bekend dat dit op u van toepassing is, edele heer.'

Hij voelde een vreemde tinteling bij het horen van deze onverbloemde loftuiting aan zijn adres. Het maakte hem nog behoedzamer dan hij al was.

'Het is niet voor niets dat u stadsschrijver bent en

daarmee dagelijks een belangrijke rol speelt rond het stadsbestuur. Een zegen voor onze stad dat zulke wijze mensen binnen onze poorten zijn. Hebt u niet ook in Delft gestudeerd?'

Hij knikte. 'Ja. Dat klopt, dominee.'

'In het Sint-Agathaklooster, neem ik aan?'

Opnieuw knikte hij.

'Weet u overigens dat dit klooster nu gebruikt wordt door Willem van Oranje?' vervolgde Alari. 'Maar goed, dat zal u wel bekend zijn. Het stadsbestuur is denk ik goed op de hoogte van dit alles. We hebben toch nog steeds een vertegenwoordiger in de Staten-Generaal?'

'Jazeker,' antwoordde hij terwijl hij in de flakkerende vlammen keek. 'Onze burgemeester Ackerman vertegenwoordigt ons in de Staten.'

'Kan ons stadsbestuur zich goed vinden in de lijn van de Staten?' vroeg Alari geïnteresseerd.

Hij keek de predikant aan – de ogen van de man waren slechts even op hem gericht, dwaalden toen weg naar het vuur – en voelde achterdocht in zich opkomen. 'Natuurlijk staat ons stadsbestuur achter de lijn van de Staten,' zei hij beslist. 'Had u daar twijfel over?'

'Nee, geenszins,' antwoordde Alari beslist. 'Maar het is voor ons allemaal toch verwarrend en onzeker. En angst kan zich gemakkelijk meester van ons maken, zeker als we horen hoe het velen van onze protestantse broeders en zusters vergaat, die worden verdrukt, vervolgd, vermoord.'

'Dat houdt mij ook bezig,' zei hij. 'In hoeverre is het wettig dat het acquisitoir recht heeft plaatsgemaakt voor het inquisitoir recht? Zie het gevolg, zonder enige vorm van proces kunnen verdachten ter dood worden gebracht. Het gevaar is dat er, nu de positie van de verdachte is verzwakt, ook onrecht in het rechtssysteem kan sluipen.'

Alari schoot overeind in zijn stoel. 'Nee, dat ben ik niet met u eens! Inquisitoir recht heeft zonder meer zijn voordelen, alleen wordt het nu door de verkeerde zijde ingezet! Ik heb situaties meegemaakt waarbij ik wenste dat er destijds al inquisitoir recht had bestaan! In mijn jonge jaren – ik was een jaar of achttien – heb ik ooit in Amsterdam huiveringwekkende situaties meegemaakt. Ik wenste dat ik destijds de mogelijkheid had gehad om de desbetreffende personen voor het gerecht te dagen en onder foltering de waarheid uit hen had kunnen laten persen!'

De vlammen van de haard leken even in de donkere ogen te branden.

Hij was bij deze woorden van de dominee ook wat rechterop gaan zitten. 'Wat hebt u destijds meegemaakt, dominee?' vroeg hij.

'Het is een lang verhaal, maar ik zal het u vertellen. Temeer omdat dit onder andere te maken heeft met de reden waarom ik u wil spreken.'

Alari staarde nu, duidelijk opgewonden, in het vuur en begon te vertellen.

'Het was laat op een avond toen ik als jongeman van een tocht naar een klooster ten noorden van Amsterdam terugkeerde naar het Sint-Paulusbroederklooster in de stad. De avond was al gevallen. Maar het was niet volkomen duister, want de volle maan stond aan de hemel. Omdat het al zo laat was en ik moe was van de reis, nam ik de kortste weg terug, ook al leidde deze weg door het donkere bos aan de rand van de stad. Dit bos had een slechte naam. Er deden allerlei geruchten de ronde over zaken die zich daar afspeelden, maar ik had de kracht niet meer voor een lange omweg, dus nam ik het smalle pad dat dwars door het bos liep.

U kunt begrijpen dat ik toch een zekere onrust voelde, daar zo alleen in het duister en dat ik dankbaar was voor het maanlicht dat ervoor zorgde dat ik het pad gemakkelijk kon vinden.

Ik was zo'n beetje halverwege het bos toen ik aan de rechterkant, op enige afstand van het pad, een zwak schijnsel meende te zien. Hoewel ik schrok was ik toch ook nieuwsgierig. Ik nam me voor om een paar stappen het bos in te lopen om te zien waar het schijnsel vandaan kwam, maar vervolgens was het alsof ik in de ban kwam van iets dat meer macht had dan ikzelf. Ik liep verder en verder, tot ik aan de rand van een open plek uitkwam en daar zag ik het meest gruwelijke tafereel dat ik ooit heb aanschouwd.'

In een reflex schoot de hand van de predikant omhoog en vervolgens weer naar beneden en hij doorzag dat Alari bij het terugdenken aan deze gebeurtenissen bijna uit gewoonte een kruis had geslagen, wat voor een protestantse predikant bepaald niet netjes zou staan. In zijn binnenste stelde hij met een zekere tevredenheid vast dat Alari zijn roomse hart blijkbaar nog niet was kwijtgeraakt.

Alari zweeg even, alsof hij moed verzamelde om verder te kunnen vertellen.

'Wat ik daar zag, tart iedere beschrijving,' vervolgde hij toen met gedempte stem.

'Ik zag een groot vuur, midden op de open plek. Daaromheen hadden zich, in een volmaakte kring, vrouwen verzameld. De meeste hadden zich half ontkleed en bewogen hun ledematen en lichamen op een gruwelijk onkuise wijze. In het midden, vlak naast het vuur, stond een grote vrouw met lang blond haar, naakt. Zij hield haar armen gespreid, alsof ze de vrouwen om zich heen zegende, en ze zong een soort ritmisch lied dat gaandeweg door allen werd overgenomen. Het was geen Latijn, het was een vreemde taal, het deed me denken aan de Keltische talen, waarvan ik later weleens gehoord heb via reizigers in de havens van Amsterdam. Ik zakte op mijn knieën en kon slechts met wijd open ogen volgen wat daar gebeurde. Ik verloor alle besef van tijd en zat daar maar, toen ik begon te beseffen dat het gezang een soort gebed was, een oproep, een bede.'

Opnieuw zweeg Alari.

Hij had zich naar de predikant toegewend om niets te missen van wat deze zei.

'Deze gruwelijke vergadering van vrouwen was bezig de satan zelf op te roepen, de duivel in eigen persoon uit te nodigen in hun midden. Die gruwelijke bede ging steeds maar door en die naakte vrouw stond daar naast het vuur toen er plotseling een hevig geruis uit het bos klonk en een immens grote geitenbok uit het bos de kring in sprong. Ik herinner me nog hoe ik beefde van angst, in de wetenschap dat de duivel zelf daar was, vlak voor me, in de gedaante van een bok. Het was een gruwelijk grote bok, met – vergeef me, edele heer – geweldig grote genitaliën, groter dan passend was bij zijn omvang.

De vrouwen raakten door het dolle heen en dansten in steeds dichtere kringen rond de bok en over het vervolg herinner ik me slechts flarden. Er was een babylijkje dat in een stoofpot boven het vuur werd gegooid, er was een beker vol vers bloed waaruit iedereen dronk en – opnieuw, vergeef me – uiteindelijk was er een uitzinnig tafereel waarbij die bok gemeenschap had met deze gruwelijke, duivelse wijven.'

Hij voelde hoe het haar op zijn arm rechtop ging staan. Zijn mond was droog, hij tastte naar het glas wijn, prevelde 'vreselijk' en nam een ruime slok, alsof hij daarmee de nare smaak van het verhaal kon wegspoelen.

'Ik verloor het bewustzijn bij al deze gruwelen en werd pas de volgende dag weer wakker. Ik was blijkbaar gevonden en door deze duivelse wijven, of misschien wel door de duivel zelf, weggeworpen, het bos in, tot vlak bij het pad. Daarbij was ik hard tegen een boom aangekomen. Ik had schrammen en builen en een grote schaafplek op mijn hoofd.'

'God heeft u gered,' zei hij.

'Ja, zo is het, broeder,' antwoordde Alari, in gedachten verzonken. 'En daarom zeg ik u: waren deze vrouwen maar onder inquisitoir recht gekomen, dan hadden ze gebrand als een fakkel. Maar waarom ik u heb gevraagd te komen: ik ben bang dat ook nu, hier in Goedereede, vergelijkbare taferelen plaatsvinden.'

'Hier in Goedereede?' Hij hoorde zelf hoe zijn stem scheller klonk dan anders.

'Ja, heeft geen enkel bericht hierover het stadsbestuur bereikt?'

Hij schudde zijn hoofd. 'Er is natuurlijk zorg in het stadsbestuur, maar gelukkig hebben we geen berichten over iets wat lijkt op wat u hebt meegemaakt.' Allerlei gedachten schoten door zijn hoofd, geruchten die hij had gehoord. De verhalen van Marieke.

Alari schudde zijn hoofd met een bedroefde trek op

zijn gezicht. 'Ik ben bang dat de satan zich buitenge-woon goed vermomd heeft. Hij kan zich voordoen als een engel des lichts, edele heer. Dat was de voornaam-ste reden om u uit te nodigen, om u bewust te maken van de dreiging en vooral ook omdat ik u hoog inschat. Als er iemand is binnen de muren van deze stad die in wijsheid de sporen van de satan kan herkennen, dan bent u het. Dit heeft God mij in mijn hart gegeven.'

Toen hij later die avond weer door de lange gang uitgeleide werd gedaan, vroeg Alari onverwacht: 'Uw zuster staat erom bekend dat ze grote wijsheid in krui-den heeft. Ik ben zelf ook goed bekend met de bijzon-dere werking van veel kruiden en ben op zoek naar gevlekte scheerling en naar bilzekruid. Zou u kunnen vragen of ze dat in haar kruidentuin heeft?'

'Gevlekte scheerling en bilzekruid,' antwoordde hij. 'Als ik haar spreek zal ik het haar vragen, dominee. Maar met uw goedvinden, dat kan wel even duren.'

'Geen probleem,' zei Alari. 'En hartelijk dank voor uw bezoek.'

Toen hij over de markt naar huis liep, was er plotse-ling een ruisend geklapper, hoog boven zijn hoofd in de donkere lucht. Hij versnelde zijn tred en was blij toen hij de deur van hun huisje achter zich dichttrok.

Het gesprek zat hem niet lekker. Op de een of ande-re manier had de laatste vraag van de dominee meer te betekenen, daar was hij stellig van overtuigd. Het drukke werk slokte hem een aantal dagen op, maar zo gauw er niet veel vergaderd werd, wilde hij een bezoek aan het oude klooster brengen om iets na te gaan. Het was een zonnige, winderige dag waarop de lucht een beige-gelige geur had en hij rook nog meer geuren, overwaaiend van de witschuimende koppen rond het eiland.

Hij liep naar huis en borg zijn schrijfspullen op. Zijn voorraad inkt begon snel op te raken bij al dit schrijf-werk en hij controleerde wat hij nog aan grondstoffen had. Hij ging aan de mahoniehouten schrijftafel zitten die in de hoek van de kamer stond, een prachtige ta-fel met houtsnijwerk en een opbouw met kleine vakjes en sleuven, waarin hij perkament, inkt, verse ganzen-veren en een verzameling penpunten bewaarde.

Hij controleerde de voorraad slijpsel van ijzerhout in de glazen pot, daarvan had hij nog ruim voldoende. Ook was er nog sap van duinbessen, hoewel niet zo veel meer. Hij zou er binnenkort opnieuw voor de duinen in moeten. Maar het vingerhoedskruid was bijna op en dat was een essentieel bestanddeel om de inkt goed te laten vloeien. In gedachten bleef hij even staan, het potje met de laatste restjes in zijn hand. De zon scheen fel naar binnen en het blauw van de lucht weerspiegelde zich in de door Marieke glanzend schoon geschrobde tegels op de vloer. Marieke was weg met Johannes.

Johannes... Zijn zoon was inmiddels negen jaar en tot nu toe hadden ze niet meer kinderen gekregen. Hij staarde naar de vlammen in de mahoniehouten tafel. Het was een toenemende last in hun huwelijk dat een tweede zwangerschap uitbleef, gisteren nog had Ma-rieke haar verdriet daarover tegen hem uitgesproken. Ze waren nu tien jaar getrouwd en met het verstrij-ken van de jaren was er iets onzegbaars tussen hen in gekropen. Iets waarmee het genot van de huwelijkse plichten in de bedstee steeds meer omwikkeld leek te raken. Iets waarmee het karakter van Marieke steeds

242

meer scherpte had gekregen. Iets waarmee zelfs haar schoonheid verloren dreigde te gaan.

Wat Marieke onlangs had gezegd, bleef de hele dag in zijn hoofd rondspoken. Ze had ooit gehoord dat een vrouw kinderloos bleef nadat iemand een vloek over haar had uitgesproken.

Buiten woei de wind langs de ramen met een aangenaam geluid. Ergens in het huis kraakte een houten balk. Verder was er alleen de suizende stilte van de kamer, die binnendrong tot in het binnenste van zijn hoofd. En daar was het alsof al zijn gedachten ook tot stilstand waren gekomen. Een lege kamer, een gepolijste tegelvloer, een beige-gele geur en op de witte muur dat ene woord, bloedrood geschreven: *vloek*.

Marieke had eerst hem er de schuld van gegeven, dat zijn zaad niet goed genoeg was, dat hij tot God moest bidden om een zegen op hun huwelijkse plichten. Dat had hij trouw gedaan, in haar bijzijn, maar tevergeefs. En ze had uiteindelijk Nynke de schuld gegeven, omdat die zo'n kennelijke hekel aan haar had en zo'n heks was, ze had hem zelfs weleens gevraagd Nynke desnoods te smeken om ervoor te zorgen dat deze vloek werd opgeheven. Maar hij was zo gewend geraakt aan Mariekes gedachten over vloeken en bezweringen in relatie tot Nynke, dat hij daar destijds niet al te veel aandacht aan had geschonken.

Een vloek. Was het mogelijk dat Nynke in haar grote hekel aan Marieke een vloek had uitgesproken zodat Marieke geen kinderen meer kon krijgen?

De stilte om hem heen hield aan, buiten waren de wind en de zon, maar hierbinnen was alles tot stilstand gekomen, en dat werd opnieuw benadrukt door een knakkende tik ergens in het houten skelet van het huis.

Langzaam trok hij zijn blik los van de schrijftafel en keek om zich heen. Het leek alsof hij hier voor het eerst was, alsof hij al die jaren in schemer en herrie had geleefd, zodat hij geen tijd had gehad om te beseffen waar hij eigenlijk was. Alsof het nu voor het eerst echt stil en licht was geworden, en hij de kamer eindelijk goed kon zien. Direct besefte hij dat hij eigenlijk ook bijna nooit alleen thuis was. Hij kon zich in ieder geval niet herinneren wanneer.

Zijn blik ging over de houten tafel, de stoelen, langs de bedstee en de wanden naar het kleine keukentje met het houten aanrecht. Het rek met de mokken en de borden, de pot waarin de messen en vorken rechtop stonden. Toen trok die ene mok, die zacht donkergrijs-glimmende mok tussen al die andere mokken, zijn aandacht. De mok die hij van Neele had gekregen, hoelang geleden al? Zijn darmen krampten onverwacht samen toen hij besefte dat hij die mok van zijn zus had gekregen toen Johannes pas geboren was. De kamer bewoog zich om hem heen, hij schoof naar voren, de mok was vlakbij, zijn hand kon hem pakken. De mok voelde zwaar aan, net als altijd, maar toch: het leek alsof er meer gewicht in zat dan je zou verwachten. De beker was van lood gemaakt en had een sierrandje met een inscriptie, die was vervaagd in de negen jaar gebruik, doordat het zachte metaal gemakkelijk deuken en krassen opliep. Nu hij er goed naar keek stonden er wel een soort letters, maar wat precies kon hij niet lezen. Toch was het alsof de woorden spraken, alsof ze iets kwaads uitwalmden. Hij herinnerde zich hoe Neele gezegd had dat slechte vrouwen het kwaad over zich afriepen en gestraft werden met kinderloosheid. Hij vroeg zich af waarom ze dat gezegd had en waarom dat nu zo scherp in zijn gedachten naar voren kwam.

Het was alsof de stilte nog dieper was geworden, alsof iets of iemand echt de adem inhield omdat dit een moment was waarop het erop aankwam.

In die stilte ervoer hij het bekende, brandende gevoel in zijn broekzak. Zijn hand sloot zich in een gewoontereflex om het duiveltje, dat direct afkoelde op zijn aanraking. Tegelijkertijd voelde hij de warmte van de beker en een draad die vanuit de beker zijn arm in kroop, zijn pols door, op weg naar zijn hart.

Blinde razernij overviel hem als een volle emmer kokend water en met grote kracht kneep hij de beker samen, plette hem, boog het metaal. Daarna stampte hij de vervormde beker plat onder zijn voeten. Met een woest gebaar raapte hij hem weer op, rukte de buitendeur open en smeet hem met alle woedende kracht die hij in zich had weg. De stilte was verdwenen want de frisse wind woei door zijn haar. Hij voelde hoe de vloek zich van hem afwikkelde, hoe de boze touwen die hem gebonden hielden afknapten en wegwapperden in de wind, hoe de walm van de beneveling uit zijn hoofd woei. Hij zag hoe de platte beker als een schijf door de lucht sneed, wentelend, zwevend, verder vliegend dan hij zelf voor mogelijk zou houden. De mok raakte de grond niet, maar vloog weg. Hij was tegelijk woedend en onuitsprekelijk opgelucht.

Toen hij wat gekalmeerd was besloot hij om niets tegen Marieke te vertellen over wat hij nu beter begreep. Hij bad tot God om zijn zegen over hun huwelijkse samenzijn, om een kind voor Marieke. En nadat hij naar boven was gelopen, het kleine Mariabeeldje van het verborgen plekje achter de balk had gepakt en ook de heilige maagd om voorbede had gesmeekt, pakte hij zijn mantel om zijn voorgenomen bezoek aan het klooster te brengen.

De lucht leek wel blauwer en de beige geur dieper dan eerst. Hij ademde de lucht tot in de punten van zijn longen in toen hij de markt overstak en de Pieterstraat in liep, en zo bewust een omweg naar het klooster koos. Hij kwam langs het huisje van zijn zus Neele en prevelde iets tussen zijn tanden terwijl hij van het huis wegkeek. Daarna liep hij het steegje in naar rechts en kwam uit bij het klooster. Een aantal broeders, nu allen godvruchtige protestanten, woonde nog in hun vertrouwde omgeving, hoewel de kapel sober en leeg was.

Eerst ging hij op zoek naar de broeder die de kruidentuin beheerde. Hij vond hem te midden van een perk met dille. Hij begroette hem hartelijk en vroeg of hij nog vingerhoedskruid had. De broeder richtte zich moeizaam op en rechtte met een zucht zijn rug. 'Goed dat u me even uit deze houding bevrijdt, beste schrijver,' zei hij. 'Natuurlijk heb ik nog vingerhoedskruid voor u. U weet, ik heb de laatste jaren steeds extra veel gekweekt voor die kostelijke inkt van u. Loop maar even mee.'

In de schuur naast de kruidentuin hingen talloze bossen gedroogde kruiden en stonden potten vol met allerlei mengsels. Hij stelde de vraag die hij zich had voorgenomen. 'Hebt u toevallig ook bilzekruid en gevlekte scheerling, broeder?'

De man draaide zich naar hem om en keek hem onderzoekend aan. 'Bilzekruid en gevlekte scheerling? Nee, die heb ik niet. Maar waarvoor hebt u dat in naam van hemel en aarde nodig, edele heer?'

'Ik kreeg een vraag daarover van onze dominee,' antwoordde hij in een vlaag van moedwillige eerlijkheid.

De broeder staarde hem even aan en schudde toen zijn hoofd. 'Vreemd. Ach ja, Theodorus was vroeger ook al bezig met…' Hij maakte zijn zin niet af en pakte zwijgend een bos vingerhoedskruid. 'Maar bilzekruid en gevlekte scheerling heb ik niet,' herhaalde hij.

Toen hij de kruidentuin weer uitliep dacht hij hierover na. Hij had zelf veel kennis van planten en kruiden, maar een toepassing voor bilzekruid en gevlekte scheerling in combinatie met elkaar was hij niet eerder tegengekomen. Waar zou het goed voor zijn? Bilzekruid had een zekere pijnstillende werking, maar gevlekte scheerling werd voor zover hij wist niet los gebruikt voor heilzame doeleinden.

Bij de kloosterpoort schoot hem iets te binnen. Hij draaide zich om en ging het kloostergebouw weer binnen. Na even zoeken vond hij broeder Anselmus. 'Kunt u mij helpen, broeder?' vroeg hij. 'U weet veel, ook van boeken over geneeskunst. Wat voor doel kunnen bilzekruid en gevlekte scheerling tezamen dienen?'

Anselmus reageerde als door een wesp gestoken op deze woorden. 'Wie vraagt dit? Waarom wilt u dit weten?' vroeg hij met scherpe stem.

'Onze dominee vroeg me naar deze twee ingrediënten,' antwoordde hij. Hij had geen zin om de belangen van Alari te verdedigen.

'Blijf er ver vandaan, zeg ik u,' sprak Anselmus toen. 'Ik zal u laten zien waarvoor deze kunnen dienen. Loop met me mee.'

Hij liep de bibliotheek in en na even zoeken vond hij het boek dat hij zocht. Een dun leren werkje, zo te zien nog niet zo oud. Het leer zag er glanzend en nieuw uit. Anselmus legde het op de dichtstbijzijnde leestafel en sloeg het voorzichtig open. 'Dit werk heb ik niet zo lang geleden kunnen bemachtigen. Het is van de wijze heer Giambattista Porta, maar het recept is ook al eerder beschreven door Andrés de Laguna. Daarover staat meer in het grote "kruidenlexicon" dat daar staat, maar dit is duidelijker.' Anselmus wees naar een groot, dik boek dat plat op een van de boekenplanken lag.

Op het schutblad las hij: '*Magiae naturalis sive de miraculus rereum naturalium Libri iii*'.

Anselmus bladerde zoekend verder tot hij bij een pagina kwam waarboven met sierlijke letters in het Latijn stond: 'Receptuur voor heksenzalf.'

Daaronder stond een inleidende tekst, maar die sloeg hij over omdat Anselmus zijn vinger legde bij een opsomming halverwege de bladzijde. 'Kijk hier maar. Ziehier waarvoor de combinatie van bilzekruid en gevlekte scheerling wordt gebruikt. Geen enkel ander recept kent bij mijn weten deze combinatie.'

Hij las mee en vertaalde in zijn hoofd:
- *4 dln. Lolium temulentum – raaigras*
- *4 dln. Hyoscyamus niger – bilzekruid*
- *4 dln. Conium maculatum – gevlekte scheerling*
- *4 dln. Aconitum napellus – blauwe monnikskap*
- *4 dln. Papaver rhoeas – klaproos*
- *4 dln. Lactuca virosa – gifsla*
- *4 dln. Portulacca vulgaris – postelein*
- *4 dln. Atropa belladonna – wolfskus*

'Heksenzalf,' prevelde hij. 'Waartoe dient het? Wat doet het?'

'In de tekst die hier staat wordt vermeld dat iemand die een klein tipje van dit mengsel neemt, al dan niet vermengd met wijn of andere drank, buiten zichzelf wordt gebracht, zelfs buiten zijn lichaam zal kunnen reizen, en inzicht krijgt in de verborgenheden die voor mensen niet te kennen zijn en waarvan de kennis de ziel zelf ofwel zal versterken ofwel zal vernietigen.'

Hij bedankte de broeder en verliet het klooster. Hij voelde dat het allemaal te veel voor hem was, hoe het hem verlamde en hoe hij niets anders kon dan al zijn inzichten en kennis diep in zijn binnenste opsluiten, verborgen voor alles en iedereen. Deze last zou hij alleen moeten dragen. Hij besloot oplettender dan ooit te zijn op duivelse tekenen, en meer dan ooit op te passen voor Nynke, Neele en voor Alari. Tegelijkertijd was er, in een soort tegenreactie, de gedachte aan het duiveltje. Kon de boze hem tegen de boze beschermen? Het kruisje en het duiveltje. Hij was veilig, hij was al vaker beschermd door de macht van deze twee voorwerpen.

Langzaam duwde hij de angst van zich af. Met een omweg langs de noordelijke stadsmuur liep hij naar huis.

Thuis was Marieke al bezig eten te koken. Wat was ze mooi, daar in die zonnestralen! Johannes hielp zijn oom in de weverij. Ze waren samen. Het was alsof hij zijn vrouw voor het eerst sinds jaren weer zag.

Ze begroette hem met een glimlach en hij wist dat er iets wat tussen hen in had gestaan weg was, dat de vloek werkelijk was verdwenen. Hij leidde haar zachtjes en liefdevol naar de bedstee, terwijl de stilte in het huis niet leeg meer was, maar vol verwachting. De balk boven in het huis kraakte onder het dak waarover de frisse wind woei.

Hij was het zelf die hun dochter ter wereld hielp. Mathilde zou haar naam zijn. En terwijl hij het kleine lichaampje opnam, flitste zijn eerste ervaring met een bevalling door zijn hoofd, heel even maar, want dit was een gelukkig moment. Een moment waarmee de dreiging van buiten de poorten, waar Lodewijk en Hendrik van Nassau verpletterend verslagen waren op de Mokerheide, Middelburg in handen was gevallen van geuzen en de Spaanse vloot van Don Luis de Requesens bij Reimerswaal was verslagen, even ver weg leek. Hij waste hun pasgeboren dochter schoon met het gekookte water dat reeds klaarstond.

De vloek van Neele was geweken.

20

1576

Het was heel vroeg in de ochtend, nog nacht wellicht, toen hij wakker werd. Zijn keel was droog, hij kon maar net een hoestbui onderdrukken. Voorzichtig stapte hij uit de bedstee, de vloer was koud onder zijn voeten. Hij liep naar de keuken, zocht in het duister de kan met bier en schonk voorzichtig een nap vol. Het hielp in ieder geval tegen de kriebel in zijn keel. Hij keek door een spleet in de gordijnen naar buiten. Het was nog volslagen donker, zo te zien zou het nog wel even duren voor het licht werd. Het trok hem niet om terug te gaan naar de bedstee. Hij liep naar de achterdeur, schoof de grendel opzij en stapte naar buiten.

De koude nachtlucht maakte hem klaarwakker. Hij had de nap bier nog in zijn hand en nam een slok. Op het achterplaatsje bleef hij staan. Boven hem was een heldere sterrenhemel. Hij keek er een tijdje naar. Om hem heen lag de stad volkomen stil. Hij luisterde naar de stilte, voelde de kou niet meer, was slechts onderdeel van deze wereld waarboven de sterren fonkelden.

Terwijl hij daar stond, schoof boven hem de sterrenhemel dicht. Het was alsof vanuit het oosten een grote hand langzaam maar zeker de sterren één voor één doofde. Hij zag het aan, tot de hemel helemaal zwart was, ook de laatste sterrenstreep in het uiterste westen. Niet veel later begon het te regenen.

Hij kon er niet toe komen naar binnen te gaan.

De regen herinnerde hem aan die ene avond, jaren geleden. Hij was samen met Nynke aan het werk op het land achter hun huis. De avond viel, hij was bijna te moe om te blijven staan, maar Nynke zei: 'Volhouden, broertje. Vannacht gaat het regenen, heel hard. En dan wordt het een week slecht weer, dus de aardappelen moeten eruit. Anders gaan ze rotten. Houd vol hoor. Dan mag je morgen lang slapen, net zo lang als je wilt.' Hij had verder gewerkt, aardappel na aardappel uit de aarde gewroet. Het werd langzaam donker. Boven hen kwam een sterrenhemel, maar Nynke zei dat ze moesten doorwerken. Hij greep de aardappelplanten vast, stak op gevoel een riek naast de planten en wrikte hem omhoog, raapte de aardappels uit de losse grond en gooide ze in de houten emmer die naast hem stond. Zo gingen ze door, tot de lucht boven hen verduisterde en er geen ster meer te zien was. En nog waren er aardappelplanten. De eerste druppels vielen, maar er was nog één rij. Het ging harder regenen, de stem van Nynke klonk in de verte, het rook diep roodbruin, naar blubber en verrotting, maar zijn handen bleven bewegen en daar was eindelijk de laatste aardappelplant. Nynke kneep hem even in zijn schouder en kwam overeind. 'We hebben het gered, broertje,' zuchtte ze. 'Wat ben je toch een taaie.' Ze torste de laatste zware emmer met aardappels weg, naar de schuur. Hij bleef op zijn knieën zitten, de regen kletterde nu naar beneden, maar zijn benen weigerden.

Twee handen onder zijn oksels. Hij werd omhoog getrokken. Twee armen om hem heen, hij werd opgetild. Hij legde zijn hoofd op haar schouder en sloot zijn ogen. Ze fluisterde in zijn oor. 'Ik ben trots op je, broertje. Morgen mag je net zo lang slapen als je wilt. En ik zal suikerpap voor je maken.'

Daaraan dacht hij, terwijl hij daar stond in de inmiddels kletterende regen achter hun huis. Hij draaide zich om, liep langzaam terug, ging weer naar binnen. Bij de deur kleedde hij zich uit, zijn kleren dropen van het water. Het had inderdaad een week lang geregend.

Hij zette een punt onder de laatste zin, liet een vingerdikke marge onder aan het perkament onbeschreven en rechtte zijn rug. Voordat hij verderging met het volgende blad liet hij zijn blik nog even langs de recht geschreven zinnen glijden, af en toe bewust een woord nalezend als een keurmeester die hier en daar een stukje kaas afsnijdt en proeft. Voorzichtig legde hij het blad opzij, links boven aan de schrijftafel, pakte het volgende vel van het in klad geschreven verslag en legde het precies recht voor zich, boven aan de tafel. Hij pakte van de stapel rechts een nieuw, vers en onbeschreven perkament. Met een linnen doek wreef hij de pennenpunt op, tot die de vertrouwde dofgrijze glinstering had waaraan hij zo gehecht was. Voordat hij de pen in de inktpot doopte, snoof hij even van de volle, goudglanzende geur die eruit opsteeg en die zelfs het bloed in zijn aderen een blauwe kleur gaf als hij hem diep inademde. Voorzichtig zette hij de pot terug, rechts van het perkament, precies gelijk met de bovenkant ervan. Hij doopte de pennenpunt in de inkt tot die half diepdonkerblauw en half dofgrijs-glanzend was, wierp een blik op de eerste zin van het kladverslag, plaatste de vinger van zijn linkerhand onder het punt waar de eerste zin zou moeten beginnen – een vinger dik onder de bovenkant van het perkament – en begon met schrijven. De woorden van de gistermiddag gehouden vergadering klonken nog na in zijn hoofd en hij putte soms meer uit de nog verse herinnering dan uit zijn in klad geschreven verslag. Een tijd lang schreef hij onafgebroken door, steeds na anderhalve zin de pennenpunt opnieuw in de inkt dopend.

Hij begon met de belegering en de overgave van Zierikzee, gisteren uitgebreid besproken binnen het stadsbestuur. Het was alsof het perkament kleiner en kleiner werd, van een klein wit velletje ver onder hem tot minder dan een stipje. Het marktplein was niet veel groter meer dan het perkament daarnet, de hele stad Goedereede verkleinde zich onder hem, tot hij besefte dat hij als een zeemeeuw was opgestegen. Hij vloog in zuidoostelijke richting, dan weer dalend en laag scherend over het water van de Grevelingen-zeearm, tot ongeveer dertig mijl verderop het land van Schouwen zichtbaar werd, met de kleine nederzetting van Nieuwerkerk en daarachter de grote, massieve toren van Zierikzee, anderhalf keer dikker dan de toren van Goedereede.

Daar vond hij hem, baljuw Van Vosbergen, geboeid in de kerker van de toren. De man had met grote moed tot het laatst al zijn geslepenheid ingezet om de stad uit de handen van de Spanjaarden te houden. Hij keek naar hem, gebogen op de houten brits, en vroeg zich af of Pauwel Aerts, de baljuw van Goedereede, zijn stad ook zo zou verdedigen als de Spanjolen net als in Zierikzee een kordon rond de stad zouden trekken. Maar hij steeg alweer op en zag vol ontzetting de gevolgen van de plundering, vloog terug en nam met meer aandacht het geplunderde Nieuwerkerk op, waar vrouwen rouwden om hun gedode mannen en om zo veel meer. Op de terugweg werd hij zich opnieuw bewust van de kleine afstand tussen Zierikzee en Goedereede, voor een vloot minder dan een dag varen onder een stevige westenwind. Terug bij Goedereede scheerde hij langs de muren, zag de bewapende mannen. Zij zochten regelmatig de horizon af, bevreesd om datgene te zien waarvoor iedere burger in Goedereede het hart vasthield: het silhouet van de galjoenen, de klippers en de snelle zeilboten van de Spaanse vloot. Die zagen ze nog niet, maar wel voeren regelmatig de schepen van de vloot langs die de Prins van Oranje had bijeengebracht om Zierikzee te bevrijden – een vergeefse poging –, patrouillerend op de grens van het front tussen het door de Spanjaarden bezette Schouwen en het prinsgezinde Goedereede.

Zo keerde hij terug in de schrijfkamer van het stadhuis. Hij bedacht wat hij zou doen als de Spanjaarden de stad zouden innemen. Zou hij zich verdedigen in een man-tot-mangevecht, of zou hij als stadsschrijver wellicht een waardevolle gijzelaar zijn? Wat zouden ze met Marieke doen – hij had vreselijke dingen gehoord over wat de Spanjaarden met de vrouwen deden – en zou hij wel de moed hebben om te strijden als het eropaan zou komen? Hij zag het al voor zich, de deur opengesmeten door Spanjaarden, hij hier, midden voor zijn schrijftafel, een zwaard uit de wapenkamer in zijn hand, de benen iets uit elkaar, half gebogen, het zwaard met de punt wijzend naar de aanvallers. Drie kwamen er binnen, maar ze aarzelden bij het zien van zijn vastberaden houding. Ze maakten een halve kring om hem heen, braakten raspende Spaanse woorden uit die hem deden beseffen dat de duivelen in de hel ook Spaans spraken, zo duister en bedorven klonken die woorden. Toen een snelle glinstering van zwaarden, staal op staal. Gevoed door een bovennatuurlijke kracht zei hij iets in een taal die hij zelf niet verstond en hij voelde hoe zijn spieren zich staalden, hoe hij in één haal een arm van een van zijn aanvallers afhakte en de kop van een ander. Hij zag de angst in de ogen van de laatste Spanjool, en die angst gloeide dieper toen hij met een paar zwaardslagen de hand van de man bij de pols afhakte. Na twee tellen wachten doorstak hij zijn hart. Hij was weer alleen in de stilte van zijn schrijfkamer, het witte perkament bevlekt met bloedspetters en het hoofd van de ene Spanjool smerig leeglekkend in de hoek van de kamer.

De deur ging opnieuw krakend open en hij zag de grote blauwe vlek op het perkament. Hij besefte dat hij de pen veel te lang op één punt had laten rusten en trok die met een ruk van het papier, in stilte vloekend dat hij nu alles moest overschrijven. Tegelijk draaide hij zich om naar de deur.

De dienstbode van de baljuw stak voorzichtig haar hoofd om de hoek. 'Neem mij niet kwalijk, edele heer, maar de baljuw zou u graag willen spreken. Ik hoop dat het u schikt.'

Hij keek haar een paar tellen aan, keek toen terug naar de blauwe vlek op het papier en zei: 'Zeg hem dat ik aanstonds kom.'

De dienstbode bedankte hem en verdween. Hij pakte een pennenmes en sneed het perkament af, net onder de vlek, zodat hij het kleine witte vel nog zou kunnen gebruiken voor kladaantekeningen. Het gevlekte verslag verscheurde hij. Daarna maakte hij eerst de pennenpunt goed schoon, sloot de inktpot af en legde de inmiddels gedroogde beschreven vellen in de varkensleren map.

De baljuw had voor zover hij wist de hele morgen besprekingen en hij vroeg zich af waarom hij daarbij nodig was. Misschien moest er iets genotuleerd worden, dat had hij eigenlijk aan de dienstbode moeten vragen. Hij besloot een leren map met twee vellen perkament, de ganzenveer en de inktpot mee te nemen, alles achter te laten op het tafeltje in de gang, dan had hij zijn spullen snel bij de hand, en liep de schrijfkamer uit, de trap op. Het stadhuis leek helemaal leeg vandaag, de dienstbode zag hij ook nergens meer. Het licht dat door de ramen viel was grauw en grijs, en hoewel het al tegen de middag liep, was het er nog steeds schemerig. Even daarvoor had hij in de verte gerommel gehoord van een naderende onweersbui. Hij liep de trap op, naar de tweede verdieping, waar de kamer van de baljuw lag, aan het einde van de gang. Toen hij zijn voet daar op de overloop zette verlichtte een felle flits het hele gebouw, de duisternis werd intenser en de donder dreunde dreigend dichterbij.

Hij liep op de tast naar de deur en klopte er stevig op.

De scherpe stem van baljuw Pauwel Aerts klonk door het eikenhout heen. 'Kom binnen!'

Hij opende de deur en gelig licht van een grote koperen kandelaar, waarop zeven kaarsen brandden, flakkerde hem tegemoet. In dat licht zaten twee mannen tegenover elkaar in gemakkelijke leren stoelen: Pauwel Aerts en dominee Alari. Hij groette beide heren en bleef bij de deur staan, de deurklink nog in de hand.

'Kom verder, schrijver,' zei de baljuw. 'Neem hier plaats, schuif die stoel wat bij.'

Hij deed wat de baljuw hem opdroeg en keek zwijgend van de een naar de ander. Alari knikte minzaam naar hem, maar zei niets.

Pauwel Aerts schraapte zijn keel en wilde blijkbaar wat zeggen, maar leek zich weer te bedenken. Hij stond op en schoof op zijn tafel een paar papieren heen en weer, draaide zich om, keek hem aan, zuchtte diep en zei: 'Schrijver, we moeten je betrekken bij het verhoor van iemand die je goed kent. Liever had ik gezien dat dit niet nodig was geweest, maar we hebben geen keuze. Ik wil je niet passeren, en de hulpschrijver erbij betrekken lijkt me ook geen goed plan. Maar ik ben bang dat het je wel enigszins zal raken.'

Hij zei niets, hoorde de baljuw aan, hield de leuningen van de stoel goed vast, zette zijn voeten stevig op de grond en wachtte af wat er komen ging, terwijl hij probeerde de geheimzinnige betekenis van de woorden te doorgronden.

'Laat ik bij het begin beginnen,' sprak de baljuw terwijl hij met een zucht ging zitten. Hij nam een slok uit een grote bokaal wijn die op een tafeltje tussen hem en de dominee in stond, als dronk hij zich moed in. 'Het begon een maand of wat geleden. Mijn vrouw heeft een aantal geiten voor melk, boter en kaas, stuk voor stuk prachtige dieren. Nu kwam zij in gesprek met uw zuster Neele, die ook hier binnen de poorten woont en Neele vroeg haar voor een week een geit te leen. Mijn vrouw, het goede mens, stemde toe, ook al is van deze vrouwen bekend dat ze, op zijn zachtst gezegd, geen goede reputatie hebben.'

Dominee Alari boog zich nu voorover en zei: 'Met

258

"deze vrouwen" bedoelt de heer baljuw Aerts uw beide zusters.'

Hij reageerde niet op deze opmerkingen, bleef onafgebroken de baljuw aankijken.

Na een korte stilte ging deze verder: 'De geit is een week bij Neele Dimmendochter geweest en het dier is inmiddels weer drie weken bij ons terug.'

Uit zijn ooghoeken zag hij dat dominee Alari het hoofd schudde. Hij hief zijn handen iets van de stoelleuningen, weigerde naar de predikant te kijken en keek de baljuw strak aan, die met grote nadruk zei: 'Van de melk van de geit kan geen boter meer gemaakt worden.'

'Vervloekt of betoverd dus,' voegde Alari snel toe.

Na deze woorden keek hij de predikant wel aan. Hij nam diens kop goed in zich op, van de smalle, puntige mond tot de borstelige wenkbrauwen boven de vlakgrijze ogen. Hij keek hem recht in die minne varkensogen tot de predikant de blik neersloeg. Hij hoorde dat de baljuw weer sprak, maar hij verstond hem niet goed.

Er viel een lange stilte. Hij zei niets, keek slechts de baljuw aan.

'Het heeft er dus alle schijn van dat het arme dier onder een vloek verkeert of dat er een duivelse bezwering over is uitgesproken,' zei de baljuw zacht terwijl hij naar zijn in zijn schoot gevouwen handen keek.

'Een ernstige zaak,' sprak Alari. 'Een zeer ernstige zaak, een bevestiging van wat ik reeds voorvoelde. Er is een kwaad binnen de muren van deze stad aan de gang.'

De baljuw keek de dominee aan en knikte. 'We zullen dan ook de procedure moeten volgen om vast te stellen of hier inderdaad kwade machten achter zitten, of deze vrouw, eh, uw zuster, zich inderdaad bediend heeft van de boze. En in dat geval zullen we passende maatregelen moeten treffen.'

'Als we nu niet handelen, zal het kwaad zich uitbreiden,' zei Alari. 'Groter en groter worden en dan zal God in de hemel ons straffen. Want we weten toch uit de Schrift dat de zonden van een volk schreeuwen tot God en als de maat van de zonden vol is, zal de toorn van de Almachtige ontbranden. God verhoede dat dit ook ons lot zal zijn.'

Hij keek naar de baljuw en zag opeens hoe gespannen de man eruitzag en hoe zwaar dit alles hem moest vallen. Het vervulde hem met een zekere tevredenheid, want daarin zag hij in ieder geval ook iets weerspiegeld van de waarde die de baljuw aan hem als stadsschrijver hechtte. Voor het overige voelde hij zich alsof de dingen zich buiten hem afspeelden. Hij lag op de bodem van een diepe vijver en de woorden rimpelden langs de oppervlakte, Alari en de baljuw waren eenden die als schaduwen langs gleden. Daar op de bodem dacht hij aan Neele. Haar vloek had Marieke getroffen, had die nu weer toegeslagen? Maar hij voelde niets. Hij lag als dood op de bodem.

Pauwel Aerts stond op en hij volgde het voorbeeld van de baljuw.

'Wilt u de verslaglegging van het verhoor verzorgen?' vroeg de baljuw. 'Wij zullen samen met de schoutsjongens de verdachte nu gaan halen. Het recht moet zijn loop hebben. En aangezien de verantwoordelijkheid daarvoor bij mij ligt zal ik de rechtszitting voorzitten, hoewel ik besef dat ik daarin ook enige afstand te houden heb, aangezien het mijn vrouw betreft die getroffen is door deze zaak.'

'Ik zal aanwezig zijn om u daarin te ondersteunen,' zei Alari, die was blijven zitten, snel.

Hij knikte en vroeg: 'Zal de rechtszitting in de grote vergaderzaal zijn?'

'Ja,' zei de baljuw. 'Gaat u daar maar alvast de zaak in orde maken. De dienstbode heeft de kandelaren al aangestoken als het goed is. Ik zie u daar binnen enige ogenblikken.'

Hij maakte een lichte buiging, verliet de kamer, pakte zijn schrijfspullen van het tafeltje en liep de trap af. Hij ging de grote vergaderzaal binnen, waar inderdaad de kandelaren al brandden en de dienstbode zojuist enige kannen bier en een aantal bekers had neergezet op de grote houten tafel.

Buiten knetterde een zware donderslag, zodat het glas in de sponningen trilde. De bliksemflits was zo fel dat de contouren van de ramen op zijn netvlies bleven branden. Zacht sisten de lonten en de zware geur van de was- en honingkaarsen verspreidde zich in de vergaderzaal. Hij legde zijn schrijfspullen neer op de schrijftafel, in de hoek schuin achter de vergadertafel. Even bleef hij staan, maar liet zich toch in de grote leren stoel achter de schrijftafel zakken.

Opnieuw bliksemde het, en tegelijkertijd was er een metaalachtige donderslag. Hij stond op, zette een paar stappen in de richting van het raam, bleef staan, keerde terug en ging toch weer zitten. Hij schikte zijn papier, controleerde bij het kaarslicht de punt van de pen, en liep weer naar het raam.

Buiten was het vrijwel geheel donker, al moest het ergens net na het middaguur zijn. De bliksem flitste onophoudelijk en de donder had zich aaneengeregen tot een constant gerommel dat iets weghad van het grommen van een immens roofdier, diep in de aarde.

De regen viel onverwacht hard en roffelde tegen de ruit. In het raam zag hij zijn eigen spiegelbeeld, een duister silhouet tegen een achtergrond van flakkerende kaarsvlammen. Zo was het ook, bedacht hij. Zijn leven bevond zich achter een flinterdunne afscheiding, met buiten de duisternis en het noodweer. En binnen was hij slechts een donker silhouet, een donker omhulsel. Hij voelde zich los en leeg, als losse en lege onderdelen van iets wat eigenlijk in elkaar zou moeten passen. En tegelijkertijd voelde het ook alsof dit het moment was waarmee hij altijd al rekening had gehouden, waarvan hij wist dat het ooit zou komen en ook dat het altijd onverwacht zou komen, van een onverwachte kant en uit een onverwachte hoek. Nu was het er. Zou het ook zo zijn als de dood kwam? Iedere dag komen we een stapje dichterbij, al leek de dood soms juist gewoon achteruit te schuiven. Maar opeens zou hij er zijn, onverwacht, en zou het dan ook zo voelen? Zou dan de gedachte aan al die momenten waarin je aan de dood gedacht had, zich samenballen tot één moment van bewustzijn, van besef dat er geen ontkomen aan was? Hij draaide zich met een ruk om en liep terug naar de schrijftafel. Ging zitten. Stond na een tijdje weer op. Schonk een beker bier in en zette die alvast op de schrijftafel. Nam een slok. Ging zitten.

Net toen hij weer wilde opstaan waren er voetstappen op de trap. Stemmen, de scherpe stem van de baljuw boven alles uit, de deur ging open. Hij ging staan terwijl ze binnenkwamen: de baljuw, de dominee, twee schoutsjongens.

Zijn zus Neele.

In het ene moment dat ze hem aankeek zag hij dat de donder en de bliksem in haar ogen waren gekropen en hij wendde zijn blik snel af. In zijn zak gloeide het, de hitte maakte dat hij verschoof op zijn stoel, het was alsof hij losschoot van de bodem en weer omhoogkwam.

De baljuw legde zijn doornatte mantel af en gooide die over een stoel die tegen de muur stond. Hij nam plaats achter de grote tafel en gebaarde dat de schoutsjongens Neele recht tegenover hem aan de andere kant van de tafel moesten neerzetten. Dominee Alari ging naast de baljuw zitten. Een van de dienstbodes kwam binnen en schonk voor iedereen een beker bier in. Daarna trok ze zich snel terug en sloot de deur achter zich.

Er viel een stilte en hij bekeek zijn zus nu van de zijkant. Hij zag hoe haar schouders zich spanden, hoe ze de handen van de schoutsjongens van zich afschudde en hoe de bliksem in haar ogen neersloeg op de baljuw, die opnieuw gebaarde dat ze moest gaan zitten.

Ze bleef staan en toen een van de schoutsjongens haar in de stoel probeerde te duwen, sloeg ze weer zijn hand weg, met een scherpe klets van huid op huid. Opnieuw bliksemde het, zowel buiten als binnen. De schoutsjongen aarzelde, keek naar de baljuw en deed toen met tegenzin een stap terug waarbij hij zijn ogen neersloeg en de blik van Neele vermeed, die nog steeds op hem gericht was.

Hij besefte dat hij geacht werd het verslag van deze bijeenkomst te maken en snel haalde hij de stop van de inktpot, legde een schoon vel perkament voor zich neer en pakte zijn pen. Hij noteerde de datum en de namen van de aanwezigen boven aan het blad, en toen hij dat gedaan had was de baljuw al begonnen. Vanuit zijn zittende houding keek de baljuw op tegen Neele en na enige aarzelend uitgesproken zinnen ging hij ook staan. Alari volgde zijn voorbeeld.

Zo lichtte de baljuw toe waarom hij hier ter plaatse, op deze datum en onder deze omstandigheden Neele Dimmendochter voor een verhoor had laten halen. Van haar wilde hij nadere bijzonderheden te weten komen over de situatie waardoor een van de geiten van zijn vrouw – hij noemde haar niet 'mijn vrouw', maar sprak over 'de vrouw des baljuws dezer stede' – niet meer in staat was melk te leveren waarvan boter kon worden gemaakt. Hij memoreerde hoe inmiddels genoegzaam bekend was dat dit voorwaar een teken kon zijn van vervloeking of hekserij. Dat werd bevestigd door de geestelijk leidsman hier ter stede, predikant Alari, en hij gaf hierin deze ook graag het woord.

De woorden waren als de koude regen tegen de ruit en liepen langs zijn rug naar beneden, een koud spoor trekkend op de blote huid onder zijn kleren.

Alari gaf daaraan graag gehoor en zette uitgebreid uiteen hoe het algemeen bekend was dat de duivel zijn invloed liet gelden door mensen die hem dienden, die zijn duistere krachten en het kwaad uitstortten over medemensen.

Hij schreef mee, de woorden snel op papier samenvattend, zich concentrerend op de pen, de inkt, de woorden. Hij keek af en toe even op, naar Neele, die daar zwijgend stond tegenover de twee staande heren. Haar schouders had ze iets naar achteren getrokken, hij zag haar borsten naar voren duwen onder haar natte mantel en ze keek onafgebroken naar degene die aan het woord was. De baljuw daarentegen stond wat voorovergebogen, keek naar een klein velletje papier dat voor hem op de tafel lag en keek af en toe op naar haar, om meteen weer naar beneden te kijken. Als Alari sprak keek hij Neele helemaal niet aan, maar staarde naar de muur achter haar. Dat deed hij ook in de kerk als hij preekte, alsof hij ergens daarachter een gat in de muur had ontdekt waardoor alleen hij een glimp van de hemel kon opvangen.

Hij trok de kraag van zijn hemd wat losser, het begon warm te worden hier binnen. Een felle flits verlichtte de kamer, een metalige klap leek de markt te splijten, de vloer trilde onder zijn voeten. Zijn pen schoot uit, de bliksemstraal zette zich voort op het papier. Hij keek op, zag dat Neele naar hem keek, haar ogen waren als doffe vensters van een oven, hij zag het smeulende vuur achter het beroete glas en snel zocht hij houvast bij zijn schrijfwerk, zijn gedachten op afstand houdend met grote krassende halen van de ganzenveer.

Hij verwonderde zich over de korte antwoorden van Neele op de lange betogen van de baljuw en Alari, voelde hoe haar boosheid de hele kamer vulde, zodat die ervan overliep. Toen ze iets onverstaanbaars fluisterde viel hem op dat de stem van de baljuw stokte en deze een stap achteruit deed, en dat Alari's hand even opveerde, in de oude reflex om een kruisje te slaan, maar met gereformeerde discipline wist de predikant die beweging te beheersen.

Toen nam Alari opnieuw het woord en hij schreef mee. De verdachte zou een test moeten ondergaan om vast te stellen of ze daadwerkelijk de geit betoverd had. Ze moest diezelfde geit melken, van de melk zou een handvol druppels in een andere emmer melk worden gedruppeld, en als die melk dan op slag veranderen zou in room of boter, dan, ja dan zou de hemel zelf er getuige van zijn dat er sprake was van toverij en duivelse bezwering, dat er Godonterende rituelen waren verricht. En dan zou de schuld van de verdachte onomstotelijk vaststaan. De haartjes op zijn arm gingen overeind staan terwijl hij schreef, en zijn eigen skelet leek koud op te gloeien in het binnenste van zijn vlees. Zijn hand zocht het kruisje onder zijn hemd, maar ook dat gaf geen verlichting en zelfs het duiveltje in zijn zak bleef kil, alsof alles de adem inhield.

Hij greep zich vast aan de letters, pinde zijn ganzenveer in het papier als een mast waaraan hij houvast had op het hellende dek van een schip. Hij bleef op het papier kijken, ook toen de zitting beëindigd werd om de verdachte naar de geit te brengen, die in bijzijn van de baljuw en de schoutsjongens moest worden gemolken. De predikant bleef achter, maar verliet na korte tijd ook de kamer. Hij was weer alleen, de ramen smeulden na op zijn netvlies door een nieuwe bliksemflits, nog even dichtbij als daarnet.

Na een tijd begon hij zich af te vragen waarom het zo lang duurde. Een geit melken kostte toch niet zo veel tijd. Hij stond op, liep naar het raam waartegen nog steeds de regen goot terwijl het duister begon te vallen, vervroegd door de donkergrijze wolken. Beneden in het stadhuis sloeg een deur dicht, er kwamen voetstappen de trap op. Hij liep terug naar de schrijftafel, schrok toch nog bijna van de openvliegende deur waardoor een doornatte baljuw naar binnen struikelde. Achter hem een schoutsjongen met een emmer, dan de andere schoutsjongen met Neele en direct achter hen de predikant.

Hij zette zich achter zijn schrijftafel en schoof de papieren en de inktpot wat heen en weer op het verweerde hout. De bliksem verlichtte de ruimte, zodat de toch ruim van kaarslicht voorziene kamer duister leek.

Terwijl de baljuw zijn natte mantel afwierp en om de tafel heen liep, zijn plaats weer innam, toch weer opstond en de kandelaar met de kaarsen die op tafel stond wat dichterbij schoof, keek hij vanachter zijn tafel naar zijn zus, die haar ogen onafgebroken op de baljuw richtte. Hij zag hoe de baljuw bleef staan, onzeker naar de predikant keek, het woord nam en de zitting opnieuw opende, nadat 'de verdachte onder toeziend oog van de baljuw en twee schoutsjongens dezer stede de geit waarvan vermoed wordt dat deze door verdachte is vervloekt, betoverd of beguicheld, heeft gemolken en dat die melk nu hier ter zitting is, zodat de proefneming uitgevoerd kan worden.'

Hij noteerde snel de belangrijkste woorden, terwijl hij uit zijn ooghoeken zag hoe Alari oprees, de handen gevouwen voor de borst en de ogen half gesloten. Hij luisterde hoe de predikant met trillende stem de aanwezigen opriep om zich te verootmoedigen voor God, de Almachtige, wiens macht alle duivels uit de hel te sterk is en op wie ze ook in dit uur van gerechtigheid en waarheid hun vertrouwen zouden stellen. Daarop ging Alari voor in gebed.

Hij legde zijn ganzenveer neer, vouwde de handen en boog zijn hoofd, maar kon het toch niet laten om halverwege het gebed voorzichtig omhoog te kijken naar zijn zus. Zij stond met open ogen en een spottende blik naar de gebogen hoofden van de baljuw en de predikant te kijken. Opnieuw bliksemde het, en het leek alsof het felle licht rechtstreeks uit haar ogen kwam en de donder van onder haar voeten vandaan. Hij sloot zijn ogen en kneep zijn gevouwen handen samen, schuilde toch tegen wil en dank onder de tot God gesproken woorden. De vloek die Neele over Marieke had uitgesproken en die haar onvruchtbaar had gemaakt stond hem scherp voor ogen.

Toen hij na het 'amen' zijn ogen opende zag hij hoe Alari al ongeduldig naar de schoutsjongen wenkte. Deze zette de emmer met melk op de tafel, voor de predikant. Hij zag nu pas dat er een tweede emmer was, halfvol melk. Had de dienstmeid die gebracht?

Alari pakte de tweede emmer, draaide die rond, toonde de aanwezigen dat daarin echte romige melk zat en zette daarna ook deze emmer op de tafel. De twee emmers, de kandelaren, de woorden op de achtergrond, de bliksemende ogen van zijn zus. Toen was het plotseling stil en werd hij gewaar dat de anderen de kamer verlieten, de schoutsjongens met Neele eerst en daarna de baljuw. Hij stond ook op, zag dat Alari met een instemmend geknik hun vertrek begeleidde. De deur werd gesloten en ze stonden bij elkaar op de overloop, onder een walmende olielamp aan de wand. Door de deur klonk een Latijns gebed, zo hard uitgesproken dat ze het woordelijk konden volgen. De predikant sprak nog luider, gilde bijna de woorden: 'In naam van Jezus Christus, de Rechtvaardige, druppel ik deze door Neele Dimmendochter gemolken druppels in het edele vocht van deze melk. Nu zal aan het licht komen of zij een kind des duivels is of niet! Amen, ja amen!'

Onder zijn hemd stond het haar op zijn lijf rechtop en zijn gebit klapperde in een plotselinge vlaag van rillerigheid.

Achter de deur klonk een wilde kreet van afgrijzen die hem deed verstijven. Hij staarde naar de eikenhouten deur, die nu wild werd opengeworpen. Erachter verscheen Alari. 'Zie hier!' brulde de predikant. 'Zie! Hier!'

De emmer. Hij stapte naar voren om er goed zicht op te krijgen.

De witte, romige melk was verdwenen.

Gelig blonken de klonten boter hem tegemoet.

Achter hem gilde Neele woorden die hij niet verstond, de baljuw schreeuwde erdoorheen, de schoutsjongens duwden. Hij worstelde zich uit de kluwen mensen, zocht houvast bij de schrijftafel, durfde niet naar zijn zus te kijken, maar voelde desondanks met zekerheid hoe de bliksem die de kamer leek te splijten rechtstreeks uit haar ogen spatte.

Ze waren weg, de kamer was leeg. Waar Neele was, wist hij niet. Hij zat aan de schrijftafel en maakte nog wat aantekeningen. Alari's stem klonk, maar hij reageerde niet, vestigde zijn aandacht op het papier. Opnieuw klonk de stem, hij keek op, vroeg wat de predikant zei.

'Ik vraag je om ook te vertrekken,' zei de predikant.

Hij wist niet waarom hij een kriebel in zijn nek voelde, waarom hij zich plotseling bewust werd van een trilling in de stem van de predikant. Maar het was alsof hij nu iets zag wat hij daarnet over het hoofd had gezien. Hij stond op, was nu op gelijke hoogte met Alari en zei: 'Ik blijf hier om mijn schrijfwerk af te maken, eerwaarde.' Hij wenkte een van de dienstbodes, die de twee emmers kwamen halen. 'Begeleid onze predikant even naar de deur, wil je?' Hij legde zijn arm op de schouder van de predikant, duwde hem voorzichtig maar vastbesloten naar de deur en groette hem.

Zelf liep hij terug naar de schrijftafel, maar draaide zich onverwacht met een ruk om en keek opnieuw door de deuropening.

Hij zag de predikant daar nog staan en een onrustige blik op de tafel werpen waarop de melkemmers hadden gestaan. Hij liep terug naar de deur, sloot deze voor de neus van de predikant en wachtte tot hij hoorde dat de voetstappen zich verwijderden en op de trap wegstierven.

Daarop liep hij naar de tafel en trok het kleed dat erover hing omhoog.

Hij viel op zijn knieën, terwijl hij een emmer onder de tafel vandaan trok. In de emmer klotste witte melk. Hij kon een kreet niet bedwingen, probeerde vat te krijgen op zijn gedachten, maar die gingen te snel. Hij rook hoe van onder de tafel een bloedrode geur opwalmde, de geur van verraad en dood, en hij voelde hoe zijn eigen rode bloed steeds sneller door zijn aderen joeg. Hij sprong op, rende de overloop op, de trap af, op zoek naar de baljuw.

Hij vertelde hem alles en voerde de baljuw zo snel mogelijk mee terug naar boven.

Op de trap kwamen ze de predikant tegen, diens gezicht lichtte lijkwit op in het duistere trappenhuis.

Toen hij de kamer binnenliep en onder de tafel keek, was de emmer verdwenen.

Het was broeder Anselmus die hem stuitte in de vaart waarmee hij de markt overstak. 'Ik heb in de bibliotheek een boek gevonden dat u zal interesseren, schrijver,' zei hij. Daarop deed de geestelijke een stap achteruit en keek hem oplettend aan. 'Wat is er met u aan de hand?'

Hij schudde zijn hoofd. 'Niets, broeder, niets.' Hij keek om naar het stadhuis, had een plotselinge aandrang om snel uit het zicht van de ramen te zijn, zag op tegen een thuiskomst met een gretig vragende Marieke en greep Anselmus bij de arm, terwijl hij hem meetrok, de markt over in de richting van het klooster. 'Laat zien dat boek van je.'

'*Tractatus contra demonum invocatores*' stond er op het schutblad van het dunne boekje dat Anselmus haast eerbiedig naar hem toeschoof. Hij liet zijn vinger langs de zorgvuldig geschreven tekst glijden en vertaalde prevelend: 'Traktaat tegen duivelbezweerders.'

Hij zocht naar de naam van de schrijver. Die stond midden op het blad, vlak onder de titel, met zwierige, opzichtige letters. 'Jean Veniti'.

Voorzichtig sloeg hij de bladzijden om, tot hij ergens op een kwart van het boekje begon te lezen. Het was een betoog tegen heksen, begreep hij al snel. Veniti ging tekeer tegen verdorven vrouwen, tegen duivelse rituelen en bezweringen.

'Hoe kom je hieraan, Anselmus?' vroeg hij, terwijl hij doorbladerde.

'Alari is hier geweest, een tijdje terug. Hij kwam bijna dagelijks. En pas vanmorgen ontdekte ik dit boekje. Hij zat hier steeds aan deze tafel en had het blijkbaar in de lade gelegd, want daar vond ik het. Hij had het nog niet uit, kijk maar, er ligt nog een bladwijzer bij.'

Bij het horen van Alari's naam voelde hij hoe zijn spieren zich spanden. Hij haalde diep adem en opende het boek bij de bladwijzer. Hij sloeg wat bladzijden terug en las: 'hoe ik getuige was van een heksensabbat.'

De woorden bewogen en leken in optocht zijn aandacht mee te voeren naar de tekst die volgde. Hij viel er middenin en terwijl hij las was het alsof hij weer de stem van de predikant hoorde, toen ze voor het haardvuur zaten: 'Het was op een avond, lang geleden, toen ik in het duister terugkeerde naar mijn woonplaats en daarbij een duister bos doorkruisen moest. Reeds was er geen tijd meer om terug te keren en de nacht viel terwijl ik daar bij het licht van de volle maan mijn weg zocht. Toen zag ik een schijnsel als van vuur en ik richtte mijn schreden tot die plaats. Wat ik daar zag tartte elke beschrijving. Ik zag daar een groot vuur en daaromheen een kring van halfnaakte vrouwen, die dansten in het duister en een lied zongen dat mij door merg en been ging...'

Hij sloeg een stuk tekst over, zag hoe de schrijver exact het verhaal vertelde dat hij van Alari had gehoord. De bok, de gruwelijke taferelen, alles stond erin en hij begon te beseffen dat Alari gelogen had, dat hij het nooit zelf had meegemaakt, dat hij het hier in zijn bedorven geest had opgenomen, zittend aan deze tafel.

Alari loog en bedroog en zo-even had hij ook gesjoemeld met de melkproef. Zijn zus was onschuldig, hij had erbij gezeten en was te laf geweest om haar te verdedigen. De verdwenen emmer was geen reden geweest om het erbij te laten zitten. Hij wist nu beter. Waarom had hij niet geprobeerd haar te redden? Hij walgde van zichzelf, wenste dat hij dood was, dat er een uitweg was.

Anselmus sprak weer, maar hij hoorde niet goed wat de man zei. Hij knikte, stamelde iets, liep de bibliotheek uit, zonder verder op of om te kijken naar buiten. In zijn zak brandde het duiveltje en meer dan ooit besefte hij dat hij zelf schuldig was en niet zijn zus Neele. Hij was schuldig aan verraad, aan lafheid, aan het vasthouden aan zijn positie ten koste van zijn eigen zus. Hij nam zich voor om nu, op dit moment, naar de baljuw te lopen en hem de waarheid te laten inzien. Hij liep met grote passen door de Pieterstraat, de markt op, het stadhuis binnen.

De baljuw was er niet. 'Hij is net vertrokken,' zei de bode. 'Naar Ouddorp.'

Besluiteloos bleef hij staan. Hij liep naar de schrijfkamer, maar keerde direct op zijn schreden terug en liep weer naar beneden. Frisse lucht moest hij hebben. Hij liep naar buiten, de brug over, naar de Zuidpoort. Buiten de poort nam hij het smalle paadje, onder de muur langs, in de richting van de zee. Niet veel later liep hij door de brede rietkraag naar de smalle zandrichel die zich als een uitrollend kleed door de jaren heen steeds verder in de zee had begeven. Aan de rand van het water bleef hij staan. Hij was alleen, de zee brak op het zand, het riet ruiste achter zijn rug, de lucht boven hem was bewolkt met ijlblauw tussendoor en hij was hier alleen.

Eenzaam.

De wereld schoof aan hem voorbij, als een krakend koopvaardijschip en hij was buitengesloten. De dingen gingen hun weg en hij had niet de macht ze te stoppen.

Nu loog hij en hij wist het. Hij had macht. Hij had de macht van de waarheid. Maar als hij die zou inzetten zou de prijs hoog zijn. Hij zag het precies voor zich: hoe hij de baljuw zou overtuigen van de onschuld van Neele, hoe Alari, met een beroep op alles wat maar heilig was, desondanks zou volhouden. Hoe de baljuw in de knel zou komen en uiteindelijk toch tegen hem zou kiezen – hij was immers de broer van een heks? En hoe het hem uiteindelijk zijn baan zou kosten. En dus ook Marieke, want daar twijfelde hij niet aan.

Hij kreunde. Dat vervloekte duiveltje in zijn zak! Dat bracht hem tot al die slechtheid! Hij rukte het tevoorschijn, keek ernaar terwijl het in zijn geopende handpalm lag. De oogjes van het houtsnijwerkje glinsterden, de tanden blikkerden, het lachte om zijn lafheid en zijn ellende.

Hij balde zijn vuist en wierp het weg, de zee in. Tenminste, dat wilde hij doen, maar zijn vuist bleef gesloten. Hij stak zijn hand weer in zijn zak, het liet zich niet weggooien.

Langzaam liep hij terug naar de Zuidpoort. Toen hij de markt weer overstak hoorde hij achter zich hoefgetrappel. Toen hij omkeek zag hij de baljuw komen aanrijden en afstijgen voor het stadhuis. Hij rilde, balde zijn vuisten in zijn zakken, draaide zich om en liep naar huis.

Neele vertrok uit Goedereede. Hij sprak haar niet meer voor ze wegging. Hij hoorde van anderen dat ze naar Zierikzee was gegaan, maar waar ze precies woonde hoorde hij niet.

Marieke was opgetogen. 'Weg met de heksen!' zei ze. 'Hoe verder weg, hoe beter.'

De woorden waren als een scheut alcohol in een open wond.

21

1579

Hij liep moeizaam omhoog tegen de rulle zandhelling van het laatste duin. Tussen de hoge duindoorns en vlierbessen hing een warmte die het zweet langs zijn rug liet stromen. Het viel hem op hoe snel het hier was dichtgegroeid. Hoelang was het geleden dat hij zich buiten de stad had gewaagd? Boven aan het duin moest hij zich tussen de takken doorworstelen. Hij liet zijn blik over het brede strand gaan en genoot van de frisse zeewind die hem hier langs de bezwete kop woei. Hij wilde dat die wind zijn kop leeg kon blazen, zijn ene oor vol op de wind en dan door zijn andere oor alle gedachten één voor één eruit. Weg dwarrelend tussen de takken van de vlierbomen, omhoog buitelend met de om de duintoppen en over het eiland wervelende wind, in rechte lijn terug naar de stad, om de muren waaiend en dan voorgoed verdwijnend in het schuimende gat tussen Goedereede en het eiland Flakkee.

Maar ze verdwenen niet, ze bleven bij hem. Vaak leek het of hij de hele dag door mul zand liep, moeizaam vooruitkomend, soms terugzakkend, altijd hard werkend om een kleine vordering te maken.

Stap voor stap liep hij naar beneden, tot hij op het strand uitkwam. Hij liep verder over het brede strand, door het mulle gedeelte onder aan het duin, over het halfvochtige deel in het midden. Dat brak uiteindelijk toch onder zijn gewicht en eigenlijk vond hij dat vervelender dan het mulle zand, omdat je de illusie had dat het hard was, terwijl je verder wegzakte. En dan over het laatste, harde deel tot aan de vloedlijn, waar je opgelucht kon voortstappen en het leek of je harder liep dan ooit, zeker als je al een uur door al dat mulle spul had geploegd. Hij ademde de zoutige geur van de zee, die altijd groengelig aandeed, diep in zijn longen tot hij zelfs de puntjes daarvan strak voelde staan. De toren van Den Briel was net te zien boven de duinenrij van het eiland Voorne, een paar mijl verderop. Hij bleef staan, recht tegen de wind in kijkend tot zijn ogen traanden. Daar stond hij, in het donker van zijn eigen gedachten met om hem heen de wind, de zee, het strand. Hij wenste dat hij hier echt helemaal kon zijn zonder die altijd alles overschaduwende aanwezigheid van het labyrint van zijn leven, waarin hij steeds verder verdwaalde en verstrikt raakte, en waaruit geen uitweg te vinden was. Elke keer als hij een besluit nam en dacht dat daardoor problemen werden opgelost, zaken helderder werden, dat hij onafhankelijker werd van al die krachten die op hem inwerkten, bleek het slechts een droom en liep de weg toch weer verder de helling af en wolkten donkerrode geuren omhoog.

Zo stond hij daar en hij begreep dat het zinloos was om alles te willen vergeten, om niet meer te denken aan de constante dreiging die in de lucht hing, uitgesproken en onuitgesproken door *de mensen*. De verdachtmaking van zijn zussen. Hij dacht terug aan zijn aanvankelijke opluchting toen Neele vertrokken was uit Goedereede en het niet tot een veroordeling was gekomen. Hij liet zijn gedachten van Neele overspringen naar de andere heks: Nynke. Over haar hadden de mensen het vooral, wist hij. Toch kreeg hij er geen vat op, hij wist zelf ook niet wat nu eigenlijk zijn positie was ten opzichte van haar, maar hij begreep ten diepste wel dat de mensen tegelijkertijd een mateloze bewondering hadden voor Nynke, zelfs in hoge mate een vorm van angst, maar haar ook verafschuwden. Hadden ze een ziek kind of een koe die geen melk meer gaf, een zweer op hun arm of verstopte darmen, dan wisten ze niet hoe snel ze naar de hofstee moesten gaan voor een van Nynkes middeltjes of adviezen. Maar als datzelfde kind ziek werd nadat het toevallig op de markt met Nynke had gepraat of per ongeluk haar had aangeraakt, dan ging al snel het verhaal dat Nynke een vloek over dat kind had uitgesproken. Hij probeerde een standpunt in te nemen, ergens een vast uitgangspunt te vinden, maar het lukte hem niet. Er was geen houvast. God hielp hem niet, niet meer zoals vroeger in ieder geval. In stilte vervloekte hij die hele nieuwe leer, die voor hem het hart uit de godsdienst had gesneden. Hij dacht aan de manier waarop hij zich keurig voegde naar de vormen en gedragingen die hoorden bij de 'reformatie', zoals de nieuwe leer werd genoemd. Hij zag de kale kerk weer voor zich waar hij iedere zondag trouw luisterde naar de preken van de opvolger van Alari, Albertus. Alari was na een onduidelijk conflict met het gemeentebestuur afgezet en vertrokken, terwijl hij het schip waarmee hij wegvoer nog gebruikte als preekstoel om hel en verdoemenis over deze verdoemde stad af te roepen. Hij wenste van harte dat het schip buitengaats zou vergaan, met die vervloekte huichelaar aan boord, en afzinken naar die hel waarover hij zo woest preekte. Hij verlangde terug naar de warme sfeer van wierook en de plechtigheid van de rituelen van de mis, naar alles waarin hij God had leren kennen en waarin Christus zich aan hem had geopenbaard. Maar nu was er de reformatie, en God was hij kwijtgeraakt.

Hij had er een keer met Nynke over gesproken, want met Marieke kon hij daar niet over praten. Die zei heel simpel dat de nieuwe leer gewoon de juiste leer was en dat hij verder niet moest zeuren. Dat hij overal veel te veel over nadacht. Maar Nynke had de diepte van zijn vraag beter gepeild en was met hem naar buiten gelopen, waar op dat moment een heldere zomerzon scheen onder een warmblauwe hemel. Hij kon zich niet goed meer herinneren wat ze precies had gezegd, maar de strekking van haar woorden wist hij nog wel, want die hadden hem diep geraakt en bemoedigd. Ze had hem gevraagd of hij begreep hoe dit alles om hen heen tot stand was gekomen. Of hij snapte hoe de natuur werkte en of hij de geheimen van de geneeskrachtige werking van de verschillende kruiden kon verklaren. Toen hij aangaf dat hij dat natuurlijk niet kon, had ze gezegd dat ze daarom een diepe afkeer had van al die mensen die precies tot in de puntjes wisten hoe God wel en hoe Hij niet werkte. Van die mensen die God in een strak schema van uitleg plaatsten en die Hem daarmee tevens bonden aan allerlei menselijke interpretaties. Ze had gezegd dat ze niets tegen die monnik Maarten Luther had en dat hij vast en zeker God had ontmoet in zijn zoektocht, maar dat daarmee niet was gezegd dat God zich in de moederkerk niet aan mensen bekendmaakte. Dat wist ze uit ervaring, had ze gezegd en iets in haar toon op dat moment had hem diep geraakt, hem nog verder in verwarring gebracht over haar. Maar ook had ze gezegd dat die monnik op veel terreinen wél gelijk had, want dat de moederkerk daar de weg was kwijtgeraakt.

Hij besefte dat haar woorden hem vooral bemoedigd hadden, omdat ze het hele probleem draaglijker maakten. Minder scherp. Dat God niet gebonden was aan vormen en rituelen, dat God Gód was en dat een mens niets van Hem kon begrijpen of verklaren.

Zijn gedachten cirkelden vrij rond, eindeloos verder tot hij niet meer wist wat hij dacht, maar er alleen maar was, staand op het strand, de wind rond zijn kop, zijn voeten langzaam wegzakkend en zich vastzuigend in het vochtige zand.

Toen hij iets van verandering bespeurde deed hij zijn ogen open. Hij knipperde even tegen het licht, maar zag slechts een wolk waarachter de zon nu in één keer schuilging, wat de plotselinge kilte verklaarde die over hem was gevallen. Die wolk was het bovenste deel van een immense donkergrijze massa die vanuit het niets al tot halverwege het zwerk was opgerukt. Hij probeerde te begrijpen hoe dit kon, hoe wolken zo snel aan de hemel konden oprukken, toen hij in de verte het licht op het water zag veranderen. Zijn blik werd getrokken naar een witte veeg over het groenblauwe water, dat nu donker kleurde onder die wolken. Toen hij begreep wat het was – witte kopjes op de door de wind plotseling opgezwiepte golven – had de punt van de windvlaag hem al bereikt. Die rukte met één beweging zijn hoed van zijn hoofd en had als dat mogelijk was geweest, met zijn mantel zeker hetzelfde gedaan. Hij realiseerde zich het gevaar waarin hij verkeerde, hier zomaar open en bloot aan de vloedlijn met de naderende storm recht voor zich. Hij trok met moeite zijn voeten los uit het zuigende zand en begon naar de duinen te rennen. De wind schoot onder zijn mantel, zodat die over zijn hoofd geblazen werd en voor hem uit wapperde, zodat het zicht hem ontnomen werd en hij twee handen nodig had om het kledingstuk weer in bedwang te krijgen. Eindelijk bereikte hij de duinen-rij. Hij rende door, omhoog zwoegend terwijl achter hem de zee was losgebarsten in een bijna dierlijk ge-brul en zout schuim hem om de oren vloog. Het leek of de takken hem wilden grijpen, tegenhouden, naar het strand terugduwen. Maar hij wist zich naar boven te worstelen, over het kale hoogste punt van het duin heen, waar een keiharde straal zand in zijn nek woei. Hij wierp zich voorover, van de steile duinhelling af, de luwte in. Daar bleef hij liggen, terwijl de zwartheid van de lucht zich met de snelheid van de storm boven hem uitbreidde. Hij kroop achter een dikke vlierstruik, zijn ogen knipperend tegen het rondstuivende zand en sloeg zijn mantel over zijn hoofd. De gedachte aan zo-veel jaar geleden, toen hij als jongen gevlucht was voor Nynke en zij hem in het donker van de nacht toch had weten te vinden, kwam bij hem op. Nooit had hij kun-nen verklaren hoe ze hem toen gevonden had en hij bedacht dat ze misschien ook nu wel zou weten dat hij hier zat. Hij vroeg zich af waarom die gedachte hem troostend voorkwam, maar voordat hij daar verder over kon nadenken, sprong hij in een reflex op, om-dat een dikke tak naast hem neersmakte, als door een reuzenhand gesmeten. Hij daalde verder het duin af, maar zelfs onder in het duindal wervelde de wind rond met onvoorstelbare kracht. Er zoefde iets zwarts door de lucht, vlak langs zijn hoofd, hij viel voorover tussen de takken, krabbelde wild op en begon zo snel hij kon te rennen. Boven op het volgende duin greep de wind hem en hij voelde hoe hij even los kwam van de grond. Twee meter lager viel hij hard tussen de takken. Weer stond hij op, wild de takken wegbuigend en brekend, worstelend, struikelend, rennend. Achter de duinen kwam hij terecht in het half begroeide, gorsachtige gebied dat doorliep tot aan het duivelsbos. Zijn paard zag hij nergens meer, het dier zou zich wel in paniek hebben losgerukt. De wind pakte hem halverwege het gors en hij buitelde bijna over de kop door een zijwaartse windstoot.

Hij wist met moeite het bos te bereiken, waar de dikke stammen eindelijk beschutting boden tegen de ergste kracht van de storm.

Hij liep door, verder het bos in, het leek er wel nacht. Plotseling bleef hij staan. Daar tussen de takken, zelfs in het duister zichtbaar, zag hij een witte rookpluim opstijgen. Tegen de wind in, zijn kant op. Hij gilde het uit, hoorde zijn eigen stemgeluid boven de storm uit als dat van een vreemde, wankelde terug, tegen de wind in, weg van die rook. Hij riep de Moeder Gods aan en haar Zoon, de Eniggeborene.

Buiten het bos viel de storm opnieuw op hem aan, maar hij liet zich niet terug het bos in jagen, rende langs de bosrand naar het oosten, om het bos heen.

Toen hij de hoek ervan bereikte en wist dat de stad daar voor hem lag, nog maar anderhalve mijl verder, stopte de wind even abrupt als hij was komen aanstormen. Hij viel op zijn knieën in de stilte, hoorde hoe de storm voor hem uit wegtrok, hoe het woedende gebrul afzwakte. Opeens was het licht er weer, de blauwheid van de einder onder het zwart vandaan.

Hij bleef op zijn knieën zitten, woelde met zijn

handen in de rulle zandgrond. 'In deze grond zullen ze me ooit begraven,' dacht hij, 'ze zullen schop voor schop op mijn kist gooien en de echte vraag die me bezighoudt is of ik tot op dat moment van mijn dood uit de handen kan blijven van de kracht die daar in die rook huisde, die me al heel mijn leven, in allerlei vormen omringt.' Hij voelde hoe een brandend gevoel van diepe machteloosheid hem verlamde. Hij liet zich voorovervallen op het zand dat koel aanvoelde. Hij zag het zand nu heel dichtbij, rook de grauw-beige lucht die eruit opsteeg, de aaneengeschakelde korreltjes, allemaal met een iets verschillende kleur, en hij wilde helemaal niet meer vluchten, niet meer bang zijn. Een snelle vloek en verdoemenis leken hem nu te verkiezen boven een lange vlucht met een onzeker einde. Hij prevelde woorden die hij zelf niet kon verstaan, zag zichzelf daar liggen, een eenzame man, achtergelaten door de storm, vergeten, en de gedachte dat de storm om hem kwam liet hem niet meer los. Maar als dat zo was, dan was er wellicht toch een grens aan de machten van de boze. 'Heilige Maria,' bad hij, terwijl hij met moeite op zijn knieën ging zitten, overeind kwam, ging staan. 'Dank u voor uw bescherming, wapen mij met uw voorbede, heilige Moeder Gods, bid voor mij.'

Hij naderde de stad langzaam, stap voor stap. De zon scheen weer fel aan de blauwe hemel, terwijl de zwarte staart van de storm nog net zichtbaar was aan de horizon. Zware geuren hingen in de lucht, de geur van opengereten aarde bij met wortel en al uitgerukte bomen, de geur van hars bij halverwege de stam afgeknakte dennen, de geur van dood bij een onder een dikke boom geplet schaap. De toren stond nog altijd ongenaakbaar, zag hij, maar toen hij dichter bij de stad kwam, zag hij al van een afstand hoe groot de schade moest zijn. Van sommige daken die boven de stadsmuur uitstaken was meer dan de helft van de pannen verdwenen. De poortwachter liet hem binnen via de kleine zijdeur van de poort en overstelpte hem met ellende en rampspoed, maar hij luisterde niet, versnelde zijn pas en nam de kortste weg lang het steegje bij de Groenmarkt. Hij moest een paar keer voorzichtig over neergekwakt houtwerk en stapels kapotte dakpannen stappen. Hij zag dat de markt één grote ravage was door van de huizen afgerukte houten lijsten, glaswerk van kapotgewaaide ramen, zelfs was een deel van de gevel van een van de huizen aan de noordkant van de markt ingestort. Hij zag de krioelende mensen, als mieren om de beschadigde plekken zwermend, maar hij sneed dwars door de massa, nam de steeg naar de Achterstraat, de hoek om, daar was hun huisje.

In één oogopslag zag hij het glaswerk dat op straat lag. De voorruit was kapotgewaaid. De houten poort die de toegang tot het plaatsje achter het huis afsloot, was uit zijn sponning gerukt en lag op de straat. Voorzichtig stapte hij eroverheen.

Hij riep Mariekes naam, maar hoorde geen antwoord. Hij opende de deur en stapte het huisje binnen. De eerste die hij zag was Johannes, die een vreugdekreet slaakte toen hij hem zag. Vervolgens hoorde hij het huilen van Mathilde, klaaglijk, zeurderig, niet het huilen van een gewond of ziek kind, en hij haalde opgelucht adem. Toen pas zag hij Marieke, liggend op de grond voor de bedstee, met gesloten ogen. Haar borst ging snel op en neer. Hij was in twee stappen bij haar, knielde bij haar neer, zei dingen, nam haar gezicht in zijn handen, zocht met zijn ogen wat voor kwetsuur ze kon hebben, zag toen de dieprode vlek op haar jurk en trok deze voorzichtig weg. Op haar bovenbeen had ze een grote, bloedende wond. Nu hoorde hij dat Johannes hem vertelde dat moeder buiten was geweest toen de storm begon en dat ze de poort tegen haar been had gekregen en dat hij haar naar binnen geholpen had. Hij knikte Johannes toe, sprong op, zette een ketel water op het vuur, rende naar de kleine schuur achter het huis, waar hij zijn kruiden bewaarde. De schuur was God zij dank niet beschadigd. Bloedstelpende kruiden. Snel pakte hij gedroogde bladeren van vrouwenmantel en een aantal gedroogde madeliefjes. Toen rende hij terug, pakte een laken en scheurde er een reep af. Hij waste de wond, die diep was en sterk bloedde, legde de kruiden erop en bond de wond zo stevig dicht dat het bloeden grotendeels gestelpt werd. Ook knelde hij de hoofdslagader in haar been iets af door een tot een bal gedraaide lap stevig in haar lies te binden. Het verband kleurde wel rood, maar hij zag tot zijn opluchting dat het bloeden snel minder werd. Hij keek naar haar en het was alsof hij haar voor het eerst sinds jaren weer zag. Ze lag nog steeds met gesloten ogen, reageerde niet op zijn woorden, kreunde slechts zacht. Voorzichtig tilde hij haar op en legde haar in de bedstee. Snel liep hij naar het inmiddels kokende water en goot een nap vol. Daarin strooide hij pepermuntblaadjes en een klein drupje uit een flesje waarin hij papaverpersing bewaarde. Hij dacht even na, de pepermunt had een pijnstillende werking, de papaver zou haar in een diepe slaap kunnen brengen. Hij besloot ook twee blaadjes dragon toe te voegen om de pijnstillende werking te versterken. Hij wachtte tot de thee donker kleurde, perste de blaadjes uit en liep terug naar Marieke. Toen hij op de rand van de bedstee ging zitten, opende ze haar ogen. Hij knikte naar haar. 'Ik heb het gehoord,' zei hij zacht. 'Het komt goed, liefste, hier, drink dit.'

Ze gaf zich over aan zijn zorg en dronk gehoorzaam de hele mok leeg. Niet lang daarna viel ze in een diepe slaap. Hij controleerde de wond opnieuw. Het bloeden was vrijwel opgehouden. Hij haalde diep adem en rechtte zijn rug. Toen zag hij Mathilde en Johannes, beiden stil, hun grote ogen naar hem opgeslagen. Hij zakte door zijn knieën en trok de kinderen tegen zich aan. 'Alles komt goed,' zei hij. 'Moeder wordt weer beter, wees maar niet bang.'

Het eerste wat ze tegen hem zei toen ze weer wakker werd, was: 'Je zus heeft me bijna vermoord. Ik weet het zeker.'

Eerst dacht hij dat ze ijlde door de koorts, maar haar hoofd was niet warm en haar ogen stonden helder. Ze duwde zijn hand weg van haar hoofd. 'Die vervloekte zus van je.'

Hij zweeg, wachtte af, haalde langzaam zijn hand weg, deed een kleine stap achteruit.

Marieke haalde diep adem. 'Je weet toch dat ik naar Ouddorp ben geweest, eergisteren?'

Hij knikte.

'Ik zag haar dansen. Dansen voor haar huis. Ze riep de wind op. Ze riep de storm. Zowaar God leeft, ze riep de storm op.' Haar stem trilde.

Hij duwde een vuist tegen zijn maag, wachtte op wat verder komen zou.

'En toen zag ze me. Ik kwam uit het smalle westelijke pad, dat vlak langs de hoeve loopt. Ze had me eerst niet gezien en ik had daar even gestaan, kijkend naar die dansende heks. Toen was het alsof ze plotseling voelde dat ik daar stond, ze keek mijn kant op en... toen vervloekte ze me.'

'Vervloekte ze je,' herhaalde hij met vlakke stem.

Marieke knikte. 'Ja. Ze vervloekte me, omdat ik... omdat ik jou kapotmaak. Dat riep ze.' Ze keek naar hem op, haar ogen glansden.

Hij bleef staan, bewegingloos. 'Omdat je mij kapotmaakt,' zei hij en hij hoorde opnieuw de vlakheid van zijn eigen stem.

Hij boog zich voorover en maakte een troostend gebaar, maar het was alsof zijn lichaam van hout was en aan touwtjes hing, net zoals die poppen van de poppenspeler op de markt.

22

1581

Hij legde zijn ganzenveer neer, pakte een doek en maakte de punt zorgvuldig schoon. De beschreven perkamenten borg hij op. De zomerzon scheen door het hoge raam van zijn schrijfkamer naar binnen. Hij keek een tijdje naar de in het zonlicht dwarrelende stofjes die eindeloos rondmaalden in de warme lucht en vroeg zich opnieuw af wanneer het moment zou komen dat ook Goedereede onder de voet zou worden gelopen door de Spanjaarden. Als zelfs het zo goed verdedigde Breda in hun handen was gevallen, hoe zouden ze hier dan gespaard kunnen blijven? Hij stond op en liep naar het raam. Beneden hem lag het marktplein, mensen liepen af en aan. Twee schepen waren aangekomen en werden gelost. Die aanblik gaf hem hoop. Goedereede was Breda niet, Goedereede lag op een eiland waar iedere vijand al van mijlenver zichtbaar was en gelukkig kwamen er nog voorraden over het water binnen. Hij ging in de brede vensterbank zitten en keek over de haven uit. Behalve de twee schepen die net aangekomen waren, lag bijna de hele haringvloot tegen de noordkant van de haven aan de kant en vulde een groot deel van de haven. Hij rekende uit hoeveel vissers het er vandaag nog op waagden en kwam tot vijf. Die visten waarschijnlijk vlak rondom het eiland en zouden een heel karige opbrengst mee terugbrengen. Haringvissen was allang onmogelijk door de patrouillerende Spaanse schepen op de Noordzee en de afsluiting van het Kanaal.

Hij wreef met zijn hand over de houten vensterbank en rook hoe de verse, roze geur van boenwas omhoog wolkte. Hij bedacht voor de honderdste keer dat het er voor Nynke slecht zou uitzien als de Spanjaarden zouden komen, zo ver en onbeschermd buiten de poorten van de stad. En tegelijkertijd zei iets in zijn binnenste hem dat ze zich daar ook doorheen zou slaan. Hij dacht terug aan de dode Hank Gerards, aan zo veel andere dingen. Hij stond met een bruuske beweging op en sloot de schrijfkamer af. Langzaam liep hij de trap af, zich afvragend of hij iets vergeten was, maar hij kon niets bedenken. Hij liep het stadhuis uit, de markt op. Voor het stadhuis bleef hij staan, voorbijgangers groetten hem, en die groet beantwoordde hij met een hoofdknik. Toen zag hij zijn neef Pieter, de zoon van Nynke, aan komen lopen met een bak vol worsten. Achter hem kwam zijn baas, de slager, met nog zo'n bak. Pieter groette hem uitbundig. Hij glimlachte en knikte terug. Toen zag hij dat Krijn, Pieters zoon, er ook bij liep. Hij riep de jongen. Terwijl Krijn kwam aanrennen bedacht hij dat de jongen alweer acht jaar moest zijn.

'Oom Lenert!' riep Krijn. 'Bent u al klaar op het stadhuis?'

Hij zei dat het werk er inderdaad op zat en dat hij naar huis ging, naar tante Marieke.

'Gaat u niet met mij mee? Ik moet van vader toch naar huis. Dan drinkt u een kroes bier bij moeder en gaat u daarna naar tante Marieke.'

'Of jij gaat met mij mee en drinkt wat bij ons thuis?' stelde hij voor.

Maar de jongen greep zijn hand en trok hem mee. Hij vertelde dat hij een scheepje had gemaakt van hout en dat oom Lenert dat echt moest zien.

Hij liep met de jongen mee de Pieterstraat in, naar het huisje van Pieter en zijn vrouw Maartje. Maartje begroette hem hartelijk en keek glimlachend toe hoe Krijn het houten scheepje voorzichtig op tafel zette, alsof het een kostbaar kleinood was. 'Deze jongeman wordt geen slager, oom Lenert,' zei ze. 'Hij kan beter in de leer als timmerman, bij de oom van uw vrouw.'

'Ik zie het,' zei hij. Hij nam het scheepje in zijn handen en bekeek de masten, het fijne touwwerk en de plankjes van de romp. 'Dat heb je echt razendknap gemaakt, Krijn. Je bent nog maar acht, hoe is het mogelijk.'

Hij zette het scheepje voorzichtig weer neer. Maartje haastte zich om een kroes bier in te schenken en hij ging op een van de vier stoelen in het kleine kamertje zitten. Toen Maartje terugliep naar het keukentje keek hij naar haar. Een mooie vrouw, besefte hij. Ze had wel iets weg van Marieke toen die zo oud was. Tegelijkertijd besefte hij ook dat noch Maartje noch Marieke de schoonheid hadden die Nynke ooit bezat, en voor haar leeftijd nog steeds bezat. Nynke was moeilijk te vergelijken met andere vrouwen. Het was niet gemakkelijk om precies aan te geven waarin haar schoonheid gelegen was en het verbaasde hem dat hij dat nu pas besefte. Moest hij er eerst halverwege de veertig voor zijn om dat te ontdekken?

Maartje zei iets, maar voordat hij kon reageren zei Krijn met zijn heldere jongensstem: 'Is het waar dat er weleens een paard bij grootmoeder in de bedstee slaapt?'

Hij verslikte zich bijna in een slok bier. 'Een paard in de bedstee?'

Hij schoot hardop in de lach en dacht terug aan heel vroeger, veertig jaar geleden, toen zijn beide zussen daar grappen over maakten. 'Nou, wie zegt dat?' vroeg hij toen.

'Grootmoeder zei het zelf.'

'Krijn! Houd hiermee op,' bestrafte Maartje haar zoon. 'Zulke gekke dingen mag je niet zeggen. Natuurlijk slaapt er geen paard in de bedstee bij grootmoeder.'

'Nou,' sprak hij, Lenert, met een gewichtige stem. 'Vroeger wel hoor! Daar heeft Krijn gelijk in. Ik weet er nog van.'

Maartje kreeg een kleur op haar wangen en zei op bestraffende toon: 'Nu doet oom Lenert ook al mee met die gekkigheid. Geen woord meer over paarden in de bedstee, Krijn! En ruim je scheepje op, straks gaat het kapot.'

Hij gaf de jongen een klopje op de schouder toen deze mokkend met het scheepje naar achteren liep. Hij vroeg aan Maartje of ze nog weleens bij moeder Nynke kwamen.

Ze keek hem onzeker aan. 'Dat is al een tijdje terug,' zei ze zacht.

Ze ging ook zitten, op de stoel tegenover hem. Hij zag hoe haar ogen vochtig werden, hoe ze zocht naar woorden.

'Het is allemaal zo moeilijk!' zei ze met een grote zucht. 'De mensen mijden haar zo veel mogelijk. Ze zeggen allemaal een hoop ellendige dingen over haar.

Maar ik geloof er allemaal niks van. Volgens mij is ze gewoon een eerlijk mens. Ze is altijd goed voor ons geweest en Pieter gaat nog elke week naar zijn moeder. Maar toen ik pas mee was geweest en de dag daarna ben gevallen en mijn been bezeerde, hier achter op het plaatsje, toen had je de buurvrouwen moeten horen. Ze zeiden allemaal dat dat kwam omdat ik bij die heks was geweest en dat ik daar niet meer moest komen, dat ik daarmee onheil over de straat zou brengen, dat ik tegen Pieter moest zeggen dat hij niet meer naar zijn moeder moest gaan. Ik vond het vreselijk. Ik was zelf zo stom geweest om de pan naast de deur te zetten om hem te laten afkoelen en toen ik er later over struikelde kon ik moeder Nynke daar toch niet de schuld van geven?'

Er rolden tranen over haar wangen. Hij zocht naar woorden, maar vond ze niet, schraapte zijn keel en zei toen: 'Ach Maartje, de mensen zeggen zo veel. Ze kunnen het gewoon niet begrijpen hoe moeder Nynke alles voor elkaar krijgt. En ze is nu eenmaal een bijzondere vrouw.'

Maartje wreef in haar ogen en keek hem aan. 'Dus u vindt haar ook een bijzondere vrouw? Wat bedoelt u? Vindt u haar een heks?'

Hij haalde diep adem. Hij keek langs Maartje heen, door het kleine raampje dat uitkeek op de Pieterstraat. 'Eh, nee, natuurlijk niet,' zei hij. Maar hij hoorde zelf hoe ook zijn stem onvast klonk.

Toen hij de grote kerk binnenstapte, was het net opgehouden met regenen, maar de donkere lucht was dik en zou zo wel meer buien geven. Hij liep door de kerk die vol was van geluid en rumoer naar zijn vertrouwde plaats, op de tweede bank van voren. Hij groette de mensen die al in de bank zaten en zette zich neer, in afwachting van de dienst. Hij keek opzij en zag dat de baljuw al in de hoge zijbank zat, evenals de meeste schepenen. Hij wist dat de kerk op zijn best maar half-vol zou zijn, als echt alle mogelijke kerkgangers uit Goedereede zich zouden verzamelen op deze ochtend. Hij keek omhoog, langs de pilaar waartegen de preek-stoel was gemaakt, tot het eindeloos hoge dak van de kerk dat zich verborg in de schemering, en dacht aan al die keren dat hij hier in dit gebouw had gezeten, vroeger, toen het plafond nog veel hoger was geweest, eindeloos hoog, tot aan de hemel bijna. Nog rook hij die geur van de biechtstoel zoals hij hem geroken had toen hij die eerste keer in dat donkere hokje plaats-nam. Hij realiseerde zich dat hij de biecht meer miste dan alle andere elementen waarvan in de nieuwe leer ruw afscheid was genomen. Hij miste het verlichte ge-voel daarna, de ervaring dat God zelf zich naar hem vooroverboog, hem hoorde en hem vriendelijk tege-moetkwam als hij zijn zonden eerlijk voor Gods aan-gezicht beleed. Hij miste de vertrouwelijkheid waarin hij het diepst van zijn hart kon openstellen, hij had het nu al zo lang niet gedaan dat er wel een dikke, zwarte koek aan de binnenkant van zijn hart moest zitten.

Dominee Albertus schreed voor hem langs, hij kon het ruisen van de donkere toga horen en boog zijn hoofd voor het stille gebed voor de dienst. Toch bad hij niet en zijn ogen gingen weer open zodra hij de voetstappen van de dominee op de trap van de preekstoel hoorde. Hij keek naar de als uit ebben-hout gesneden kop van de predikant, die hem deed denken aan het houtwerk boven de deur van de bibliotheek, hij zou er niet misstaan hebben als sater aan de deurpost. Hij boog opnieuw zijn hoofd toen Albertus zijn handen vouwde en hoorde de zware stem: 'Onze hulp en enige verwachting is in de naam des Heeren, de Almachtige, de Vader van onze Heere Jezus Christus.'

Hij opende zijn ogen en keek op naar de predikant, die zijn armen uitbreidde en vervolgde: 'Genade zij u en vrede van Hem die is en die was en die komen zal, en van de zeven geesten die voor zijn troon zijn, die de getrouwe Getuige is, de Eerstgeborene uit de doden en de overste van de koningen der aarde.'

Daarop zongen ze een aantal liederen en las Albertus een gedeelte uit de Bijbel. De predikant las met galmende stem uit het boek Samuël, in het Latijn, wat hij al luisterend stil voor zichzelf vertaalde: '*Doch Samuël zeide: Heeft de HEERE lust aan brandofferen en slachtofferen, als aan het gehoorzamen van de stem des HEEREN? Zie, gehoorzamen is beter dan slachtoffer, opmerken dan het vette der rammen. Want wederspannigheid is een zonde der toverij en wederstreven is afgoderij en beeldendienst. Omdat gij des HEEREN woord verworpen hebt, zo heeft Hij u verworpen, dat gij geen koning zult zijn. Toen zeide Saul tot Samuël: Ik heb gezondigd, omdat ik des HEEREN bevel en uw woorden overtreden heb; want ik heb het volk gevreesd en naar hun stem gehoord. Nu dan, vergeef mij toch mijn zonde en keer met mij wederom, dat ik den HEERE aanbidde. Doch Samuël zeide tot Saul: Ik zal met u niet wederkeren; omdat gij het woord des HEEREN verworpen hebt, zo heeft u de HEERE verworpen, dat gij geen koning over Israël zult zijn.*

Hij zuchtte onhoorbaar en zag hoe dominee Albertus zich stevig vast leek te grijpen aan de rand van de preekstoel, alsof hij op een schip stond dat op volle zee aankoerste. Daarop barstte de predikant los met zijn zware en bulderende stem, die hem zwaar in de oren dreunde.

'Gemeente des Heeren van Goedereede! Het woord des Heeren dat op deze dag tot ons komt bepaalt ons bij een gruwelijk gevaar dat ons in deze dagen omspant, zoals een spin haar prooi omspant met de kleverige draden van haar web. Want Samuël bracht een scherpe boodschap aan Saul en vandaag wordt ons ook een scherpe boodschap aan het hart gebracht. Is onze stad niet in verval? Dreigt de vijand niet aan de poort? Zijn onze voorraadschuren niet leeg en zijn de bodems van onze voorraadtonnen niet in zicht? Maar nochtans is er de zonde van de weerspannigheid binnen en buiten onze muren en is er ook onder ons een weerstreven dat ons zal opbreken! En wat zegt Samuël? Weerspannigheid is een zonde der toverij! Maar ik zeg u, dat hiermee ook gezegd wordt dat toverij een van de meest weerspannige zonden tegen de Heilige is! En daarmee is ook onze stad bevlekt en bestempeld, en niemand onder u is bereid om dit onder ogen te zien. Waar is de godvruchtige, die de geur van toverij nog herkent? Waar is de heilige onder u, met open ogen van het geloof, die de moed heeft om hekserij te herkennen en aan te wijzen? Want ik zeg u, hetzelfde lot als Saul is Goedereede beschoren als we geen einde maken aan deze verderfelijke zonden! Zegt Samuël niet tegen Saul: 'Ik zal met u niet wederkeren; omdat gij het woord des HEEREN verworpen hebt, zo heeft u de HEERE verworpen?' Zo zal de Heere ook Goedereede verwerpen, als wij zijn woord verwerpen! Maar er is nog een kans, een kleine kans die u op uw knieën en met beide handen moet aangrijpen om gered te worden.

294

De Spanjaarden staan aan de deur, beseft u niet dat Gods genade weleens afhankelijk zou kunnen zijn van uw inspanningen om deze stad te zuiveren van verderf, hekserij en toverij? Beseft u dat niet?'

Hij luisterde naar het weggalmen door de grote kerk, tot er een stilte viel, zo diep dat hij besefte dat Albertus nu een snaar geraakt had die bij allen resoneerde. Hij merkte dat hij zelf ook de adem had ingehouden. En toen Albertus verder preekte, steeds opnieuw ditzelfde thema herhaalde in allerlei verschillende bewoordingen, heel indringend op de gemeente in preekte, merkte hij dat hij er ook zelf door beïnvloed raakte en steeds onrustiger werd, dat zijn hand langzaam en ongemerkt onder zijn kleren naar het kruisje had getast. Tegelijk merkte hij dat Albertus begon in te kleuren waaraan men hekserij kon herkennen en hij voelde hoe hitte in hem opsteeg toen de predikant tekenen beschreef waarop men toch vooral beducht moest zijn: *'vrouwen met een heerszuchtig karakter, vrouwen met uitzonderlijk wulps gedrag of een verleidelijk uiterlijk, vrouwen die zich bezighouden met bezweringen of die onverklaarbare zaken tot stand kunnen brengen, in het bijzonder vrouwen bij wie het ondanks alle tegenspoed die ons treft voor de wind blijft gaan. Wees op uw hoede en bid God om verlichte ogen van het verstand om de listige omleidingen van de duivel te herkennen!'*
Hij besefte allereerst dat hij deze woorden eerder had gehoord, of woorden van deze strekking in ieder geval, destijds in de kloosterbibliotheek. Maar vooral besefte hij dat hij niet de enige zou zijn die in deze beschrijving zijn zussen zou herkennen. Hij wilde wel dat hij Albertus onmiddellijk van de preekstoel kon la-

ten verdwijnen, hem desnoods ter helle zou kunnen laten neerstorten, als er maar een eind zou komen aan deze preek, zo bang was hij dat die niet zonder gevolgen zou blijven.

Toen de predikant zijn preek beëindigde, bleef het muisstil in de kerk. Het gezang daarna klonk massief en bewogen, en de kerkgangers schuifelden allen zwijgend de kerk uit. Hij zag een aantal mensen zijn kant op kijken.

Hij haalde diep adem, duwde zijn vuist tegen zijn maag, nam snel de steeg naar de Achterstraat en liep met lange passen naar hun huisje.

'Je was ook in de kerk, schrijver, zag ik?' zei de baljuw de dag daarop tegen hem.

'Zeker, heer Aerts, ik was er,' zei hij, terwijl hij scherp op Pauwel Aerts lette.

'Albertus heeft gelijk, Lenert,' zuchtte de baljuw. 'We moeten toverij en hekserij uitbannen. Mijn vrouw heeft de afgelopen weken een aantal keren gehoord van een man uit Ouddorp die zich bezig schijnt te houden met toverij en bezweringen. Ik heb hem laten halen door de schoutsjongens. Straks zullen we hem verhoren.'

Hij haalde diep adem, schraapte zijn keel en vroeg: 'Een man uit Ouddorp?'

'Jacob Leerecop,' zei de baljuw.

Hij knikte, kende de man, moest direct terugdenken aan dat voorval zo veel jaar geleden toen diezelfde man ruzie had gehad met Nynke, over zijn varken dat haar moestuin vertrapte.

'En waarvan verdenkt men hem?'

De baljuw haalde zijn schouders op. 'Van alles, maar

vooral dat hij bezweringen gebruikt om bepaalde dingen te laten gebeuren. Daarover zal ik hem bevragen.'

Hij zat al gereed aan het schrijftafeltje toen de baljuw met de schoutsjongens en Leerecop binnenkwam. Hij herkende de man direct. Het pokdalige, muisachtige gezicht, de gekromde rug en de schichtige ogen. Hij zag hoe de toegenomen ouderdom de man geen goed had gedaan, hij had nog slechts enkele grijsblonde plukjes haar op zijn hoofd en zijn gezicht was gerimpeld alsof het ooit tot een prop was verkreukeld en daarna weer zo goed mogelijk was teruggevouwen.

Hij schreef de datum en de namen van de aanwezigen boven aan het perkament, terwijl de baljuw zich installeerde. Er werden nog twee getuigen binnengeleid, Jansje van Kralingen en Geertruida van de slager.

In steekwoorden schreef hij mee, terwijl de baljuw de zitting opende. Hij vatte de aanleiding voor de rechtszitting samen, namelijk dat meerdere burgers van deze stad, onder wie de twee getuigen alhier aanwezig, waargenomen hadden hoe Jacob Leerecop, wonende te Ouddorp, in de jurisdictie van deze stad Goedereede, zich bediend had van allerhande rituelen die er alle schijn van hadden op toverij te duiden. En dat deze zitting belegd was om de waarheid en niets dan de waarheid hierover te vernemen. Op dat moment ging de deur open en stapte dominee Albertus binnen.

Hij zag hoe de baljuw zijn betoog geërgerd onderbrak en wachtte tot de predikant had plaatsgenomen. Daarop sprak de baljuw verder over de dreiging die deze stad ervoer, het duivelse gevaar van toverij en hekserij en de verantwoordelijkheid van het stadsbestuur om hier kordaat tegen op te treden, met de hulp van God.

Hij keek naar Albertus en zag hoe deze instemmend knikte bij deze woorden. Hij slikte een zure smaak weg en concentreerde zich op zijn schrijfwerk.

Toen de baljuw de getuigen vroeg hun grieven naar voren te brengen, keek hij even op van het perkament. Hij zag hoe Leerecop zacht jammerend in de stoel zat, gebogen, naar de grond starend. Een van de schoutsjongens gaf hem een por tegen zijn schouder en siste dat hij stil moest zijn.

Jansje van Kralingen was opgestaan. Wat was het eigenlijk een miezerige schrielkip, dacht hij. Zo lelijk waren er weinig, met haar vettige en plukkerige haar en haar puntbekje. Hij voelde minachting toen ze met trillende stem aan haar betoog begon en schreef mee toen ze aangaf dat ze Jacob Leerecop meermalen had horen spreken van vervloekingen en bezweringen en van de macht van de boze, op een manier die haar het gevoel had gegeven dat hij daarvan meer op de hoogte was dan goed voor hem was. Dat ze hier niet meer aan gedacht had tot het moment waarop ze de preek van de dominee had gehoord – op dit punt hoorde hij een instemmend gebrom van de kant van de predikant – en toen was het alsof het zo in haar binnenste brandde dat ze het wel moest zeggen. Toen had ze er met Geertruida over gesproken en die had Jacob weleens iets zien doen met de karnton wat erg leek op hekserij, en zo hadden ze samen de edele heer de baljuw hiervan in kennis gesteld.

Ze raasde nog door, maar de baljuw onderbrak haar en vroeg nu Geertruida over wat zij dan precies gezien had. Geertruida beschreef hoe ze weken geleden een keer bij Jacobs vrouw op de markt een kaas had gekocht en dat die zo erg lekker was. Toen ze dat de week daarop tegen Jacobs vrouw vertelde, zei die dat haar man de karnton had gezegend. Die opmerking had haar, Geertruida, de rillingen over het lijf gejaagd en ze was ervan overtuigd dat de duivel hierachter zat. En toen ze thuiskwam had ze het laatste deel van de kaas weggegooid en ook beseft dat ze sinds ze die kaas in huis had, pijn in haar darmen had gehad.

Hij was blij dat ze even stopte met haar betoog, want de vrouw sprak zo snel dat hij het amper kon bijhouden. De baljuw bedankte de beide getuigen en gaf hem vervolgens de tijd om alles op te schrijven, want toen hij de laatste punt zette en opkeek, zag hij hoe de baljuw daarop gewacht had.

Deze gaf nu Jacob Leerecop het woord en vroeg hem wat hij te zeggen had op deze beide belastende verklaringen.

Het was gemakkelijk om te notuleren wat Leerecop zei, want die sprak langzaam, klagelijk, zoekend naar woorden. Hij had zich nooit, maar dan ook nooit beziggehouden met toverij, de Heere mocht hem daarvoor bewaren, maar hij had inderdaad wel onder in zijn karnton een inscriptie gemaakt, namelijk Jesus Christus Rex. Dit was een probaat middel gebleken tegen schiftende en niet boterende melk, want vanaf dat moment was zijn kaas beter dan ooit. Het kon toch niet zo zijn dat de naam van de Zaligmaker ook maar enigszins met toverij te maken had. Daarom was het juist een bewijs dat hij zich daartegen met hand en tand verzette.

Hij schreef bijna woordelijk mee en was juist onder aan het blad gekomen toen Leerecop begon over een ander, die hem al meermalen verdacht had gemaakt en die zijns inziens de bron was van alle ellende hier op het eiland. De heks Nynke Dimmendochter.

Hij vergat een nieuw papier te pakken, wachtte gespannen af welke woorden nu komen zouden. Leerecop beschreef hoe Nynke hem al jaren geleden vervloekt had toen hij een keer met zijn varken langs haar hoeve liep, en hoe haar vloek hem direct had getroffen waardoor hij wekenlang een zere arm had gehad. Hij keek met een ruk op, vergat verder te schrijven en opende zijn mond. Bijna had hij gezegd dat dit een gore leugen was, dat hij erbij was geweest en dat hij zelf gezien had hoe Jacob Leerecop bijna zijn arm uit de kom had gegooid toen hij een grote steen naar Nynke slingerde. Dat had niets met een vervloeking te maken, al herinnerde hij zich wel dat ze zoiets gezegd had. Maar net op tijd besefte hij dat hij in deze vergadering slechts schrijver was en niet geacht werd iets te zeggen.

Na de zitting bleef hij alleen achter om zijn schrijfwerk af te maken. De kamer om hem heen was stil en verlaten, vanaf de overloop klonken nog stemmen en voetstappen. Hij wreef over zijn maag en zuchtte diep. Hij besefte dat hij na die preek van Albertus erop gerekend had dat de naam van Nynke direct weer zou vallen en dat het vooral opluchting was geweest toen de aandacht naar een ander was uitgegaan. Maar dat was natuurlijk slechts een list van de boze om hem op het verkeerde been te zetten, Nynke zou hier niet aan kunnen ontkomen, dat was zeker. Hij zuchtte opnieuw diep, maar het benauwde gevoel week niet. Hoelang was het geleden dat hij bij Nynke op bezoek was geweest? Dat moest zeker al een maand of twee zijn, toen hij een nieuwe voorraad uien gehaald had. Hij durfde slechts af en toe te gaan, wist dat Marieke er een gruwelijke hekel aan had als hij zijn zus bezocht. De benauwdheid leek hem te verstikken, hij stond op, haalde opnieuw diep adem en liep naar het raam.

Daar stond hij lange tijd, tot hij Leerecop zag vertrekken, lopend de markt overstekend, de brug over, de richting van Ouddorp in. Hij draaide zich om, pakte zijn schrijfspullen en liep de kamer uit. Gedempte stemmen, hij stond stil. Vanuit het trappenhuis klonk een half gefluisterd gesprek. Hij herkende de stem van de dominee. Heel voorzichtig liep hij verder, tot hij aan de bovenste trede van de trap stond. Hij hield zijn adem in en luisterde.

'Maar waarom zal ik haar dan niet laten halen voor een verhoor, eerwaarde?' hoorde hij Pauwel Aerts zeggen.

'Edele heer, dit is niet het moment daarvoor. God zal ons zeker bekendmaken wanneer dat moment is aangebroken. We moeten Nynke Dimmendochter nog met rust laten, hoewel ik het met u eens ben dat de verdenkingen tegen haar wellicht sterk zijn. Toch is dit niet het moment. Brandt u er niet aan, nu nog niet,' antwoordde de predikant.

'Ik begrijp het niet goed,' zei de baljuw. 'We horen al jaren die verhalen over haar de ronde doen. Ik heb zelf een keer ervaren hoe haar zuster ook duistere praktijken uitvoerde. U hebt nu opgeroepen om hier werk van te maken. Waarom zouden wij haar dan nu haar gang laten gaan?'

'Baljuw,' sprak Albertus op samenzweerderige toon, 'haar tijd komt wel, op Gods tijd. Niet nu, geloof me.

Ik prijs uw inspanningen en ben dankbaar dat het woord van onze God zo goed ingang vindt in deze stad, maar nu niet. Nog niet.'

Het was lange tijd stil.

'Goed,' sprak de baljuw. 'Nu nog niet.'

Na het avondeten pakte hij zijn mantel. Hij zei tegen Marieke dat hij die avond waarschijnlijk erg laat thuis zou zijn, dat hij veel werk op het stadhuis had liggen en dat eerst allemaal wilde afronden. Ze keek hem aan met haar heldere, grijsblauwe ogen. 'Je gaat toch niet naar je zus?' vroeg ze met achterdocht in haar stem.

Hij slikte, schudde zijn hoofd. 'Natuurlijk niet,' zei hij. Hij had geen zin in het gebakkelei als hij zou toegeven dat hij dat inderdaad van plan was.

Haar gezicht betrok, ze opende haar mond om iets te zeggen, maar schudde haar hoofd, draaide zich om en liep de keuken in.

Hij stond daar, keek zwijgend naar haar rug, deed een stap in haar richting, aarzelde, maar draaide zich bruusk om en liep de deur uit. Hij liet het paard in de kleine stal, want dan zou ze zeker weten dat hij naar Nynke ging, en zette er een stevige pas in. Door het kleine deurtje van de Westpoort stapte hij de stad uit, genietend van de frisse wind door zijn haren en van de mooie avond. Hij liep stevig door en na twintig minuten zag hij het dak van de hoeve van Nynke al boven de bosjes uitsteken. Het gesprek dat hij die middag had gehoord had een gedachte bij hem opgeroepen waarover hij vanavond zekerheid wilde hebben.

Hij naderde de hoeve voorzichtig, bleef even staan bij de uitgang van het smalle pad, zodat hij ongemerkt de hoeve en de omgeving kon opnemen. Hij zag hoe

Johannes en Teerle bezig waren in de moestuin om het huis. Nynke en Marij zag hij niet, die zouden wel binnen aan het werk zijn. Hij liep verder, riep een groet naar zijn neef en nicht, die verrast opkeken en zijn kant op kwamen lopen. Ze begroetten hem hartelijk en het viel hem opnieuw op dat ze allebei zo sterk op hun moeder leken. De knappe trekken, het rechte postuur, de trotse houding, ze waren helemaal uit hetzelfde hout gesneden. Het vervulde hem op een bepaalde manier met trots toen hij eraan terugdacht dat hij het was die hen had geholpen ter wereld te komen, alsof ze daarmee ook een beetje van hem waren.

Hij vroeg of hun moeder in huis was. Ze bevestigden dat en wilden met hem meelopen naar de hoeve, maar hij zei dat ze eerst hun werk maar moesten afmaken, hij bleef nog wel even.

Binnen trof hij Nynke alleen aan, Marij was nergens te zien.

Nynke was bezig om kruiden op bosjes te binden en keek niet op van haar werk toen hij binnenstapte. Toch zei ze: 'Dag Lenert. Lang geleden dat ik je gezien heb.'

Hij aarzelde even en zei toen: 'Ja, dat is zo, zus. Druk, en zorgen in de stad.'

Ze zuchtte diep en keek op, schoof de bosjes kruiden opzij en rechtte haar rug. 'Ik ben blij dat je er bent en wil de sfeer niet bederven, maar jij en ik weten allebei dat dit niet zo is. Dat je best vaker zou kunnen komen. En jij en ik weten allebei wie dat tegenhoudt.'

Hij zweeg, ging zitten. 'Ik ben bezorgd over je,' zei hij toen. Het moest er gewoon uit. Ze moest weten hoe ze over haar spraken.

'Omdat ze me een heks vinden zeker? Omdat die

idioot van een dominee me bijna vanaf de preekstoel heeft aangewezen? Wees niet bang, Lenert. Die dominee zal me niets doen. Hij wil niet dat de baljuw ook maar één vinger naar me uitsteekt.'

Hij zweeg, keek haar aan en zag hoe ze zich vermaakte over zijn verbazing.

Ze lachte hardop en zei: 'Dacht je dat ik hier achterlijk zat te zijn en niet wist wat er aan de hand was? Dat ik niet wist dat Leerecop mijn naam heeft genoemd? Ik besef heel goed hoe het ervoor staat, Lenert. Maar wees niet bang. De dominee zal me niets doen. En de baljuw ook niet. En als zij beiden niets doen, zullen de anderen niets durven.'

Nog niet, dacht hij, denkend aan de gefluisterde woorden van Albertus. Maar hij zei niets.

'Leerecop vertelde over die keer dat hij met dat varken hier liep,' zei hij na een korte stilte.

'Leerecop is geen mens,' zei ze terwijl ze weer verderging met het opbinden van de kruiden. 'Hij is meer dierlijk dan menselijk, met die pokkenkop van hem. Hij heeft helaas meer rattenbloed dan mensenbloed.'

Hij schoot in de lach bij deze woorden. 'Je gebruikt stevige woorden voor een vrouw.'

'Ja, nu moet ik zeker oppassen?' bitste ze. 'Want hooghartige vrouwen die wat durven zeggen zijn verdacht. Het kunnen wel heksen zijn. Weet je wie er echt heksen zijn?'

Hij zag hoe ze een blos op haar wangen kreeg en hoe ze bij elk woord dat ze sprak zich verder opwond. Maar toen haalde ze diep adem en klemde haar lippen op elkaar. 'Laat ook maar,' zei ze. 'Laten we geen ruzie maken. Wil je een pint bier?'

'Graag,' zei hij. 'Ik ga zo weer, anders kom ik de

stad niet meer in. Het is bijna donker.'

Ze reageerde niet op zijn woorden, liep naar de voorraadkast en kwam met een grote kroes bier terug die ze voor hem op de tafel zette. Ze legde er een vingerlang stuk worst bij. Hij rook eraan. 'Heerlijk!' zei hij, terwijl hij een hap nam. 'Er is er maar één die zulke lekkere worst kan maken,' zei hij al kauwend.

Ze haalde haar schouders op. 'Je moet vlees leren begrijpen. De meeste mensen mishandelen de prachtige producten die ze hebben. Ze koken bloemkool tot die uit elkaar rolt, ze gooien zo veel zout in het vlees dat het alle smaak verliest, ze geven bier niet de gelegenheid om te rijpen. Toch heeft iedereen een tong, een neus en verstand gekregen.' Ze schudde haar hoofd. 'En als je wel gewend bent om te luisteren naar de wind, om te weten waar goed vlees om vraagt, om je verstand open te zetten voor de bijzondere werking van kruiden, dan ben je een heks.'

Er viel een lange stilte.

'Vervloekte bende,' zei ze hartgrondig. Hij schrok op van de kracht die hij achter deze woorden voelde, het was alsof zijn huid ervan tintelde.

'Maar hoezo zal de predikant je niets doen? Wat bedoelde je daarmee?' vroeg hij.

'Dat doet er niet toe,' zei ze op een toon die hem duidelijk liet voelen dat hier verder niet over gepraat kon worden.

Hij zag hoe het buiten snel donker werd, zocht nog naar een nieuw gespreksonderwerp, vroeg waar Marij was, kreeg kort te horen dat ze in Goedereede bij een familielid verbleef.

Hij zuchtte, stond op en zei: 'Zo.'

Nynke liep naar de voorraadkast en haalde de rest

van de worst tevoorschijn. Ze wikkelde de worst in een stuk linnen en gaf deze aan hem. 'Hier. Eet er lekker van. En doe Marieke de groeten van mij, ook al vervloekt ze me.'

Haar woorden sneden als een bot kartelmes door zijn ziel, hij voelde de rafelende pijn nagloeien. 'Waarom doe je toch zo!' viel hij uit. 'Ze is mijn vrouw.'

Nynke deed twee stappen in zijn richting en keek hem recht in de ogen. 'Ik heb alles gedaan om jou een goed bestaan te geven en weet je wat zij doet? Ze zuigt je leeg als een teek. Ze haalt je ziel eruit. Ik zie hoe die langzaam weggevreten wordt, ik zie het in je ogen en ik wil je daarvoor waarschuwen. Daarvoor heb ik niet... alles gegeven.'

In haar ogen zag hij zichzelf weerspiegeld, een klein mannetje in het duister. Hij hield de adem in, kreunde toen hij in die spiegel zag hoe achter hem de vlammen hoog oplaaiden, naderden, loeiden. Hij keek in een reflex om, maar achter hem lag de schemerige kamer, half verlicht door het haardvuur en de olielamp. Toen hij terugkeek zag hij alleen nog maar de smeulende vlammen in haar ogen. Het vuur zat nu in hem, hij voelde hoe het in zijn buikholte oplaaide en zich een weg vrat naar zijn hart. Hij hapte naar adem en zei schor: 'Waarschuw me nooit meer. Dit, wat jij nu doet, vreet mijn ziel weg.'

Ze stootte een korte lach uit en draaide haar hoofd om. 'Dankjewel dat je geweest bent,' zei ze, maar hij kon er niet goed uit opmaken of ze het spottend bedoelde of oprecht. 'Groet Johannes en Mathilde van me.'

Hij knikte. De deur ging open, Johannes en Teerle kwamen binnen. Hij sprak nog even met hen, nam afscheid en liep snel terug in de richting van de stad. Het was nu bijna volkomen donker en alleen dankzij het maanlicht kon hij het pad nog goed onderscheiden. Hij voelde hoe de wind vrijwel geheel was gaan liggen en hoe een frisse zomernacht zich over het duingebied begon te verspreiden. Hij keek op naar de sterren, onmetelijk hoog boven hem, en werd – zoals altijd wanneer hij dat deed – gegrepen door de grootsheid van de dingen, de onbevattelijkheid van het heelal, het mysterie van een God die Schepper wilde zijn en vervolgens zijn schepping in wanorde en boosheid, moord en doodslag zag uiteenvallen, maar er toch een welgevallen in bleef hebben en de oplossing bedacht waardoor er hoop bleef voor mensen. Hij overdacht dit alles, in een reflex, deze gedachte was een zo vaak geoefende bespiegeling dat hij haar gewoon kon oppakken, en kon doorgaan op het punt waar hij de laatste keer gebleven was, zodat de gedachte steeds aan diepgang won. En telkens weer besefte hij dat dit toch wel de kerngedachte was die hij voor zichzelf uit het geloof had overgehouden, of het nu de nieuwe leer was, kaal en karig, of de leer van de moederkerk, vol en rijk voorzien van beelden en rituelen. In de kern proefde hij bij beide diezelfde basis, al was het onmogelijk om daarvoor uit te komen. Het zou hem per direct zijn ambt kosten, wist hij. De roomse kerk was ketters, duivels en de nieuwe leer was de enige heilige weg tot behoud. Hij zuchtte diep, merkte dat hij langzamer was gaan lopen en keek in de richting van Goedereede.

Hij hield de pas in, stopte en verborg zich in de struiken aan de kant van de weg. Er naderde iemand. In het maanlicht had hij een glimp opgevangen van een snel lopende, gebogen gedaante en even later hoorde hij al voetstappen dichterbij komen. Uiterst voorzichtig rekte hij zich wat uit, zodat hij vanuit zijn beschermde positie goed zicht had op de weg.

Wat hij zag, schokte hem. Daar, gehaast alsof ze achtervolgd werd, duidelijk zichtbaar in het maanlicht, liep de huishoudster van dominee Albertus!

Hij overwoog wat dit te betekenen kon hebben. Toen besloot hij dat hij zekerheid wilde hebben. Hij moest weten of er een verband was tussen de woorden van Nynke en deze nachtelijke tocht van de huishoudster. Snel stapte hij terug de weg op en begon de vrouw te volgen, op voldoende afstand en ervoor zorgend dat hij niet gezien kon worden. Zijn vermoeden werd bevestigd toen hij zag dat ze aanklopte bij de hofstee van Nynke en snel werd binnengelaten.

Even aarzelde hij, maar nam snel een besluit. Hij moest weten wat hierachter zat. Zo geruisloos mogelijk stak hij de open moestuin over die voor de boerderij lag en verborg zich in de zwarte schaduw naast het voorhuis. Hij boog zich heel voorzichtig voorover naar het venster, om te horen of hij iets kon verstaan. Maar er werd gedempt gesproken en meer dan een vaag gemompel hoorde hij niet. Hij hoefde niet lang te wachten, want daar ging de voordeur alweer open. De huishoudster bedankte Nynke hartelijk.

'Bedank me niet,' hoorde hij de stem van Nynke. 'En vergeet het niet, je moet het 's ochtends innemen, op je nuchtere maag. En dat poeder voor heer Albertus zelf kun je het beste in gortepap of broodpap strooien. Doe er wat suiker over, het is nogal bitter.'

De huishoudster vroeg nog: 'En als het niet overgaat? Bij heer Albertus?'

'Als het niet overgaat? Ik denk dat met dit poeder heer Albertus met een paar dagen de oude is. Zoiets komt heel plotseling opzetten, maar is met de juiste behandeling ook weer snel verdwenen.'

Het was even stil, toen fluisterde de huishoudster nog iets waardoor Nynke hardop in de lach schoot. 'Mannen zijn kleinzerig,' zei ze toen. 'Zeker als het over dat soort dingen gaat. Ga nu, het is al laat.'

Vanuit de schaduw zag hij de huishoudster met een pakje onder haar arm de moestuin oversteken en snel het pad inslaan. Hij wachtte geruime tijd, in het huis was het helemaal stil, maar voor alle zekerheid liep hij uit het zicht van de ramen naar het bos en via de bosrand naar de ingang van het pad. Hij zette er een stevige pas in en kwam nog op tijd aan de poort, waar de poortwachter op zijn geklop het kleine poortje voor hem opende nadat hij hem via het luikje had herkend.

In het kleine huisje aan de Achterstraat was alles al stil en donker. Hij legde de worst in het kruiden-schuurtje, achter een paar bossen kruiden, en ging naar binnen. Marieke lag al in de bedstee. Hij hoorde aan haar ademhaling dat ze niet sliep. Maar toen hij zacht fluisterde dat hij terug was, draaide ze zich met haar rug naar hem toe en trok ze de dekens hoog over haar schouders.

'Luister naar me, schrijver,' zei de baljuw de dag daar-op. 'Maak wel een verslag van het verhoor van giste-ren en neem daarbij ook de verklaring van Leerecop woordelijk op.'

Hij knikte. 'Ik zal woordelijk opnemen dat hij Nyn-ke Dimmendochter noemde.'

Hij zag hoe de baljuw hem onderzoekend aankeek.

Toen knikte Pauwel Aerts instemmend. 'Juist. En daar laten we het bij. We zullen op dit moment geen verder onderzoek doen.'

23

1583

'Gaat u de toren op, oom Lenert?' Zijn neefje Krijn keek hem aan met grote ogen. 'Mag ik dan mee?'

'Ja, jij mag mee,' zei hij. 'Maar we gaan wel direct, anders is het al te donker. Ga maar tegen je moeder zeggen dat je even met mij mee bent.'

Hij keek hem na toen Krijn hard wegrende en besefte dat hij het kereltje echt graag mocht. Hij hield van de naïeve, kinderlijke goedgelovigheid, het opgewekte karakter en de scherpe opmerkingsgave van de jongen.

Hij draaide zich om en keek om zich heen over de hof rond de kerk. De avondzon wierp gelig licht op de kerkmuren en tekende de schaduwen van de daken scherp af. De toren zelf stond voor driekwart nog in dat gouden licht te baden. Hoog in de lucht vlogen een paar meeuwen, hij volgde ze in hun vlucht tot ze achter het kerkdak uit het zicht verdwenen. Hij leunde tegen het gemetselde muurtje waarmee de hof was omgeven. Op de dakvormig gemetselde stenen zat een dikke laag mos. Hij trok een stukje los en bekeek het van dichtbij. Wonderlijk, zo'n stukje mos was een wereld op zich. Van een afstand leek het een groene massa, van dichterbij een groen tapijtje, maar als je er met je neus bovenop zat zag je dat het een bos was, met hoge stammen die brede bloem- en stervormige boomkronen droegen. Hij vroeg zich af of het mogelijk was dat binnen in dit minuscule bos opnieuw mos groeide, te klein voor menselijke ogen, en of dat mos dan weer zou bestaan uit een nog minusculer bos, waarbinnen opnieuw bomen groeiden, met stervormige kronen, waarvan de stammen ook weer bemost waren. In gedachten daalde hij af in die bossen, steeds kleiner en kleiner, tot hij vanaf dat kleinste bos omhoog kon kijken langs de stammen. Hij voelde hoe die kleine moswereld waarop hij stond, schudde onder de greep van een man die een plukje van de muur trok en ernaar keek. En hij zag zichzelf weerspiegeld in de immense ogen die neerkeken op dat kleine wereldje, ogen groter dan de zon, ogen als van een god die alles in één oogopslag kon overzien. Die gedachte bracht hem op een nieuwe gedachte: of het zó zou kunnen zijn, dat God zo oneindig veel groter was dan de mensen en de hele wereld, dat hij op diezelfde manier alles kon overzien. Maar dan moest God wel ogen hebben die het meest minuscule wezentje op de aarde konden aanschouwen en tegelijkertijd het heelal konden overzien. Hij wilde die gedachte verder uitwerken, maar werd onderbroken door de terugkeer van zijn neefje.

Samen liepen ze naar de kleine torendeur, die hij opendeed met de sleutel die hij in zijn bezit had. De toren opende zich koel en donker voor hen en ze stapten de grote, hoge en schemerige ruimte van het torenportaal binnen. Het plafond was heel ver boven hen, minstens twintig meter, hun schuifelende voetstappen werden hoog boven hun hoofden teruggekaatst en vulden de ruimte met slissende, slepende geluiden. Hij voelde een tastend handje aan zijn mantel en greep het. 'Kom maar, Krijn,' zei hij. 'Het is een hele klim, hoor! Ga jij maar voor, dat is makkelijker.'

Hij hield de deur naar de trap open en liet de jongen voorgaan. Die begon met snelle stappen de trap te bestijgen, zodat hij zijn best moest doen om hem bij te houden. 'Je hebt er zin in!' lachte hij. 'Wees maar zuinig op je adem. Het is nog ver.'

Maar de jongen liet zich niet kennen en klom stevig door, ook toen ze al voorbij de eerste en de tweede zoldering waren. Hij verbaasde zich over Krijns uithoudingsvermogen en toen ze samen op het torenplateau stapten drupte het zweet in zijn ogen. Zijn neefje zag het en lachte erom. Midden op het torenplateau brandde het vuur al. Straks zou de torenwachter het verder opstoken, als het donker werd. Krijn liep opgetogen naar het houten hek rond het torenplateau en wees naar beneden. 'Daar staat moeder!'

Hij ging naast de jongen staan en keek naar beneden. Daar stond Maartje, een klein mensje met zwaaiende armen. Krijn zwaaide opgetogen terug en schreeuwde: 'Dag moeder!'

Van beneden klonk de verre stem van Maartje. Even bleef ze nog staan, ging toen weer naar binnen. Hij wees Krijn op twee schepen die Goedereede naderden. Zo te zien een koopvaardijschip en een haringbotter. De jongen wees nu op een ruiter, ver weg in de duinen. 'Waar zou die heengaan, oom Lenert?'

Hij lachte. 'Hoe moet ik dat weten, jongen? Wie weet gaat die man wel naar iemand die in Ouddorp woont. Of heeft hij gewoon zin om een rondje te rijden.'

'Het is een enge man,' zei Krijn. 'Zie je die lange rode mantel? En dat paard is helemaal glimmend zwart.'

313

Nu keek hij beter naar de ruiter en voelde tegelijkertijd een onbehaaglijke tinteling door zijn lijf gaan. De ruiter reed erg hard. Hij vroeg zich af hoe iemand zo hard kon rijden dwars door het duingebied. Hij probeerde in te schatten langs welk pad de man daar reed, maar de ruiter verdween achter de bomen die het uiterste begin van het bos markeerden.

'Vindt u niet?' hoorde hij de stem van de jongen.

'Valt wel mee, hoor,' zei hij zo luchtig mogelijk. 'Gewoon iemand die even door de duinen wil draven.'

Er viel een lange stilte.

Hij hield de bosrand scherp in de gaten om te zien waar de ruiter weer tevoorschijn zou komen. De zon was weggezakt achter de einder en de avond begon te vallen. Hij kneep zijn ogen samen om het zo goed mogelijk te kunnen zien, maar daar kwam de ruiter alweer. Hij had razendsnel het bos doorkruist en maakte een scherpe bocht naar links, terug naar de stad.

Net toen hij een vermoeden in zich voelde opkomen, zei de jongen: 'Hij gaat naar grootmoeder!'

In de schemer konden ze nog net onderscheiden hoe de ruiter op het zwarte paard stilhield voor de hoeve van Nynke en met een grote sprong afsteeg. Het was moeilijk te zien op deze afstand, maar het leek wel of hij het paard gewoon liet staan waar het stond, terwijl hij zelf met grote passen naar de hoeve liep en uit het zicht verdween. Het paard was nu niet meer dan een zwart vlekje in het grijs kleurende landschap, dat nu verder verdonkerde, tot het land duister voor hen lag en ze niets meer konden onderscheiden. Achter hen klonk de stem van de torenwachter, die grote bossen hout op het vuur wierp.

Op weg naar beneden merkte hij dat Krijn maar

niet kon loskomen van het beeld van de rode man op het zwarte paard. De jongen bleef op ongeruste toon vragen stellen, die hij zo geruststellend mogelijk beantwoordde.

Hij bracht hem weer naar Maartje en drukte de jongen onderweg op het hart dat er niets bijzonders was en dat hij het er met moeder maar niet over moest hebben.

Toen hij terugliep was het of het duister deze avond dikker en zwarter was, en toen hij later die avond vanuit het kleine huisje in de Achterstraat naar buiten keek, stond het heel dicht tegen de ramen.

24

1584

De dag dat de boodschap van de dood van Prins Willem van Oranje Goedereede bereikte was hij aan het werk in het stadhuis. Dat moment zou hij zich later tot in detail kunnen herinneren. Hij was bezig met het uitwerken van de notulen van het havenbestuur, dat zich voor de zoveelste keer had gebogen over de zich opstapelende problemen van de Goereese haven. Hij schreef net de definitieve versie van het verslag waarin hij melding maakte van de dreigende dichtslibbing van de haven, het verval van de havenmuren en de instorting van een deel van de noordelijke havenkade die hiervan het gevolg was, toen de deur opengeworpen werd en de baljuw met wankelende stappen binnenkwam.

Het lijkwitte gezicht van de baljuw en de blik in zijn ogen maakten hem duidelijk dat er iets vreselijks aan de hand moest zijn. Tal van mogelijke rampen flitsten door zijn hoofd. Een vloot Spanjaarden was op weg naar Goedereede, Ouddorp stond in brand, een van de inwoners van de stad was op gruwelijke wijze om het leven gekomen, de kerk was ingestort, maar die mogelijkheid viel direct al af, want dan had hij wel een donderend geraas gehoord. Maar hij was niet voorbereid op het zwartste aller scenario's: de dood van hun

Prins Willem van Oranje. Deze was het die de Nederlanden op koers hield en aanvoerde, en hij alleen kon tegenwicht bieden aan de Spaanse koning.

Hij voelde hoe de kogel zijn eigen hart injoeg en hem de adem benam, toen de baljuw woord voor woord de situatie van de moord schetste. De grond vloeide onder zijn voeten weg als gruttenpap, zodat hij omviel, houvast verloor en de duisternis zijn geest benevelde. Hij was daar in Delft en stond erbij, vatte zelf de moordenaar bij de keel en had hem het liefst ter plekke in stukken gereten als dat mogelijk was geweest. En hij dacht terug aan de tijd dat hij als schrijver voor de prins had gewerkt, tijdens zijn studietijd in Delft.

Maar de werkelijkheid die overbleef na het vertrek van de baljuw was de schrijfkamer om hem heen, donkerder dan zo-even, en de stilte van het stadhuis, nadrukkelijker dan daarstraks.

Toen de beklemming van het gebouw hem te veel werd ging hij naar buiten, waar zijn oog viel op het schip van de beurtschipper. Hij liep erheen en vroeg wanneer de beste man weer wegvoer. Morgen. Naar Schiedam. Hij sprak af dat hij zou meevaren. Hij moest naar Delft. Hij liep terug naar het stadhuis, zocht de baljuw op en vertelde hem dat hij naar Delft zou afreizen, morgen al. De baljuw was verrast, maar ook blij met de mogelijkheid om via hem vanuit Goedereede een bericht naar Delft over te brengen en dicteerde een boodschap voor de Staten.

Daarna liep hij naar huis en vertelde Marieke van het nieuws.

'Vermoord?' Ze staarde hem aan. Het was even stil. 'De Spanjaarden?' vroeg ze toen.

'Ik weet het niet, het schijnt een jonge kerel te zijn, meer wist de baljuw niet te vertellen. Ik ga naar Delft. Morgen kan ik meevaren met de beurtschipper.'

Ze opende haar mond om iets te zeggen, maar die bleef openstaan zonder dat er geluid kwam. Hij keek ernaar.

'Naar Delft?' zei ze toen met schelle stem. 'Waarom? Ik wil niet dat je gaat. Wat heb je daar te zoeken?'

Hij ademde diep in. 'Ik moet een bericht overbrengen aan de Staten. Ik zal wat kleren meenemen.'

'Kan een ander dat niet doen? Nee, je was het al van plan en toen heeft de baljuw gezegd dat hij je dan ook een boodschap zou meegeven. Je bent helemaal niet gestuurd.' Haar blik drong diep in hem door, hij wendde zich af, zuchtte nogmaals diep en liep naar de linnenkast, waaruit hij een paar hemden begon te pakken.

Ze stond weer naast hem, pakte zijn kin en draaide zijn hoofd naar zich toe. 'Waarom geef je me geen antwoord?' vroeg ze, terwijl ze hem recht in de ogen keek.

Hij trok zijn hoofd weg uit haar greep en ging verder met het kiezen van de kleren die hij wilde meenemen. 'Heb je een vraag gesteld dan?'

Ze draaide zich om en liep naar de keuken. 'Goed dan, als je het zo wilt. Ga maar. Blijf maar in Delft wat mij betreft. Wat moet ik met een man die niet eens met we wil praten? Wat moet ik met een man die meer houdt van zijn behekste zus dan van mij? Het is wel duidelijk, Lenert, ga je gang maar, hoor.'

Zijn hand leek niet te doen wat hij wilde. Een hemd viel op de grond. Hij ademde diep en gooide de kleren met een woedend gebaar op de tafel. Met grote stappen liep hij naar de keuken, waar hij zijn hand op haar schouder legde. Ze duwde zijn hand weg. 'Laat me,' zei ze.

Maar hij trok haar naar zich toe, tegen zich aan. 'Luister, lieverd, neem me niet kwalijk. Ik ben gewoon geschokt door dit bericht. Ik heb nog verslagen gemaakt voor de prins, hij is, hij was zo'n bijzondere man. Ik wil gewoon naar Delft. Ik kan vast wel bij de secretarie slapen waar ik destijds ook woonde.' Hij trok haar dichter tegen zich aan, voelde hoe haar gespannen weerstand verzachtte, hoe ze voorzichtig toegaf.

Hij streelde haar nog steeds blonde, springerige haar.

Het huisje om hem heen leek kleiner te worden, nog kleiner, tot het hem helemaal gevangen had, tot hij klem zat tussen twee muren, vastgeklonken aan Marieke. Ze legde haar hoofd tegen zijn borst, hij bleef haar strelen en keek naar buiten door het kleine keukenraampje, waardoor hij de blauwe lucht zag. De blauwe lucht, de frisse wind, de haven en de zee, ver weg. Hij haalde voorzichtig zijn longen vol, maar het gevoel dat hij een rulle zandhelling aan het beklimmen was, ging niet weg. Maar naar Delft zou hij gaan.

Hij hield zich met beide handen vast aan de reling terwijl hij de punt van het beurtschip onder zich hoog voelde rijzen en daarna diep voelde dalen. Na de daling waren er steeds het massieve gebruis, witte schuimvlokken die over de verschansing vlogen, zout water dat hem op de lippen spatte. Hij likte het af, het rook diep goudbruin. Rechts lag Den Briel, de hoge toren achter de duinen als een trouwe, altijd aanwezige wachter. Hij wist dat die toren zichtbaar zou blijven tot hij straks de toren van Schiedam zou zien. De schipper zette nu de bocht in naar de Maasmond, waarlangs ze naar hun bestemming voeren. In Schiedam zou hij ongetwijfeld meer te weten komen over de dood van de prins. De toedracht, de dader, het waarom. Hij kon er bijna niet op wachten, vroeg zich af wie ooit zover had willen gaan om deze man, die juist zo veel steun vanuit de gewesten en vanuit de Staten genoot, om te brengen. De wereld was sinds gisteren echt veranderd, besefte hij. Hij merkte het heel sterk aan de stemming aan boord. Hij voelde zelf ook de angst in zijn binnenste opborrelen. Hij kon niet goed zeggen waarvoor hij bang was. Ja, de Spanjaarden natuurlijk. Een inname van Goedereede. Maar die dreiging bestond al, dat was immers niet veranderd, hield hij zichzelf voor. Ja, toch was er wel iets veranderd. Het wegvallen van de prins gaf een groot gevoel van verlatenheid, van onveiligheid. Wie zou nu de weerstand tegen Spanje leiden? Wat zouden de Staten doen?

Boven hem klapperde een zeil hard in de wind. Hij merkte dat het schip zwenkte en zag dat de twee matrozen van het beurtschip druk in de weer waren de zeilen goed op de wind te brengen. Hij keek er een tijdje naar en wendde zich ten slotte weer naar de reling.

Voor hem langs gleed nu de Maasoever voorbij. Niet veel later zag hij de puntige toren van Schiedam al aan de einder verschijnen.

Hij rechtte zijn rug, de houten bank van het rijtuig dat hem van Schiedam naar Delft bracht zat erg ongemakkelijk. Het rijtuig zat volgepakt met mensen en hij was allang blij dat hij bij het raampje kon zitten,

zodat hij slechts aan één kant een warm mensenlijf tegen zich aangedrukt voelde. Hij dacht aan alles wat hij
tot nu toe gehoord had van verschillende mensen in
Schiedam, die goed ingelicht schenen te zijn. De dader was Balthasar Gerards, een lid van de lagere adel.
Hij was gewoon het Prinsenhof binnengelopen en had
de prins, die net terugkwam van de maaltijd, recht in
de buik geschoten met een pistool dat hij onder zijn
mantel verborgen had gehouden. Hij zag het tafereel
levendig voor zich. Het Prinsenhof – het voormalige
Sint-Agathaklooster – was voor hem bekend terrein,
hij had er gedurende zijn studie in Delft dagelijks
rondgelopen. Hij zag de prins voor zich, terwijl hij de
trap af kwam, terug van de eetzaal, en Balthasar die
hem onder aan de trap opwachtte. Hij merkte hoe de
gedachte een vreemde prikkeling over zijn huid joeg.
Hoe kon iemand zo koelbloedig de prins vermoorden,
vroeg hij zich af. Balthasar Gerards was gemarteld,
had hij begrepen, maar hield vol dat hij uitsluitend alleen gehandeld had. Er was een vermoeden dat Frankrijk erachter zat, maar dat ontkende Gerards in alle
toonaarden.

De koets reed Delft binnen. De brede landweg
maakte plaats voor hobbelende keien. Hij zag de
grachten langs zich trekken, ze waren zo smerig dat er
geen bier meer van kon worden gebrouwen. Hij dacht
terug aan de tijd, nog maar vierentwintig jaar geleden,
dat hij hier studeerde en Delft zo ongeveer op elke
hoek van de straat een bierbrouwerij had gehad. Ook
dat was dus veranderd en het leek hem alsof de Delftse
grachten een afspiegeling waren van heel de wereld
waarin hij leefde, die was inmiddels zo onveilig en
smerig dat er niets meer van te brouwen viel.

'Lenert!' zuchtte heer Bruiskens, 'Lenert, man, wat ben ik blij je te zien. Hoeveel jaar is het geleden dat je hier werkte? Twintig? Dertig? Nooit heb ik meer een schrijver gehad die zo schreef als jij. De laatste veertig jaar worden er alleen nog maar klungels geboren, die hun pen omgekeerd vasthouden en hun hele hand in de inktpot duwen. Maar jij! Jij schreef als een engel uit de hemel.'

'Of als een duivel,' vulde hij aan.

Bruiskens knikte geestdriftig. 'Of als een duivel.'

Hij lachte om de uitbundige begroeting van Bruiskens en nam de man goed op. Die was oud geworden, zijn grijze haar was lang en krulde tot op zijn schouders. Het gaf hem wel iets voornaams, vond hij. Het gesprek nam al snel een wending naar de vermoorde prins en Bruiskens was oprecht verdrietig. 'Zo'n bijzonder man, zo'n man Gods, Lenert, God hebbe zijn ziel. Vermoord door zo'n roomse hond. Het is tenhemelschreiend, het is een oordeel van God over ons ongeloof. Heeft Hij ons niet de kans gegeven om de waarheid, de rechte leer van Luther en Calvijn te leren kennen en te omarmen? Ik voor mij denk dat het onze laksheid is geweest die nu wordt gestraft. Dat deze arme man daarvoor moet boeten, dat vind ik erg. Ik voel het als een straf van God. Wat kan het anders zijn?'

Hij gaf een algemeen en ontwijkend antwoord, en vroeg of Bruiskens een slaapplaats voor hem wist.

'Een slaapplaats voor je? Je slaapt hier, in mijn huis! Op je oude kamer, als je dat belieft. Hoelang blijf je? Wat kom je eigenlijk doen?'

'Ik heb een boodschap bij me voor de Staten. En ik wil hier blijven tot de rechtszaak tegen Balthasar

Gerards is afgerond. Ik weet eerlijk gezegd ook niet waarom. Het is... het enige wat ik nog kan doen voor de prins. Dat is het misschien wat me vooral drijft. Ik weet het niet.'

Bruiskens nam hem aandachtig op en knikte. 'Ja. Dat begrijp ik. Welnu, ik zal zeggen dat de meid je kamer in gereedheid brengt. Doe alsof het je eigen huis is.'

Hij bedankte Bruiskens hartelijk en zei dat hij eerst nog even de stad in ging.

Statenlid Van Aertsen keek hem ernstig aan. 'Dank voor de boodschap uit Goedereede, schrijver. Ik merk dat alle gewesten, tot in de uitersten van onze Staten, bijzonder geschokt zijn door de brute moord op onze geliefde stadhouder en prins.'

Hij knikte. 'Zeer geschokt. Hoe is het toch mogelijk dat iemand hiertoe in staat is? Wat heeft deze man gedreven? Is daarover al iets bekend?'

Van Aertsen keek met een droevig gezicht door het hoge raam naar buiten. Hij zweeg even, formuleerde zijn woorden zorgvuldig toen hij verder sprak. 'De vervloekte smeerlap houdt vol dat hij op eigen titel heeft gehandeld en dat er geen enkele sprake is van een groter complot. En hij blijft herhalen dat hij het als enige uitweg zag en dat hij beseft dat hij gedood zal worden, maar dat hij het desondanks weer zou doen als hij er nog voor stond.'

Er viel een lange stilte.

'Ongelooflijk,' mompelde hij uiteindelijk.

'Ik kan niet begrijpen hoe iemand dergelijke martelingen kan verdragen,' zei Van Aertsen met zachte stem. 'Zijn voeten zijn geroosterd, gedurende twee uur boven een vuur. Geen klacht, geen "wee mij" kwam over zijn lippen. De duivel zelf moet hem wel bijstaan, een mens kan dit nooit verdragen.'

Hij stond op, voelde plotseling een grote aandrang om terug te gaan naar de veiligheid van de oude, vertrouwde kamer boven de secretarie.

'Morgen is de terechtstelling,' zei Van Aertsen nog. Hij wees door het raam naar buiten. 'Op het marktplein. Het zal wel erg druk worden, denk ik.'

Hij had een plek op een bordestrap van een van de herenhuizen aan de markt, bijna op gelijke hoogte met het schavot. De rechter stond op het schavot en deed verslag van de rechtsgang en het vonnis. Maar hij, Lenert, zag de prins de kamer binnenkomen, zoveel jaar geleden. Hij zag levendig het sterke gezicht voor zich, hoorde nog de volle, donkere stem van de edelman. Dwars daardoorheen focuste hij nu op de gestalte daar verderop, met beide armen boven zijn hoofd gestrekt vastgebonden aan de paal op het schavot. Hij zag het vuur dat voor het schavot brandde, vroeg zich af wat daarin verhit werd, en keek weer naar de dader, Balthasar Gerards. Hij bestudeerde het gezicht van de man. Onbewogen, geen spoor van emotie. De man had zijn hoofd in de nek, keek naar de hemel. Hij zag dat hij bijna helemaal aan zijn armen hing, omdat zijn geroosterde voeten hem niet meer konden dragen.

'Je schrijft goed, jongeman,' hoorde hij de stem van de prins weer. 'De heer Bruiskens heeft geen woord te veel gezegd.'

De kleren werden de man van het lijf gescheurd en nu zag hij wat daar roodgloeiend heet in het vuur opvlamde. De beul maakte de rechterhand van de man los van de paal en twee beulsknechten hielden de arm gestrekt naar voren. Hij hoorde hoe de baljuw riep: 'Met deze hand schoot deze hond onze geliefde prins dood!'

Om hem heen barstte de menigte los in een woedend gebrul.

Terwijl de beul de gloeiende stalen tang uit het vuur pakte en deze zonder aarzelen om de hand van de man klemde, hoorde hij in gedachten het schot van het musketpistool, het laatste geluid dat de prins ooit hoorde, doof als zijn oren na die klap zullen zijn geweest, en hij zag de rook nu opwalmen rond de tang. Het gezicht van Gerards was nog steeds onbewogen. Hij hield de ogen gericht op de hemel, de lippen bewogen zich alsof hij bad, maar geen kreet, geen klacht, geen kreun was te horen in de doodse stilte die nu viel.

De tang werd opnieuw opgewarmd, nu werd de linkerhand tussen de gloeiende kaken geknepen. Hij duwde zijn vuist in zijn maag toen hij zag dat ook de bovenarmspieren van de man weggebrand werden met de tang. De beul kneep zo hard dat één spier loskwam van de arm en zwartgebrand vlees zich mengde met helderrood bloed. Geen klacht hoorde hij, de stilte om hem heen verdiepte zich. Af en toe was er iemand die een verwensing brulde, maar de stilte keerde steeds weer terug.

Hij hield zijn adem in toen de veroordeelde met een tot een zwart klompje vervormde hand het kruisteken maakte naar de menigte. Het gebrul dat als antwoord kwam was kort, klonk schor in zijn oren.

Terwijl de pijniging verderging, keek hij achterom, schoof wat naar achteren, tot hij met zijn rug tegen de muur van het huis stond. Tussen twee anderen door had hij nog steeds uitstekend zicht op het schavot. Hij voelde de kogel in zijn eigen borst slaan, terwijl hij zag hoe de beul met een slagersmes te werk ging. Bloed vormde een steeds grotere plas op het schavot.

Gerards was nog bij kennis, zag hij, de lippen spraken vast en zeker gebeden, de ogen waren gesloten, maar richtten zich af en toe op de hemel.

Hij sloot zijn ogen, leunde tegen de muur achter zich, die koel was en houvast bood, maar toch hielp het niet. Hij opende ze weer, zag hoe dan toch het einde kwam. Hij zag beelden van terechtstellingen die hij eerder had gezien aan zich voorbijtrekken, maar hij besefte dat geen van die terechtstellingen zo was als deze. Toen zag hij dat twee beulsknechten de bloederige armen grepen en het lichaam van de man rechtop hielden, terwijl de beul met een korte bijl het borstbeen van de man kloofde en met grote kracht de borstkas van de veroordeelde openbrak. Met grote handschoenen graaide de beul in de borstholte. Hij slikte, slikte, duwde een vuist in zijn maag toen hij zag hoe het nog kloppende hart van de veroordeelde in de grote handen naar buiten kwam en hoe het in het gezicht van de man werd gesmeten.

Hij voelde een grote opluchting toen hij zag dat het lichaam op het schavot dood was. En het voelde alsof er werkelijk iets vertrokken was, alsof de levende, zwijgende, kruistekens makende veroordeelde hen allen eigenlijk in bedwang had gehouden en nu was weggegaan, zodat de mensen zich vrij voelden om hun woede ongebreideld op zijn dode overblijfselen bot te vieren.

Maar toen hij zag hoe paarden naar voren werden gebracht, die begonnen het lijk uit elkaar te trekken en te vierendelen, stapte hij behoedzaam het bordes af, liep achter de mensen langs de markt af, tot het gebrul niet veel anders klonk dan een ver verwijderd geraas van een branding die zich machteloos te pletter stort op een strand van rotsen of stenen. Hij wenste vurig zijn zus nu te kunnen spreken, omdat hij vragen had en omdat hij maar niet kon loskomen van de vraag hoe het zou voelen als je borstkas opengeklapt werd en je hart met grote handen uit je lijf werd gerukt. Hij was opgelucht toen ze naast hem kwam lopen, al wist hij dat hij niet naar haar moest kijken omdat ze dan verdwenen zou zijn. Ze was er, dat was genoeg, en ook dat ze vroeg: 'Aan welke kant staat nu de duivel?' Want dat was precies de vraag waarvan ze wist dat die hem had vastgegrepen zoals de handschoen van de beul Balthasars hart. 'Dat is toch duidelijk,' zei hij met zwakke stem. 'Aan de kant van de moordenaar.'

'Zo zou je het kunnen zien,' zei ze. 'Maar wat vind je van het vonnis?'

'Het vonnis is rechtvaardig,' zei hij. Of dacht hij het alleen maar? Ze reageerde er in ieder geval niet op en een tijd lang liepen ze zwijgend naast elkaar. De hemel was hermetisch afgesloten en onder hem rommelde de hel, nog geen twee meter onder de straat. Op de dunne korst liepen ze door de straten en hij wist dat de hel niet ver daarvandaan was opengebarsten, door die korst heen.

'Maar wat vind jij ervan?' vroeg hij haar terwijl hij recht vooruit bleef kijken, links liep, rechts liep, onder een gemetselde boog door, een smalle steeg in waardoor ze maar net naast elkaar konden lopen, hoewel ze hem geen enkele keer aanraakte.

Het duurde lang voordat haar antwoord kwam. 'Ik

denk dat de duivel niet altijd in dezelfde hoek zit,' kwam haar stem van achteren. 'Ik denk dat Beëlzebul soms verdreven wordt door Baäl en dat Lucifer soms bestreden wordt door Azraël. Heb je dat dan niet gezien?'

'Bedoel je dat de prins gedreven werd door de satan?' vroeg hij, terwijl hij harder begon te lopen. Ze hield hem met gemak bij.

'Nee, dat niet,' zei ze. 'Maar ik denk dat de waarheid niet zwart is of wit. Ik denk dat het mogelijk is dat de prins zuivere intenties had, maar toch mensen kwetste tot in het diepst van hun hart. En dat Balthasar zuivere intenties had, maar dat satan hem over de grens dreef en een moordenaar van hem maakte. En dat hij uiteindelijk toch vrede vond bij God, terwijl de beul de hel erbij riep.'

'Maar wat is dan recht?' riep hij. 'En wat is waarheid? En aan welke kant sta jij eigenlijk?'

Hij voelde dat ze weg was, daarvoor hoefde hij niet eens om te kijken.

Hij realiseerde zich dat hij in een buitenwijk van Delft was terechtgekomen, vlak onder de westermuur. Uit een huisje dat scheef tegen de muur leek te hangen, kwam een grote man naar buiten in een lange zwarte mantel. Wild zwart haar hing tot ver over zijn ogen, een grote zwarte baard golfde over zijn mantel. Donkere ogen flikkerden hem tegemoet toen de man midden op de weg ging staan en hem de weg versperde. Hij wist direct wie het was. Zwarte Broer Jan, een bekende Delftse waarzegger. Hij herinnerde zich talloze verhalen over deze mysterieuze Delftenaar en had hem vaak genoeg op straat gezien, maar nooit eerder was hij hem zo rechtstreeks tegen het lijf gelopen. Hij hield zijn pas in, bleef staan op meer dan drie paslengten afstand van de grote, zwarte verschijning.

Zwarte Broer Jan grijnsde naar hem, zwijgend.

'Wat moet je van me?' hoorde hij zijn eigen stem, naar het leek ver weg.

De man stiet een schorre lach uit. 'Houd u niet groot, stadsschrijver, want uw hart is angstig als een verschrompelde appel. Ik moet niets van u. En u hoeft niets van mij. Maar als u terug bent in Goedereede zult u een vrouw zien. De eerste vrouw die u zult zien en die u een vraag zal stellen, is een kind des satans.'

Een helse zwavel- en lavastroom joeg voort, slechts een meter onder hem en hij voelde hoe de grond trilde en de hitte hem in het gezicht sloeg.

Weer lachte Zwarte Broer Jan. 'Gisteren waren Arend de Groot en zijn vrouw Marrigje hier. Tegen hen heb ik ditzelfde gezegd. Hun kind is betoverd en lijdt dagelijks onder de koortsen. Goedereede zal van binnenuit opgevreten worden, als jullie geen korte metten maken met de duivel binnen jullie poorten.'

In de verte hoorde hij die lach nog eenmaal, maar toen hij beter keek zag hij dat de man al weg was. En toen hij zich omdraaide was het of hij de gestalte van Nynke net de hoek om zag gaan, maar voordat hij kon begrijpen wat er gebeurde vielen zijn gedachten uit elkaar, in brokstukken zakten ze zomaar door zijn lijf de straat op. Hij voelde ze gewoon langs zijn voeten weg tinkelen, met een hoog geluid als van brekend glas.

Terwijl hij het schip op stapte, leek het over te hellen en zag hij dat ook Arend de Groot en Marrigje zich vastgrepen aan de verschansing. Hij keek naar de kade en hij was niet eens verbaasd toen hij in de diepe schaduw van een steegje een zwarte gestalte meende te zien en een verre roep hoorde aanwaaien: 'Zie je wel? Ik heb het toch gezegd?'

Hij liep naar hen toe en voelde hoe heel zijn lijf pijn deed, net zoals vroeger toen hij als kind kreunend de bedstee in rolde na een hele dag hard werken op het land. Nynke droeg hem dan naar boven en vlijde hem tussen de lakens. Vaak was dat het laatste wat hij zich herinnerde op zo'n dag en nu wenste hij dat hij daarnaar terug kon: in Nynkes armen, veilig zich tegen haar aan draaiend, terwijl de slaap al kwam voordat ze hem neerlegde. Arend zag er slecht uit en Marrigje had grote wallen onder haar ogen. Hij meende in hun blik ook zijn eigen uitgeputte lijf te herkennen en ze spraken wat algemeenheden tegen elkaar, terwijl de touwen werden losgemaakt en de zeilen gehesen.

'Ik ben bij de terechtstelling van de moordenaar van de prins geweest,' zei hij. 'Wie hebben jullie bezocht?'

Arend en Marrigje keken elkaar aan. Arend haalde zijn schouders op. 'Familiebezoek,' zei Marrigje snel. 'Ik heb nog familie in Delft wonen.'

Hij knikte. 'Van je moeders kant?'

Marrigje keek hem verschrikt aan. 'Wat? Ooh, nee, het is eigenlijk geen echte familie, meer kennissen.'

Hij keek naar de langzaam wegschuivende kade en draaide zich toen om naar het brede water waarheen de schipper nu stuurde. 'Juist.'

Er viel een lange stilte.

'Ik ga eens binnen kijken,' zei Arend.

'Ja,' zei Marrigje haastig. 'Laten we dat doen.'

'Ik blijf nog even hier,' zei hij. 'Het is goed frisse wind om de kop te hebben op dit soort dagen.'

Hij draaide zich naar de verschansing en ontdekte dat hij zijn hand tussen zijn mantel en hemd gestoken had en daarmee het kruisje dat om zijn nek hing vasthield. Hij liet het zo en keek naar het wegschuivende Schiedam. Er groeide een zekerheid in hem, beetje bij beetje, maar toch onstuitbaar, zoals ook in het verleden weleens zekerheden waren gegroeid die werkelijk waren uitgekomen. De laatste jaren was dit vaker gebeurd dan vroeger en dit keer was het sterker dan ooit. Hij peinsde een tijdje hoe het kwam dat hij dit nu zo zeker wist, het moest van hogerhand zijn ingegeven, maar tegelijkertijd was er de angst dat hij niet overzag hoe en door wie dit in zijn hart en gedachten werd gelegd. Hij liep langzaam langs de verschansing, één hand langs het hout glijdend. Hij liep tot helemaal voor aan het schip, draaide zich om en rustte met zijn rug tegen de hoge verschansing bij de voorsteven. De zwarte gedaante stond nu achter de mast, hij zag de lange mantel af en toe erachter langs waaien. De voorsteven was verder verlaten. 'Wat wil je van me,' vroeg hij met gedempte stem, want hij voelde dat zelfs zijn gedachten zouden overkomen. Hard praten was niet nodig. Het antwoord kwam niet direct, maar toen klonk de zware stem, eveneens gedempt, als een lage rommel vlak over het dek: 'Ik wil niets, ik kondig alleen iets aan.'

'Waarom val je me lastig?' vroeg hij. 'Waarom kondig je mij dit aan?'

'Dat weet je. Vraag niet naar de bekende weg,' was het directe antwoord.

Hij zweeg. Ze waren nu op open water en de wind nam toe. De mantel woei van achter de mast. 'Hoe kun je dit allemaal weten?' vroeg hij.

Een rommelende lach. 'Weet je niet hoe waarzeggers in de toekomst kunnen kijken? Ik dacht dat je in je eigen familie daarvan genoeg had gezien.'

Een korte stilte. 'De wereld ontvouwt zich volgens een vooropgesteld plan. En sommigen is het gegeven de eerstvolgende stappen in dat plan te kennen.'

Hij peinsde een tijdje over dit antwoord. Het gaf hem een toenemend gevoel van machteloosheid. Hij vroeg zich af of er een mogelijkheid was om dit plan nog te beïnvloeden. Dat moest wel zo zijn, want wat was anders de zin van bijvoorbeeld bidden? En de kracht van het gebed was onmiskenbaar, ook dat kende hij uit eigen ervaring.

'Je liegt,' zei hij. 'Kijk maar naar Jona. God veranderde zijn plan en verwoestte Ninevé niet.'

De lach was nu hoger, bijna hysterisch. 'Maar de Ninevieten bekeerden zich. En degene over wie het nu gaat, zal zich in eeuwigheid niet bekeren. Zij zal ervoor zorgen dat God zijn plan niet hoeft bij te stellen.'

Hij duwde zich wild af van de verschansing, liep met grote passen naar de mast.

Hij staarde naar het zwarte doek, dat over de touwklem op de mast hing en heen en weer zwiepte in de wind.

Hij zou het schip willen keren, de geschiedenis veranderen, niet aanleggen in de haven van Goedereede omwille van de zekerheid over wat komen ging. Maar hij zag hoe het schip doorvoer, de Maasmond uit, langs de kust bij Den Briel, over het groene, schuimende water rond Voorne, de kustlijn volgend richting Hellevoetsluis en dan overstekend, met uitstekende westenwind zeilend naar de toren daar in de verte. Ze kwamen aan bij de smalle havenmond, die – zag hij opnieuw – in-middels ruim buiten de muren van het stadje begon vanwege het aanslibbende land. Toen waren ze binnen de muren en hij zuchtte slechts toen de vervulling van de profetie daar was: op de bijna verlaten oever naderde een vrouw het nog varende schip, die hem en Arend en Marrigje toeriep: 'Zijn jullie naar Delft geweest?'

Hij had al vanaf Schiedam geweten dat het Nynke zou zijn.

Hij voelde dat dit iets in gang zette. Alsof de dingen op dit moment hadden gewacht en de raderen nu langzaam in beweging werden gebracht.

25

10 juni 1585

Hij stond op de hoek van de markt en ademde de zilte avondlucht in die werd meegevoerd door de zuidwestenwind. Hij haalde zijn gebalde vuist uit zijn zak en keek ernaar alsof het een ledemaat van een ander was. Hij pakte hem vast met zijn andere hand en opende zijn vingers, vond het houten duiveltje, keek er even naar, maar voelde dat er iemand naderde en stopte het duiveltje snel terug in zijn zak. Hij zuchtte diep, keek over zijn schouder wie daar kwam. Het was de baljuw zelf, in druk gesprek gewikkeld met dominee Albertus. Ze zagen hem niet eens in de snel vallende schemering, en in een reflex stapte hij opzij, twee stappen verder in het portiek van het grote herenhuis. De stemmen kwamen langzaam dichterbij, ze praatten meer dan ze liepen. Regelmatig bleven ze blijkbaar staan, maar nu stapten ze weer verder en kwamen binnen gehoorsafstand. In het portiek was het bijna volslagen duister, hij hield zijn adem in om hen beter te kunnen horen.

'... is nu gekomen. Er kan niet langer gewacht worden, heer Aerts. Ik heb vanmiddag begrepen dat er in Schiedam daadkrachtig wordt doorgepakt. Daar zijn vijf vrouwen in hechtenis genomen. En een van die vijf heeft haar naam genoemd.'

Er viel een lange stilte. 'Ik heb nog geen bericht

daarvan ontvangen,' hoorde hij de baljuw zeggen en gelijktijdig viel hem de gespannen toon op.

'Nee, maar ik heb de hoofdbaljuw van Voorne al wel een bericht gestuurd,' klonk de stem van de dominee.

'Wat zegt u?' hoorde hij de baljuw uitschieten. 'Welk bericht heeft u aan de hoofdbaljuw gestuurd?'

'Dat het tijd wordt dat hij zich zelf op de hoogte komt stellen van de zware verdenkingen die er hier ter stede zijn tegen een aantal vrouwen. Dat het er stellig op lijkt dat hier heksen de vrije hand hebben om hun duivelse werk te verrichten zonder enige tegenstand.'

Hij dook dieper weg in het donkere portiek, beheerste zijn ademhaling zo goed mogelijk, probeerde te begrijpen wat dit allemaal te betekenen had.

Het was lange tijd stil en toen de stem van de baljuw weer klonk, hoorde hij hoe die trilde van woede. 'Waar bent u mee bezig, dominee? Waarom doet u dit allemaal achter mijn rug om? En was u het niet zelf die mij een paar jaar geleden juist instrueerde om de inhechtenisneming achterwege te laten?'

Hij voelde een steek diep in zijn lijf toen hij besefte waarover ze hier spraken.

'Het is nu Gods tijd,' zei de dominee. 'Dat is de eenvoudige waarheid, baljuw. Gods wegen zijn voor ons ondoorgrondelijk, maar het is mij duidelijk geopenbaard. Als we nu niet ingrijpen, zal het oordeel Gods onze stad harder treffen dan ooit tevoren. Beseft u niet wat er aan de hand is, baljuw? Antwerpen is gevallen. God heeft die stad gestraft voor zijn ongeloof. Het evangelie kan niet half geloofd worden, twijfelachtig worden aangenomen. Het is helemaal, of helemaal niet. En nu, als we niet oppassen, is Goedereede aan de beurt.'

Hij hoorde een korte grom, ongetwijfeld van de baljuw, waarop zware voetstappen klonken en hij in het duister de grote gestalte van Pauwel Aerts langs het portiek zag lopen. Het duurde voor zijn gevoel nog eindeloos lang voordat hij ook de voetstappen van de dominee hoorde, die zich langzaam verwijderden.

Nu pas werd hij er zich van bewust dat hij met gebalde vuisten in dat portiek stond en dat in zijn rechtervuist het duiveltje brandde als een klein hellevuur.

De baljuw liep met grote passen zijn kamer in, tot vlak voor zijn schrijftafel. Hij keek op naar Aerts, schoof zijn stoel naar achteren en stond op. 'Heer baljuw.'

'Schrijver, ik wil dat je vandaag nog afvaart naar Schiedam. Er is daar een gerechtelijk proces gaande en ik wil dat je me verslag daarvan doet. Ik wil alles weten en er zal nog iemand met je meereizen, een lid van ons stadsbestuur, de heer Arent Corneliszoon. Vanmiddag vaart er een kleine schoener naar Schiedam, kijk, je ziet hem daar liggen.' De baljuw wees uit het raam naar een rank schip dat in de haven lag.

De lippen van de baljuw hadden echt die woorden gevormd: 'Arent Corneliszoon.' Opnieuw had hij een gewaarwording van buitengewone helderheid van geest, zoals hij de laatste tijd vaker had. Hij wist nu al dat dit een zeer belangrijke reis zou worden, al wist hij nog niet in welk opzicht. Dat zijn oude schrijfleraar, die hem destijds bij Nynke wekelijks de eerste beginselen van het schrijfvak had bijgebracht, meeging moest van hogerhand zijn bepaald.

'Tot uw dienst, heer baljuw,' zei hij. 'En Arent Corneliszoon? Waarom hij, als ik zo vrij mag zijn dit te vragen?'

De baljuw negeerde zijn vraag en wees op de tafel. 'Laten we even gaan zitten, dan leg ik je uit wat daar speelt en wat ik precies van je verwacht.'

Toen de baljuw vertrokken was, liet hij zich langzaam op de stoel achter zijn schrijftafel zakken. Hij staarde lange tijd naar het vel perkament dat voor hem lag en begon de schrijfspullen op te bergen. Hij zag uit zijn ooghoeken hoe de lange zwarte mantel van Zwarte Broer Jan langs de deurpost van zijn kamer slierde. Hij knikte, had niet anders verwacht. Hij was ook niet verbaasd toen hij via de achtertrap uit zijn ooghoek een andere gedaante naar boven zag komen, die in de schemering helemaal achter in zijn schrijfkamer ging zitten, half aan het oog onttrokken door de zware gordijnen die tegen de wand hingen.

'Wat is er gebeurd?' vroeg hij met gedempte stem. 'Waarom beschermt dominee Albertus jou niet langer?'

Ze schoot kort in de lach. 'Zijn kwaal is over. Zo zijn mannen. Als ze zelf niks meer mankeren, willen ze niet alleen je kennis en je adviezen maar ook je lichaam, en als je dat weigert, laten ze je vallen. Ik betreur het, heb met hem te doen.'

'Maar is hij dan niet bang dat...' Hij wist eigenlijk niet wat hij vragen wilde, kon zijn gevoelens niet goed onder woorden brengen.

Hij hoorde een grote vermoeidheid in haar stem toen ze weer begon te spreken. 'Hij zal mij niet meer beschermen. Ik ben nu slechts een bedreiging voor hem. Ik weet dingen van hem die hij ten koste van alles wil verbergen.'

'Maar wat weet je dan?' probeerde hij.

Het bleef stil in de kamer. Toen hij opkeek, zag hij dat de plek achter het gordijn weer leeg was.

Hij stond op, pakte zijn spullen en besloot nog even langs Maartje te lopen voordat hij Marieke zou vertellen dat hij vanmiddag zou vertrekken.

Hij liep door de Pieterstraat naar het huisje van Maartje. Nadat hij haar geroepen had kwam ze met betraande wangen naar de achterdeur en wenkte dat hij kon gaan zitten. Het duurde even voordat ze goed uit haar woorden kon komen. Hij probeerde haar te troosten door wat zinloze woorden en toen dat niet hielp liep hij naar het biervaatje in de keuken en tapte een kroes bier voor haar. 'Hier,' zei hij terwijl hij haar de kroes aanreikte. 'Drink eerst wat. Daar knap je van op.'

Ze knikte, dronk een paar gulzige slokken en zuchtte diep. Er viel een lange stilte. Opnieuw dronk ze wat, zette de kroes toen weg en keek hem aan.

'De duivel bezoekt me 's nachts,' zei ze met schorre stem. 'Hij zendt me gruwelijke dromen. En elke keer is het vuur en elke keer is ook...' Ze haperde, slikte, beet op haar lip.

'Wat is er elke keer, Maartje?' vroeg hij.

Ze schudde haar hoofd. 'Ik durf het niet te vertellen,' fluisterde ze. 'Dan zal het misschien nog waarheid worden.'

'Dromen worden zomaar geen waarheid als je erover praat,' zei hij, maar hij merkte dat ook zijn eigen stem nu schor klonk. 'Zeg het maar,' zei hij er achteraan.

'Moeder...' begon ze. Maar verder kwam ze niet. En hij vroeg ook niets.

Toen hij terugliep door de Pieterstraat voelde het alsof zijn arm tot aan zijn pols van hout was, met moeite maakte hij zijn gebalde vuist los en liet hij het houtsnijwerkje achter in zijn zak.

Terwijl hij de loopplank van het beurtschip opliep, zag hij dat Arent Corneliszoon al aan boord was, en stond te praten met de schipper. Zijn luide schaterlach rolde over het dek hem tegemoet. Hij negeerde hem en groette de schipper, liep met zijn plunjezak naar achteren om deze in de kajuit te zetten.

Eenmaal buitengaats, het schip krakend onder zijn voeten en het zeil strakbol tegen een ijsblauwe lucht, kwam Arent zijn kant op en ging naast hem tegen de verschansing staan.

Hij nam de man op. Arent was net zo oud als Nynke, wist hij, maar hij oogde ouder. Nynke was nu tweeenzestig jaar oud, maar nog kaarsrecht en haar stevige, gespierde lichaam had nog niet veel last van het ouder worden. Maar als hij naar Arent keek, zag hij een man met een wat kromme rug en een dikke buik, die schommelde bij het lopen, de armen los van het lijf alsof hij op een slap koord balanceerde.

Hij hoorde hoe de man hijgde. Zwijgend wachtte hij, terwijl hij zijn blik op de horizon vestigde.

'Zo, Lenert,' zei Arent. 'Dat is lang geleden, dat ik je schrijfles gaf.'

Hij knikte. 'Zeker, Corneliszoon, dat is het. Misschien wel veertig jaar. Of langer.'

Het was een tijdje stil. Boven hen klapperde het zeil, de boot zwenkte oostwaarts, in de richting van de Maasmond.

'Vijf heksen,' mompelde Arent. 'Vijf heksen!' vervolgde hij toen harder. 'Het zijn rare tijden, schrijver.'

Hij zweeg, verroerde zich niet, keek voor zich.

'Maar het recht zal zegevieren. God zal de listige lagen van de satan wel blootleggen, zodat wij gaan zien waar het kwaad verscholen zit. Niet alleen in Schiedam, ook in Goedereede. Zo zal het zijn.'

Opnieuw deed hij of hij de woorden niet gehoord had en het luchtte hem op toen Arent zich zuchtend omdraaide en weer wegliep, schommelend over het dek, de armen gespreid als een koorddanser.

In Schiedam liep hij direct door naar het stadhuis. Arent vond het te ver en liet een koetsje komen, maar hij was er te voet al eerder en wachtte op hem in de grote wachtruimte van het stadhuis. Toen Arent eindelijk binnen schommelde, stond hij op en liep naar de bediende. 'Wilt u de afvaardiging van het stadsbestuur van Goedereede aankondigen bij de baljuw?' vroeg hij.

De bediende boog licht en knikte. 'Ik zal de edele heer ervan in kennis stellen.' Daarop verdween de man door een grote eiken deur. Het duurde lange tijd voordat hij terugkwam met de mededeling: 'Wilt u mij volgen?'

De baljuw zat achter een grote schrijftafel die vol lag met papier. In de kamer bevond zich nog iemand: een lange, magere man met een gezicht dat uit marmer leek te zijn gebeiteld. Deze stelde zich aan hem voor als 'Zoetius. Frazinus Zoetius.'

De baljuw vroeg naar de reden van hun komst en knikte instemmend toen Arent toelichtte dat ze als vertegenwoordiging van het stadsbestuur van Goedereede kwamen. Ten eerste om hun steun te betuigen in deze moeilijke dagen vol onrust en beroering, en ten tweede om met eigen ogen en oren waar te nemen of er ook gevaar dreigde voor Goedereede.

'Het is goed dat u gekomen bent,' zei de baljuw. 'En ook goed dat u daarbij kennismaakt met de heer Zoetius. Wij hebben in het verleden wel eerder een heksenproces gevoerd, maar hadden toch grote behoefte aan goed advies. Zoetius biedt ons dat, hij is een deskundige als het gaat om processen tegen tovenaars, heksen, duivelskunstenaars en satansaanbidders.'

'Helaas wel, ja,' zei Zoetius met een zware stem, te zwaar eigenlijk voor zo'n dun lijf, vond hij. 'Maar met Gods hulp zullen we deze Izebels verslaan.'

In het gesprek dat volgde, kreeg hij een goed beeld van de situatie. De afgelopen periode was Schiedam getroffen door allerlei onheil en ziekte. Het gerucht dat vijf vrouwen uit de stad daar de hand in hadden was steeds sterker geworden. En toen twee getuigen hadden gemeld dat ze in het duister deze vrouwen hadden zien samenkomen, vast en zeker om een heksensabbat te vieren, waren ze in hechtenis genomen. Zoetius had de juiste foltermethoden geadviseerd en bekentenissen waren gevolgd. Huiveringwekkende zaken hadden ze toegegeven. Nu zou de dood door verbranding volgen. Een van hen had zich echter verhangen, afgelopen nacht, geholpen door de satan zelf. De balken in het gevangenenverblijf waren te hoog voor haar, de satan had haar gegrepen, opgetild en persoonlijk de knoop om haar nek strakgetrokken, zei Zoetius. Dat was wel zeker, want hij was zelf bij de lijkschouwing geweest en had de afdrukken van de duivelse klauwen om de bovenarmen van de dode gezien. Hij vreesde zelfs dat een boze geest nog in haar dode vlees schuilging en had geadviseerd om haar lijk ook te verbranden, morgen.

Hij luisterde ingespannen naar het verhaal, maar nergens hoorde hij een verwijzing naar iemand uit Goedereede.

Die avond, in de herberg, op zijn kamer, werd hij plotseling getroffen door een groot gevoel van onrust. Het was alsof een onverwachte kilte de kamer doortrok en hij schoof het gordijn opzij om te zien of het raam niet openstond. Hij hapte naar adem toen hij haar schaduw zag en haar stem hoorde: 'Ga naar beneden, maar doe het geruisloos. Daar zul je zien waarom.'

Bevend gehoorzaamde hij, de deur zacht achter zich sluitend, en daalde trede voor trede de trap af tot hij stemmen hoorde door de half openstaande buitendeur, uit het duister van de tuin achter de herberg.

'... heb het zelf gehoord, heer baljuw. Dat moet toch in de verhoren naar voren zijn gekomen?' Hij herkende de stem van Arent Corneliszoon.

'Geen van die heksen heeft over haar gesproken,' klonk de gedempte stem van de baljuw.

'Zelfs bij ons in Goedereede is het bekend. Het zal nu lijken alsof u haar persoonlijk wilt beschermen, ik heb begrepen dat dit de opperbaljuw van Voorne ook al ter ore is gekomen. Ik waarschuw u vanuit een goed hart, baljuw. Ik vrees dat u uw eigen positie in gevaar brengt als u dit bericht niet zelf ook ondersteunt en naar buiten brengt.'

Er viel een lange stilte, waarin hij ademloos stilstond en het tot hem begon door te dringen wat hier gebeurde. Maar hij had niet lang de gelegenheid om erover na te denken, want de baljuw sprak: 'Ik dank u voor de waarschuwing. Ik zal het bespreken met Zoetius. We zullen het waarschijnlijk opnemen in de verslagen van de verhoren, als we er zekerheid over krijgen. Ik zal er navraag naar doen.'

Voetstappen naderden, snel liep hij terug de trap op, uit het zicht van de binnenkomende heren, tot hij de kamerdeur weer achter zich sloot.

Hij liep gehaast naar het raam, schoof het gordijn opzij, maar daarachter was slechts de nacht.

26

14 juni 1585

Toen hij de loopplank afliep, de kade van Goedereede weer op, was het nog steeds alsof hij de geur, de diepdonkerrode geur rook, die de markt in Schiedam had omwalmd. Hij duwde zijn vuist tegen zijn maag, liet een oprisping ontsnappen. Hij keek op en zag de bode uit het stadhuis zijn kant op komen. Hij knikte naar de man. 'Ik ga direct naar de baljuw,' zei hij, nog voor de bode iets had kunnen zeggen.

De bode glimlachte. 'U bent snel van begrip.'

Hij liep langs de kade in de richting van de brug. Hij voelde hoe ze nu allebei achter hem liepen. Nee, alle drie.

'Wat ga je zeggen?' klonk de stem van Nynke en voor het eerst meende hij daar iets van angst in te horen en dat deed hem goed.

'In jouw handen ligt het lot van deze stad,' zei Zwarte Broer Jan met zijn zware stem. 'Ban de duivels en heksen uit, jij hebt de sleutel in handen. Stem slechts in met het verzoek dat je zult krijgen.'

'Lieverd, wat drijft je toch?' klonk de klaaglijke stem van Marieke. 'Hoe kun je nog langer die heks de hand boven het hoofd houden? Zie je dan niet dat ze ons te gronde richt? Dat ze jou te gronde richt? Het is mooi dat ze gezorgd heeft dat je schrijfles kreeg, maar nu wil ze alleen maar het kwade, ze gunt ons het geluk niet. Hoe vaak moet ik dit nog tegen je zeggen? Zoveel jaar wil ik het je al duidelijk maken, maar je bent door haar betoverd.'

Hij schudde zijn hoofd, ten teken dat dit niet waar was.

Maar de sissende stem van Nynke klonk nu, doodvermoeid: 'Stop hier toch mee, mens. En pas op dat je niks breekt.'

Hij draaide zich om, maar keek toen recht in het gezicht van Arent, die hem met een vettige glimlach aankeek. De anderen waren allemaal alweer verdwenen. Hij zuchtte diep, liep de brug over, de markt op naar het stadhuis. Zware voetstappen over de keien. Een bekende stem. 'Vader!'

Zijn zoon Johannes, een boom van een kerel inmiddels.

'Johannes! Ik ben weer terug.'

'Moeder is gevallen,' zei Johannes. 'Ze is vreselijk terechtgekomen. En ze heeft haar been gebroken. We hebben het gespalkt, maar ze is er slecht aan toe. We hebben al twee nachten bij haar gewaakt.'

Sommige woorden gingen eerst door je heen, zonder dat ze je raakten. Maar dan kwamen ze nog een keer en ging je ze beter begrijpen. En ten slotte vielen ze neer, vlak voor je voeten, zodat je niet meer om de betekenis ervan heen kon. Je moest ze stuk voor stuk oppakken en opzijleggen om er weer door te kunnen. Zo was het nu ook en toen de betekenis tot hem was doorgedrongen merkte hij dat er een koud vuur in zijn hart ontstoken was. Hij zei tegen Johannes dat hij snel zou komen, maar eerst nog iets in het stadhuis moest doen.

De baljuw stond al op hem te wachten. 'Heb je het al gehoord van je vrouw?' vroeg Aerts. 'Er schijnt zelfs een vervloeking gehoord te zijn. Ik ben bijzonder dankbaar voor je dat ze nog leeft. Het had slechter kunnen aflopen. Maar goed, het is nog ernstig genoeg, en in verband daarmee: vertel over Schiedam. Is het waar dat de heksen in Schiedam ook verwezen hebben naar heksen in onze stad? Dat ze die met naam en toenaam hebben genoemd? En' – op dit punt dempte de baljuw zijn stem tot fluistersterkte – 'dat ze ook de naam van jouw zussen hebben genoemd? Is het waar?'

In een moment van buitengewone helderheid zag hij het voor zich: de twee wegen en het kruispunt. De keuze die hij nu zou maken zou de rest van zijn leven bepalen, voelde hij. Hij hoorde de stem van Marieke, kreunend van pijn: 'Zorg dat ze ons niet langer kan dwarszitten, zorg dat er een einde komt aan die heks.'

Maar Nynke praatte nu door haar heen, veegde haar aan de kant. Toch kon hij niet verstaan wat ze zei, want met een vastberaden stem sprak hij, terwijl elk volgend woord een steeds grotere kilheid in zijn hart veroorzaakte: 'Het is waar, baljuw. Haar naam is genoemd. De heksen daar hadden contact met haar.'

'Nynke?' vroeg de baljuw.

Hij knikte slechts. Woede tegen zijn zus vulde hem helemaal. Altijd weer die tegenwerking van Nynke, altijd die spanning tussen Marieke en haar. Waarom deed ze altijd zo moeilijk? Ze kon mooi praten, dat ze altijd het goede voor hem had gezocht en hoeveel haar dat had gekost. Maar het enige wat ze deed was zijn levensvreugde wegvreten, steeds verder, tot hij niets meer overhield en er alleen maar leegte overbleef. Hij had het duiveltje gegrepen, het gloeide als zijn brandende woede.

Er viel een lange stilte, waarin voor hem het gezicht van de baljuw zich sloot. Hoezeer hij ook probeerde door de laag heen te dringen, hij kon niet nagaan wat er in de man omging. Hij merkte dat zijn eigen hart tekeerging alsof hij net moordend hard gerend had. En er begon iets van spijt en twijfel in zijn binnenste te groeien toen hij dacht aan Arent en de baljuw uit Schiedam. Het was alsof er een geur van zwavel in zijn neusgaten walmde toen de baljuw zei: 'Dat is ernstig, schrijver. Het is goed en dapper dat je de waarheid gehoorzaam bent, boven je bloedbanden. Ik zal haar laten halen door de schoutsjongen.'

En in een plotselinge opwelling van slaafsheid – of was het om die innerlijke stemmen het zwijgen op te leggen, om maar gewoon door te tasten tot op het bot en definitief een einde te maken aan alle innerlijke samenspraak, door een weg in te slaan waarvan geen terugkeer meer mogelijk was? – zei hij in reactie op de woorden van de baljuw: 'Stuur vandaag nog iemand naar Schiedam en laat Frazinus Zoetius komen. Hij kan u assisteren en adviseren.'

De baljuw keek hem aan. 'Frazinus Zoetius. Ik heb van hem gehoord. Ik zal iemand sturen. Ga nu naar je vrouw, die zal blij zijn je weer te zien.'

Met elke stap die hij zette in de richting van de Achterstraat dreunde het ritmisch in zijn hoofd: Nynke moet voorgoed stoppen. Nynke moet voorgoed stoppen. Nynke moet voorgoed stoppen.

Hij opende de deur, stapte naar binnen.

Marieke keek hem aan met een bezweet gezicht, hoewel hij merkte dat het toch niet warm was in het huisje.

'Lenert,' zei ze met een stem die schor was van pijn. 'Ze heeft me vervloekt. Ik kwam haar tegen op de markt. Ik weet niet meer wat ze tegen me zei, ik ben het vergeten. Maar ik voelde dat ze me vervloekte, dat ze de duivel op me af stuurde en op de terugweg ben ik uitgegleden. Wie zal ons toch verlossen van die heks? En jij doet helemaal niks. Jij laat me gewoon aan mijn lot over. Wat moest je in Delft doen? Waarom moest je weg? Ik zei toch dat je moest blijven?'

Haar woorden brachten hem tot zichzelf. Hij hoorde de klaaglijke verongelijktheid in haar stem, en zijn woede tegen Nynke zakte. Hij kamde Mariekes haren met zijn vingers, vroeg of ze pijn had. Ze knikte.

Hij keek naar het been, het was net boven de enkel gebroken, hij liet zijn vinger voorzichtig lang het scheenbeen glijden, voelde dat het bot recht doorliep en weer goed aansloot, zag dat de spalken goed waren aangebracht. 'Wie heeft je geholpen?'

'De oude Johannes uit het klooster,' antwoordde zijn zoon Johannes. 'Ik ben hem gaan halen met de kar. Hij kan niet goed meer lopen, maar ik wist dat hij de beste is als het om dit soort dingen gaat.'

'De oude Johannes,' zei hij terwijl zijn gedachten ver terug dwarrelden en er iets in hem opkwam. 'Ik zal hem hartelijk bedanken. Maar nu zal ik je eerst iets voor de pijn geven, vrouw.'

'Ze heeft me betoverd. Het is jouw schuld. Je had thuis moeten blijven,' zei ze.

Hij draaide zich abrupt om, wilde dit niet langer horen. Hij liep naar het kruidenschuurtje en maakte een theemengsel van jeneverbes en onzelievevrouwebedstro. Hij dacht even na en voegde er toen nog valeriaanwortel aan toe. 'Als Nynke me dit niet had geleerd zou je blijven creperen van de pijn. Dat is de waarheid,' prevelde hij.

Hij liet Marieke het helemaal opdrinken en hij hoefde niet lang te wachten tot ze in een diepe slaap viel. Hij vroeg Mathilde bij moeder te blijven en liep snel de Achterstraat uit, de Varkensmarkt over, langs de kerk naar het klooster. De woede tegen Nynke was verdwenen, er was een grote ergernis over hem gekomen na Mariekes woorden.

Hij liep de lange gang in, langs de ruimtes die gebruikt werden als leslokalen, naar de vleugel met de cellen. Voorzichtig opende hij de deur. De oude man keek op van het document dat hij aan zijn schrijftafeltje zat te lezen. Het viel hem opnieuw op hoe oud Johannes al was, hij moest toch al in de tachtig zijn.

'Lenert!'

'Dag, Johannes.'

De oude man draaide zich moeizaam om en wees op een stoel. Hij schoof de stoel bij, ging zitten. Er viel een lange stilte.

'Wat denkt u ervan, broeder Johannes?' zei hij uiteindelijk.

De oude man nam de tijd om na te denken over een antwoord en zei: 'Je vrouw is gevallen, dat is wat zeker is. Maar of het ook te maken heeft met een vervloeking, dat denk ik niet. Ik geloof dat ze zelf iets te snel uitgaat van bovennatuurlijke krachten die zich tegen haar keren.'

Hij merkte hoe die woorden hem diep in zijn lijf raakten, bevestigden wat hij zelf dacht. Hij zuchtte diep en zei: 'Soms zou ik willen dat we nog konden biechten.'

Johannes veerde een beetje op en keek hem aan. 'Je

spreekt naar mijn hart, Lenert. De laatste tijd heb ik daar veel over nagedacht. Het einde van mijn leven is nabij en dan maak je de balans op. Ik bid veel tot God om wijsheid en steeds meer begin ik de dingen in evenwicht te zien, dat voel ik. Ik dank God daarvoor. Weet je wat mij het meest heeft beziggehouden?'

Hij schudde zijn hoofd.

'Wat mij het meest heeft beziggehouden,' ging Johannes verder, 'is dat ik op mijn vijftiende God heb ontmoet. Niet zomaar, maar echt ontmoet, ik wist zeker dat Hij tot mij sprak en dat ik mijn hele leven in zijn dienst zou stellen. Ik ben het klooster ingegaan en heb Hem daar vaak opnieuw ontmoet. Tijdens de ochtendmis, tijdens de stille momenten in deze cel, lezend in zijn woord.'

Johannes zweeg even, keek naar buiten, waar de zon helder scheen. De schaduwen van de kastanjebomen gingen heen en weer op het raam.

Toen de oude man verderging was zijn stem scherper. 'Maar toen kwam de nieuwe leer en hoorde ik dat ik het altijd verkeerd had gezien. Dat de roomse moederkerk een duivel op zich was. Weg met de eucharistie, weg met de paapse mis, weg met de biecht, weg met de beelden, weg met alles.'

Hij luisterde ademloos naar de oude man, voelde hoe deze precies verwoordde wat in zijn eigen hart omging.

'En wat is er nu veranderd, Lenert? Zijn de mensen vromer geworden, godvrezender? Is Goedereede er iets mee opgeschoten? Is God dichterbij gekomen? Ik zie nu meer toverij om me heen dan ooit, en meer angst en meer onrustige harten. En ik zal je eerlijk zeggen: ik mis de biecht ook en ik weet natuurlijk wel dat onze beelden gewoon aardewerk waren, maar toch troostte de aanblik van de heiligen en de maagd me. Het hielp me om mijn gedachten te ordenen en ze op God te richten en om mij de Zaligmaker voor ogen te stellen.'

Hij knikte, stemde woordeloos in. Opnieuw viel er een lange stilte.

'Als je wilt biechten, dan zal ik je biechtvader zijn,' zei Johannes. 'En wil jij dan op mijn sterfbed mijn biecht aanhoren, zo God het wil? Het zal mij meer vrede geven in het afscheid nemen van dit leven.'

'Dank u wel, broeder Johannes,' zei hij. 'Laat mij alstublieft biechten.'

En zo luchtte hij zijn hart, gebogen zittend op de houten stoel naast Johannes. Terwijl hij sprak verdween de cel en stond zijn stoel aan de rand van een donker bos met bomen die hun klauwende takken naar hem uitstaken. Daarbinnen ritselde en dreigde het onder een loden hemel die vol donder en bliksem zat, en hij vertelde het allemaal. Van de angst die hem achtervolgde, van de strijd tussen Nynke en Marieke, van de vervloekingen die Nynke zou hebben uitgesproken, van het feit dat ze heel veel wist en dat ze verderf zaaide en nu opnieuw Marieke had getroffen, van de heksen, van Arent, van de baljuw, van de inhechtenisneming van Nynke en van zijn angst hoe het nu verder zou gaan. Maar naarmate hij zijn hart luchtte, veranderde zijn biecht en gaandeweg bracht hij donkere zaken uit zijn hart naar boven. Hij biechtte dat hij zelf vervloekingen had uitgesproken, dat hij zich vaak sterk geleid voelde door een duiveltje dat ook nu nog in zijn zak zat, en dat hem tot boosheid en kwade daden bracht. Hij bevrijdde zich van de onuitgesproken wetenschap dat hij zijn zus Neele verraden had, dat hij de waarheid van het bedrog van Alari niet aan het licht had gebracht. Hij biechtte zijn schuld op, zijn lafheid. Hij biechtte dat hij geen tegenweer durfde geven tegen zijn kwaadsprekende vrouw, dat zijn liefde bekoeld was, dat hij de baljuw de naam van Nynke als heks had genoemd, en dat hij nu bang was, schuldig en bang voor de gevolgen van alles wat hij had gedaan en gezegd.

Het duurde lang voor Johannes weer sprak. 'Mijn zoon, wat is je hart en je leven vol van angst en onrust en schuld. Ga tot God en je zonden zullen je vergeven zijn. Maar wees je ook bewust van je eigen verantwoordelijkheid. Ik voel dat jouw rol belangrijk is en bepalend voor wat er met je zus zal gebeuren. Het is heel onzeker of je datgene wat nu op gang is gekomen nog zult kunnen keren. Of er een uitweg is die je schuld zal blussen, ik weet het niet. Ik bid voor je. Laat God bepalen wat er gebeuren zal, leg het in zijn handen. Bid voor haar, bid voor Marieke, bid voor vrede en voor recht, want dat is wat deze wereld het hardste nodig heeft.'

Het was lange tijd stil. Met gebogen hoofd zat hij op de stoel.

'Bevrijd me van het duiveltje, Johannes,' fluisterde hij. 'Ik kan het niet.'

De man stak zijn oude, bevende hand uit. 'Geef het.'

Met moeite bracht hij zijn hand in zijn broekzak. Hij zocht het duiveltje, kon het eerst niet vinden, maar het was er, helemaal onderin. Het voelde koud aan. Zijn arm trilde en met moeite haalde hij zijn hand terug. Hij hield zijn gebalde vuist, met het houtsnijwerkje erin, boven de trillende, geopende handpalm van Johannes. Toch lukte het hem niet zijn hand te openen.

Johannes pakte zijn vuist, draaide de hand om, opende met onverwachte kracht zijn gesloten en verkrampte vingers. Het duiveltje kwam aan het licht, Johannes pakte het en draaide zich om naar het kleine vuurtje dat brandde in de haard.

Hij zag hoe de oude man, als in een bovennatuurlijke vertraging, het duiveltje in het vuur gooide. Een schok ging door hem heen, alsof iemand hem een zware klap op zijn rug gaf, hij hoorde zijn eigen stem uitschieten, maar de vlammen laaiden blauwig op, in hoge, piekerige vlammen.

De hand van Johannes op zijn schouder. Hij sloot zijn ogen. Een groot gevoel van bevrijding kwam over hem.

27

20 juni 1585

Hij snoof onopvallend aan het inktpotje, om met de geur even de walmende atmosfeer van de verhoorkamer te laten verdwijnen. Hij kon het niet opbrengen de verhoorde aan te kijken, wenste hier helemaal niet te zijn, maar hij werd nu eenmaal geacht op te schrijven wat er gezegd werd. Er was niets meer aan te doen, de raderen draaiden, hij had ze zelf in beweging helpen zetten, en nu ging alles onafwendbaar zijn eigen weg.

'Zo, jongen,' hoorde hij de stem van de baljuw en de gemaakte vriendelijkheid in de stem gaf hem een gevoel van afkeer. Hij wachtte wat verder komen ging.

'We vinden het fijn om met jou te kunnen praten. Je hoeft nergens bang voor te zijn, je mag gewoon vertellen wat je weet. En als je dat goed doet, krijg je van ons nog een lekker suikerbrood ook, groot genoeg om thuis met zijn allen van te eten. Je moeder zal er wel blij mee zijn als je met een suikerbrood thuiskomt, denk ik.'

Hij staarde naar de ganzenveer, hoorde dat er geen reactie van de verhoorde kwam, bedwong de neiging om de baljuw, de schoutsjongen, Frazinus en de hele santenkraam het stadhuis uit te gooien en zuchtte diep. Ook al zou hij niet doorschrijven, al zou hij zijn ambt als schrijver hier ter plekke neerleggen en zeggen dat Nynke onschuldig was, ze zouden het slechts zien als bevestiging dat ze niet deugde. Ze zouden hem verwijten dat hij door haar betoverd was, dat bij hem hetzelfde bloed door de aderen stroomde. Nog niet eerder had hij zich zo machteloos gevoeld.

'We zijn hier,' begon de baljuw nu op zakelijke toon, 'op de twintigste juni van het jaar onzes Heeren vijftienhonderdenvijfentachtig, voor het onderzoek naar verdachte Nynke Dimmendochter bijeen met Frazinus Zoetius, advocaat uit Antwerpen, om met Krijn Pieterszoon, kleinzoon van verdachte, te spreken over de geruchten die de ronde doen over een bezoek dat zijn grootmoeder schijnt te hebben gehad.'

Hij voelde hoe de baljuw hierna naar hem keek, om te controleren of hij dit alles opschreef. Hij keek niet op, schreef de woorden en bleef naar het perkament kijken toen hij een punt had gezet.

Hij hoorde de baljuw weer op zoete toon tegen zijn neefje Krijn spreken, en keek nog steeds niet naar hem.

'Vertel eens, jongen. Ik heb gehoord dat jij gezegd hebt dat jouw grootmoeder weleens bezoek kreeg van een man in een rode mantel. Klopt dat?'

De jongen zweeg en zelfs op deze afstand rook hij de angst van het kereltje.

'Zeg het maar gewoon, lieve jongen,' zei de baljuw. 'Hier, neem alvast wat lekkers, dat helpt misschien om makkelijker te kunnen praten. Het smeert je keel.'

Hij zag uit zijn ooghoeken hoe op een wenk van de baljuw de bode een beker melk naar de jongen toe schoof. Die dronk gretig van de volvette witte drank en dat gaf hem, Lenert, des te meer het besef dat ook in het gezin van Pieter allang geen overvloed meer was.

'Zo,' sprak de baljuw. 'Dat smaakt, hè? Maar nu over die man in de rode mantel. Weet je nog wanneer die kwam?'

'Dat is een tijdje geleden geweest,' hoorde hij Krijn nu zeggen. 'En hij had ook paardenpoten.'

Hij snoof een wilde omwenteling in de atmosfeer op, keek nu wel op en zag Zoetius opveren en iets noteren op een vel papier. Hij zag ook hoe Pauwel Aerts zijn triomf bijna niet kon verbergen en hoorde hoe er scherpte in de stem van de baljuw was geslopen toen die zei: 'Paardenpoten? Heb je dat zelf gezien, jongen?'

'Nee,' zei Krijn, veel vrijer nu. 'Maar dat heeft grootmoeder gezegd. Ze zei dat ze regelmatig met een paard in de bedstee sliep en dat ik het maar aan oom Lenert moest vragen als ik het niet geloofde.'

'Heilige God in de hemel,' fluisterde Frazinus Zoetius duidelijk hoorbaar, met afschuw in zijn stem.

'En heb je dat gedaan?' zei de baljuw. 'Heb je dat gevraagd?'

Krijn keek hem aan, voelde hij. Hij schreef verder, maar het waren geen woorden, de pen maakte cirkels op het papier, aaneengesloten cirkels, omdat er geen woorden meer waren om op te schrijven. Hij wilde het moment dat nu ging komen uitstellen, overslaan.

'Schrijver, kunt u dit bevestigen?' klonk de stem van de baljuw.

Hij walgde van dit alles. Het verhoren van een kind, om de schuld van Nynke te bewijzen. Een kleinkind dat tegen zijn grootmoeder moest getuigen omdat hij tegen vriendjes had gezegd dat zijn grootmoeder een man met een rode mantel op bezoek kreeg, een vreemde man die ook paardenpoten had. Hij walgde ervan, van de baljuw met zijn schijnheilige stem en van Zoetius, die daar zat alsof hij een engel uit de hemel was. En gedurende een kort ogenblik wist hij volstrekt zeker wat hij zou doen. Hij zou opstaan, de ganzenveer neersmijten en zeggen: 'Het is allemaal kinderpraat! Een man met een rode mantel, wat heeft dat te betekenen? Kinderpraat! U hebt zelf een rood afgezette mantel, heer Zoetius, bent u dan ook een duivel? En paardenpoten, denk toch eens na. Paardenpoten, het is kinderpraat, het is een oud grapje dat mijn zussen en ik vroeger ooit maakten. Het heeft niets met de duivel te maken! En alles wat ik er eerder over gezegd heb is gelogen. Nynke is onschuldig.'

Hij haalde diep adem en hoorde zichzelf zeggen: 'Het is zoals Krijn zegt.'

De baljuw schoof zijn stoel met een ruk achteruit.

'Heilige God in de hemel,' zei Frazinus nu hardop. 'En u wist dit al die tijd?'

'Wat willen we nog meer weten,' zei de baljuw met een scherpe stem. 'Dit is voldoende voor nu. Geef de jongen het suikerbrood. Schrijver, leg dit alles goed vast en breng mij vanmiddag nog het verslag van deze zitting. Ik zal mij met de heer Zoetius beraden over het vervolg van het proces.'

Het was alsof het suikerbrood dat Krijn kreeg zijn eigen hart was, uit zijn borst gerukt zoals dat van Balthasar Gerards.

» 28 «

1 juli 1585

Dus zo onschuldig begon een dag die over leven en dood kon gaan. Hij stond op het marktplein en keek uit over de haven. In zijn hand had hij een stuk kaas dat hij meegenomen had toen hij het huis verliet. Hij beet er een stuk af, kauwde langzaam op de zoute, stevige substantie. Aan het einde van deze dag zou hij meer weten over hoe het er met zijn zus voorstond. De zon scheen al fel aan een helblauwe hemel en de geur van het havenwater bracht een herinnering bij hem boven.

Nynke, haar stevige lichaam achter hem op het paard, één arm om zijn middel, met de andere hield ze de teugels vast. Ze stuurde het paard het duin op. Hier was hij nog nooit geweest. 'Vandaag even geen werk, broertje,' hoorde hij haar stem. 'Vandaag genieten we.'

Hij voelde hoe de spieren in het paardenlijf zich spanden toen het dier omhoog liep, de rulle zandhelling op.

Een wilde geur woei hem tegemoet en een paar tellen later zag hij de zee. Eindeloos, zo ver hij kijken kon.

'Ja, dat is mooi, hè?' klonk haar stem. 'Dat had je nog niet eerder gezien.'

Langzaam liep het paard het duin af, de zandstrook

voor de zee op. Verderop, vlak langs het water, was de grond vochtig en steviger. Nynke gaf het paard de sporen en in galop ging het langs het water, soms er dwars doorheen, dan spatte het schuim hoog op en werden ze nat, maar dat gaf niks. Dit was de mooiste dag van zijn leven. De zee, de zon, het schuim, het zand en achter hem: Nynke. Hij wilde wel dat dit nooit meer zou stoppen.

Achter hem klonk een stem. De bode was ook al vroeg paraat, zag hij. Hij stopte het laatste stuk kaas in zijn mond en knikte naar de man, waarna hij hem volgde, het stadhuis in.

Hij proefde de gespannen sfeer in de grote rechtszaal onder in het stadhuis. Hij zat al lange tijd roerloos achter het schrijftafeltje. Van achter de tafel had hij vol zicht op alles wat zich midden in de rechtszaal afspeelde. Het was alsof hij er niet zelf was, alsof alleen zijn ogen er maar waren, losse ogen zonder hersenen. Zijn ogen registreerden de aanwezigen, één voor één. De baljuw met zijn ondoorgrondelijke gelaat, heen en weer lopend achter de gerechtstafel. Frazinus Zoetius, waardig en kalm zittend op de centrale plaats achter diezelfde tafel, met zijn uit hout gesneden kop.

Vier leden van het stadsbestuur, staand, af en toe pratend, onrustig.

Arent Corneliszoon was een van hen, hij wiste zich met een doek de bezwete kop af en begon opgewonden te praten tegen de baljuw.

De beul, overgekomen uit Schiedam op verzoek van Frazinus Zoetius, stond rustig, bijna als een standbeeld, naast het roerloos naar beneden hangende dikke touw dat aan een grote haak aan de zoldering was bevestigd, midden in de rechtszaal. Hij zag hoe rondom het touw en de beul een grote vrije ruimte was, alsof niemand in de buurt durfde te komen van deze vertegenwoordiger van de dood.

Predikant Albertus, in zijn waardige ambtsgewaad, was aanwezig en zat met de handen gevouwen achter de gerechtstafel.

Diverse getuigen zag hij tegenover de tafel aan de andere kant van de zaal zitten. Hij herkende verschillende stadsgenoten.

Er was rumoer bij de deur, hij zag hoe *zij* werd binnengebracht, tussen twee schoutsjongens in, die haar tot vlak voor de gerechtstafel brachten, op de rand van de cirkel rondom de beul. De baljuw maakte een handgebaar naar de bode, die de deur van de zaal sloot.

Toen zag hij hoe de baljuw hem even aankeek, een routineblik zoals altijd voordat een vergadering begon, om te zien of hij als schrijver gereed was, zodat de verslaglegging gewaarborgd was. Hij knikte, de baljuw hoefde niet om stilte te vragen, er was geen enkel geluid meer te horen in de zaal, alsof ieder de adem inhield. De leden van het stadsbestuur zaten allen stil achter de tafel, ook Arent Corneliszoon.

Hij had niet naar haar gekeken, maar hij voelde nu dat ze naar hem keek, negeerde dat gevoel en schreef de opening van de rechtszitting op het blanke papier dat voor hem lag.

Hij hoorde de baljuw beschrijven dat er ernstige verdenkingen waren dat deze vrouw, Nynke Dimmendochter, zich had ingelaten met de satan, en dat ze vervloekingen en bezweringen had gebruikt om mensen in haar omgeving schade te berokkenen. Hij hoorde hem uitleggen wat verschillende getuigen in vorige rechtszittingen hadden aangegeven. Betje van Ganzevoort, van wie een dochter ziek was geworden na een ruzie met Nynke. Geertje Gerardsdochter, van wie een koe dood was neergevallen op de dag nadat het dier was uitgebroken en in het land van Nynke was terechtgekomen. Johanna Draaier, van wie een kind om kool bij Nynke was geweest en thuisgekomen vreselijke oorpijn had gekregen. Een dag later was er een insect uit gekropen. Jacob Leerecop, met het verhaal van dat varken, dat hij al eerder had gehoord. Marieke, die getuigd had dat ze vervloekt was en haar been had gebroken, en ook al eerder was getroffen door de vloek van haar schoonzus. Bij het horen van haar naam was het alsof hij afdaalde in zichzelf, als in een diepe, ronde kerker. Zijn ogen waren nog slechts die twee ramen daar, hoog boven hem, waardoor het licht naar binnen viel. Zijn oren die twee gaten, waardoor hij hoorde wat de baljuw zei. Maar zelf zat hij veilig op de koude bodem van de kerker, gebogen, het hoofd op de knieën. De wereld bestond eigenlijk niet, want alles was een droom, een nevel, een vage spiegeling op het troebele water van de tijd.

En zo, als van een grote afstand, zag hij hoe dominee Albertus ging staan, hoorde hij hoe de predikant het woord nam en uitlegde dat de satan zich meester maakte van mensen door in hen binnen te dringen, dat dit ook letterlijk zo was geweest bij deze vrouw, dat getuigen aangaven dat ze was bezocht door de duivel en dat die gemeenschap met haar had gehad. Nu zouden ze haar zuiveren, de boze van haar weren door haar te scheren en gewijde kleding aan te doen. Dat zou de greep van de boze op haar verminderen, zodat ze de waarheid zou spreken en niets dan de waarheid.

Hij ging voor in vurig gebed om Gods aanwezigheid, waarna Nynke uitgekleed werd.

Toen ze daar naakt stond, keek hij voor het eerst op. Ergens voelde hij trots toen hij haar zag staan, recht van lijf. Dat lijf deed het zweet opborrelen op de vettige kop van Arent Corneliszoon. Het was nog steeds gespierd en vast van vlees, maar naar haar ogen durfde hij niet te kijken. Ze werd geschoren door de schoutsjongens, ruw en met grote halen. Haar grijze haar viel op de grond. De predikant zegende de witte linnen kleren die haar werden aangetrokken. Daarop vroeg de baljuw of ze wilde bekennen dat ze omgang had gehad met de duivel. Ze zweeg. Lange tijd bleef hij vragen, ze zweeg. Zoetius stootte de baljuw aan, fluisterde iets tegen hem. De baljuw knikte, gaf de beul een teken.

Hij hield zijn adem in. De beul liep naar haar toe met trage stappen en leidde haar naar het midden, tot ze met haar rug tegen het neerhangende touw stond.

Hij zag hoe haar handen achter haar rug werden gebonden, hoe het touw er stevig aan werd vastgeknoopt en hoe de beul de andere kant van het touw pakte, dat via een katrol twee meter verder naar beneden kwam. De beul trok langzaam maar zeker het touw strak, zodat Nynkes armen achter haar rug omhoog getrokken werden. Ze moest bukken, stapte achteruit, hoger gingen haar armen. Er klonk nu een vettig krakend geluid, doordat haar gewrichten werden uitgerekt toen ze met haar volle gewicht aan haar armen kwam te hangen. Hoger nog takelde hij haar, tot haar voeten minstens een el boven de grond waren. Zacht schommelend hing ze daar, haar kale hoofd als een kalebas met rode strepen van het botte scheermes, haar armen onnatuurlijk hoog opgetrokken, verder dan volgens hem mogelijk was zonder dat haar schouders ontwricht werden.

Hij keek naar zijn pen en besefte hoe pijnlijk dit moest zijn. Ze draaide zachtjes om haar as, haar ogen gesloten, roerloos, zwijgend.

De baljuw herhaalde zijn vraag, bekende ze dat ze gemeenschap had gehad met de duivel?

Ze hing, ze zweeg.

En ze bleef zwijgen, hoe vaak de baljuw zijn vraag ook herhaalde.

Af en toe schreef hij mee, dan weer wachtte hij. Voor zijn gevoel leek er geen einde aan te komen. De ochtend moest al halverwege zijn, nog steeds had ze geen woord gezegd.

Hij zag hoe Zoetius zijn hand op de schouder van de baljuw legde en deze iets in het oor fluisterde. Daarop liep de baljuw naar de beul, tegen wie hij op gedempte toon sprak. De beul knikte, had hier zeker al op gerekend, want met een rustige beweging pakte hij een dichtgebonden zak waaraan een touw zat. De beul liep naar Nynke, bukte achter haar en wilde haar bij beide enkels pakken.

Hij zag het allemaal van achter zijn tafeltje, begreep de bedoeling en hoopte in stilte dat ze gewoon zou toegeven, zodat dit allemaal zou eindigen. Maar in plaats daarvan trok ze op het laatste moment, vlak voor de beul haar enkels greep, haar voeten bij hem weg, spreidde haar benen en piste hem boven op zijn grote, harige kop.

Hij hoorde de opschudding om zich heen en kon er niet omheen dat hij haar diep respecteerde om haar innerlijke kracht. Met een schok zag hij hoe de baljuw naar hem keek en hij besefte dat er een glimlach op zijn gezicht te zien moest zijn. Snel trok hij zijn gezicht weer in een ernstige plooi en schreef in zijn verslag: 'Toen de beul een gewicht aan de enkels van de verdachte trachtte te binden, teneinde de tortuur te verzwaren, waterde de verdachte boven op het hoofd van de beul, wat als teken mag worden gezien dat verdachte nog geenszins aan het einde was van haar weerstand.'

De beul was vloekend weggesprongen en veegde zich met een inderhaast gehaalde linnen doek het hoofd weer droog. Ondanks de spanning in de rechtszaal zag hij aan alle kanten half bedwongen lachjes. Nu greep de beul haar echter opnieuw beet en hardhandig bond hij de zak aan haar enkels, waarop hij haar nog hoger takelde, zodat het gewicht voluit aan haar enkels hing en er opnieuw een vettige knap in haar schoudergewrichten klonk. Ze zei echter geen woord, hing slechts, de kale kop gebogen, de ogen gesloten.

Het geroezemoes verstomde en er viel een lange stilte, waarin hij niets te schrijven had. Zacht draaiend aan het touw hing ze daar. Zwijgend.

Op dit punt van de rechtszitting kwam de vraag bij hem op of hij haar toch zou willen helpen. Kon hij haar helpen ontsnappen? Hij wist alle sleutels te vinden, kon elke ruimte in het stadhuis openkrijgen. Als er iemand was die haar onopvallend zou kunnen helpen, was hij het.

Hij keek om zich heen, zijn blik kruiste die van de baljuw. Hij vroeg zich af of deze rekening hield met de mogelijkheid dat hij zijn zus te hulp zou schieten.

Frazinus Zoetius schraapte zijn keel en nam het woord. Hij pakte zijn pen en schreef mee dat Zoetius memoreerde hoe ernstig de feiten waren die deze verdachte ten laste werden gelegd. Hij noemde het voorbeeld van het insect dat uit het oor van het meisje was gekropen, nadat ze een bezoek had gebracht aan Nynke. Daarbij citeerde hij uit een geschrift van de bekende arts Johannes Wiers, die meerdere gevallen beschreef van duivelse bezetenheid waarbij insecten en dieren uit het lichaam van de bezetene waren gekropen. 'Het is nog slechts ruim twintig jaar geleden dat in Keulen, door Johannes Wiers zelf opgetekend, een rups uit het lichaam van een vrouw kroop, die kennelijk door de duivel bezeten was. En ook beschrijft deze wijze arts wormen die uit lichaamsopeningen kruipen en andere, duivelse insecten. Het uit het oor kruipende insect kwam naar buiten nadat het kind meerdere malen gezegend was door een geestelijke. Wat hebben we dan nog voor verder bewijs nodig? Is het nog nodig om te citeren uit de inmiddels bijna een eeuw oude *'Malleus Malleficarum'*, de Heksenhamer? Want uit elk getuigenis blijkt dat we hier te maken hebben met een eerzuchtige, wellustige vrouw. Beschouw slechts haar lichaam, is het natuurlijk dat een vrouw van deze leeftijd zo'n lichaam heeft, alsof ze nog in de kracht van haar leven is? Ze is nog steeds in staat om mannen te verleiden! En hoort u dan maar eens naar wat er geschreven staat in de Heksenhamer – op dit punt pakte hij een dik boek dat hij reeds opengeslagen op de tafel voor hem had gelegd –: *'Bij slechte vrouwen hebben die algemene ondeugden de overhand: ontrouw, eerzucht en wellust. Daarom zijn die vrouwen die zich meer dan andere overgeven aan die ondeugden, meer dan andere geneigd tot hekserij. En omdat van die drie ondeugden de laatste overheersend is omdat ze onverzadigbaar is, zijn de vrouwen die het eerzuchtigst zijn, er het meest door besmet en staan het meest in vuur en vlam om hun lage begeerten te bevredigen.'*

Er viel een stilte in de rechtszaal. Hij schreef snel bij en keek op naar de advocaat. Die keek met donkere ogen de rechtszaal rond. 'En was deze vrouw niet een vroedvrouw die vele kinderen ter wereld heeft helpen brengen? Ik zou u nog kunnen citeren uit de Heksenhamer dat dit juist de vrouwen zijn die gevoeliger zijn voor duivelse verleidingen dan andere, maar is dat nog nodig? Kijkt u zelf eens hoe ze deze tortuur verdraagt! Johannes Wiers beschrijft hoe de duivel verschillende keren bovennatuurlijke krachten gaf aan bezetenen. Is het natuurlijk dat ze daar zo zwijgend hangt, zonder een klacht en zonder een "wee mij"? Ik zeg u, aanwezigen, en ik heb inmiddels vele processen meegemaakt tegen heksen, dat ik dit nog niet eerder heb gezien. Zelfs in Schiedam, waar onlangs vijf vrouwen die hun ziel aan de hel verkocht hadden, zijn terechtgesteld, heb ik dit niet gezien! Wat hebben we nog voor bevestiging nodig? Mijn geweten zegt mij dat we hier te maken hebben met een heks van het ergste soort.'

Zijn hand schreef de woorden, ver onder hem, in de diepte, want zelf was hij omhooggekomen uit de kerker, weer op gelijke hoogte met zijn eigen oren en ogen. Nu steeg hij op, zag neer op de zaal beneden zich, waar zacht draaiend zijn eigen zus aan een touw hing, als een varken dat uitgebeend moest worden. Hij steeg verder op, door het dak, tot hij de koele wind rondom zijn verhitte kop voelde waaien en hij als een vogel met de wind mee gleed, scherend over het land, over het smalle pad, tot hij een hofstee zag die verlaten was. Hij zag hoe onkruid reeds oprukte in de moestuin, en de pijn in zijn lijf werd zo erg dat hij verder en hoger vloog tot hij de zee bereikte, de eindeloosheid in, weg van alles, voor eeuwig doorvliegend met slechts water onder zich, groen water waaronder donkere schimmen heen en weer schoten, en waarin zwarte gaten waren. Een dodelijke moeheid maakte zich van hem meester omdat hij besefte dat ontsnappen aan de hel onmogelijk was.

» 29 «

1 september 1585

'Waarom duurt het allemaal zo lang?' vroeg Marieke die ochtend. 'Hoelang zit ze nu al gevangen? Waarom maken ze er geen einde aan?'

Hij rook haar angst en vroeg zich af waar die vandaan kwam. 'De baljuw wil geen onzorgvuldigheid toestaan in het proces. Over de strafmaat wil hij nog advies inwinnen.'

'Ja, dat heb je nu al honderd keer gezegd. Maar waarom? Waarom advies?' bitste ze. 'In Schiedam deden ze daar toch ook niet zo lang over?'

'Weet je wel waarover je het hebt?' schoot hij uit. 'Het gaat om een mensenleven! Hoe kun je dit zomaar zeggen?'

'Ze heeft jou ook betoverd,' was haar antwoord. 'Zie je wel? Ik woon met de duivel in huis! Vandaag zal ik het de baljuw zeggen, dat jij ook in de ban bent van de satan, dat je haar de handen boven het hoofd houdt. Dat zal ik doen, ik zal naar de baljuw gaan.'

'Dat doe je niet,' zei hij. 'Ik verbied je naar de baljuw te gaan. Houd toch op met dat domme geraas! Je bent zelf door de duivel bezeten!' Hij voelde hoe iets losbrak in zijn hart, hoe het in zijn bloedbaan terechtkwam en vaart maakte, hij hoorde het bloed gevaarlijk suizen in zijn oren.

'Domme geraas? Je weet niet eens in welk gevaar je verkeert! Waar was je afgelopen zondag, toen Albertus preekte over het gevaar van de verleidingen van de duivel? Waar was je? Dacht je dat het onopgemerkt was gebleven? Dominee Albertus heeft me er gisteren persoonlijk op aangesproken!'

Hij voelde hoe zijn bloed als een bezetene begon te gieren en zijn botten tintelden bij het horen van deze woorden. 'Waarop heeft hij je aangesproken?'

'Wat denk je? Dat er verdenkingen bestaan tegen jou. Je bent toch haar broer? En ik heb van Albertus begrepen dat de baljuw erover denkt om jou ook te laten arresteren. Je wekt te vaak de indruk dat je achter je zus blijft staan. Je ziet toch zelf dat er meer aan de hand is? Willempje met de bochel is inmiddels ook als heks ontmaskerd en zit in een kerker onder het stadhuis. Denk jij dat jij de dans zult ontspringen? Wat vreet je daar allemaal uit in dat schuurtje hierachter? Ik heb Albertus laten zien wat daar allemaal hangt aan kruiden en wichelarij.'

Hij sprong op, de stoel kletterde achter hem op de grond. 'Heb jij Albertus daar binnengelaten?'

Haar gezicht was het middelpunt geworden van een wereld die draaide en wervelde, maar haar gezicht stond stil en was wit. En voor het eerst viel hem op dat haar schoonheid verdwenen was. Nog niet eerder had hij dat zo scherp gezien, zoals ze nu naar hem keek als een grijnzende schedel uit een graf. Hij schreeuwde het uit van woede en van pijn. Maar de schedel grijnsde alleen maar harder en een scherpe stem uit de onderwereld zei tegen hem: 'Albertus vroeg me aan wiens kant ik stond en denk je dat ik op de brandstapel wil eindigen? In der eeuwigheid niet! Het is al erg genoeg dat ik met een satansaanbidder getrouwd ben!'

Hij voelde hoe bij die laatste woorden zijn bloed zo heet werd dat het pijn deed aan zijn eigen hart en in heel zijn lijf. Die schedel moest nu zwijgen, voorgoed. Hij stapte in een reflex vooruit en sloeg hard in het gezicht. De scherpe stem stokte, de schedel klapte naar achteren, er klonk een kreun en een hard geluid van brekend aardewerk.

De wereld om hem heen kwam tot stilstand.

Het gesuis in zijn oren werd minder.

Hij rilde van de kou, nu zijn bloed weer afkoelde.

'Marieke,' hoorde hij zijn eigen stem zeggen. 'Marieke... ik...'

Hij knielde neer, tikte tegen haar wang, zag haar ogen opengaan. Ze zei niets, maar haar ogen waren poelen van angst. Hij zag zichzelf zitten, geknield bij zijn eigen vrouw en tegelijk op grote afstand van haar, en hij snikte. Zijn eigen vrouw, bang voor hem als voor de duivel. Hij voelde hoe hij in stukjes uit elkaar dreigde te vallen, dit wilde hij niet, dit mocht niet, dit zou niet gebeuren. Hij nam haar in zijn armen, vleide haar hoofd tegen zijn borst. Hij ging op de rand van de bedstee zitten, streelde haar haren, voelde voor het eerst sinds lange, lange tijd haar lichaam warm tegen het zijne. Hij keek naar haar, zag hoe ze toch, ondanks haar vijftig jaar en haar grijze haar nog mooi was. Of was het slechts een droom over iets dat definitief voorbij was? 'Vergeef me, liefste, vergeef me,' hoorde hij zijn eigen stem als uit de verte. Ze keek hem aan, zei nog steeds niets.

'Ik zal met de baljuw praten over Nynke. Ik houd haar helemaal niet de hand boven het hoofd. Ik zal... ik zal...'

'Zet een andere vrouw bij haar gevangen en kijk of die een bekentenis van haar kan ontfutselen. Doe het voorstel aan de baljuw. Dan zal hij weten dat je geen helper van haar bent,' klonk haar stem, onverwacht.

Lange tijd was het stil.

'Ik zal het doen,' klonk zijn eigen stem. 'Maar vergeef me alsjeblieft.'

'Ik zal je vergeven,' zei ze zacht. 'Als je maar doet wat ik net zei.'

Nu pas zag hij vanuit zijn ooghoeken de lange zwarte mantel die langzaam voorbijging langs het raam.

Hij stond op, liep naar buiten. Hij ging naar het stadhuis, zou Marieke doen geloven dat hij zijn belofte gestand zou doen. Maar de Zwarte daarnet had hem tot bezinning gebracht. Het ging om zijn zus, zijn eigen zus. Hoe verduisterd was zijn verstand toch! Waarom liet hij zich zo leiden door angst? Terwijl hij met grote stappen door de Achterstraat liep, nam hij een besluit. Hij ging naar het stadhuis, naar zijn schrijfkamer. Hij registreerde zorgvuldig wie er aanwezig waren. Hij zag twee schepenen en de baljuw, met elkaar in gesprek, de bode was bezig in de raadzaal. Zijn plan moest lukken.

Een tijd lang overwoog hij, staand voor het raam van de schrijfkamer, of er een goed moment zou zijn voor zijn onderneming. In gedachten ging hij alles na: de bewaker stond bij de voordeur, uit het zicht van de toegang naar de kerkers. De achterdeur was afgesloten, vanaf die kant verwachtte men niemand. Er werd slechts rekening gehouden met mogelijke indringers van buitenaf, niet vanbinnen uit het stadhuis. Hij moest op dit moment slechts met één punt rekening houden: dat hij niet aan het einde van de middag ging,

371

wanneer de gevangenen eten kregen. En natuurlijk was er een kleine kans dat iemand de gevangenen wilde bezoeken. Welnu, in dat geval zou hij zijn woordje klaar hebben, dacht hij.

Hij liep geruisloos naar de deur en opende die op een kier. Een tijd lang stond hij daar, maar er was niets te horen. Geen stemmen, geen voetstappen. Hij opende de deur helemaal en liep zo geruisloos mogelijk naar de trap. Op zijn tenen liep hij de trap af. Beneden in de hal was niemand. De bewaker zat in het voorportaal, bij de voordeur. De deur naar de kerkers, links onder de trap, was vrij. Hij was er in drie stappen, dacht toen aan de sleutels en aarzelde even. Stom dat hij daar niet aan gedacht had. Hij liep terug, de trap op. Boven, in de kamer van de schout, hingen de sleutels van de kerkers. Hij nam ze alle drie mee. Weer ging hij geruisloos naar beneden. Opnieuw had hij geluk en was er niemand. Hij opende de deur naar de kerkers zo langzaam dat die niet piepte, stapte vlug naar binnen en sloot de deur behoedzaam achter zich.

Hij stond in het duister en voelde met zijn voet waar de traptreden begonnen. Voorzichtig daalde hij af. Toen hij beneden kwam, kon hij de gang onderscheiden en de kerkerdeuren met daarin de getraliede kijkvensters, omdat er grijzig licht naar beneden viel door een koker aan het einde van de gang. Het rook hier rood. Hij ging naar de eerste kerker en fluisterde haar naam. Er kwam geen reactie. Een paar tellen later klonk echter een heldere stem uit de kerker ernaast: 'Wie is daar? Wie riep mijn naam?'

In twee stappen was hij bij de juiste deur. 'Sssst!' siste hij. 'Ik ben het, Lenert. Zwijg alsjeblieft.'

Hij hoorde schuifelende voetstappen naar de deur

komen. Hij pakte een van de sleutels en probeerde of die paste op het hangslot dat aan de deur hing. Hij paste niet. Hij pakte de volgende sleutel, ook die paste niet. De derde dan, die moest het zijn. Hij was zich bewust van haar aanwezigheid, op minder dan een voet afstand keek ze naar hem door het luikje. Hij zweeg, stak de derde sleutel in het slot. Ook die paste niet. Hij mompelde een verwensing.

'Ze hebben vanmorgen een ander slot op de deur gedaan,' zei ze. 'Ze verwachtten zeker al dat iemand dit zou proberen.' Haar stem klonk rustig.

Hij staarde naar de drie sleutels. Nutteloze voorwerpen. Hij zuchtte diep en stopte ze weer in zijn zak. Hij opende zijn mond, maar wist niet wat hij zeggen moest.

'Ik ben blij dat ik je zie, Lenert,' klonk het door het luikje. 'Weet jij wat me te wachten staat? Het ziet er niet best uit. En ik ben volstrekt onschuldig. Ze maken elkaar gek. Wat heb ik gedaan? Ik heb ze niet vervloekt. Ik heb mensen genezen. Ik…'

'Praat niet zo hard,' zei hij gehaast. 'Het klinkt erg hol hier. Kan ik… kan ik iets voor je doen?'

'Me hieruit halen kun je toch niet. De schout en de bewaker dragen zelf de sleutel op hun lijf. Maar geef me worst. Heb je dat? Of een goed stuk kaas. Laat het maar door de luchtkoker vallen.'

In de schemering zag hij hoe ze wees op een kleine, lichte vlek in het duister van haar cel. Daar kwam een luchtkoker uit, die waarschijnlijk in de steeg achter het stadhuis uitkwam. Hij knikte.

'En bid voor me.'

'Ik zal voor je bidden tot God en Maria en…'

'Laat Maria maar zitten. Bid tot onze Zaligmaker en tot de Schepper.'

Hij zweeg, probeerde te begrijpen wat dit betekende. 'Ben je ook...'

'Vraag maar niet, Lenert. Weet alleen dit: ik ben hier niet alleen. God is bij mij.'

Boven klonk nu het gepiep van een opengaande deur, stemmen galmden in het trappenhuis.

'Wegwezen,' siste ze.

Hij keek om zich heen, zag hoe de deur van de laatste kerker openstond en was met een paar snelle stappen daar binnen. Hij ging in de uiterste hoek van de kerker staan, onzichtbaar voor iedereen, tenzij ze toorts of fakkel bij zich zouden hebben.

De stemmen waren nu onder aan de trap. Hij herkende de stem van de schout. De andere stem klonk hem in de oren als die van de dienstbode.

'Tegen wie sprak jij, smerige heks?' zei de schout. Hij hoorde hoe de deur van Nynkes cel rammelde.

Er kwam geen antwoord.

'Ze had vast en zeker de duivel op bezoek, heer schout,' klonk het bevreesde stemmetje van de dienstbode. 'Ik stond boven bij de deur en ik hoorde duidelijk dat er hier gesproken werd.'

'Kom op! Tegen wie sprak je? Zeg op, mens!' schalde de stem van de schout.

'Dat mens is gek,' hoorde hij de stem van Nynke. 'Ze kan geen stemmen gehoord hebben, of het moet een zacht zingen zijn geweest. Ik zing weleens en dan wordt het lichter in mijn cel. Dat heeft ze vast gehoord.'

Daarop begon ze met zachte, heldere stem te zingen:

Al de grote waterstromen
Zijn Heer, over mij gegaan
En mij over 't hoofd gekomen,
Maar Gij hebt mij bijgestaan.

Hij herkende Psalm 42, uit de berijming die de laatste tijd ook in Goedereede steeds meer gebruikt werd in de kerkdiensten: die van Petrus Dathenus.

De schout riep: 'Een zingende heks, Heere, bewaar ons!'

De voetstappen verwijderden zich weer. Hij hoorde nog de benepen stem van de dienstbode, daarop werd de deur gesloten en keerde de stilte terug.

Heel voorzichtig liep hij de kerker uit. Hij bleef even bij de deur van haar cel staan en zei: 'Dag Nynke.'

'Dag Lenert,' zei ze zacht, 'ga met God.'

Hij liep verder, trede voor trede de trap op. Boven, voor de deur bleef hij staan. Hij haalde diep adem, wilde de deur openen toen hij opnieuw haar heldere stem hoorde, zacht zingend in het duister.

Als ik door angst en tegenspoed,
Ben ik kleinmoed,
Gij mij verkwikket

Hij wachtte nog even, opende behoedzaam de deur en stapte de hal van het stadhuis in.

Toen hij de deur achter zich sloot en zich omdraaide, keek hij recht in de ogen van de baljuw.

'Heer baljuw!' Hij probeerde zijn schrik te verbergen.

'Schrijver! Wat deed je in de kerkers? Heb je je zus bezocht?'

375

'Eh, nee, nou, eigenlijk wel. Ik hoorde zojuist… ik hoorde zojuist dat er stemmen geklonken hadden uit de kerker en toen ben ik ook even gaan kijken. De schout had dat gezegd, begrijpt u.'

De baljuw knikte, maar bleef hem onderzoekend aankijken. 'Stemmen, ja. Ik heb het gehoord. En? Heb je ze ook gehoord?'

Hij schudde zijn hoofd en zei toen snel, alsof het om een bekentenis ging: 'Nee, maar wellicht heb ik een idee. Als u iemand anders met haar opsluit, onder het mom van een of andere verdenking of veroordeling, dan… dan zal ze zich misschien verspreken…'

Hij schraapte zijn schorre keel. Zweeg.

Het gezicht van de baljuw klaarde op. 'Dat kan weleens een goed idee zijn. Ik zal het overleggen met de schout. Hartelijk dank voor je suggestie, schrijver. Hartelijk dank.'

Hij knikte, groette de baljuw en liep de trap op. Hij ging naar de schrijfkamer, pakte zijn mantel en verliet het stadhuis. Op het marktplein voelde hij dat hij de sleutels nog in zijn zak had. Hij liep het marktplein af, in de richting van de havenmond. Daar nam hij de smalle kade achter de huizen aan de noordzijde van de haven. Hij keek om zich heen, hij liep er alleen. Zo onopvallend mogelijk liet hij de sleutels langs de kade in de haven vallen.

30

3 november 1585

Hij liep voorzichtig dichterbij en zag hoe het gras hoog tegen de gevel van de hofstee stond. Hij besefte dat zijn neven en nichten niet in de buurt van de boerderij waren geweest. Ze waren ongetwijfeld bang dat ze besmet zouden worden door de reputatie die aan deze plek kleefde en ook voor duivelaanbidders zouden worden aangezien. Hij voelde aan de deur. Die was open en hij stapte naar binnen. Het verbaasde hem dat er niet de bedompte lucht hing die hij verwacht had in een maandenlang verlaten huis. Er hing iets zachtgeligs in de lucht, iets onverwacht fris-kruidigs. Hij liep voorzichtig verder, trok met zijn vinger een spoor in de dikke laag stof die op de tafel lag. Het vee was al eerder weggehaald en hij besefte dat daardoor de stilte in het huis zwaar was – het was het gemis van een kuchende koe, een rammelende ketting, een stampende poot. Hij liep door de keuken, deed de voorraadkast open. Vol met kruiden, kool, een pot met graan. Hij schudde zijn hoofd, stapte voorzichtig verder, naar achteren, naar de deur die in de schuur uitkwam, toen hij stemmen hoorde. Hij draaide zich om en keek door het raam naar buiten. Twee mannen kwamen aanlopen, achter hen zag hij hun paarden, verderop aan bomen gebonden. Ze kwamen recht op de deur af. Hij dacht twee hartslagen na, was toen met een paar stappen bij de ladder en klom snel naar de zolder. Daar was het volkomen duister en voorzichtig, om nergens tegenaan te stoten, stapte hij bij het trapgat vandaan. Hij draaide zich om, zodat hij door het gat naar beneden kon kijken zonder zelf gezien te worden.

De deur werd geopend en hij hoorde stemmen. Hij kon een huivering niet onderdrukken toen hij de stem herkende. Albertus.

De predikant sprak tegen de ander. 'Het is een mooi spul. Kijk eens' – hij hoorde aan het piepen dat de deur van de voorraadkast openging – 'wat een voedsel nog. Het is vruchtbaar land hier. Dat moet gezegd worden. Vruchtbaar land.'

Hij huiverde opnieuw, sloot zijn ogen en bedwong de neiging om door het trapgat naar beneden te springen, recht op de rug van de geestelijke, om hem te zeggen dat hij met zijn vieze poten van de spullen van een ander moest afblijven.

'Als ze veroordeeld wordt zal dit alles waarschijnlijk aan de kerk worden toegewezen,' hoorde hij de predikant met gedempte stem zeggen. 'Dan kunnen we er een pachtboer op zetten. Stel je eens voor, dat zou een aanwinst zijn.'

De andere man gaf geen antwoord. Er viel een lange stilte beneden, waarin alleen wat geschuifel te horen was, voetstappen, een opengaande deur.

Dus dat was de opzet. Nynkes lichaam, Nynkes huis. Hij rilde alsof hij zware koorts had, zijn hart ging zo hard tekeer dat het bijna pijn deed onder zijn ribben. Hij hapte naar adem, probeerde te kalmeren, zich in de hand te houden…

'Haaa!' hoorde hij een krijsende stem gillen. 'Albertus! Ben je teruggekomen om mij weer te vereren? Kom je mij opnieuw een offer brengen? Kniel neer voor mij! Geef mij, satan, wat mij toekomt!' De stem was onmenselijk, krijsend. 'Jij wilde haar toch zo graag hebben?' ging de stem uit de onderwereld door. 'Nu heb je haar en nu wil ik jou!'

Hij hoorde hoe een donderend gestamp klonk, hoe beneden de twee mannen gilden, riepen om genade, hoe voetstappen wegvluchtten en paarden hinnikten, hoe ze in volle galop wegreden.

Hij grijnsde in het donker om hun angst, in de wetenschap dat zij hier nooit terug zouden keren, maar hij voelde dat zijn gezicht verstrakte toen hij besefte dat het zijn eigen stem was die hij had gehoord.

31

1 december 1585

Hij nam de vrouw scherp op die daar zo stond, vlak voor de verhoortafel van de baljuw. Ergens onder zijn voeten – zou het tien meter zijn? – was het donkere hol waarin Nynke nog steeds zat. Hij dacht aan haar, besefte dat hij eigenlijk niets anders deed. Hij dacht aan haar terwijl hij werkte, terwijl hij thuis was en hij dacht extra sterk aan haar als hij Marieke zag en zijn eigen schuld meer dan ooit voelde. Hij dacht aan haar totdat de slaap hem genadig in de armen nam en zodra hij zijn ogen weer opendeed. Daartussendoor droomde hij van haar, elke nacht. Vannacht was ze ook weer bij hem gekomen – ze ging er in elke droom een beetje slechter uitzien, bleker, magerder, zelfs een beetje gebogen – en ze had hem gevraagd waarom hij haar verraden had, want ze voelde dat hij dat had gedaan, ook al wist ze niet hoe hij het gedaan had. Maar gedaan had hij het, zei ze en daar was ze verdrietig over. Hij had haar vraag ontweken, ontkend dat hij haar verraden had, ze wist dat hij dat nooit zou doen, hij was toch haar broer? Hij hield zich alleen maar wat afzijdig van het proces. Wat moest hij anders? Hij had alles geprobeerd, zelfs gepoogd haar te bevrijden. Door zich afzijdig te houden zorgde hij dat hij over haar op de hoogte bleef en dat hij hoorde wat de stand van zaken van het proces was. Als er nog een kans kwam om haar te helpen, dan zou hij dat zeker doen. Ze had hem langdurig aangekeken, met haar heldere ogen, treurig en somber van zorg, tot hij het er benauwd van kreeg. Toen had ze haar mond geopend om iets te zeggen en hij had zo vurig gehoopt dat het zou zijn waar hij al zo lang op wachtte. Maar voordat ze kon spreken was ze alweer weg en had hij zijn ogen opgeslagen in de duisternis van de bedstee, met zijn rug tegen het zijschot en een handbreedte tussen hem en Marieke.

Hou oud zou hij geweest zijn, die keer dat Nynke hem in de bedstee had genomen? Ze had hem al een dag van tevoren gewaarschuwd, hem gewezen op de bonkige wolken aan de randen van de lucht. Hoewel de zon nog volop geschenen had, was ze toch begonnen met het zetten van stevige stokken bij de opgroeiende spruiten en boerenkolen, waaraan ze de nog prille en dunne stammetjes vastbond. Ook had ze de luiken die avond allemaal stevig voor de ramen gedaan, nog extra vastgebonden met dik touw. En zelfs had ze de koeien en schapen in de stal gebracht. Toen pas was ze tevreden over al haar voorzorgsmaatregelen en waren ze naar binnen gegaan.

Neele was al vertrokken naar Goedereede, herinnerde hij zich. Dus hij zou wel een jaar of negen, tien geweest zijn. Die avond, nog voordat ze naar bed gingen, zei ze: 'Slaap vannacht maar bij mij in de bedstee.'

'Bij jou?'

Ze had geknikt.

Nooit eerder had hij zo veilig geslapen als die nacht. Terwijl boven hen de storm aan het dak rukte en de regen het land striemde, de donder ratelde en het licht van de bliksem zo fel was dat ze het zelfs in de bedstee zagen flikkeren, lag hij veilig tegen haar aan, haar arm om hem heen, en wist hij zeker dat niets of niemand hem iets zou kunnen doen.

Nu hij de vrouw die bij Nynke opgesloten was geweest daar zo zag staan, voor de verhoortafel van de baljuw, kon hij er niet omheen. Hij besefte hoezeer Nynke gelijk had gehad, toen ze in zijn droom zei dat hij haar verraden had. Hij luisterde naar de vraag van de baljuw, schreef gedachteloos mee.

'Je hebt nu ruim een maand bij de verdachte Nynke Dimmendochter doorgebracht in de cel,' hoorde hij de baljuw zeggen. 'En ik heb begrepen dat je gisteren iets van haar gehoord hebt dat kan duiden op haar schuld. Heb ik dat goed begrepen?'

De vrouw knikte op een overijverige manier en hij had direct een hekel aan dit slaafse mens, dat voor een paar geldstukken bereid was zich een maand op te laten sluiten bij een medemens, met slechts één doel: de ander een belastende verklaring ontfutselen.

Hij schreef mee terwijl ze zei: 'Al langere tijd had ik het gevoel dat zich iets in de cel bevond, iets… kwaadaardigs… iets waar ik steeds bang van werd. En eergisteren kreeg ik weer dat gevoel en hoorde ik haar mompelen, alsof ze tegen iemand sprak. Ik werd erg bang en ben helemaal aan de andere kant van de cel in de hoek gaan staan. Ze sprak gewoon door en dat duurde een hele tijd. Toen had ik het gevoel dat we weer met zijn tweeën waren en voelde ik me opeens erg opgelucht. Ik besefte pas achteraf wat dit kon betekenen. En afgelopen nacht is hetzelfde gebeurd. Ik werd halverwege de nacht wakker en hoorde haar praten, zachtjes. Ik kon het niet goed verstaan. Een paar keer zei ze – dat was wel verstaanbaar – iets als 'blijf bij me, blijf bij me'. Ik weet bijna zeker dat ze de duivel had opgeroepen en dat de satan zelf aanwezig was in de cel. Ik meende ook iets te ruiken als de geur van een bronstige geitenbok, het stonk verschrikkelijk en ik was doodsbang. Vanmorgen hield ik het niet langer uit en heb ik het afgesproken teken gegeven aan de bewaarder. Die heeft me vrijgelaten en bij u gebracht. En over Willempje heb ik u al eerder bericht: zij slaapt niet, haar ogen sluiten zich nooit, zij moet wel door de duivel bezeten zijn.'

'Daar hebt u goed aan gedaan, dochter,' klonk nu de zangerige stem van de predikant, die naast de baljuw achter de tafel zat. 'U hebt ontberingen doorstaan, maar God zal u zegenen voor wat u hebt gedaan. U hebt pal gestaan in de strijd tegen satan en u hebt ons allen, deze stad en Gods gemeente een goede dienst bewezen. Deze verklaring is belastend genoeg en bewijst datgene wat we steeds al dachten. We hebben hier te maken met verdorven heksen, heidense vrouwen, vol van duisternis en kwaad.'

Hij rilde terwijl de predikant sprak, zijn pen kraste bijna door het papier bij het opschrijven van de woorden die tussen de vlezige lippen van de Godsman door waren gekomen.

Hij hoorde hoe de baljuw de rechtszitting verdaagde en bleef roerloos zitten toen hij hem met de predikant en de twee hulprechters hoorde overleggen.

Hij besefte dat hij vorige week eigenlijk al had geweten dat dit gebeuren zou, toen de brief vanuit Den Briel was binnengekomen, de brief van de hoofdbaljuw van Voorne. Deze schreef dat hij zich zorgen maakte om het langdurige proces tegen Nynke Dimmendochter en tegen Willempje met de bochel. Hij had gehoord dat Pauwel Aerts niet doorpakte – dat moest hij gehoord hebben van die vervloekte Albertus – en dat hij overwoog om in het gewestelijk bestuur voor te stellen om de bevoegdheid voor deze rechtszaak niet langer te delegeren aan de baljuw van Goedereede, maar op gewestelijk niveau af te handelen. Het had hem ook niet verbaasd dat een dag later dominee Albertus een preek had gehouden waarbij zelfs de meest geharde kerkganger de rillingen over de rug liepen. De predikant had vastgesteld dat er een Achan onder hen was, een Achan die al langere tijd bekend was, maar de wereldlijke regering stelde een veroordeling en terechtstelling steeds maar weer uit. Was het dan een wonder dat Goedereede bedreigd werd, dat de stad na de val van Antwerpen nu in de eerste linie tegenover de vijand lag? Was het een wonder dat dit land werd getroffen, zoals door de dood van de edele prins – God hebbe zijn ziel – omdat er zo laks werd opgetreden tegen heksen en duivelaanbidders? Ja, het zou hem, Albertus, niet verbazen als er een verband was geweest in de hemelse raad tussen deze hekserij en de hekserij in Schiedam en de dood van de prins. Werd het volk Israël ook niet getroffen in de strijd tegen Ai vanwege Achan? Wat was het verband tussen de desastreuze situatie van Goedereede en de in de kerker verblijvende heksen, die maar ongestoord konden vreten van het voedsel dat beter aan de hardwerkende burgers van deze getroffen stad kon worden gegeven?

Hij had gevoeld in wat voor stemming de burgers de kerk verlieten en met welke druk op de schouders de baljuw snel door de zijdeur was weggeslopen.

Het had hem niet verbaasd dat de bij Nynke opgesloten luistervink daags daarna iets belastends had
gehoord.

Er zou dus vanmiddag een nieuw verhoor zijn, besefte hij. Het laatste waarschijnlijk. Onder zware tortuur.

Waarom had hij niet eerder beseft wat ze voor hem
had opgegeven? Hij dacht terug aan de studie in Delft.
Was het dan toch niet alleen maar een poging geweest
om hem uit de buurt van Marieke te houden? Over
de schrijfles aan huis durfde hij niet na te denken, hij
vermeed die gedachte als de pest. Haar mening over
Marieke had hem altijd gestoken en pijn gedaan,
maar nu, zoveel jaar later, moest hij toegeven dat ze
het karakter van zijn vrouw goed had ingeschat. Die
gedachte riep een eenzaamheid bij hem op die hem
uit elkaar leek te scheuren, zo zwaar. Niets bleef hem
over. Alles brak af. Nynke had altijd geweten dat dit
zijn toekomst zou zijn als hij koos voor Marieke: eenzaamheid. Juist dat besef verdiepte de ellende die hij
voelde. Want hij had zijn zus altijd genegeerd, hij was
woedend op haar geweest, had haar vervloekt. Terwijl
ze ten diepste alleen het goede voor hem zocht. Want
ze had het goed gezien. Wat stelde zijn huwelijk nog
voor? Wat was er over van de hete liefde die hij gevoeld had toen hij Marieke voor het eerst zag? Voor
haar was hij niet meer geweest dan een middel tot een
goed leven, een toegang tot de hoogste kringen van
de stad. Hij had zijn aantrekkelijkheid in fysieke zin al
lang geleden voor haar verloren. En toch zat hij aan
haar vast, kon hij haar niet van zich af stoten. Toch liet
hij zich zo weer door haar inpalmen, zelfs door haar
dreigementen.

385

Dat was de kille realiteit: dat hij eenzamer was binnen zijn huwelijk dan hij ooit geweest zou zijn als hij alleen was gebleven. Hij was al die jaren niet meer dan een gevangene geweest, net als Nynke daar onder in die kerker. De kinderen, ja, die waren er. Maar zij werden naar Marieke getrokken en niet naar hem. Wat hem restte was eenzaamheid. Ja, Nynke had het karakter van zijn vrouw goed ingeschat.

Karakter. De gedachte daaraan bracht hem terug in de hofstee. Hij was bezig met het poten van aardappelen op de akker achter het huis. Nynke was naar Ouddorp om bij de molen daar meel te gaan kopen en ook zou ze kazen ruilen voor suiker en zout.

Hij werkte rustig door. De voorjaarslucht was nog fris, maar volgens Nynke konden de aardappels er wel in. De bovenlaag van de grond was rul, droog en zanderig, maar zodra hij een schop in de grond stak en een schep uitstak kwam vochtige, losse aarde naar boven.

Hij werkte heerlijk de hele middag door, tot alle pootaardappelen in de grond zaten. Tevreden zag hij dat er nog ruimte genoeg was voor de boerenkool, de spitskool en de bloemkool. Een rij sla zou hij pas over een maand zaaien, aan de andere kant van het huis, in de luwte en aan de zonkant.

Hij hoorde hoefgetrappel en toen hij opkeek, zag hij Nynke aan komen rijden. Ze had een pak achter op het paard gebonden. Hij liep naar haar toe en wilde haar helpen, maar ze sprong met gemak van het paard en haalde in twee snelle bewegingen de touwen los waarmee het pak vastgebonden was.

Daarna leidde ze het paard de schuur in, terwijl ze vragen stelde over het werk dat hij die middag had gedaan.

'Wat heb je gekocht?' vroeg hij.

Ze lachte. 'Meel, suiker. Loop zo maar even mee.'

Ze droogde het paard af, gaf het haver en liep voor hem uit naar het huis.

Op de tafel in de keuken opende ze het pak. Er kwam een prachtig, fluwelen wambuis uit, afgezet met blauw draad. Ze gaf het kledingstuk aan hem: 'Voor jou.'

Hij was sprakeloos. Dat moest een vermogen kosten. Het wambuis paste perfect. Ze keek naar hem met een soort trots in haar ogen.

'Moest jij geen nieuwe kleren?' vroeg hij.

'Ander keertje,' zei ze. 'Eerst jij. Het staat je prachtig.'

Hij klemde zijn tanden hard op elkaar toen hij Willempjes schouder uit de kom hoorde schieten met een harde, vettige klap. Ze schreeuwde dat ze bekende. Dat ze de duivel aanbeden had, dat ze een heks was, maar dat ze haar nu neer moesten laten, ze smeekte het. Ze lieten haar neer. De baljuw vatte samen, hij schreef mee, voelde pijn in zijn kaakspieren, zag uit zijn ooghoeken hoe Nynke daar nog steeds hing. Roerloos.

Hij keek een andere kant op, naar de roerloze toeschouwers, toen het gewicht aan Nynkes voeten verzwaard werd. Hij schraapte zijn keel toen hij in de stilte haar gewricht hoorde scheuren. Hij schreef toen ze uiteindelijk, ver voorbij het einde van elk menselijk kunnen, schreeuwde dat ze bekende, dat ze schuldig was.

Hij schreef nog steeds toen het tussenvonnis was geveld en de baljuw aangekondigd had dat morgen de definitieve uitspraak was en het vonnis in de zaak zou worden geveld, en Nynke en Willempje weer waren weggebracht naar hun kerkers.

Hij schreef nog steeds toen de rechtszaal leeg was en de bode met een bescheiden kuchje zijn aandacht trok om hem te vragen of hij nog lang bleef, of dat hij de kaarsen zou kunnen doven. Hij keek naar zijn hand, zag tot zijn verwondering dat hij niet zijn pen vasthield, maar op het perkament kraste met het kruisje dat aan zijn nek hing. De leren veter stond strak en hij kraste maar.

De geur in de rechtszaal was donkerrood, roder dan hij ooit had geroken.

32

2 december 1585

Hoe ze hing aan het touw, zacht heen en weer wiegend, als een varken dat uitgebeend moest worden.

Het zachte, vettige kraken van haar gewrichten toen ze het gewicht verzwaarden dat aan haar voeten hing.

De dieprode geur die in de rechtszaal hing.

En het moment dat ze het niet meer volhield, dat ze uiteindelijk toch brak.

Hij moest aan iets anders denken.

Hij boog zich over het perkament. Hij trok aan zijn kraag, knoopte het bovenste knoopje van zijn hemd zo onopvallend mogelijk los. Hij slikte een paar keer, greep de tafel vast alsof hij wilde opstaan, maar bleef toch zitten. Hij probeerde diep en rustig adem te halen, maar het was alsof er grind in de punten van zijn longen zat. Hij hoestte.

Hij keek naar de toortsen die de rechtszaal verlichtten, de kroonluchter boven zijn hoofd. Ze walmden en verlichtten datgene wat beter in duisternis verborgen had kunnen blijven. Hij liet zijn blik door de rechtszaal gaan. Vanaf de dichte deur – welke zieke geest had het in zijn hoofd gehaald die deur te sluiten, nog iets langer in deze atmosfeer en alles wat hierbinnen zat zou dood zijn – keek hij naar rechts, naar de toeschouwers die driekwart van de zaal vulden. Hij keek naar hen, Jan de Backer, Arentje Voogd, Maria van de driesprong, Teunis van de Noordeik en al die anderen. De hele stad zat hier nu om hem heen.

De hele stad wachtte op het oordeel. Hij voelde het al in de lucht hangen, in de woorden die gefluisterd werden, in het gezicht van de baljuw, in de blik van Marieke die er natuurlijk ook zat, daar achteraan. Hij zag hoe ze naar hem keek en hij draaide zich van haar af, keek de andere kant op. Daar stonden ze, de verdachten. Willempje. Krom, mager, niet meer wegend dan een grote kalkoen. Haar gebochelde rug stak omhoog, haar hoofd hing ver naar beneden. En Nynke. Mager maar recht. Haar gezicht verried niets van wat ze voelde. Haar lichaam was nog steeds sterk en nog zag hij sporen van haar vroegere schoonheid. Hij greep zich opnieuw aan de tafel vast, keek snel om zich heen. Weinigen letten op hem.

Zijn hand vond het kruisje onder zijn hemd. Hij zocht een punt om zich op te richten, om houvast te vinden, koos een donkere kerf in het perkament. Het kruisje en het perkament waren de vaste elementen die hem weer in evenwicht brachten. Hij voelde hoe de scherpte in zijn denken terugkwam, hoe hij de kracht had om zichzelf in de hand te houden. Hij keek op.

De korte onderbreking in de rechtszitting was voorbij, de baljuw nam het woord weer.

'In Gods naam, laat ons de zitting vervolgen,' sprak hij.

God. Hij haalde diep adem, schoof wat met de inktpot, schraapte zijn keel. God. Hij bedwong de neiging om op te staan en weg te lopen. Hij voelde hoe achter hem een donkere schaduw oprees en vanbinnen, diep in zijn darmen begon iets aan hem te vreten, zoals een rat vreet van een kadaver.

God, dichterbij nu.

Hij hoestte, keek om zich heen, zag Willempje. Willempje met de bochel. Terwijl hij keek zakte ze tegen de gerechtsdienaar aan die naast haar stond. Die duwde haar weer op eigen benen, ze waggelde een tijdje en zakte weer tegen hem aan. Het bleef zich herhalen en hij vroeg zich af hoelang dit nog zou duren.

Daarnaast Nynke. Haar rug recht, ondanks haar tweeënzestig jaren. Haar uitgemergelde lijf, de ontwrichte arm, vol blauwe, groenige en zwartachtige vlekken. De etterige zweren om haar polsen, veroorzaakt door de ruwe touwen. Ze had de gewijde gezegende kleren nog aan, die inmiddels zwart en vuil waren. Ooit was ze een mooie vrouw. Haar trekken waren ook nu nog evenwichtig, hoge wenkbrauwen en grote, amandelvormige ogen, een rechte neus en hoge jukbeenderen. Achter haar gebarsten lippen een mooi en regelmatig gebit. Zijn gedachten bleven daar even bij hangen. Hij had nooit eerder iemand van tweeënzestig gezien die nog een gaaf gebit had en hij moest zich bedwingen om niet op te springen en haar het geheim daarvan te vragen. Hoe deed ze dat? En hoe deed ze zo veel andere dingen die hij nooit begrepen had?

Moest hij dat nu nog vragen? Het was immers wel duidelijk geworden. Achter hem ritselde een donkere schaduw, ergens achter de laatste rij stoelen waarop de roerloze toeschouwers zaten. Hij negeerde het. Er was een andere tijd geweest, wist hij. Hij had Nynke gekend zoals ze ooit geweest was. Voordat deze zwartheid zich meester van haar had gemaakt. Hij zag dat ze de baljuw recht in de ogen keek. Haar blik was rustig, onbewogen. Ze staarde niet, maar nam de baljuw op.

Die liet ten slotte zijn blik naar de tafel voor zich glijden, waarop hij opnieuw de processtukken ordende. In deze woordeloze strijd had Nynke gewonnen. Voor wat het waard was.

De baljuw begon aan de formulering van het vonnis, hij registreerde het vanuit zijn jarenlange ervaring. Routinematig deed hij zijn werk en de pen gleed soepel mee met de woorden van de baljuw. Hij duwde zijn vuist zo onopvallend mogelijk tegen zijn maag. Het vonnis kwam op papier, woord voor woord. Losse woorden. Hij hield die bewust los van elkaar, gooide ze gewoon stuk voor stuk op een hoop, concentreerde zich op ieder woord afzonderlijk. De totale betekenis ervan zou het schrijven in gevaar kunnen brengen.

'… acht… bewezen… dat… verdachte… Nynke… Dimmendochter… zich… schuldig… heeft… gemaakt… aan…'

De baljuw wachtte even en snel schreef hij bij. Hij keek op. Ergens in zijn ooghoek zag hij heel even de zwarte gedaante, maar die verstopte zich direct weer achter de mensenrijen. Dit was dus een droom, straks zou hij wakker worden en het allemaal van zich afschudden. Maar de baljuw sprak verder over bewezen misdaden en hij schreef mee. Hij stelde zijn blik scherp op de punt van de ganzenveer, die de letters in het perkament trok. Hij vroeg zich af hoe het zou zijn om je eigen doodvonnis te horen.

Toen hij weer opkeek, waren haar ogen recht op hem gericht alsof ze had begrepen wat hij zich afvroeg en ze, door middel van die blik van haar vertrouwde blauwe ogen, hem een antwoord wilde zenden. Ergens op de achtergrond was daar weer de stem van de baljuw, maar hij reageerde niet, bleef naar de blauwe ogen van de oude vrouw staren. Het was alsof die blik zich in hem boorde, door de troebele laag leugens heen, recht in zijn hart, en daar de waarheid blootlegde: dat *hij* schuldig was en zij niet. Dat hij haar verraden had. En dat hij alles zou willen geven om haar te redden. Nu wel.

Hij begon weer te schrijven. Aan haar was niet te zien wat ze dacht of wat ze voelde. Hij zag geen angst, geen sporen van woede of zelfs maar van gelatenheid. Wel vermoeidheid en uitputting. Haar handen trilden lichtjes en de manier waarop ze haar voeten steeds verzette zei genoeg. Ze hield haar armen iets gespreid, om te voorkomen dat de zwerende wonden aan haar polsen de ruwe stof van haar kleren zouden raken.

Er klonk een harde, houtachtige klap en tegelijk een droge knak die hem een weeïg gevoel gaf. In de stilte daarna hoorde hij een hijgend, piepend geluid. Hij hoefde niet eens op te kijken om te weten wat er was gebeurd. Willempje lag op de grond, ze rolde lang-zaam op haar rug. Onder aan haar arm kwam bloed langs een botsplinter naar buiten.

De dienaar bukte zich en trok haar ruw overeind. Toen hij haar gebroken arm pakte en daaraan trok, snerkte ze als een varken dat gekeeld werd. De man liet haar weer vallen, greep haar nu bij haar bovenarm en trok haar opnieuw overeind.

'Laat haar liggen,' klonk Nynkes stem door de rechtszaal.

Het geluid van haar stem – beslist, beheerst, beve-lend – bleef hangen in de stilte die erop volgde.

De dienaar aarzelde, liet Willempje los, zodat ze opnieuw op de grond viel. *Laat haar liggen.* Een bevel. Hij was opnieuw verbaasd over haar.

Hij merkte dat zijn linkerhand het kruisje nog om-klemde. Snel maakte hij zijn greep los en trok zijn hand terug. Ze keek weer naar hem, dit keer was het of er een lach in haar ogen zat. Snel keek hij terug naar de pennenpunt en schreef maar door. Ook nog toen de baljuw al geruime tijd een stilte had laten vallen.

Hij doopte opnieuw zijn pen in de inkt, zag hoe de verzadigde pen een vlek maakte op het perkament, keek de rechtszaal rond en zag hem zitten, op de ach-terste rij. Dus toch. De zwarte mantel die hij al vaker gezien had, kwam van achter de bank. Het gezicht was verborgen achter een paar andere toeschouwers. Toen hij wegkeek, zag hij hoe de Zwarte zich vooroverboog, naar hem keek. Maar toen hij snel terugkeek, was hij weer verdwenen achter de anderen. Hij zocht opnieuw de hanger met het kruisje, klemde het in zijn vuist en bad in gedachten om bescherming. Het gebed dat Nynke hem had geleerd.

Dwars daardoorheen trof hem de gedachte dat hij desnoods zijn ziel aan de duivel zou uitleveren om haar te redden. Als God niets deed, zou hij dan de dui-vel kunnen verleiden tot haar redding, tot afstel van het vonnis?

Hij keek op, maar de Zwarte was nergens meer te zien, zelfs de punt van de zwarte mantel was nu ver-dwenen.

Nu sprak de baljuw de laatste zinnen van het vonnis uit.

Hij zette een punt op het perkament.

Een klein inktvlekje aan het einde van de laatste zin. Maar wat hij zag was geen punt. Wat hij zag was een rafelig, zwart gat waarin heel haar leven verscholen lag.

Nynke ter dood veroordeeld.

Hij vloekte in zijn binnenste en wenste dat God hem nooit geboren had laten worden. 'Een misdracht is beter af dan ik,' zei Job ergens en nu begreep hij de betekenis daarvan.

Om hem heen ontstond geschuifel, mensen stonden op en hij werd zich ervan bewust dat veel aanwezigen nu hun aandacht op hem richtten. Hij kon hun huichelachtige medeleven ruiken: donkerrood.

Hij rechtte zijn rug.

Toch kon hij niet nalaten opnieuw naar haar te kijken. En naar Willempje, die nog steeds op de grond lag, roerloos, met gesloten ogen. Onder haar slap neergevallen arm een plasje bloed dat langzaam groter werd. De Zwarte dook weer op in zijn ooghoek en liep in de richting van de twee veroordeelden. Daarna zag hij hem niet meer.

Hij keek naar zijn eigen handen, die de ganzenveer in de koker schoven, de houten stop op de inktpot drukten en de schrijfmap pakten. Hij zag het allemaal met een groot gevoel van vervreemding. De varkensleren map droeg zijn initialen. Hij had hem van Nynke gekregen toen hij stadsschrijver werd. Ook dat herinnerde hij zich zonder de betekenis ervan te doorgronden.

Toen hij weer opkeek, was Nynke al verdwenen achter de grote ruggen van de gerechtsdienaars. De zitting was gesloten. De eikenhouten deuren werden geopend en frisse lucht verdreef de zware geur van kaarsvet, zweet, inkt en van de duivel zelf. De menigte werd steeds rumoeriger en leek zich over haar eigen angst heen te werken door steeds hardere en grovere verwensingen naar de vrouwen te slingeren. Hij was dankbaar dat Willempje en Nynke snel waren afgevoerd. Willempje werd opgepakt als een strobaal, haar voeten sleepten over de vloer terwijl de dienaars met haar wegliepen.

De baljuw keek naar hem, knikte en kwam naar hem toe. Het hoofd van de stad legde een hand op zijn schouder, keek hem aan. Hij slikte, sloeg zijn ogen neer. 'Ik zal de processtukken morgen in orde maken,' zei hij. Hij schraapte zijn keel, maar kreeg de schorheid van zijn stem er niet mee weg.

'Dat is goed,' zei de baljuw, draaide zich zonder verder nog iets te zeggen om en liep weg, de menigte in.

Hij pakte zijn schrijfmap en sloeg zijn mantel stevig om zich heen. Met een zwaai zette hij zijn hoed op. Toen viel zijn oog op de geestelijke, die een paar meter verderop met een van de leenmannen van Voorne stond te praten. Hij wendde zich met een ruk van de predikant af en liep de zaal uit. Vaag hoorde hij hoe hij werd aangesproken, maar hij liep door, waadde door de mensenmenigte alsof zij een rulle zandhelling vormden, die hij moest beklimmen. Eindelijk was daar de wenteltrap, verlicht met aan de wand flakkerende toortsen. Hij kon het niet laten om even bij de open deur die naar de kerkers leidde te luisteren of hij nog wat hoorde. Uit de diepte klonken galmende stemmen, metalig gerammel, een zware deur die dichtviel.

Hij liep verder, de grote eikenhouten deur van het stadhuis uit. De vrieslucht woei koud om zijn hoofd. Hij liet de mensen, het vonnis, alles achter zich en liep de duisternis in. Alleen.

Alleen. Met het besef dat daarnet een punt gezet was achter het leven van zijn eigen zus.

33

15 december 1585

'Nynke?' fluisterde hij bij het luikje van de kerkerdeur. 'Nynke?'

Er klonk gekreun, geschuifel. Hij hoorde gekrabbel aan de deur en daar kwam haar gezicht in de schemer omhoog, tot voor het luikje.

'Ik kan je niet bevrijden,' fluisterde hij. 'Ze houden me in de gaten en...'

Ze knikte kort. 'Ik weet het,' zuchtte ze. 'Ik ga sterven.'

'Zeg dat niet,' antwoordde hij.

'Waarom niet? Het is toch zo?' haar stem klonk moe, bits, ongeduldig.

'Nynke,' begon hij. 'Ik kan niet veel voor je doen, maar misschien toch dit! Hij duwde een klein flesje, dat afgesloten was met een kurken stopje, door de tralies. Ze pakte het aan, hij voelde hoe haar handen beefden.

'Wat is het?' vroeg ze.

'Bilzekruid, klaproos en bolpapaver,' antwoordde hij. 'Het is een erg sterk mengsel. En voor als ze het flesje van je afpakken, heb ik ook een aantal droog geperste tabletten aan een touwtje. Hang ze om je nek.'

Ze pakte het allemaal zwijgend aan, evenals de droge worst die hij voor haar had meegenomen.

'Dankjewel. God zal je zegenen.'

Het was even stil.

'Nynke?' zei hij.

'Ja?' klonk het door de tralies.

Boven ging de deur open. Stemmen kwamen de trap af.

Hij zag haar ogen als twee zacht blinkende vlekken in de schemering op hem gericht. Ze wachtte.

Een van de schoutsjongens kwam naar beneden. Hij deed een stap naar achteren, stak zijn hand op, tot voor het luikje. Even was daar haar hand tegen de zijne, een aanraking als van een skelet. Hij draaide zich om en liep weg, wachtte in de hoek beneden aan de trap, zodat hij niet gezien kon worden, tot de schoutsjongen gepasseerd was en liep toen snel de trap op.

Diep in zijn binnenste scheurde iets af, iets onherstelbaars. Hij walgde van alles, vooral van zichzelf en van zijn lafheid waardoor hij de laatste kans die hij had om haar te zeggen wat hij nog zo graag wilde zeggen, had laten schieten.

Buiten was het winter.

» 34 «

5 januari 1586

Op de dag dat het vonnis werd voltrokken had het licht gesneeuwd. Op de markt lag een dunne laag wit, maar boven Goedereede opende zich in de windstille atmosfeer een gat in de wolken. Een winterzon bescheen de beul toen deze de voorbereidingen trof. Zorgvuldig was hout gestapeld rond de twee dikke palen die midden op de markt in de grond waren gezet. De hele stad was er, zag hij en hij stond waar hij hoorde te staan: bij het stadsbestuur, tegen de gevel van het stadhuis, op de verhoogde stoep, zodat hij goed zicht had.

Hij had zich voorgenomen om de hele morgen voor haar te bidden en om nog één keer bij haar langs te gaan, bij de deur van de kerker met haar te spreken door het kleine luikje zoals hij eerder had gedaan. Hij was van plan haar om vergeving te vragen, haar te vertellen dat hij het allemaal niet zo had gewild, haar te vragen of ze het kruidenmengsel nog had. Hij zou haar voor de zekerheid een nieuw flesje geven, voor het geval ze het andere flesje hadden afgepakt. Maar hij was tot laat in de ochtend in bed gebleven, ziek van alles. Hij had ook deze allerlaatste kans om haar dat ene nog te zeggen laten schieten. Het flesje met het mengsel zat nog in zijn zak.

Dwars door de mensenhaag kwamen ze aan. Nynke

en Willempje, die gedragen moest worden. Nu, in het daglicht, zag hij pas hoe mager ze waren, hoe oud ook Nynke geworden was, zelfs haar rug was krom geworden. Haar harde houding was weg. De menigte was stil, net als destijds in Delft bij de terechtstelling van Balthasar Gerards. Hij vroeg zich af of die terechtstelling en de moord op de prins ten diepste niet de aanleiding waren geweest voor wat nu hier in Goedereede gebeurde. Maar lang dacht hij daar niet over na, want zijn denken stopte. Hij was slechts een lichaam. Ogen. Oren. Losse lichaamsdelen, op elkaar gestapeld zonder verband. Hij zag slechts.

Hoe ze op de brandstapel werden geleid.

Hoe ze werden vastgebonden.

Hoe de baljuw de verhoging naast de brandstapel beklom en de tenlastelegging en het vonnis voorlas.

Hoe de beul met langzame bewegingen naderbij kwam, zich boog, het hout aanstak, zijn rug rechtte, terugtrad.

Hoe de vlammen oplaaiden.

Pas toen keek hij hoger dan de vlammen, voor het laatst naar *haar*.

Hij keek haar recht in de ogen.

En hij besefte dat ze al die tijd al naar hem had gekeken.

Haar ogen verdoften, dat zag hij zelfs vanaf waar hij stond. De helderheid verdween er snel uit, maar als vanuit nevelen keek ze nog naar hem. Dankbaar besefte hij dat ze het flesje nog had gehad. Het bilzekruid, de klaproos en de bolpapaver zouden haar snel totaal verdoven.

Toch was het alsof hij haar stem nog even in zijn hoofd hoorde, terwijl de mist zich om haar heen begon te sluiten.

'Ik voelde me alleen, Lenert, daarom heb ik... met Job... Maar hij was niet... Ik wist dat ze je weg zou halen, weg van mij, daarom... vergeef me, Lenert... vergeef...'

De stem zwakte af, de vlammen sloegen van het hout naar haar kleren, maar haar hoofd zakte naar beneden. Hij had de dosis zo sterk gemaakt als hij durfde. Ze was niet meer hier, maar in een droomwereld, ze zou geen pijn hebben. In het laatste wat hij voor haar had kunnen doen, was hij dan uiteindelijk toch nog geslaagd.

Vergeving. Wie had die harder nodig, zij of hij? Maar ook die gedachte viel stuk als ijs op stenen.

Haar lichaam was geheel in vlammen gehuld. Nu pas hoorde hij gekrijs als van een varken en hij besefte dat Willempje geen kruidenmengsel had gedronken. Hij had niet aan haar gedacht, ze had in de kerkers aan de andere kant van het stadhuis gezeten. Het gekrijs ging over in gehoest en stopte toen. Beide lichamen waren fakkels die een felgeel schijnsel gaven tegen de loodgrijze winterlucht. Het gat in de wolken werd afgesloten door de zwarte rookpluim die recht opsteeg.

Het marktplein was vol, allen stonden er als stille getuigen.

Ook hij stond roerloos. En niemand sprak tegen hem.

Toen de brandstapels helemaal uitgebrand waren en de mensen naar huis begonnen te lopen, stond hij daar nog steeds.

De duisternis viel. Hij stond nog steeds tegen de gevel. Niemand kwam naar hem toe, ze liepen langs hem heen, schuw, alsof ze bang waren hem aan te spreken. Zelfs Marieke kwam hem niet zoeken.

Eindelijk was het marktplein leeg. De lucht was opengebroken. Een volle maan bescheen de plek van de terechtstelling.

Hij rilde, maakte zich met moeite los van de gevel en stapte vooruit, wankelend, geen enkel gevoel meer in zijn voeten. *Vuur om vuur.* Het duiveltje had toch gewonnen.

In de duisternis, slechts beschenen door het maanlicht, bleef hij staan bij haar resten, onherkenbaar, verkoold, zwart als van een reusachtig insect. Hij hoorde hoe een kreet uit de stad oprees, alsof de stad het uitschreeuwde, als een wolf, huilend naar de maan.

De maan antwoordde niet.

Nawoord

In de jaren dat we in Goedereede woonden kwam ik in aanraking met het verhaal van de terechtstelling van een aantal heksen in 1586. Een van de laatste heksenterechtstellingen in de Lage Landen. Vanaf het eerste moment dat ik besefte dat op het marktplein dat ik dagelijks overstak, ooit een brandstapel was opgericht waarop die vrouwen verbrand waren, werd ik gegrepen door dat verschrikkelijke verhaal. Ik vroeg me af hoe het kon dat ze in zo'n kleine stad als Goedereede ooit zover gekomen waren dat een eigen inwoner aan te doen. Wat waren de achtergronden van de terechtstelling? Was er nog iets te vinden over het vonnis?

Het was het begin van een zoektocht die talloze stukjes informatie opleverde. In een oud boek in de boekenkast van mijn vader vond ik een beschrijving van de rechtszaak. De streekarchivaris, Jan Both, van het streekarchief in Middelharnis, gaf mij waardevolle informatie, waaronder een kopie uit de rechtszaak die in 1592 is gehouden tegen een zus van Nynke. Daarin werd verwezen naar de terechtstelling van Nynke in 1586.

Ook kreeg ik een artikel uit de negentiende eeuw onder ogen waarin advocaat L.M. Rolin Coucerque een diepgaand onderzoek naar de zaak beschrijft.

Veel informatie is te vinden in de dissertatie van prof. Hans de Waardt.

In veel studies over de heksenvervolging in Europa

komt het beeld naar voren dat slechte economische omstandigheden een goede voedingsbodem waren voor een golf van heksenterechtstellingen. Veel van deze onderzoeken leiden dan ook tot de veronderstelling dat juist in deze tijden mensen die wat minder getroffen werden door de malaise, het risico liepen dat hun omgeving dit toeschreef aan bovennatuurlijke krachten.

Ik denk dat dit in ieder geval een van de redenen geweest moet zijn voor de terechtstelling van de heksen van Goedereede, tenminste als het gaat om Nynke, en later haar zus. Uit de stukken blijkt dat ze een hofstee bezat, en dus in redelijk goeden doen was, ook al was ze inmiddels weduwe. Daarnaast zijn veel van haar familieleden op hoge posities terechtgekomen. Ik heb dit niet gebruikt in het verhaal, maar er was een schepen van Voorne en later een aantal keren een burgemeester van Goedereede die rechtstreekse familiebanden met haar hadden.

In het verhaal zijn veel feiten uit de historische bronnen verwerkt.

De rechtszaak en de beschuldigingen zijn in het stuk van Coucerque gedetailleerd weergegeven. Ook het verhoor van de achtjarige kleinzoon, en de bekentenis dat zijn grootmoeder bezoek kreeg van een man met paardenvoeten is opgetekend.

Maar bijvoorbeeld de ontmoeting met Zwarte Broer Jan in Delft is beschreven in het boek van De Waardt. De terechtstelling van de vijf heksen in Schiedam, het verhaal over Jacob Leerecop, inclusief de beschrijving dat hij getroffen werd aan zijn arm toen Nynke zijn varken verjoeg, de strenge winter in de jaren zestig van de zestiende eeuw, het feit dat predikant Alari vanwege occulte toestanden uit zijn ambt is gezet, het is allemaal gebaseerd op de verschillende historische bronnen.

Daarnaast natuurlijk de moord op Willem van Oranje en de terechtstelling van Balthasar Gerards, die gegevens heb ik ontleend aan het ooggetuigenverslag uit het boek van René van Stipriaan.

Verder is de plaats Goedereede historisch, uit de plattegronden uit die tijd blijkt dat de indeling van het stadje identiek is aan de huidige.

Toen ik de feiten op een rijtje had, begon mijn zoektocht naar het juiste perspectief. Ik heb inmiddels geleerd dat je daarvoor weer los moet komen van die feiten, want ook een historische roman is eigenlijk niet meer dan 'van feit naar feit springende fictie'.

De drijfveer om het verhaal opnieuw te vertellen is zinloos. We zullen nooit precies weten wat er toen gebeurde. Maar uiteindelijk heb ik er vooral voor gekozen om te proberen dicht bij de beleving te komen die de betrokkenen destijds zouden kunnen hebben gehad.

De angst van die tijd, de onzekerheid, die mensen tot deze daad heeft aangezet. En naarmate ik daar meer over las begreep ik dat steeds beter: de dreiging van die tijd was groot. Antwerpen was gevallen, Goedereede lag in zekere zin in de frontlinie. De man op wie iedereen zijn hoop had gevestigd, Willem van Oranje, was vermoord. Politiek was er een heel onzekere situatie. De Voornse baljuw oefende stevige druk uit om meer macht te krijgen in Goedereede. De economische situatie was precair. De haringvangst lag vrijwel stil, er was armoede en Goedereede was in verval. Niets was meer zeker, de angst overheerste.

Ook de nieuwe leer van de reformatie gaf waarschijnlijk nog niet de rust en het houvast waarop men hoopte, want zoals gezegd was de eerste predikant druk met magische zaken, die hem zijn ambt kostten. En het gegeven dat men ondanks de reformatie kwam tot het verbranden van heksen zegt mijns inziens veel over de hoge angstfactor.

Voor wat betreft het perspectief moest ik iemand kiezen die aanwezig kon zijn bij alle belangrijke gebeurtenissen en tevens goed zicht had op Nynke. Vanuit de beschrijving van de stad Goedereede en haar ambten viel me de centrale plaats van de stadsschrijver op. Hij was bij alle belangrijke vergaderingen en moet dus ook in 1592 het processtuk geschreven hebben dat ik in het streekarchief onder ogen kreeg.

Lenert is compleet verzonnen. Uit de bronnen blijkt dat de zoon van Nynke onbedoeld heeft meegewerkt aan haar veroordeling door haar eigen woorden dat het slecht met haar zou aflopen door te vertellen. Dit werd gezien als een profetie en bevestiging van haar bovennatuurlijke gaven en heeft volgens de bronnen bijgedragen aan haar vonnis. Iets van dat 'verraad' door een naaste heb ik in de persoon van Lenert gestopt. Laat duidelijk zijn: dit hele verhaal is zoals gezegd niets anders dan 'van feit naar feit springende fictie'.

Ik was van plan een ander verhaal te schrijven. Ik houd van verhalen waarin het licht van Gods genade voor mensen schijnt. Maar de feiten liegen niet, en 'er een mooie draai aan geven' zou die feiten tekortdoen. Toch troost ik me met Nynkes reactie op dit alles, de woorden die ze sprak in de kerker. Daar is licht in te vinden. Ook dit kon ik baseren op de bronnen, want daarin las ik dat de verdachte in haar kerker afgeluisterd was. Toen ze aan de kerkerdeur vroegen met wie ze sprak, schijnt Nynke gezegd te hebben: 'God is altijd bij mij.' Ook de luistervink die haar belastende verklaringen moest ontfutselen is gebaseerd op feiten.

Ik begrijp nu beter hoe het allemaal geweest zou kunnen zijn en wat wellicht de echte achtergronden waren: de duisternis en angst uit die tijd, waarin alles politiek, kerkelijk en economisch onzeker was en waarin men zich nog maar net aan het ontworstelen was aan het diepe bijgeloof van de middeleeuwen.

Toen ik jaren geleden door Goedereede liep, over de markt waar eens de brandstapel stond, nam ik me voor dat verhaal ooit opnieuw te vertellen.

Het leverde een ander verhaal op dan ik me had voorgenomen. Maar toch: dit is het. Het is een verdrietig verhaal over een in vele opzichten dieptepunt in de geschiedenis van het stadje Goedereede.

Vier jaar schrijven, schrappen, opnieuw beginnen is ten einde.

Ik loop opnieuw over de markt van het oude stadje. Hier was het. Hier dreef de rook omhoog. Ik sta met mijn rug tegen de gevel tegenover de plek waar ooit het stadhuis stond en kijk uit over de haven. Mijn klus is geklaard. Er is geen opluchting. Ik heb iets opnieuw tot leven geroepen wat me vooral verdrietig maakt. Toch voel ik ook iets anders. Respect. Ja, respect voor een dappere vrouw. En ook: hoop.

Dat is voldoende. Ik duw me af van de muur en loop de markt over, langs de haven. Ik kijk niet om.

Leendert van Wezel
Groot-Ammers, juni 2012

Geraadpleegde literatuur

Boers, B., *Beschrijving van het eiland 'Goedereede en Overflakkee'*,
J. Jongejan, Sommelsdijk 1843

Cobben, Jacob Jan, *Duivelse bezetenheid*, Erasmus Publishing,
Rotterdam 2002

Deursen, A.Th. van, *De last van veel geluk*, Bert Bakker, Amsterdam
2004

Deursen, A.Th. van, *Mensen van klein vermogen*, Bert Bakker,
Amsterdam 2006 (5e druk)

Hoeven, Ton van der, *De duivel*, Boekencentrum, Zoetermeer 2002

Institoris, Henricus, *De Heksenhamer (Malleus Maleficarum)*,
Voltaire, Den Bosch 2005 (Vertaling van: *Malleus Maleficarum.
Pauselijke Bul tegen ketterij van heksen*, 5 december 1484)

Mak, Geert, *Ooggetuigen van de vaderlandse geschiedenis*, Bert Bakker,
Amsterdam 1991

Maxwell-Stuart, P.G., *Heksen, de geschiedenis*, Pearson Education
Benelux, Amsterdam 2007

Rutten, A.M.G., *Heksen, heiligen en hallucinogenen. Medische
toverkunsten*, Erasmus Publishing Rotterdam, 2005

Smit, Suzan, *Heks*, Lebowski Publishers, Amsterdam 2011

Stipriaan, René van, *Ooggetuigen van de Gouden Eeuw*, Prometheus,
Amsterdam 2000

Triest, Monika, *Met de duivel naar bed. Heksen in de lage landen*, Van
Halewijck, Leuven 2003

Waardt, Hans de, *Toverij en samenleving*, Stichting Historische
Reeks, Den Haag 1991

Historische Vereniging De Motte, *Beschrijving van de stad
Goedereede, haar bestuur en haar gebouwen*

'Heksenprocessen te Goedereede van 1585 en 1592', in: *De Ouwe
Waerelt – Historisch tijdschrift voor Goeree-Overflakkee*, jrg.1, nr. 1,
maart 2001

L.M. Rolin Coucerque, 'Heksenprocessen te Goedereede', in:
Tijdschrift voor Strafrecht XII (1897), p. 116

Deventer, Jacob van, *Plattegrond van Goedereede*, 1560